T. M. Payne
Schon immer tot

Das Buch

Ein kalter Novembertag in Liverpool: Im Zentrum der Stadt stürzt sich eine Frau von der Dachterrasse eines Restaurants. Kurz darauf werden am nahen Crosby Beach zwei Leichen gefunden: eine Frau, gefesselt an eine Statue, und ein Mann, bis zum Hals im Sand eingegraben – beide ertrunken. Es sind die Eltern von Daniel Parks, der vor neun Monaten ermordet wurde. Daniels Vater wurde des Mordes verdächtigt, aber von den Geschworenen freigesprochen.

Für DI Sheridan Holler, die mit ihrer Kollegin Anna Markinson in dem Mordfall ermittelt, tun sich mit diesen drei weiteren Toten noch mehr Fragen auf als bisher. Aber Sheridan wird nicht ruhen, bis sie die Wahrheit weiß, auch für die einzige Überlebende der Familie, Daniels Schwester Jennifer. Denn aus eigener Erfahrung kennt sie das Trauma eines nie geklärten Mordes nur zu gut …

Die Autorin

T. M. Payne wurde in Hampshire geboren und lebt heute mit ihrer wunderbaren Partnerin im englischen Wirral. Achtzehn Jahre lang hat sie in der Strafjustiz gearbeitet, unter anderem als Ermittlerin in der Abteilung für häusliche Gewalt. Jetzt konzentriert sie sich auf ihre Leidenschaft, das Schreiben von Kriminalromanen. Sie ist verrückt nach Tieren, und wenn Sie mit Ihrem Hund an ihr vorbeigehen, wird sie wahrscheinlich fragen, ob sie ihm den Kopf streicheln oder ihn mit nach Hause nehmen darf. Oder beides. Sie lacht gern, liebt Weihnachten, Golf spielen (schlecht), Spaziergänge am Strand von New Brighton (nicht mit ihrem Hund, denn sie hat keinen), Schnee, Sonnenschein, Sonnenuntergänge, Familie, Freundinnen und Freunde. Rote Bete mag sie nicht.

T. M. PAYNE

SCHON IMMER TOT

THRILLER

EIN FALL FÜR SHERIDAN HOLLER

Aus dem Englischen von Astrid Becker

Die englische Ausgabe erschien 2024 unter dem Titel »This Ends Now« bei
Thomas & Mercer, Seattle.

Deutsche Erstveröffentlichung bei
Edition M, Amazon Media EU S.à r.l.
38, avenue John F. Kennedy, L-1855 Luxembourg
November 2024
Copyright © der Originalausgabe 2024
By T. M. Payne
All rights reserved.
Copyright © der deutschsprachigen Ausgabe 2024
By Astrid Becker

Die Übersetzung dieses Buches wurde durch Amazon Crossing ermöglicht.

Umschlaggestaltung: semper smile, München, www.sempersmile.de
Umschlagmotiv: © railway fx / Shutterstock; © Rekha Garton / ArcAngel;
© Oliver Schwendener © Ryan Loughlin © Jakub Pabis / Unsplash
Lektorat: Bernadette Lindebacher
Korrektorat: Manuela Tiller / DRSVS
Gedruckt durch:
Amazon Distribution GmbH, Amazonstraße 1, 04347 Leipzig /
CPI Druckdienstleistungen GmbH, Ferdinand-Jühlke-Straße 7, 99095
Erfurt /
CPI books GmbH, Birkstraße 10, 25917 Leck /
Libri Plureos GmbH, Friedensallee 273, 22763 Hamburg

ISBN 978-2-49671-437-1
e-ISBN 978-2-49671-436-4

www.edition-m-verlag.de

Für Susie,
die mit mir durchs Leben
tanzt

Das Wasser steigt, dunkel
und kalt.
Ich werde hier sterben, ich
werde nicht alt.
Ich atme ein, besiegele
meinen Tod.
Kein Happy End, nur bittere
Not.

Schon immer tot, ich hab's
nicht erkannt.
Was willst du mir sagen?
Du gehst – wie soll ich
klagen?
Du spielst mit dem Wächter
im Sand.

Prolog

GEGENWART

Freitag, der 2. November 2007 – The 180, Liverpool

Godfrey Stillman zog den Stuhl für seine Frau Martha zurück, die sich missmutig setzte. Sie beklagte sich, seit sie das Restaurant betreten hatten. Er musste seine ganze Willenskraft aufbringen, um ihr nicht die Hände um den dürren Hals zu legen und zuzudrücken. Nur ein kleines bisschen.

»Es ist eiskalt hier oben, Godfrey. Ich spüre, dass ich wieder einen Anfall bekomme. Willst du mich umbringen?«

»Wie kommst du denn darauf, Schatz?« Lieber hätte er gesagt: *Warum kommst du erst jetzt darauf?* Stattdessen erklärte er geduldig, dass er zur Feier ihres Geburtstags mal etwas anderes hatte ausprobieren wollen. Das *180* war ein schickes Dachrestaurant mit Panoramablick auf Liverpool aus fünfundfünfzig Metern Höhe und gerade erst eröffnet worden. Im Sommer konnten die Gäste den Sonnenuntergang genießen, und in den kalten Monaten verwandelte sich das *180* in ein Winter-Wunderland über den funkelnden Lichtern von Liverpool.

»Ich muss den Mantel anlassen«, jammerte Martha. »Gibt es denn drinnen keinen Tisch?«

»Es ist ein Dachrestaurant. Drinnen gibt es keine Plätze, das ist der Sinn der Sache.«

»Und dann ist es auch noch so hoch! Hoffentlich bekomme ich nicht wieder Höhenangst.« Martha spähte nervös über die niedrige Glasbrüstung und erschauderte dramatisch.

»Die lange Fahrstuhlfahrt hätte dir schon einen Hinweis darauf geben können, dass es hoch ist.« Godfrey nahm die Brille ab und blies seinen warmen Atem auf die Gläser.

»Warum musst du denn gleich so sarkastisch sein?«

Godfrey sah einen nicht unwillkommenen Kurzfilm von ihrem Sturzflug in den Tod vor seinem inneren Auge, als der Kellner erschien.

»Guten Abend, die Herrschaften! Waren Sie schon mal im *180*?«, fragte er gut gelaunt und reichte ihnen die Speisekarten.

»Nein. Und ich werde auch nicht wiederkommen. Jedenfalls nicht, wenn Sie nicht vernünftig heizen«, antwortete Martha brüsk. »Einen großen Gin Tonic für mich und Wasser für meinen Mann. Er fährt.«

Der Kellner warf Godfrey einen Blick zu, der seine Brille mit einer Serviette säuberte. »Mit Eis und Zitrone?«, fragte der Kellner und lächelte Martha zuvorkommend an.

»Wenn ich Eis brauche, kratze ich es einfach vom Tisch. Sie müssten die Leute vor dieser Kälte warnen.« Martha warf ihm einen finsteren Blick zu. »Sind Sie homosexuell?«, fragte sie und zog das Wort in die Länge.

»Meine Güte! Ihre Beobachtungsgabe würde selbst Miss Marple in den Schatten stellen«, antwortete er so tuntig, wie es irgend ging.

Godfrey hätte am liebsten laut gelacht und ihn in den Arm genommen. Stattdessen entschuldigte er sich für Marthas Unhöflichkeit. »Es tut mir leid. Meine Frau hat heute Geburtstag und sie hat gerade etwas Weingummi gegessen. Das muss ihr zu Kopf gestiegen sein.«

Der Kellner warf lachend den Kopf zurück, dann legte er Martha die Hand auf die Schulter. »Herzlichen Glückwunsch! Es wird Ihnen bestimmt gut bei uns gefallen, auch wenn Sie einiges in Kauf nehmen müssen.« Er warf die Haare schwungvoll zur Seite und tanzte wie eine Dragqueen von der Bühne.

»Er ist wirklich witzig«, sagte Godfrey.

»Er ist wirklich unverschämt. Am liebsten würde ich mich über ihn beschweren. Und mit deinem bekloppten Weingummi-Witz hast du es auch nicht besser gemacht.« Martha nahm die Speisekarte und las sie vor. Bei jedem zweiten Gericht machte sie eine Bemerkung, wie unglaublich teuer es war.

Godfrey ignorierte sie und sah sich um. In einer Ecke kuschelten sich zwei junge Leute unter einen Schal und hielten Händchen, offensichtlich glücklich und sich selbst genug. Unter einem großen Wärmestrahler saß eine Familie, deren Mitglieder abwechselnd die umwerfende Kulisse auf ihren Smartphones festhielten.

Dann bemerkte Godfrey eine Frau allein an einem Tisch, die ihn direkt ansah. Godfrey konnte nicht anders, als sie anzulächeln. Sie grinste.

»Soll ich den Fisch für dich bestellen?«, fragte Martha und sah auf. »Wen lächelst du an?« Sie wirbelte herum, gerade noch rechtzeitig, bevor die Frau den Blick senkte.

Martha klatschte die Speisekarte auf den Tisch. »Wer ist das? Kennst du die?«

»Ja, das ist die Frau, mit der ich eine Affäre hatte. Immer wenn du bei einem deiner wohltätigen Vormittagstermine warst.« Godfrey schüttelte den Kopf. »Natürlich kenne ich sie nicht.« Er stützte die Ellenbogen auf den Tisch, verschränkte seine Finger unterm Kinn und stellte sich resigniert auf einen weiteren nervtötenden Abend ein.

Der Kellner brachte die Getränke, und Godfrey bemerkte, dass die Frau ihn wieder musterte. Als er sein Glas hob, hob sie ihres und zwinkerte ihm zu. Da tat Godfrey Stillman etwas, was er in seinem ganzen Leben noch nie getan hatte: Er zwinkerte zurück.

Nachdem Martha ihren Gin Tonic hinuntergekippt hatte, flötete er: »Ich bestelle dir noch einen. Ist ja schließlich dein Geburtstag.« Er gab vor, nach dem Kellner Ausschau zu halten, sah stattdessen aber die Frau an. Sie war elegant und attraktiv, etwa Ende fünfzig. Als sie sich eine Zigarette anzündete, bemerkte er den Ehering. *Vielleicht verwitwet?*

»Du guckst sie immer noch an, das sehe ich doch!« Martha drehte sich um und warf der Frau einen drohenden Blick zu. Deren Handy begann zu klingeln.

»Himmelherrgott noch mal! Ich halte Ausschau nach dem Kellner.« Godfrey sah fasziniert, wie sie den Rauch ausblies, bevor sie den Anruf entgegennahm.

Er hatte sie immer noch im Auge, als sie den Anruf beendete und ein kleines Make-up-Etui aus ihrer Handtasche nahm. Sie klappte es auf, betrachtete sich im Spiegel und trug eine dicke Schicht Lippenstift auf. Godfrey konnte seinen Blick nicht von ihr abwenden. Sie fuhr sich durch die Haare und fixierte ihn. Dann stand sie auf, strich den Mantel glatt, nahm ihr Glas in die Hand und kam, ihren Stuhl hinter sich herziehend, auf ihn zu.

Martha wollte Godfrey gerade etwas auf der Speisekarte zeigen, als sie seinen Gesichtsausdruck bemerkte. Sie drehte sich wieder um. Die Frau kam auf sie zu.

»Gütiger Gott. Jetzt kommt sie auch noch zu uns! Bist du sicher, dass du sie nicht kennst, Godfrey?« Martha sah zu der Frau hoch, die jetzt direkt neben ihnen stand.

»Kann ich Ihnen helfen?«, fuhr sie sie an.

»Ja«, antwortete die Frau, kippte ihren Drink hinunter und reichte Martha das Glas. »Könnten Sie das wohl halten?«

Bevor Martha antworten konnte, holte die Frau tief Luft, kletterte auf ihren Stuhl und stürzte sich über die Brüstung des *180*.

KAPITEL 1

Detective Inspector Sheridan Holler eilte den Gang hinunter, als ihr Detective Sergeant Anna Markinson auf der Treppe entgegenkam.

»Was machst du denn noch hier?«, fragte sie mit einem Blick auf ihre Uhr.

»Ich brauche dich. Jetzt sofort«, flüsterte Sheridan, packte Anna am Arm und zerrte sie in ihr Büro. Dann schloss sie schnell die Tür. »Ich muss in einer Minute bei der neuen DCI sein.«

»Ja, weiß ich. Und?« Anna verschränkte die Arme.

»Meine Hose ist gerissen.«

Sheridan drehte sich um und beugte sich vor. Ein langer Riss lief neben der Naht entlang.

Anna prustete los, hielt sich aber gleich die Hand vor den Mund.

»Ich finde das überhaupt nicht komisch. Ich stelle mich der neuen Chefin vor und der Arsch hängt mir aus der Hose? Was soll ich denn jetzt machen?«

»Zieh einfach die Bluse über die Hose. Dann sieht man es nicht.« Anna verkniff sich mit Mühe ein Grinsen. »Oder du ziehst die Jacke an.«

»Meine Jacke ist zu kurz. Gib mir deine Hose. Wir haben ungefähr die gleiche Größe.« Sheridan öffnete ihre Gürtelschnalle. »Du kannst hierbleiben, ich bin ja gleich wieder zurück.«

»Na gut«, willigte Anna ein. »Aber ich ziehe solange deine Hose an.«

Sheridans Handy klingelte. Sie nahm den Anruf entgegen und schnappte sich mit der freien Hand Annas Hose.

»DI Holler.« Sie nickte. »Ja, Ma'am. Ich bin schon auf dem Weg. Ich bin in einer Minute da.« Sie sah Anna an, die gerade in Sheridans Hose stieg. »Nein, Ma'am. Selbstverständlich. Eine gute Idee. Bis gleich.« Sheridan legte das Handy auf den Schreibtisch.

Sie zog Annas Hose an und steckte die Bluse hinein. Anna hatte sich schon hingesetzt.

»Bleib nicht so lange. Im Ernst, ich fühle mich total unwohl.« Anna machte eine Grimasse. Sheridan grinste sie an. »Was?«

»Die DCI findet, es wäre eine gute Idee, wenn du mitkommst.«

»Du hast ihr gesagt, dass ich nicht da bin, oder?«

»Nein.«

»Aber so kann ich nicht hin! Wir tauschen wieder.«

»Nein, wir tauschen nicht. Und jetzt komm, sie wartet.«

Dreißig Sekunden später klopfte Sheridan an die Tür der Chefin. Anna drückte sich hinter ihr herum.

»Herein«, dröhnte eine Stimme hinter der Tür.

Sheridan ging hinein, dicht gefolgt von Anna, die ihre zerknitterte Bluse hinten herunterzerrte.

Detective Chief Inspector Hill Knowles sah auf, lächelte Sheridan an, runzelte aber bei Annas Anblick die Stirn. »Setzen Sie sich.«

»Danke, Ma'am«, antworteten die beiden und setzten sich aufrecht auf die Stuhlkanten.

»Erstens. Ich langweile Sie nicht mit einer ermüdenden Vorstellung. Sie wissen, wer ich bin, und ich weiß, wer Sie sind. Wir arbeiten von jetzt an zusammen, wir werden uns also mit der Zeit kennenlernen.« Bevor eine von ihnen etwas dazu sagen konnte, fuhr Hill fort: »Zweitens. Wie geht es Ihnen, Sheridan? Ich habe gehört, dass auf Sie geschossen wurde?«

Das war so direkt, dass Sheridan kaum Spielraum blieb. »Ja, stimmt.« Sheridan rutschte auf ihrem Stuhl herum. Vor zwei Jahren hatte sie an einem Fall gearbeitet, bei dem eine Beamtin außer Dienst erschossen worden war. Im Laufe der Ermittlungen war sie als Geisel genommen worden und hatte dabei eine schwere Schusswunde erlitten. Nachdem sie sich von ihren Verletzungen erholt hatte und für diensttauglich befunden worden war, kehrte sie an ihren Arbeitsplatz zurück.

»Ich nehme an, Sie haben eine Therapie gemacht?«

»Ja, Ma'am.« Sheridan hatte in eine Therapie eingewilligt. Nicht weil sie glaubte, dass sie eine brauchte, sondern weil der Polizeiarzt einen Anfall bekommen hatte, als sie ihm kundtat, dass so etwas in ihren Augen nur Zeitverschwendung war. Er hatte ihr angekündigt, sie für nicht arbeitsfähig zu erklären, wenn sie nicht zur Therapie ging. Und das stand für Sheridan nicht zur Debatte.

»Gut. Also, ich wollte mit Ihnen über einen Fall sprechen, der im September aufgegeben wurde.« Hill schob Sheridan eine prall gefüllte Akte über den Schreibtisch zu. »Daniel Parks« stand darauf. Sheridan drehte die Akte um und schlug sie auf. Hill besaß offensichtlich kein Einfühlungsvermögen, denn sie ging ohne weitere Fragen nach Sheridans Gesundheit zur Tagesordnung über. Ihr Vorgänger, DCI Max Hall, war einer der verständnisvollsten Chefs gewesen, mit denen sie zusammengearbeitet hatte. Sie hatte ihn nicht nur respektiert, sondern sogar verehrt.

»Der Mann, der seinen eigenen Sohn umgebracht hat. Die Geschworenen haben auf nicht schuldig plädiert.«

Sheridan nickte. Sie erinnerte sich genau. »Dafür war das Major Investigation Team zuständig.«

»Genau. Der Fall ist damals auf Grund gelaufen, weil die Geschworenen Zweifel daran hatten, ob die Beweise, die das MIT vorgelegt hatte, stichhaltig genug waren. Wie auch immer, ich möchte, dass Sie die Sache mit frischem Blick ansehen. Durchforsten Sie alles und finden Sie das fehlende Puzzleteil. Die Indizien sind da. Und wenn Ronald Parks seinen Sohn nicht getötet hat, was ich aber glaube, dann müssen wir herausfinden, wer ihn umgebracht hat.«

DCI Hill Knowles stand auf und nahm ihren Mantel von der Stuhllehne.

»Gut.« Sheridan klappte die Akte zu, blieb aber sitzen. »Was sagen die vom MIT dazu?«

»Technisch gesehen hat das Major Investigation Team immer noch seine Finger im Spiel. Zwei von deren Ermittlern werden zu uns abgeordnet.« Hill knöpfte ihren Mantel zu. »Gut, also … Anna, es hat mich gefreut, Sie kennenzulernen.« Dann sagte sie knapp: »Ich muss kurz mit Sheridan sprechen.«

»Ja, Ma'am.« Anna stand auf, verließ rückwärts das Büro und zog die Tür von außen zu.

Hill wickelte einen dicken Wollschal um ihren Hals. »Sheridan, könnten Sie mit Anna sprechen? Sie muss sich etwas besser anziehen.«

»Ja, Ma'am.« Sheridan nickte und biss sich auf die Lippe, um nicht in Lachen auszubrechen. »Kein Problem.«

»Danke. Gut, wir sehen uns am Montag.« Und damit ging sie hinaus.

Sheridan war einen Moment lang verblüfft darüber, dass Hill sie einfach so sitzen ließ. Dann stand sie auf und ging zurück in ihr Büro. Langsam öffnete sie die Tür und sah Anna mit verschränkten Armen am Schreibtisch sitzen. »Das hat Spaß gemacht.«

»Du bist wirklich ein Arschloch! Sie muss gedacht haben, dass ich verrückt bin, so wie ich mich aus ihrem Büro verdrückt habe. Was hat sie dann noch gesagt?«

»Ich soll mich darum kümmern, dass du dich besser kleidest. O Gott, das war so lustig!« Sheridan brach in ein unkontrolliertes Lachen aus.

»Freut mich, dass ich dich so zum Lachen bringen kann. Und? Wie findest du sie?«

»Ich mag sie. Wir werden richtig gut miteinander auskommen.«

»Wirklich?«

»Nein.«

KAPITEL 2

Jennifer Parks sah auf und grüßte, als eine große, blonde Frau in die Buchhandlung geschlendert kam und sie anlächelte.

»Ich will mich nur umsehen«, sagte die Frau höflich, aber knapp.

Jennifer besaß die Buchhandlung schon lange genug, um ihre Kunden einschätzen zu können. Normalerweise wusste sie schon, was diese suchten, bevor sie überhaupt den Mund aufmachten.

Wenn Miss Blondie etwas kaufen würde – was sie allem Anschein nach aber nicht vorhatte –, dann wäre es wahrscheinlich die Autobiografie einer gescheiterten Berühmtheit, die nach ihrem Kampf gegen Drogen- und Alkoholmissbrauch in irgendeiner Reality-Show Millionen verdient hatte.

Jennifer liebte es, Leute zu beobachten. Sie sah Dinge, die anderen verborgen blieben. Als sie aus dem Fenster schaute, entdeckte sie den Obdachlosen auf der anderen Straßenseite auf mehreren übereinandergelegten Pappen, die Knie eng an die Brust gezogen. Ein dunkler Bart bedeckte den größten Teil seines Gesichts, und eine dicke Wollmütze ging ihm bis zu den Augenbrauen. Manchmal kam sie morgens an ihm vorbei, wenn sie den Laden öffnete. Und ab und zu kaufte sie ihm einen Kaffee, den sie ihm vor die Füße stellte.

Plötzlich stand Miss Blondie vor ihr und hielt ein Exemplar von *Meine Geschichte …* in der Hand – die Autobiografie eines abgehalfterten Prominenten.

»Eine gute Wahl«, sagte Jennifer mit gespielter Begeisterung, als sie den Strichcode einscannte.

»Es ist ein Geschenk für meine Mutter. Sie liebt diesen gefühlvollen Mist.« Miss Blondie schob ihre Kreditkarte in den Apparat und warf einen Blick auf das Poster an der Wand hinter der Kasse.

Jennifer hatte das Plakat selbst gestaltet. Sie suchte nach Informationen über den Mord an ihrem Bruder Daniel. Es war eines von Hunderten, die sie im Stadtzentrum von Liverpool und anderen Stadtvierteln verteilt hatte. Die meisten waren inzwischen fortgeweht, durch Wind und Regen von den Laternenpfählen gepeitscht worden. Die in den Schaufenstern waren rechtzeitig vorm Weihnachtsansturm durch »Sale«-Schilder ersetzt worden.

Die restlichen Plakate nahm niemand mehr zur Kenntnis. Man wusste ja, dass Daniel Parks tot war. Er war allem Anschein nach von seinem Vater Ronald ermordet worden, der alles vehement abgestritten hatte und nach dem Urteil der Geschworenen wieder auf freien Fuß gesetzt worden war. Danach wurden in den Medien die vielen offenen Fragen diskutiert. Wenn es nicht sein Vater gewesen war, wer hatte Daniel dann getötet? Und warum? Wo war seine Leiche?

Jennifer spürte, wie sich ihr Magen zusammenzog, als sie Daniels Bild auf dem Plakat betrachtete. Ihr großer Bruder, der sich immer um sie gekümmert hatte. Sie hatte die Polizei gedrängt, die Suche nach seinen sterblichen Überresten nicht einzustellen. Sie hatte eine Gruppe von Freiwilligen zusammengetrommelt, die an vielen Wochenenden mit großer

Ausdauer über Felder und durch Parks gestreift war. Immer in der Hoffnung, etwas zu entdecken, was die Polizei übersehen haben könnte, etwas, das nicht dort hingehörte. Doch selbst die Freiwilligen kamen mittlerweile nicht mehr. Sie hatten ihr eigenes Leben, ihre Arbeit, ihre Familien. Sie bedauerten, Jennifer nicht mehr helfen zu können, aber sie verstand das. Auch wenn sie selbst die Suche noch nicht, wahrscheinlich nie aufgeben würde.

Miss Blondie starrte auf das Poster von Daniel, während sie darauf wartete, ihre PIN-Nummer eingeben zu können. »Hat man schon herausgefunden, wer ihn ermordet hat?«

»Nein. Noch nicht.« Jennifer steckte das Buch in eine Tüte.

»Eine Schande. Er sieht wie ein netter Kerl aus.«

»War er auch«, antwortete Jennifer, als die Frau den Laden verließ.

KAPITEL 3

Anna Markinson spähte durch Sheridan Hollers Tür. »Solltest du nicht langsam nach Hause gehen?«

»Ja, gleich, ich will zuerst ein Gefühl für den Fall Daniel Parks bekommen.« Sie schaute unwillkürlich auf die Wanduhr, nur um daran erinnert zu werden, dass sie schon vor Wochen stehen geblieben war.

»Fahr nicht über die Queen's Road. Da ist gerade eine Frau vom Dach des *180* gesprungen.«

»Auch eine Möglichkeit, die Zeche zu prellen.« Sheridan hob eine Augenbraue.

»Du bist schrecklich. Ich muss jetzt los, ich habe dieses Wochenende nämlich Dienst.«

»So ein Pech. Okay, wir sehen uns Montag.« Sheridan winkte Anna zu, bevor sie nach ihrem Handy griff.

»Hallo, du«, sagte ihre Freundin Sam.

»Hey, Süße. Nur eine kurze Frage … Ich verspäte mich ein bisschen. Wann kommt Joni?«

»So gegen acht.«

»Okay, bis dahin bin ich zu Hause. Ich liebe dich.«

»Ich liebe dich auch«, antwortete Sam. Im Hintergrund miaute ihre Katze Maud. »Und Maud natürlich auch.«

Sheridan beendete das Gespräch mit einem Lächeln und wandte sich dann der Zusammenfassung der Mordakte von Daniel Parks zu:

Ronald Parks (geb. 15.04.41) wurde im Januar 2007 wegen Mordverdachts an seinem Sohn Daniel Parks (geb. 16.03.81) festgenommen.

Daniel war am Freitag, den 5. Januar, von seiner Schwester Jennifer Parks (geb. 04.04.83) vermisst gemeldet worden.

Daniel Parks wohnte mit seiner Schwester Jennifer in einem Cottage auf dem Grundstück der Eltern in Crosby, Liverpool. Die Eltern, Ronald und Rita (geb. 19.01.47), lebten im Haupthaus auf dem fünf Hektar großen Grundstück. Ronald Parks war von Beruf Bauunternehmer, zum Zeitpunkt des Mordes aber bereits im Ruhestand.

Daniel und Jennifer waren Inhaber einer Buchhandlung namens Park und Lies im Stadtzentrum von Liverpool, die sie gemeinsam führten.

Als Daniel verschwand, war Jennifer auf einer Buchmesse in Cardiff. Am Abend des 4. Januar [Zusatz AB] schickte sie mehrere Nachrichten an Daniel, in denen sie vor allem ihr Hotel und die Leute beschrieb, die sie auf der Buchmesse getroffen hatte. Zunächst waren Daniels Antworten unauffällig. In seinen letzten Nachrichten schrieb er jedoch, dass ihr Vater betrunken und sehr schlecht gelaunt sei. Jennifer schrieb Daniel am nächsten Morgen eine Nachricht, die er nicht beantwortete. Sie rief mehrfach vergeblich auf seinem Handy an. Da es sehr ungewöhnlich war, dass Daniel nicht ans Telefon ging, brach Jennifer ihre Reise ab und fuhr noch am selben Morgen nach Hause.

Daniel war verschwunden. Sein normalerweise aufgeräumtes Schlafzimmer war unordentlich. Seine Bettdecke fehlte ebenso wie ein weißes Badetuch mit einem monogrammierten D. Dieses Handtuch wurde nie gefunden.

Daniels Brieftasche, Schlüssel und Handy lagen auf der Frühstückstheke.

Jennifer gab an, sie sei zum Haus ihrer Eltern gegangen, um sie zu fragen, ob sie Daniel gesehen hätten, was beide zunächst verneinten. Jennifer fiel auf, dass ihr Vater Kratzwunden im Gesicht hatte. Als sie ihn darauf ansprach, gab er zu, sich am Abend zuvor mit Daniel gestritten zu haben.

Jennifer rief die Polizei an und meldete Daniel als vermisst.

Der Leitstellendisponent notierte im Protokoll, dass Jennifer verzweifelt geklungen und vermutet habe, dass Daniel etwas Schreckliches zugestoßen sein könnte. Es sei völlig untypisch für ihren Bruder, einfach so zu verschwinden. Der Disponent teilte ihr mit, dass er einen Streifenpolizisten vorbeischicken würde.

Jennifer zeigte dem Beamten die Textnachrichten der vorausgegangenen Nacht. Dieser entdeckte bei einer Durchsuchung des Cottage an zahlreichen Stellen in Daniels Schlafzimmer Blutspuren und sprach mit den Eltern, Ronald und Rita Parks.

Er brachte in Erfahrung, dass sich Ronald und Daniel am Abend zuvor gestritten hatten. Ronald gab an, getrunken zu haben und sich nicht erinnern zu können, worum es bei dem Streit gegangen war. Daniel habe ihn angegriffen und Ronald habe versucht, sich zu verteidigen. Er habe Daniel nicht absichtlich verletzt. Als er durch die Polizei aufgefordert wurde, die Kleidung auszuhändigen, die er am Vorabend getragen hatte, konnte er sie nicht finden. Seine Frau sagte, sie habe sie möglicherweise in die Waschmaschine gesteckt. Die Maschine lief gerade. Der Beamte sah sich auf dem Grundstück und im Hof um. Auf der Ladefläche von Ronalds Pick-up fiel ihm ein Spaten auf, der aussah, als wäre er gerade gründlich geschrubbt worden. Ronald Parks konnte nicht angeben, wie der Spaten dorthin gekommen sei. Normalerweise werde er im Schuppen aufbewahrt. Er bestätigte, dass es sein Spaten sei, bestritt jedoch, ihn gereinigt zu haben. Nach dem Streit mit Daniel sei er wieder ins Haus gegangen, habe mit seiner Frau weitergetrunken *und sei gegen dreiundzwanzig Uhr ins Bett gegangen. Er habe das Haus in der Nacht nicht mehr verlassen.*

Das Grundstück der Parks befindet sich in einem relativ abgelegenen Teil von Crosby, in dem es nur wenige Häuser gibt. Das nächstgelegene Haus befindet sich an derselben Nebenstraße, die zum Grundstück der Parks führt. Die Überwachungskamera der Nachbarn deckt die Straße ab. Die Überprüfung dieser Aufzeichnungen ergab, dass der Pick-up von Ronald Parks das Grundstück um 02.08 Uhr verlassen hatte und um 04.05 Uhr dorthin zurückgekehrt war. Ronald Parks bestritt, den Pick-up gefahren zu haben.

Am Schlüssel des Pick-ups befand sich ebenfalls Blut.

Daniels Bettdecke wurde auf einem Feld gefunden, das etwa einen Kilometer vom Haus der Parks entfernt ist. Wie die Untersuchung ergab, stammte das Blut auf der Bettdecke von Daniel.

Bei der Überprüfung der Kleidung, die Ronald Parks in der Nacht getragen hatte, wurde ebenfalls Blut gefunden, das mit Daniels DNA übereinstimmte.

Ronalds Arbeitsstiefel und Mantel wurden bisher nicht gefunden.

Bei der Untersuchung des Pick-ups wurden Haare und Blut gefunden, deren DNA mit Daniels übereinstimmte.

Die gerichtsmedizinische Untersuchung des Spatens ergab, dass er mit Chlor gereinigt worden war.

Im Haupthaus der Parks wurden keine weiteren Blutspuren gefunden.

Im Cottage wurde Daniels Blut auf dem Fußboden und an der Wand seines Schlafzimmers, auf dem Fußboden und dem Sessel des Wohnzimmers sowie auf dem Fußboden und der Arbeitsfläche der Küche nachgewiesen.

Auf dem Teppich im Wohnzimmer wurde Sperma nachgewiesen.

Jennifer gab an, dass es von einem kürzlichen One-Night-Stand mit einem Mann stammte, dessen Namen sie nicht kannte und über den sie nichts wusste.

Die Datenbankabfrage nach der DNA der Spermaprobe ergab keinen Treffer.

In einem Umkreis von sieben Kilometern um das Anwesen der Parks wurden umfangreiche Suchmaßnahmen durchgeführt. Daniels Leiche wurde nicht gefunden.

Ronald Parks wurde wegen Mordverdachts festgenommen und im Beisein eines Anwalts befragt. Auf die meisten Fragen antwortete er mit »kein Kommentar«.

Er wurde wegen Mordes angeklagt und in Untersuchungshaft genommen.

Die Verhandlung begann im Juli 2007 und dauerte zwei Monate. Die Verteidigung stützte sich auf die Annahme, dass Daniel nach der Auseinandersetzung mit Ronald eine stark blutende Verletzung erlitten haben könnte. Damit ließe sich das Blut erklären, das im Cottage gefunden wurde. Auch die Unordnung in seinem Schlafzimmer könnte eine Folge dieses Streits gewesen sein. Ronald hatte bestritten, seinen Pick-up vom Grundstück gefahren zu haben, und die Videoaufzeichnung war so grobkörnig, dass man den Fahrer nicht erkennen konnte. Die Verteidigung äußerte folgende Vermutung: Daniel sei nach dem Streit mit seinem Vater wütend mit dem Pick-up losgefahren, um einen klaren Kopf zu bekommen, weswegen seine Haare und Blutspuren nachgewiesen werden konnten. Der Tank des Pick-ups war fast leer gewesen und die Heizung funktionierte nicht.

Die Verteidigung argumentierte, dass Daniel möglicherweise vorgehabt hatte, ins Blaue zu fahren und im Pick-up zu übernachten, weshalb er seine Bettdecke mitgenommen hatte. Es war Januar, und ohne Heizung wäre die Temperatur im Pick-up eisig gewesen. Daniel hatte seine Brieftasche nicht dabei und somit keine Mittel, um zu tanken.

Als er gemerkt habe, wie wenig Treibstoff noch im Fahrzeug gewesen sei, sei er umgekehrt. Dies erkläre, warum der Pick-up zwei Stunden später wieder zurückkehrte. Die Verteidigung führte weiter aus, die Bettdecke könne so blutverschmutzt gewesen sein, dass Daniel sie einfach aus dem Pick-up geworfen habe. Deshalb sei sie auf dem nahe gelegenen Feld gefunden worden. Mit dem weißen Handtuch könne es sich genauso zugetragen haben, auch wenn es nie gefunden worden sei. Die Verteidigung berief sich auch auf die Tatsache, dass Ronald die Kleidung, die er während der Auseinandersetzung mit Daniel getragen hatte, nicht entsorgt habe, sondern dass seine Frau sie lediglich in die Waschmaschine gesteckt hatte.

Der Mehrheitsentscheid der Geschworenen lautete ›nicht schuldig‹. Ronald Parks wurde freigelassen.

Während der Untersuchungshaft wurde Ronald Parks von seiner Frau Rita und seiner Tochter Jennifer besucht.

Sowohl Rita als auch Jennifer sagten aus. Rita Parks blieb bei ihrer Darstellung, sie wisse nur, dass Ronald und Daniel sich im Cottage gestritten hätten, aber nicht, worum es bei dem Streit gegangen sei. Ronald sei kurze Zeit später ins Haus zurückgekehrt, wo sie noch etwas Alkohol getrunken hätten, bevor sie ins Bett gegangen seien. Soweit sie wusste, sei Ronald in dieser Nacht nicht mehr aus dem Haus gegangen. Sie bestätigte, dass sie seine Wäsche gewaschen habe, diese sei aber nicht verschmutzt oder zerrissen gewesen.

Jennifer Parks blieb ebenfalls bei ihrer Darstellung, dass sie sich große Sorgen um Daniel gemacht habe, da er immer auf ihre Anrufe oder Nachrichten reagiert habe. Sie erklärte, dass Ronald ein wunderbarer Vater sei und weder ihr noch Daniel gegenüber jemals gewalttätig gewesen sei. Sie glaube nicht, dass ihr Vater in der Lage wäre, seinem Sohn etwas anzutun.

Nach dem Freispruch kehrte Ronald Parks nach Hause zurück und lebt seitdem wieder mit seiner Frau zusammen. Jennifer führt weiterhin die Buchhandlung und wohnt im Cottage.

Daniel Parks wurde als ruhiger Mann mit sehr wenigen Freunden beschrieben. Seine Zeit teilte er sich zwischen der Buchhandlung und dem Cottage auf. Er hatte eine enge Beziehung zu seiner Schwester Jennifer. Der gemeinsame Buchladen lief relativ gut, sie hatten keine finanziellen Probleme.

Daniel war Single.

Jennifer war zum Zeitpunkt des Mordes an Daniel ebenfalls Single, sagte aber, sie habe in der jüngeren Vergangenheit gelegentlich oberflächliche Beziehungen gehabt. Sie seien für diese Ereignisse jedoch nicht relevant gewesen.

Im Laufe der polizeilichen Ermittlungen zu Daniels Verschwinden erkundigte sich Jennifer mehr als dreißig Mal bei dem zuständigen Beamten, ob die Polizei noch aktiv nach Daniels Leiche suchte. Sie stellte auch eine Freiwilligengruppe zusammen, die sich regelmäßig traf, um die Orte abzusuchen, an denen Daniel gewesen sein könnte. Nach Kenntnis des zuständigen Beamten existiert diese Gruppe nicht mehr.

Ronald Parks ist seit siebenundzwanzig Jahren mit seiner Frau Rita verheiratet. Sie beschrieb ihre Beziehung als ›stabil‹, es gebe keine Eheprobleme. Sie bestätigte, dass er ihr oder ihren Kindern gegenüber nie aggressiv oder gewalttätig gewesen sei, sondern immer ein vorbildlicher Ehemann und Vater.

Daniel und Jennifer sind ihre gemeinsamen Kinder. Ronald Parks hat außerdem einen Sohn namens Jason aus einer früheren Beziehung, zu dem er keinen Kontakt hatte. Nachforschungen zum Aufenthaltsort von Jason und seiner Mutter, Tanya Harris (Ronalds Ex-Partnerin), verliefen erfolglos.

Recherchen im System ergaben, dass Ronald Parks im Jahr 2005, zwei Jahre vor diesen Ereignissen, die Polizei angerufen hatte, um einen Diebstahl von Baumaterial aus seinem Vorgarten zu melden. In diesem Zusammenhang wurde niemand festgenommen.

Kein Mitglied der Familie Parks hatte sich in irgendeiner anderen Angelegenheit an die Polizei gewandt. Eine Abfrage der nationalen Datenbank ergab keinen Treffer.

Sheridan reckte sich, gähnte und schloss die Akte. Ronald Parks war mit einem Mord davongekommen, dachte sie. Und sie würde das in Ordnung bringen.

KAPITEL 4

Als sie nach Hause fuhr, dachte Sheridan an ihren Bruder Matthew, der vor dreißig Jahren ermordet worden war. Der Fall war nach wie vor ungelöst. Sheridan und ihre Eltern litten noch immer unter dem Schmerz, Matthew auf so brutale Weise verloren zu haben.

Sheridan hatte ihren Bruder verloren, so wie Jennifer Parks. Der Unterschied war, dass man Matthews Leiche gefunden hatte, seinen Mörder hingegen nicht. Noch nicht.

Sie dachte an Jennifer und daran, wie sie ihren Vater während des Prozesses unterstützt hatte. Glaubte sie wirklich vorbehaltlos an Ronald Parks' Unschuld? Jennifer hatte den Prozess mitverfolgt und sich die Beweisführung gegen ihn angehört. Vielleicht zweifelte sie an seiner Darstellung jener Nacht. Vielleicht war sie aber auch so wie die Geschworenen dahingehend beeinflusst worden, dass er nicht schuldig sein konnte.

Ronald Parks war erst vor zwei Monaten aus dem Gefängnis entlassen worden. Wahrscheinlich genoss er seine Freiheit. Aufgrund dessen, was Sheridan gerade gelesen hatte, hoffte sie, dass das ein vorübergehender Zustand sein würde. Sheridan war davon überzeugt, dass der Vater schuldig war. Alles, was sie tun musste, war, es zu beweisen.

Sie griff ins Handschuhfach, um Kleingeld für den Mautautomaten vorm Kingsway-Tunnel herauszunehmen, und versuchte, die Gedanken an die Arbeit abzuschütteln. Sie stellte sich vor, wie sie gleich nach Hause zu Sam kam, und musste unwillkürlich lächeln. Sie hatten sich zwei Jahre zuvor kennengelernt, als Sheridan in einem Fall ermittelt hatte, in dem die Bewohnerin eines Pflegeheims eine Rolle spielte. Das war der Fall, auf den Hill Knowles sich bezogen hatte, als sie nach Sheridans Schussverletzung und der Therapie gefragt hatte. Als Sheridan eines Morgens zur Befragung dieser Bewohnerin ins Heim gekommen war, hatte Sam gerade ihre beste Freundin Joni besucht, die dort als Pflegerin arbeitete.

Die Anziehungskraft zwischen Sam und Sheridan war sofort unverkennbar gewesen. Zu der Zeit hatten Sam und ihre geliebte Katze Maud bei Joni in Crosby gelebt. Als Sheridan Joni in ihrer Wohnung zu einer Befragung aufgesucht hatte, hatten sich die beiden wiedergesehen. Sheridan hatte sich schnell verliebt. Zuerst in Sams Katze. Und kurz darauf in Sam.

Sheridan bog rechts nach Bidston Hill ab und hatte schon fast den Geschmack des Weins aus dem großen Glas auf der Zunge, den Sam ihr sicherlich schon eingeschenkt hatte. Als sie in die Einfahrt fuhr, sah sie, wie Sam in der Küche mit einem Geschirrtuch herumfuchtelte.

Sobald Sheridan aus dem Auto stieg, erhob sich Maud von der Sofalehne am Fenster und streckte sich. Sheridan trat an die Fensterscheibe und klopfte von außen dagegen, Maud tapste von innen dagegen. Jeden Abend das gleiche Ritual.

Als Sheridan die Haustür aufschloss, rief Sam aus der Küche: »Hallo, Süße. Das Abendessen ist im Arsch.«

Sheridan grinste, hängte ihren Mantel auf und rief zurück: »Ist es noch zu retten oder total im Arsch?«

»Es ist ziemlich schlimm.«

In der Küche hing beißender Rauch in der Luft, der Sheridan augenblicklich zum Husten brachte. Sie trat vorsichtig an den Backofen, um unerschrocken einen Blick auf das zu werfen, was darin lauern mochte.

»Was denkst du?« Sam reichte Sheridan das erwartungsgemäß gigantisch große Glas Wein, bevor sie die Ofentür öffnete und einen kremierten Fleischklumpen heraushob. Zumindest nahm Sheridan an, dass es eine Art Fleisch gewesen war. Im jetzigen Zustand konnte man nicht mit Sicherheit darauf schließen.

»Was ist das?« Sheridan nahm einen Schluck Wein, bückte sich, um Maud hochzuheben, und küsste sie auf den Kopf. Maud schnupperte an Sheridans Getränk und versuchte, ihre Pfote in das Glas zu stecken.

»Beef Wellington.« Sam verzog das Gesicht. »Das ist wirklich schwer zu kochen.«

»Offensichtlich.« Sheridan lächelte, als es an der Tür läutete. »Das wird Joni sein. Ich hoffe, sie ist nicht hungrig.« Sie setzte Maud sanft ab und öffnete das Küchenfenster.

Sam begrüßte ihre beste Freundin an der Tür. »Hi, komm rein. Kleine Planänderung, wir bestellen uns was zu essen.«

»Du hast das Essen vergeigt?« Joni wischte die Schuhe an der Matte ab und zog die Haustür zu. Sie folgte Sam in die Küche, umarmte Sheridan und reichte ihr eine Flasche Wein.

»Und das ist für dich, Maud.« Joni kniete sich hin und ließ einen mit Katzenminze gefüllten Spielzeugfisch vor Mauds Gesicht zappeln, bevor sie ihn auf den Boden warf. Maud kickte den Fisch kreuz und quer durch die Küche, raste ihm hinterher und brach schließlich in einem theatralischen Katzenminze-Koma zusammen.

Als sie nach dem Essen im Wohnzimmer saßen, lehnte Sheridan den Kopf an ein Nackenkissen und hörte Sam und Joni beim Plaudern zu. Wenn sich der Fall Daniel Parks in ihre

Gedanken schlich, schloss sie die Augen und ließ ihn vorüberziehen und sich vom Rhythmus des Gesprächs zwischen Sam und Joni einlullen, die sich kannten, seit sie sieben gewesen waren.

Joni schlug Sam vor, einen Kochkurs zu machen, da die Möglichkeit ansonsten nicht ausgeschlossen werden konnte, dass sie eines Tages jemanden vergiftete. Sam war dagegen, sie erinnerte Joni daran, dass sie einmal eine ziemlich leckere Pasta zubereitet hatte, die man sogar in einem Restaurant hätte servieren können. Joni konterte, dass diese Pasta in der ganzen Zeit, in der sie zusammengelebt hätten, die einzige auch nur annähernd genießbare Mahlzeit gewesen sei, die Sam zubereitet hätte. Wenn Sam keinen Kochkurs besuchen wolle, dann solle sie dringend über einen Erste-Hilfe-Kurs nachdenken.

»Warum das denn?«, fragte Sam.

»Na ja, falls – und ich betone das Wort falls – jemand an deinem scheußlichen Essen zu ersticken droht, weißt du zumindest, wie man ihn wiederbelebt. Aber jetzt haben wir genug Zeit mit dem Reden über deine grässlichen Kochversuche verplempert. Ich habe echte Neuigkeiten.« Joni verlagerte ihr Gewicht, woraufhin Maud – die jetzt eindeutig genug von ihrem neuen Katzenspielzeug hatte – aufsprang und sich auf ihrem Schoß niederließ. »In meinem Leben gibt es einen neuen Mann.«

Sheridan schlug die Augen auf und setzte sich gerade hin. Sie kannte Joni seit zwei Jahren und hatte sie noch nie über einen Typen sprechen hören. Sie griff nach ihrem Weinglas und durchlöcherte Joni mit Fragen. »Wie heißt er? Was macht er beruflich? Wo hast du ihn kennengelernt?«

»Ich verrate euch weder seinen Namen noch sonst irgendwas.« Joni streichelte Maud.

»Und wann lernen wir ihn kennen?«

»Wenn ich glaube, dass er so weit ist.«

Sam und Sheridan warfen sich einen schnellen Blick zu, bevor Sam fragte: »Willst du heute Nacht bei uns bleiben?« Wenn sie Joni betrunken machten, würde sie alles über diesen geheimnisvollen Typen ausplaudern.

»Ja, okay.« Als Joni nickte, eilte Sam in die Küche, um ihr einen ordentlichen Whisky Cola zu mixen.

Drei große Drinks später erzählte Joni ihnen, dass ihr »neuer Mann« in Wirklichkeit eine Katze namens Newman war und dass sie hoffte, der Kater würde sich auf eine wunderbare Beziehung mit Maud einlassen.

»Er soll sich aber erst richtig einleben, bevor ich ihn mitbringe. Glaubt ihr, die beiden werden sich verstehen?«, fragte Joni.

»Kommt darauf an. Spielt er gerne Poker?« Sam musste selbst kichern. Joni verdrehte die Augen.

Als alle nach oben ins Bett gingen, schlich sich Maud auf leisen Pfoten in die Küche, weil sie fand, dass das aufgegebene Beef Wellington einer näheren Untersuchung bedurfte. Sie schlug ihre Krallen mehrmals in den verkohlten Fleischklumpen, bis ein Stück herausbrach und auf einer Kralle stecken blieb. Nach mehreren erfolglosen Versuchen, es abzustreifen, raste sie wie verrückt durchs Wohnzimmer und dann die Treppe hinauf. Schließlich fiel es ab. Von der Fleischkohle befreit, spazierte sie nach unten, ließ sich auf dem Sofa nieder und putzte sich gründlich.

KAPITEL 5

Samstag, 3. November – Crosby Beach, Liverpool

Mandy Tomkins ging mit ihrem Hund Buddy am Strand spazieren. Die Sonne ging langsam auf, und Mandy genoss den menschenleeren Strand und die Schönheit der Natur in vollen Zügen.

Im Sommer war hier tagsüber alles vollgestellt mit Liegestühlen, Windschutzvorrichtungen und Zelten. Die Besucher kamen von weit her, um sich die gespenstischen Statuen der ›Eisernen Männer‹ anzusehen, die Teil einer Kunstinstallation von Antony Gormley waren. Familien schlugen Zelte auf und picknickten, Hunde jagten aufgeregt hinter sandigen Tennisbällen her, und Kinder spielten stundenlang mit eisverschmierten Bäuchen in der Nachmittagssonne. Abends genossen nur noch die hundert gusseisernen Männer die wieder eingekehrte Stille und starrten blind in die hereinbrechende Dämmerung.

Mandy liebte diese Tageszeit. Es waren nur ein paar Leute in der Nähe, sodass sie in aller Ruhe mit ihrer Kamera den perfekten Sonnenaufgang, Lichtreflexionen auf dem Meer oder den von der Brandung geriffelten Sand einfangen konnte. Sie schlenderte auf das andere Ende des Strandes zu, wobei sie den im Wasser spielenden Buddy im Auge behielt. Die Ebbe hatte eingesetzt, und als der Morgenwind über den Sand wehte, blieb sie stehen und staunte über den Anblick der Eisernen Männer, die die Küste säumten.

Die hundert Figuren waren zwei Jahre zuvor in der Flussmündung aufgestellt worden und blickten hinaus aufs Meer. Viele Touristen kamen wegen der besonderen Atmosphäre nach Crosby Beach, berührten die Statuen und bewunderten ihre schlichte Schönheit. Lebensgroße Männer aus Eisen. Die Eisernen Männer.

Mandy nahm den Objektivdeckel von der Kamera und ging in die Hocke, um ein Foto von einer Statue im glitzernden Sand zu machen. Plötzlich hörte sie Buddy bellen. Als sie aufschaute, umkreiste er eine Statue, rannte bellend vor und zurück, setzte sich schließlich davor und starrte an ihr hoch.

Mandy lächelte. Wenn Buddy lange genug so wie jetzt mit seitlich geneigtem Kopf sitzen bliebe, könnte es ein Starfoto werden. Doch dann zoomte sie an ihn heran und bemerkte etwas Seltsames. Etwas stimmte nicht. Sie ging zögerlich über den Strand auf die Statue zu. Als Buddy sie kommen sah, sprang er auf und fing wieder an zu bellen.

Mandys Augen weiteten sich, und ihr Herz begann zu rasen.

Vor ihr stand der Eiserne Mann. Und an ihn festgebunden war – eine tote Frau.

KAPITEL 6

Sheridan schenkte ein Glas Orangensaft ein, nahm einen Schluck und reichte es Sam. »Wenn Joni heute nichts vorhat, könnten wir eine Runde Minigolf in New Brighton spielen.«

»Hört sich gut an«, sagte Sam. »Falls sie irgendwann aus dem Bett kommt.« Sie stellte die halb leere Flasche Bourbon in den Schrank, als das Telefon klingelte.

Sheridan nahm es von der Küchenarbeitsplatte und ging fröhlich ran. »Hallooooo?«

»Hallo, Sheridan. Hier ist Anna. Tut mir leid, dass ich dich störe. Du hast ja eigentlich frei. Kannst du reden?«

»Ja. Was ist los?«

»Am Crosby Beach wurde die Leiche einer Frau gefunden. Sie war an einem Eisernen Mann festgebunden.«

»Verdammt. Weiß man schon, wer sie ist?«

»Nein, noch nicht. Hier schwirren die Leute vom MIT rum. Ich bin hingefahren, weil der Fall irgendwann bei uns landen könnte.«

»Ich bin in einer knappen Stunde da«, sagte Sheridan und beendete das Gespräch.

»Alles in Ordnung?«, fragte Sam.

»Tut mir leid, Süße, ich muss zur Arbeit. Sie haben eine Leiche am Crosby Beach gefunden.«

»Alles klar.« Sam war ebenso an Sheridans unregelmäßige Arbeitszeiten gewöhnt wie daran, dass ihre Pläne von einem Augenblick auf den nächsten über den Haufen geworfen werden konnten. »Ist jemand ertrunken?«

»Keine Ahnung. Anna hat nur gesagt, dass es um eine Frau geht.«

Eine halbe Stunde später, als Sheridan durch den Kingsway-Tunnel fuhr, begann sie sich die Szene in Crosby vorzustellen, und lauter Fragen schwirrten durch ihren Kopf.

Der Strand war zugeparkt mit den Einsatzfahrzeugen von Polizei, Spurensicherung und Küstenwache. Ein Hubschrauber flog im Suchflug über sie hinweg. Sheridan erreichte die Absperrung, hielt dem jungen Beamten ihren Ausweis vor die Nase und duckte sich unter dem Absperrband hindurch. Anna kam ihr entgegen.

»Hallo, Sheridan. Das ist so was von schräg.« Sie gingen schnell zu der Frauenleiche hinüber, die immer noch an dem Eisernen Mann festgebunden war.

Ihr Körper war mit zwei Gurtbändern an der Statue festgezurrt, ihre Hände mit Kabelbindern auf dem Rücken gefesselt worden. Ihr Kopf hing herab, das nasse, kastanienbraune Haar klebte ihr im Gesicht, das um die Lippen bläulich angelaufen war.

»Wo ist die Zeugin, die sie gefunden hat?« Sheridan vergrub die Hände in den Taschen. Ein bissiger Wind peitschte über den Strand.

Anna sah sich prüfend um. »Bei den Kollegen vom MIT.«

»Hallo, die Damen.« Die Stimme hinter ihnen ließ sie beide leicht zusammenzucken. »Das ist doch ein Job fürs MIT, oder etwa nicht? Und was macht ihr beide dann hier?«, fragte DC Rob Wills.

»Hallo, Rob. Und was machst *du* dann hier? Kommst du nicht am Montag zurück zur Kripo?« Sheridan runzelte die Stirn.

39

Rob hatte mit Sheridan zusammengearbeitet, bevor er vorübergehend zum Major Investigation Team abgeordnet worden war, und sie freute sich, ihn wiederzusehen. Rob war absolut zuverlässig, obendrein erfahren und fleißig. Und er strahlte eine unerschütterliche Gelassenheit aus.

»Doch. Heute ist mein letzter Tag beim MIT, und du weißt ja, dass ich einem grausamen Mord nicht widerstehen kann. Apropos, ich habe gehört, dass ihr den Fall Daniel Parks wieder aufrollt?«

»Ja, genau. Ich nehme an, beim MIT sind sie stinksauer?«

»Nicht wirklich. Sie sind davon überzeugt, dass er schuldig ist. Sie konnten es nur nicht beweisen.«

Sheridan machte eine Kopfbewegung zu der Statue mit der Leiche. »Hast du so etwas schon mal gesehen?«

»Nein.« Rob schüttelte den Kopf. »Ich bin zeitgleich mit der Küstenwache hier angekommen, und obwohl diese Leute wirklich einiges gewohnt sind – aufgedunsene Wasserleichen und so weiter –, waren sie ziemlich fassungslos.«

»Wie lange haben wir noch bis zur Flut?« Sheridan sah auf ihre Uhr. »Es ist jetzt fast zehn.«

»Laut Küstenwache ist die Flut um halb zwei. Das passt schon.«

»Wurden die anderen Statuen alle überprüft?« Sheridan sah einem Hubschrauber nach, der auf den Horizont zuflog.

»Ja«, sagte Rob. »Die Küstenwache hat alle kontrolliert. Zum Glück ohne was zu finden.«

In diesem Moment rannten mehrere Polizisten an ihnen vorbei, weg von den Statuen am Strand, hin zu den Sanddünen. Sheridan, Rob und Anna sahen sich an und liefen hinterher, neugierig, was die plötzliche Aufregung verursacht haben mochte. Sie holten die Kollegen ein, die plötzlich wie angewurzelt vor einem kleinen Haufen Treibholz stehen geblieben waren.

»Mein Gott«, sagte Rob. Sie starrten entsetzt auf die makabre Szene vor ihnen.

KAPITEL 7

Jennifer Parks eilte auf ihre Buchhandlung zu. Sie hasste es, zu spät zu öffnen, dazu an einem Samstag und erst recht in der Vorweihnachtszeit. Sie schloss die Ladentür auf, drehte das Schild auf »Geöffnet« und schaltete das Licht an. Der erste Kunde betrat den Laden.

»Haben Sie auch Kinderbücher?« Der Mann wischte die Schuhe auf der Matte ab, zog die Handschuhe aus und steckte sie in die Taschen seines dicken Mantels.

»Ja, bitte kommen Sie mit.« Jennifer ging in den hinteren Teil des Ladens und zeigte ihm das Sortiment. Dann ging sie zurück zum Tresen und prägte sich ein, dass er nach Kinderbüchern gefragt hatte. Sie wusste genau, dass er noch nicht da gewesen war. Sie war stolz darauf, sich ihre Kunden und deren Buchauswahl zu merken.

Nach Daniels Ermordung waren plötzlich mehr Kunden gekommen, das Geschäft florierte. Ihr war klar, dass die meisten Leute kamen, um die Frau zu sehen, deren Bruder getötet und deren Vater des Mordes an ihm angeklagt worden war.

Nur wenige Kunden brachten den Mordfall zur Sprache, viele stutzten aber, betrachteten das Plakat hinter der Kasse und taten so, als sähen sie es zum ersten Mal. Dabei war ganz

Liverpool mit den Plakaten zugepflastert. Einige taten, als hätten sie nie etwas von Daniel gehört, und stellten Jennifer alle möglichen Fragen. Die wenigsten kamen und kauften nichts. Es war, als würden sie eine Trophäe aus dem Laden erwerben, in dem »der Typ, der von seinem Vater umgebracht worden ist« gearbeitet hatte.

Obwohl Jennifer vor Gericht beteuert hatte, dass ihr Vater zu so einer Tat nicht in der Lage sei. Sie verfolgte den Prozess täglich und erkannte, dass die Geschworenen zunehmend von der Unschuld ihres Vaters überzeugt waren.

Genau vor zwei Monaten hatte sie mit ihrer Mutter im Gerichtssaal gesessen, als die Geschworenen zu ihrer Entscheidung gekommen waren. Sie erinnerte sich an das Gesicht ihres Vaters, als der Richter das Urteil »Nicht schuldig« aussprach. Sie erinnerte sich an die Umarmung ihrer Mutter und wie sie vor dem Gerichtsgebäude auf die Freilassung ihres Vaters gewartet hatten. Sie erinnerte sich an die Geschwindigkeit, mit der er auf sie zugelaufen war, ohne die Journalisten zu beachten, die ihn zu einem Kommentar aufforderten. Ronald Parks wollte nur nach Hause. Rita Parks wollte nur, dass die Gerüchte verstummten, damit sie ihren Freunden wieder in die Augen sehen konnte. Auch wenn es nicht mehr so sein würde wie früher, weil die Leute daran festhalten würden, dass die Polizei den richtigen Mann erwischt hatte. Vielleicht müssten sie das Haus verkaufen und wegziehen. Aber Ronald Parks hatte sehr deutlich gemacht, dass er unschuldig war und ihn nichts dazu bringen würde, wegzulaufen und sich zu verstecken. Er hatte nichts Falsches getan.

Jennifer Parks wollte nur das Begräbnis ausrichten, das ihr Bruder verdiente.

Und alle anderen wollten nur wissen, was wirklich mit Daniel Parks passiert war.

In den beiden Monaten nach der Entlassung ihres Vaters aus der Untersuchungshaft hatten die drei kaum darüber gesprochen. Ronald wollte weitermachen und irgendwie versuchen, mit den neugierigen und abwertenden Blicken klarzukommen. Die Polizei hatte nicht beweisen können, dass er Daniel ermordet hatte. Sie hatte auch nicht herausfinden können, wer tatsächlich für seinen Tod verantwortlich war. Die drei wussten nur, dass das Leben, das sie bis zu Daniels Tod geführt hatten, für immer vorbei war.

Jennifer schaute aus dem Schaufenster. Die Straße belebte sich allmählich, Menschen eilten geschäftig von Laden zu Laden, bevor sie sich in kleinen Cafés zu Gesprächen mit Freunden oder Verwandten trafen.

Sie wurde aus ihren Gedanken gerissen, als der erste Kunde an den Tresen kam, um sein Buch zu bezahlen. Oder war es sein Souvenir?

KAPITEL 8

Sheridan umkreiste den Fundort, ging in die Hocke und musterte den Mann, der bis zum Hals im Sand eingegraben und dem ein Fernglas grob ans Gesicht geklebt worden war.

»Er schaut zur toten Frau auf der Statue. Als würde er sie durch das Fernglas beobachten.«

Anna nickte. »Glaubst du, es wurde ihm aufs Gesicht geklebt, damit er sie sehen konnte?«

Sheridan trat zurück und machte Platz für die Beamten vom MIT und der Spurensicherung, die mit der Untersuchung des Fundorts begannen.

»Nein. So wie es angeklebt wurde, konnte er nicht hindurchsehen. Das ist rein symbolisch. Wahrscheinlich war er schon tot, als er auf diese Weise ausstaffiert wurde. Außerdem war es Nacht; in der Dunkelheit hätte er sie sowieso nicht sehen können.«

Sheridan blickte zu der Leiche an dem Eisernen Mann hinüber und prägte sich die Szene mit allen Einzelheiten ein. Anna beobachtete sie, wie immer bereit, Sheridans Theorie zu erfahren. Anna arbeitete gern mit Sheridan zusammen, sie waren ein gutes Team. Sheridan war eine hervorragende Polizeibeamtin mit einer außergewöhnlichen Karriere, und wenn sie etwas sagte, hörten ihr alle im Team zu. Sie war Ermittlerin durch und durch. Während sie auf dem Sand stand und die Szene in sich aufnahm, stellte Anna sich vor, wie sich die Zahnrädchen in ihrem Kopf drehten.

»Was denkst du?«

Sheridan atmete die Seeluft tief durch die Nase ein und blies sie laut wieder aus.

»Das war nicht einer alleine.«

KAPITEL 9

Sam stieß Jonis Schlafzimmertür mit dem Knie auf und trug zwei Tassen Kaffee hinein. »Mein Gott, du siehst ja schlimm aus!«

Joni öffnete zögernd ein Auge. Ihr Mund war trocken wie Sandpapier. Sie fuhr sich mit der Zunge über ihre Zähne. »Unglaublich, wie betrunken ihr mich gemacht habt.«

Sie setzte sich vorsichtig auf und nahm dankbar den Kaffee an. Maud sprang aufs Bett und schnurrte zufrieden, während sie die Bettdecke mit den Vorderpfoten knetete.

»Das ist ja wie in unseren guten alten Zeiten«, bemerkte Sam. »Als wir uns bei dir besoffen haben und du am nächsten Morgen schrecklich mürrisch warst.« Sie stellte die Tasse auf dem Nachttisch ab und kletterte zu Joni ins Bett. Dann rümpfte sie die Nase und wedelte hektisch mit einer Hand herum. »Hast du gefurzt?«

»Nein, verdammt!« Joni trat Sam gegen das Bein.

»Sheridan musste zur Arbeit, sie haben eine Leiche am Crosby Beach gefunden.«

»Wirklich? In der Nähe meiner Wohnung?«

»Das weiß ich nicht.« Sam nahm die Kaffeetasse und pustete auf den Dampf.

»Glauben sie, dass es Mord war?«, fragte Joni mit großen Augen.

Sam zuckte mit den Schultern. »Ich weiß nur, dass es eine Frau ist.«

Joni stellte ihre Kaffeetasse ab. »Vielleicht kenne ich sie, vielleicht bin ich eine Zeugin. Wie alt ist sie?«

»Das weiß ich nicht.«

»Wie lange ist sie schon tot?«

»Das weiß ich nicht.«

»Wurde sie erwürgt?«

»Das weiß ich nicht.«

»Du bist aber auch zu gar nichts zu gebrauchen.« Joni schüttelte den Kopf. »Was bringt es, mit einer Ermittlerin zusammen zu sein, wenn du sie nicht nach diesen Details fragst?«

KAPITEL 10

Tony Harvey war die ganze Nacht in seinem Wohnzimmer hin und her gelaufen und hatte sich überlegt, wie er aus dieser Katastrophe wieder herauskommen sollte. Er ging die Situation immer wieder durch, bis ihm plötzlich schlecht wurde und er die Treppe hinauflief, sich in die Toilette übergab und flach durch die Nase atmete, um nicht weiter würgen zu müssen.

Er drehte den Wasserhahn auf und spritzte sich Wasser ins Gesicht, wobei er die Augen schloss, um die Bilder auszublenden. Als er sich etwas erholt hatte, richtete er sich langsam auf und stellte fest, dass überall auf dem Badezimmerboden der dunkle, nasse Sand von seinen Stiefeln gefallen war. Sein Herz klopfte so schnell, dass er die weißen Flecken in seinen Augen wegblinzeln musste.

Seine Hände zitterten unkontrolliert, als er die Stiefel auszog und die Treppe hinuntertrug.

Er öffnete die Küchenschublade, zog einen Müllbeutel heraus und warf die Stiefel hinein.

Und jetzt? Sollte er sie vergraben? Verbrennen? Ins Auto packen und in den Mersey werfen?

Er schluckte, als ihm Gallenflüssigkeit hochkam, ging zur Spüle und spuckte sie aus. Die Säure brannte ihm in der

Kehle. Sein Kopf hämmerte, und er sah alles verschwommen. Am liebsten hätte er die Augen geschlossen und sich hingelegt. Wenn er sich nur einen Moment hinlegte, könnte er vielleicht herausfinden, was er tun sollte.

Er hatte alle möglichen Szenarien durchgespielt und war immer wieder zur selben Lösung gelangt: Er hatte keine Wahl. Er musste fliehen. Das Problem war nur, dass er nicht ohne Helen fliehen konnte.

Wo zum Teufel ist sie?

Ihr Auto war nicht da gewesen, als er nach Hause kam. Er ging in den Flur, wo er seine Stiefelabdrücke auf dem Teppich sah. Den Sand, den er ins Haus getragen hatte. Er musste ihn entfernen. Die Beweise für das, was er getan hatte, waren überall. Er musste das Haus sauber machen und herausfinden, wie er die Spuren der Leichen in seinem Auto beseitigen konnte. Er schaute auf die Wanduhr und wischte sich mit dem Ärmel über den Mund.

Dann stand er einen Moment lang so da und dachte nach.

Und dann klingelte es an der Tür.

Er spähte durch die Jalousien und sah einen Polizeiwagen und zwei uniformierte Beamte an der Haustür. Einer von ihnen hatte ihn schon entdeckt.

»Scheiße«, sagte er leise. »Scheiße.« Er legte die Kette vor, bevor er die Tür öffnete.

»Hallo, Sir, sind Sie Mr Harvey? Anthony Harvey?«, fragte der Beamte.

»Ja. Worum geht es?« Tony konnte die Tür zuknallen und zur Hintertür hinaus in den Wald hinter seinem Haus rennen. Wahrscheinlich würde er das schaffen. Aber was sollte er dann tun? Wohin sollte er fliehen? Wo sollte er sich verstecken?

»Sind Sie Anthony Harvey? Wir müssen mit Ihnen über Ihre Frau Helen Harvey sprechen.«

»Meine Frau ist nicht da. Worum geht es?«

»Können wir bitte reinkommen?«

»Es ist kein guter Zeitpunkt. Ist etwas passiert?«

»Wir würden lieber reinkommen, Mr Harvey.«

Harvey senkte den Kopf. Er war verwirrt. *Sie sind nicht wegen der Leichen in Crosby hier.*

Er öffnete die Tür, und sie folgten ihm ins Wohnzimmer, bevor sie ihm nahelegten, sich zu setzen.

»Mr Harvey, wir haben mehrfach versucht, Sie zu erreichen. Wir müssen Ihnen leider eine schlechte Nachricht überbringen.«

Tony Harvey schluckte. Er spürte, wie seine Beine zu zittern begannen, und glaubte, ohnmächtig zu werden. »Was für eine schlechte Nachricht?«

»Es gibt keinen guten Weg, es Ihnen zu sagen. Ihre Frau hat sich gestern Abend das Leben genommen.« Der Beamte wartete, bis Tony die Worte verstanden hatte.

»Was?« Tony stiegen Tränen in die Augen. »O Gott. Wo? Nein, das kann nicht sein, das kann nicht Helen sein. Das muss eine Verwechslung sein.« Er stand auf und legte beide Hände auf den Scheitel. »Was ist passiert?«, schluchzte er.

»Es tut mir leid. Sie ist vom Dach des *180*, dem Restaurant im Zentrum, gesprungen.«

KAPITEL 11

Als Sheridan und Anna über den Hinterhof des Polizeireviers in der Hale Street gingen, sahen sie DCI Hill Knowles auf sie zukommen.

»Waren Sie in Crosby?«, rief Hill und zog die Autoschlüssel aus der Tasche.

»Ja, Ma'am«, antwortete Sheridan. »Wir dachten, es wäre eine gute Idee, ein Gefühl für den Fall zu bekommen. Er könnte ja bei uns landen.«

»Sie hätten nicht an Ihrem freien Tag kommen müssen, Sheridan. Das MIT hat den Fall übernommen, und ich hatte gerade ein Meeting mit dem Chief Inspector vom MIT.« Sie blieb vor den beiden stehen. »Konzentrieren Sie sich auf den Fall Daniel Parks.« Hill Knowles sah immer so aus, als runzelte sie die Stirn oder sei zumindest kurz davor. Ihr kurzes graues Haar verlieh ihrem dünnen faltigen Gesicht zusätzliche Kälte.

»Natürlich, Ma'am, ich dachte nur ...«

»Das ist kein Anschiss«, sagte Hill. »Aber die Arbeit am Fall Parks wird ein Albtraum, und Sie müssen sich ganz darauf konzentrieren.« Sie lächelte. Oder etwas in der Art.

»Ich *werde* mich ganz darauf konzentrieren, Ma'am.« Sheridan versuchte, nicht verärgert zu klingen.

»Gut. Also, ab nach Hause mit Ihnen. Am Montag kommen Sie frisch und fröhlich zur Arbeit.« Hill stieg ins Auto und fuhr vom Hof.

Sheridan und Anna machten sich auf den Weg ins Hauptgebäude und zum Büro der Kripo. »Ich trinke noch schnell einen Kaffee mit dir, bevor ich nach Hause gehe«, sagte Sheridan. Als sie hinter Anna die Treppe hinaufging, bemerkte sie eine Reihe von dunklen Blutergüssen an deren Handgelenk.

Im Büro sprach sie das Thema an. »Was ist mit deinem Handgelenk?«

Anna zog sofort den Ärmel zurück und zeigte ihr die Blutergüsse. »Ich habe mit Steve gerangelt, wir waren ziemlich besoffen. Bis zum Morgen habe ich es nicht einmal gemerkt.« Sie zog ihren Ärmel wieder herunter. »Ich sehe aus wie ein Opfer häuslicher Gewalt, stimmt's?«

Sheridan hob eine Augenbraue. »Das finde ich nicht witzig.«

Anna reagierte auf Sheridans fragenden Blick. »Ernsthaft? Hör auf, Steve würde mich nie schlagen. Ich würde ihn fertigmachen.«

»Nicht, wenn ich zuerst da bin.« Sheridan trank ihren Kaffee aus und lächelte Anna an. »Gut, ich gehe nach Hause. Ich muss noch Minigolf spielen.«

KAPITEL 12

Jennifer Parks fuhr langsam über die Landstraße nach Hause. Ein langer Tag lag hinter ihr, in der Buchhandlung war viel los gewesen. Nachdem sie sie geschlossen hatte, war Jennifer ins Fitnessstudio gegangen und hatte ihr normales zweistündiges Work-out absolviert. Seit dem Frühstück hatte sie nichts mehr gegessen, ihr Magen knurrte.

Als sie in den Weg einbog, der zum Haupthaus führte, warf sie einen Blick auf das Auto ihrer Eltern, das vor den Koniferen geparkt war, die das Haus säumten. Das Licht des Fernsehers flackerte blau-weiß im Wohnzimmer, und sie überlegte, ob sie hineingehen sollte, entschied sich dann aber dagegen und fuhr weiter zu ihrem Cottage.

Sie machte Feuer und schenkte sich ein Glas Wein ein. Als sie es ausgetrunken hatte, schenkte sie sich noch eines ein, das sie mit ins Badezimmer nahm, nachdem sie eine Tiefkühl-Mahlzeit in den Ofen gestellt hatte.

Sie duschte lange, dann wickelte sie sich in ein großes, weißes Handtuch, wischte das Kondenswasser vom Spiegel und starrte ihr Spiegelbild an. Ihr fiel auf, wie alt sie für ihre vierundzwanzig Jahre aussah. Als sie die Leere in ihren eigenen Augen sah, schaute sie schnell weg, zog sich eine Trainingshose und einen Pullover an, setzte sich auf das Sofa und zog die Beine unter sich.

Nachdem sie ihr Abendessen verschlungen hatte, nahm sie einen Karton aus dem Bücherregal, stellte ihn auf den Couchtisch und starrte auf die großen, handgeschriebenen Worte auf dem Rücken: »Daniels Akte«. Sie hatte den Inhalt schon tausendmal gelesen. Die Notizen, die sie während der polizeilichen Ermittlungen zu seiner Ermordung gemacht hatte, Kopien der Flugblätter, die sie aufgehängt hatte, Notizen von ihren Gesprächen mit dem zuständigen Beamten, Notizen zu den Beweisen, die im Cottage und im Wagen ihres Vaters gefunden worden waren. Fragen, die sie selbst geschrieben hatte, mit leeren Stellen, wo die Antworten sein sollten. So viele Fragen, die unbeantwortet geblieben waren.

Jennifer öffnete die Akte und ließ sich nieder, um den Inhalt noch einmal zu lesen.

KAPITEL 13

Montag, 5. November

Sheridan Holler blickte auf, als DCI Hill Knowles in ihr Büro marschierte. *Machen Sie sich bloß nicht die Mühe, anzuklopfen,* dachte sie.

»Guten Morgen, Ma'am, wie war Ihr Wochenende?« Sheridan war das eigentlich völlig egal; sie fragte aus Höflichkeit.

»Herzerquickend. Sind Sie bereit für das Briefing im Fall Daniel Parks?« Der Sarkasmus in Hill Knowles' Antwort zeigte überdeutlich, dass ihr an Small Talk nichts lag. Sheridan würde sich in Zukunft nicht mehr die Mühe machen, ihr private Fragen zu stellen.

»Machen *Sie* nicht das Briefing, Ma'am?«, fragte sie.

»Nein, das überlasse ich Ihnen. Wir sehen uns in fünf Minuten dort.« Hill streckte den Daumen nach oben, klopfte zweimal auf Sheridans Schreibtisch und rauschte hinaus.

Diese nervige Geste brachte Sheridan dazu, einen Stift gegen die Tür zu pfeffern, als Hill gegangen war. Er verfehlte Anna Markinson nur knapp. Sie bückte sich liebenswürdig und hob ihn auf. »Oje, geht dir die Chefin so auf den Zeiger?« Sie reichte Sheridan den Stift.

»Sie ist so wahnsinnig unhöflich. Und ihr Daumen-hoch-Getue kann ich auf den Tod nicht ausstehen.«

»Auf dem Revier geht das Gerücht um, dass sie Single ist und mit dreizehn Katzen zusammenlebt.« Anna hockte sich grinsend auf die Schreibtischkante.

Sheridan kicherte, nahm einen Stapel Papiere und ging zur Tür hinaus, dicht gefolgt von Anna. Sie betraten den unübersichtlichen Raum gemeinsam. Sheridan ging nach vorne. Von dort aus entdeckte sie Hill ganz hinten am Fenster, wo sie mit verschränkten Armen auf ihrem Stuhl kippelte.

»Guten Morgen allerseits. Als Erstes möchte ich Rob Wills willkommen heißen. Er hat eingesehen, dass er beim MIT fehl am Platz ist. Deswegen ist er von der dunklen Seite zu uns zurückgekehrt.«

Rob Wills zwinkerte Sheridan zu.

»Später stoßen noch zwei Ermittlerinnen vom MIT für die Dauer der Ermittlungen zu uns.«

Sie hielt inne und wartete auf Reaktionen oder Fragen. Als keine kamen, fuhr sie fort.

»Wir rollen den Fall Daniel Parks wieder auf. Wie ihr wisst, wurde sein Vater Ronald Parks im Oktober für nicht schuldig befunden, seinen Sohn Daniel ermordet zu haben. Ich habe die Akte gelesen. Ich bin überzeugt, dass die Indizien für einen Mord durch Ronald Parks vorliegen. Trotzdem ist es der Verteidigung gelungen, bei den Geschworenen ausreichend Zweifel zu wecken.« Sie nahm einen Schluck Wasser, bevor sie sich zum Whiteboard hinter ihr umdrehte. »Macht euch mit diesem Fall vertraut, bis ihr ihn in- und auswendig kennt. Wenn Ronald Parks seinen Sohn getötet hat, dann müssen wir das beweisen, und wenn er es nicht getan hat, dann läuft der Täter immer noch da draußen rum. Wir müssen alles daransetzen,

Daniels Leiche zu finden. Ich gehe davon aus, dass an der Leiche Spuren nachgewiesen werden können, mit denen der Fall geklärt werden kann.«

Sheridan fasste die Fakten für ihre Kollegen zusammen und hob hervor, dass Ronalds Tochter Jennifer ihren Vater während des Prozesses unterstützt und später eine Kampagne gestartet hatte, um Daniels Leiche zu finden. Dabei hatte sie unter anderem überall in der Stadt Flugblätter aufgehängt.

Während Sheridan ihr Team briefte, warf sie einen verstohlenen Blick auf DCI Hill Knowles und war überrascht, den Anflug eines Lächelns auf dem Gesicht ihrer neuen Chefin zu sehen. »Gut. Gibt es Fragen?«

DC Dipesh Mois hob die Hand. Sheridan zeigte auf ihn. »Ja, Dipesh?«

»Was ist mit Rita Parks? Wird sie verdächtigt, irgendetwas damit zu tun zu haben?«

»Nein. Das MIT hat sie gründlich überprüft. Ihre Darstellung der Ereignisse ist glaubwürdig. Ja, es war verdächtig, dass sie Ronalds Kleidung gewaschen hat. In der Vernehmung hat sie eingeräumt, gewusst zu haben, dass Ronald und Daniel sich gestritten hatten. Aber sie habe nicht gewusst, worum es ging. Sie hat behauptet, der Streit habe sich im Cottage abgespielt, während sie die ganze Zeit im Haupthaus gewesen sei. Rita waren die Kratzer in Ronalds Gesicht aufgefallen, die von Daniel stammen mussten, genauso wie das Blut auf seiner Kleidung. Sie sagte, dass sie sie mit anderen Sachen gewaschen habe. Ansonsten gab es rein gar nichts, was Rita mit dem Mord in Verbindung gebracht hätte.« Sheridan lächelte kurz. »Es sei denn natürlich, ihr beweist das Gegenteil. Wir sollten immer im Hinterkopf behalten, wer diesen Mord begangen haben könnte, wenn es nicht Ronald gewesen ist.«

Sie sah sich im Raum um. »Also gut, ich weise euch allen gleich eure Aufgaben zu. Wir müssen alle Indizien überprüfen.

Falls ihr Fragen, Theorien oder Geistesblitze habt, behaltet sie bitte nicht für euch.«

Hill folgte Sheridan und Anna aus dem Raum. »Gutes Briefing, Sheridan«, sagte sie hinter ihr.

»Danke, Ma'am. Es war nicht mein erstes Mal.« Sheridan konnte sich die sarkastische Antwort nicht verkneifen. Aus dem Augenwinkel nahm sie wahr, dass Anna den Kopf gesenkt hatte, damit ihre Chefin ihr Grinsen nicht sah.

Hill ignorierte die Bemerkung und überholte sie. Dann hielt sie plötzlich an. »Gehen Sie zu Jennifer Parks. Einerseits ist sie eine Zeugin, andererseits hat sie ein Recht darauf zu erfahren, dass wir die Ermittlungen zum Mord an ihrem Bruder wieder aufrollen.«

»Absolut. Aber wir gehen in die Buchhandlung, nicht zu ihr nach Hause. Ich will Ronald und Rita Parks nicht begegnen. Ich will Jennifer lieber allein befragen.« Sheridan zwang sich zu einem Lächeln.

»Gut. Halten Sie mich auf dem Laufenden.« Hill Knowles hob den Daumen, drehte sich um und marschierte den Korridor hinunter.

Sheridan sah Anna an. »Langsam fange ich an, sie zu mögen.«

»Wirklich?«

»Oder vielleicht doch nicht.«

KAPITEL 14

Anna warf ein paar Münzen in die Parkuhr, bevor sie mit Sheridan auf den Buchladen zuging. In der Gegend herrschte reges Treiben, und der Geruch von frischen Donuts folgte ihnen.

»Hier ist es.« Sheridan blieb stehen und warf einen Blick in den Laden, bevor sie die Tür aufstieß. Das Plakat mit dem Gesicht von Daniel Parks sprang ihnen entgegen. Im hinteren Teil der Buchhandlung waren zwei Kunden, und Jennifer, die hinter dem Tresen stand, sah auf, als sie hereinkamen, und begrüßte sie freundlich.

Sie war größer, als Sheridan sie sich vorgestellt hatte, schlank, aber muskulös und mit klaren Gesichtszügen. Ihr kurzes, braunes Haar passte zu ihrem fein geschnittenen Gesicht, und ihre warmen Augen verliehen ihm eine gewisse Schönheit und Präsenz.

»Jennifer Parks?«, fragte Sheridan leise und hielt den Dienstausweis noch in der Hand verborgen.

»Ja.« Jennifer lächelte, dann veränderte sich ihr Gesichtsausdruck komplett. Ihr Blick wanderte von Sheridan zu Anna und dann wieder zu Sheridan. »Sie sind von der Polizei?«

Sheridan zeigte Jennifer diskret ihren Dienstausweis. »Ja, aber machen Sie sich keine Sorgen, wir müssen uns nur kurz mit Ihnen unterhalten.«

Jennifer ging um den Tresen herum zu den beiden Kunden im hinteren Teil des Ladens, um ihnen höflich mitzuteilen, dass sie kurzfristig schließen müsse.

Nachdem sie gegangen waren, drehte sie das Schild auf »Geschlossen« und schloss die Tür ab.

»Sie haben Daniels Leiche gefunden, stimmt's?« Ihre Stimme brach, als sie sich wieder zu Sheridan und Anna umdrehte, und sie begann, am ganzen Körper zu zittern. Sie stützte sich auf den Tresen, während sich ihre Augen mit Tränen füllten.

»Nein, tut mir leid«, sagte Sheridan besorgt, weil es so aussah, als könne Jennifer gleich zusammenbrechen.

Anna zog einen Stuhl heran und veranlasste Jennifer, sich zu setzen. »Lassen Sie sich einen Moment Zeit. Atmen Sie ein paarmal tief durch.«

»Es tut mir leid.« Jennifer wischte sich die Tränen ab und atmete langsam aus.

»Das macht nichts. Wir wollten Sie nicht beunruhigen.«

»Ich habe wirklich gedacht, Sie sind gekommen, um mir mitzuteilen, dass sie ihn gefunden haben.« Sie atmete tief durch und bemühte sich, nicht zu weinen. »Also, was kann ich für Sie tun?«

»Wir wollten Sie nur wissen lassen, dass wir den Fall wieder aufgenommen haben.«

Sie warteten auf Jennifers Reaktion.

»Das ist eine sehr gute Nachricht.« Jennifer stand auf und angelte sich über den Tresen hinweg ein Taschentuch. »Und was passiert jetzt?«

»Wir würden gerne mit Ihnen über die Ereignisse unmittelbar vor Daniels Verschwinden sprechen und durch Ihre ursprüngliche Aussage gehen.«

»Okay. *Jetzt?*«

»Nein, jetzt nicht. Könnten Sie morgen früh auf das Polizeirevier Hale Street kommen? Sagen wir um zehn Uhr?«

»Ja. Natürlich.« Jennifer putzte sich die Nase. »Haben Sie schon mit meinen Eltern gesprochen?«

»Nein, noch nicht«, antwortete Sheridan. »Wir wollten erst mit Ihnen sprechen. Ist das in Ordnung? Oder ist das für Ihre Eltern problematisch?«

»Nein, überhaupt nicht. Sie sind bestimmt erleichtert, dass Sie den Fall wieder aufnehmen. Wir wollen ja wissen, wer Daniel getötet hat.« Sie schaute auf das Poster an der Wand. »Werden Sie auch noch einmal nach ihm suchen?«

»Ja.«

»Sie wissen wahrscheinlich, dass ich seit seinem Verschwinden nach ihm suche. Ich kann Ihnen die Gebiete auf der Karte zeigen, die ich bereits überprüft habe, falls das hilfreich ist.« Sie sah Sheridan an. »Tut mir leid, mir ist klar, dass die Polizei ein großes Gebiet abgesucht hat, aber als Sie meinen Bruder nicht gefunden haben, habe ich eine Freiwilligengruppe zusammengetrommelt. Wir haben Felder und Parks durchkämmt, wir waren überall, wo wir uns vorstellen konnten, ihn zu finden. Vielleicht spart Ihnen das etwas Zeit. Vielleicht können Sie woanders nach ihm suchen?«

»Es wäre vielleicht hilfreich, wenn Sie die Karten morgen mitbringen.« Sheridan lächelte, um Jennifers Begeisterung keinen Dämpfer zu verpassen.

* * *

Als sie den Laden verließen, wandte sich Anna in die Richtung, in der sie das Auto geparkt hatten. Aber Sheridan zog sie in die entgegengesetzte Richtung.

»Komm mit«, sagte Sheridan und zog ihre Brieftasche aus der Jackentasche.

»Warum?«, fragte Anna und versuchte, mit Sheridan mitzuhalten, die plötzlich einen Schritt zugelegt hatte.

»Weil diese Donuts einfach zu göttlich riechen, und wir uns jetzt einen gönnen.«

KAPITEL 15

Sheridan saß am nächsten Morgen am Schreibtisch, als Anna mit zwei Bechern Kaffee hereinkam. »Ich habe gerade den Detective Chief Inspector Rowe vom MIT aus Hills Büro kommen sehen. Er sah richtig sauer aus.«

»Super, dann hat Hill bestimmt wieder den ganzen Tag schlechte Laune«, sagte Sheridan.

Wenige Augenblicke später betrat Hill Knowles das Büro und schloss die Tür hinter sich. »Das MIT war gerade bei mir. Sie haben die männliche Leiche identifiziert, die in Crosby gefunden wurde.«

»Und?« Sheridan beugte sich vor.

»Es ist Ronald Parks.«

Sheridan starrte Hill ungläubig an. »Was? Und die Frau?«

»Das ist Rita Parks.« Hill lehnte sich an die Tür. »Ronald ist an einem Herzinfarkt gestorben. Sein Körper weist Quetschverletzungen auf, weil er im Sand eingegraben wurde. Er ist gestorben, bevor ihn das Wasser erreicht hat.«

»Was ist mit Rita Parks?«

»Sie ist ertrunken. Beiden wurden die Hände mit Kabelbindern gefesselt und die Münder mit Klebeband zugeklebt. Rita war mit zwei Gurtbändern an dem Eisernen Mann festgezurrt, solchen, die man zur Transportsicherung von Gegenständen verwendet. Ronald ist auch mit zwei von diesen Gurtbändern gefesselt worden.«

»Wissen wir, wie lange sie schon tot waren?«

»Nicht lange. Anscheinend nur ein paar Stunden.«

Sheridan lehnte sich zurück und sah Anna an, als ihr Telefon klingelte. Sie griff nach dem Hörer. »DI Holler.«

»Hallo, Ma'am, hier ist Hazel von der Rezeption. Eine Jennifer Parks ist am Empfang und möchte Sie sprechen. Sie sagt, Sie erwarten sie.«

KAPITEL 16

Jennifer verbrachte fast zehn Stunden auf dem Polizeirevier mit Anna und Sheridan. Sie überprüften ihre Bewegungen der letzten Tage, stellten ihr vorsichtig formulierte Fragen über das Leben ihrer Eltern und beschrieben ihr ansatzweise deren Tod, um ihre Reaktion auf die Einzelheiten einzuschätzen.

Sie waren erst am späten Abend damit durch. Sheridan und Anna fuhren Jennifer zurück in die Buchhandlung. Während der kurzen Fahrt saß sie zusammengesunken auf der Rückbank. Stumm. Gebrochen.

Sheridan hatte Jennifer gewarnt, dass die Polizei ein paar Tage lang im Haupthaus und im Cottage nach Hinweisen suchen würde, die ihr auf der Suche nach dem Mörder ihrer Eltern helfen könnten. Jennifer schien gefasst, was Sheridan nicht wunderte. Schließlich hatte sie das alles schon einmal durchgemacht, als Daniel ermordet worden war.

Jennifer hatte es abgelehnt, im Hotel zu übernachten. Freunde hatte sie auch nicht fragen wollen. Sie beharrte darauf, dass es ihr in der Buchhandlung gut gehen würde. Daniel und sie hatten oft dort übernachtet, wenn sie lange arbeiteten. Dann hatten sie eine Flasche Wein aufgemacht und bis in die frühen Morgenstunden geplaudert. Es gab zwei Zimmer im hinteren Teil des Ladens. Das eine hatten sie mit einem Sofa und einem Feldbett ausgestattet, das andere zu einer kleinen Küche umgebaut.

Jennifer hatte Sheridans Angebot abgelehnt, eine Alarmanlage installieren zu lassen. Aber sie war damit einverstanden gewesen, dass die Adresse markiert und nach Jennifers Anruf von der Polizei ohne die geringste Verzögerung angefahren werden würde. Sheridan sorgte dafür, dass mehrmals in der Nacht Streifenwagen vorbeifahren würden.

Sheridan befürchtete, dass es derjenige, der ihren Bruder und ihre Eltern getötet hatte, auch auf Jennifer abgesehen haben könnte. Es sah so aus, als versuche irgendwer, die ganze Familie auszulöschen.

»Sind Sie sicher, dass Sie nirgendwo anders unterkommen können?«, fragte Sheridan und drehte sich um. Auf der Rückbank saß nur noch die leere Hülle von Jennifer Parks.

»Nein. Ich komme hier zurecht.«

Sheridan stieg aus und öffnete ihr die hintere Tür. »Ich komme mit rein, nur um sicherzugehen, dass alles in Ordnung ist.«

Zehn Minuten später kam Sheridan aus dem Laden und stieg wieder ins Auto.

»Ich hab's«, sagte Anna und deutete auf das Schild über der Ladentür. »›Park und Lies‹ wie ›Park and Ride‹. Man parkt und liest ein Buch, anstatt mit dem Bus in die Stadt zu fahren. Das ist ziemlich clever.«

»Na, du bist ja ein Genie!«, antwortete Sheridan sarkastisch. Sie schnallte sich kopfschüttelnd an.

»Meinst du, sie erholt sich wieder?«, fragte Anna.

»Ehrlich gesagt, weiß ich es nicht. Jetzt sind sie alle drei tot. Ihren Bruder zu verlieren, muss schlimm genug gewesen sein, aber jetzt auch noch ihre Eltern …?«

»Manchmal vergesse ich es«, sagte Anna.

»Was vergisst du manchmal?«

»Dass du deinen Bruder verloren hast. Ist das nicht schrecklich von mir?«

Sheridan startete lächelnd den Motor. »Nein, natürlich nicht. Ich kann nachempfinden, wie Jennifer sich gefühlt haben muss, als sie Daniel verloren hat. Aber ich kann mir nicht einmal ansatzweise vorstellen, wie sich der Verlust ihrer Eltern auf sie auswirken wird.« Sie blickte zurück zur Buchhandlung. »Das Schlimmste ist, dass sie an die Unschuld ihres Vaters glaubt und wir vielleicht gerade dabei sind zu beweisen, dass er nicht unschuldig war.«

KAPITEL 17

Mittwoch, 7. November

»Schöne Gegend.« Sheridan löste den Gurt. Sie hatten auf der Hälfte des Weges angehalten, der zum Haus der Parks führte.

»Die Häuser hier sind ein Vermögen wert.« Anna schloss den Reißverschluss ihrer Jacke, stieg aus dem Auto und zeigte dem uniformierten Beamten, der auf sie zugekommen war, ihren Ausweis.

»Morgen.« Er nickte Anna zu.

»Guten Morgen. Wir wollen uns nur ein wenig umsehen. Ist die Spurensicherung im Haupthaus?«, fragte sie, als ein Kollege im Vorgarten des Grundstücks auftauchte und sie heranwinkte. »Hi, Charlie, wie sieht's aus?« Anna lächelte den Beamten von der Spurensicherung an, den sie schon von anderen Tatorten kannte.

»Im Moment können wir noch nicht viel sagen«, begann Charlie. »Wir finden keine Reifenabdrücke, weil hier alles gekiest ist. Und es gibt für Autos nur diesen einen Weg. Das Haupthaus gibt nicht viel her. Wir sehen keine offensichtlichen Anzeichen eines Kampfes. Auch kein Blut, das man mit bloßem Auge erkennen könnte. Ihre Leute haben alles durchsucht und

Computer, Handys der Opfer, Papiere und das übliche Zeug mitgenommen.«

»Was ist mit dem Haus, in dem Jennifer lebt?« Sheridan warf einen Blick auf das Cottage am Ende der Zufahrt.

»Auch keine Anzeichen, dass dort was passiert ist, aber wir arbeiten noch daran.«

»Was schätzt du, wie lange ihr braucht?«

»Noch zwei Tage, würde ich sagen.«

»Okay, alles klar. Wir ziehen uns die Sachen über und sehen uns um, wenn das in Ordnung ist.«

»Natürlich.«

Sheridan hatte Anna das Gespräch mit Charlie überlassen und sah sich in der Umgebung um. Das Haupthaus war sehr gepflegt. Jennifers Cottage war größer, als es auf den Fotos in der Akte zum Mord an Daniel erschien.

Als sie am Haupthaus vorbeiging, warf Sheridan einen Blick durch die Fenster, bevor sie an einem dichten Brombeergebüsch neben dem Cottage vorbeikam. Sie stellte sich vor, wie Jennifer und Daniel als Kinder hier gespielt hatten; vielleicht hatten sie sich versteckt. Hinter dem Cottage lag ein großer umgestürzter Baum. Sheridan legte ihre Hand auf die tote Rinde, und plötzlich versetzte ihre Fantasie sie in eine stürmische Nacht, in der ein Blitz in den Baum eingeschlagen hatte und ihn mit lautem Krachen zu Fall brachte. Sie holte tief Luft, bevor sie sich auf den Baumstamm setzte und für einen Moment die Augen schloss. Es war so ein schöner Ort, ideal fürs Großziehen von Kindern.

Sie öffnete die Augen. Sie wäre gerne in der Nacht von Daniels Verschwinden hier gewesen, hätte stumm dagestanden und zugesehen, wie sich die Ereignisse abspielten. Was sie so sehen könnte, würde all ihre Fragen beantworten.

Sie wusste, dass sie die Wahrheit herausfinden würde.

Sie wusste nicht, was tief unter ihren Füßen in der Erde vergraben lag.

KAPITEL 18

Im Besprechungsraum waren alle in Gespräche vertieft, als Sheridan hereinkam. »Guten Morgen allerseits.« Sie stellte ihren Kaffee auf dem Schreibtisch vor dem Whiteboard ab.

»Gut, fangen wir an.« Sie atmete durch. »Ihr habt bestimmt gehört, dass es eine neue Entwicklung gibt. Die beiden Leichen, die am Crosby Beach gefunden wurden, sind mittlerweile eindeutig als Ronald und Rita Parks identifiziert worden, die Eltern unseres Mordopfers Daniel Parks. Anna und ich haben gestern die Tochter Jennifer in die Mangel genommen. Die Spurensicherung arbeitet auf dem Grundstück der Parks. Bislang gibt es dort nichts Auffälliges, aber warten wir ab, was sich ergibt. Handys, Computer und Verbindungsnachweise vom Festnetz der Parks werden zurzeit untersucht. Nach Jennifers Aussage gehörte Ronald das Fernglas, das ihm ans Gesicht geklebt worden ist. Sie kennt es schon seit ihrer Kindheit und hat es wegen seines auffälligen Designs sofort erkannt. Jennifer hat gesagt, dass ihr Vater einen Teil seiner Baumaterialien auf dem Grundstück aufbewahrte, auch solche Gurtbänder, die wir an seiner Leiche gefunden haben. Als pensionierter Bauunternehmer hat Ronald Parks oft solche Gurte benutzt, um Baumaterial auf seinem Pick-up zu sichern. Der Pick-up wurde beschlagnahmt, als Ronald im Januar wegen Mordes an Daniel verhaftet wurde, ihm aber schließlich zurückgegeben. Mittlerweile hatte er ihn weiterverkauft und besaß nur noch ein Auto.«

Sheridan schaute sich im Raum um, um zu überprüfen, ob ihr alle aufmerksam zuhörten. »Jennifer lässt sich nicht davon abbringen, in der Buchhandlung zu übernachten, bis sie ins Cottage zurückkehren kann, was wahrscheinlich in den nächsten Tagen der Fall sein wird. Meine Sorge ist natürlich, dass *ihr jemand* etwas antun will. Ihr Bruder und ihre Eltern wurden ermordet. Man muss kein Genie sein, um darauf zu kommen, dass Jennifer die Nächste sein könnte. Trotzdem sollten wir nicht davon ausgehen, dass dieselbe Person für alle drei Morde verantwortlich ist. Oder dieselben Personen. Anna und ich haben gestern viel Zeit mit Jennifer verbracht und sind mit ihr Freunde, Verwandte und Bekannte ihrer Eltern durchgegangen – im Grunde jeden, der sie hätte umbringen wollen. Sie kann sich keine einzige Person vorstellen, die so etwas tun würde. Sie will keinen Opferschutzbeamten, sodass Anna und ich sie über den Fortgang der Ermittlungen auf dem Laufenden halten werden.«

»Jennifer gibt an, dass sie ihre Eltern am Freitagmorgen gegen acht Uhr zum letzten Mal gesehen hat, bevor sie in die Buchhandlung ging. Sie seien draußen vor dem Haus gewesen und Jennifer habe ihnen zugewunken. Sie war am Freitag den ganzen Tag bei der Arbeit, ging um achtzehn Uhr ins Fitnessstudio und verließ es um zwanzig Uhr wieder. Um zwanzig Uhr dreißig kam sie zu Hause an. Sie ging nicht bei ihren Eltern vorbei, sondern direkt ins Cottage, wo sie die ganze Nacht blieb. Am nächsten Morgen, einem Samstag, stand sie gegen acht auf und kam gegen zehn im Laden an. Als sie um siebzehn Uhr mit der Arbeit fertig war, ging sie wieder ins Fitnessstudio und kam gegen neunzehn Uhr dreißig nach Hause. Das Auto ihrer Eltern stand vor dem Haus und der Fernseher lief, aber sie ging nicht hinein. Am Sonntag fuhr sie in die Buchhandlung, um Papierkram und Inventur zu erledigen, dann wieder ins Fitnessstudio und gegen einundzwanzig Uhr nach Hause. Auch am Sonntag besuchte sie ihre Eltern nicht. Am Montag war sie auf der Arbeit, als Anna und ich ihr mitgeteilt haben, dass wir den Fall Daniel wieder aufnehmen. Und gestern mussten wir ihr dann die schreckliche Nachricht vom Tod ihrer Eltern überbringen. Sie hat uns erzählt, dass sie ihre Eltern oft mehrere Tage hintereinander nicht gesehen hätte. Sie hätten zwar ein enges Verhältnis gehabt, aber nicht ständig Zeit miteinander verbracht.«

»Wir sollten Jennifer vorerst als Verdächtige im Auge behalten. Wir müssen ihre Geschichte überprüfen. Und natürlich müssen wir Ronald Parks' Geschäftsangelegenheiten, und die Telefon- und Computeraufzeichnungen durchforsten. Wir müssen so viel über Rita Parks herausfinden, wie wir können. Der Mörder könnte jemand sein, dem sie Geld geschuldet oder mit dem sie sich zerstritten haben, oder jemand, der einen Groll gegen Ronald gehegt hat. Vielleicht jemand, der glaubt, Ronald habe den Mord an Daniel begangen. Er wurde für nicht schuldig befunden, aber nicht nur die Polizei hält das Urteil für zweifelhaft. Einige Leute haben online und über Leserbriefe in der Zeitung gegen das Urteil protestiert. Im Grunde will ich alles über diese Familie wissen.«

KAPITEL 19

Jennifer Parks lag auf dem Feldbett und starrte zum Dachfenster hinauf. Sie hatte die ganze Nacht nicht geschlafen. Bei jedem Geräusch, jedem Knarren des alten Gebäudes schreckte sie hoch. Bis in die frühen Morgenstunden wanderte sie durch den Laden, strich gedankenverloren über die Buchrücken und blieb gelegentlich am Fenster stehen, um auf die dunkle, menschenleere Straße zu starren. Ein paar Taxis und Polizeiwagen fuhren vorbei, ein Fuchs trottete auf dem gegenüberliegenden Bürgersteig entlang. Er schnupperte an einem weggeworfenen Imbisskarton und huschte dann nervös davon.

Schließlich sah sie ein, dass es keinen Sinn hatte, und ging in die kleine Küche, schaltete den Wasserkocher ein und blieb still stehen, bis das Wasser kochte.

Sie schloss die Augen und versuchte sich vorzustellen, was ihre Eltern durchgemacht hatten. Wie sie in ihren letzten Momenten gelitten haben mussten. Dort draußen im eisigen Wasser, bei Kälte und Dunkelheit. Eine Panikattacke schoss durch ihren Körper. Ihr Herz schlug plötzlich so schnell, dass ihr schwindelig wurde. Mit langsamen, tiefen Atemzügen versuchte sie, sich auf die einfache Aufgabe zu konzentrieren, sich eine Tasse Kaffee zu kochen. Ihre Hände zitterten, als sie Wasser in den Becher goss.

In Daniels Becher.

Sie ging mit dem Kaffee in den Laden. Die Straße war zum Leben erwacht und wimmelte mit einem Mal von Menschen. Hinter dem Tresen sitzend, nahm sie ein Blatt Papier aus der Schublade, das sie ins Schaufenster hängen wollte. *Aufgrund unvorhergesehener Umstände bleibt diese Buchhandlung bis auf Weiteres geschlossen. Wir entschuldigen uns für eventuelle Unannehmlichkeiten.* Sie las es ein paarmal durch, bevor sie das Papier zerknüllte und in den Mülleimer warf. Dann starrte sie aus dem Schaufenster auf die Welt da draußen.

KAPITEL 20

Sheridan legte das Telefon weg und lehnte sich zurück. Einen Moment später kam Anna grinsend herein.

»Es gibt was Neues«, sagte sie und setzte sich. »Du weißt ja, dass bei den ersten Ermittlungen Überwachungsaufnahmen von einem Haus an der Straße zu den Parks eine Rolle gespielt haben. Rob war heute dort. Das alte Ehepaar – Mr und Mrs Atherton – hat noch dasselbe Überwachungssystem. Rob hat sich die Aufnahmen angesehen. Letzten Freitag ist ein Pkw um 16.35 Uhr zum Haus der Parks gefahren, der drei Stunden später wieder vom Grundstück kam. Die Bilder sind nicht besonders, aber man kann das Nummernschild lesen. Das Auto ist auf einen Anthony Harvey zugelassen, ein Endsechziger von hier. Ich bin gerade dabei, ihn zu überprüfen.«

»Klasse. Sitzt er allein im Auto?«

»Scheint so. Auf den Aufnahmen ist zu sehen, dass unser Opfer, Ronald Parks, am selben Tag um 14.30 Uhr das Grundstück in seinem eigenen Auto verlässt und um 15.01 Uhr zurückkehrt, also war er zumindest bis dahin am Leben. Ansonsten ist immer nur Jennifer zu sehen. Am Freitag fährt sie am Morgen zur Arbeit und kehrt am Abend zurück. Samstag, Sonntag, Montag und Dienstag ebenso, und zwar zu den Zeiten, die sie uns genannt hat. Ihre Aussage stimmt also so weit. Es gibt aber keine Aufnahmen von Rita.«

»Gut«, sagte Sheridan. »Anthony Harvey taucht am Freitag um 16.35 Uhr auf. Das Videomaterial zeigt, dass Ronald zu diesem Zeitpunkt wieder zu Hause ist. Rita hat das Grundstück den ganzen Tag nicht verlassen. Wir wissen, dass Ronald und Rita in Crosby gestorben sind, also haben sie zu Hause noch gelebt. Wir müssen die Videoaufnahmen überprüfen. Vielleicht sind sie in Anthony Harveys Auto nach Crosby gebracht worden.«

Sie gingen ins Kripobüro, wo zahlreiche Beamte telefonierten, ihre Bildschirme fixierten und sich quer über die Schreibtische unterhielten.

Sheridan und Anna sahen sich das Videomaterial genauer an. »Was denkst du?«, fragte Anna.

»Es ist viel zu dunkel, um irgendetwas genauer zu erkennen. Aber ich glaube nicht, dass sie auf der Rückbank sitzen.« Sie sah Anna an. »Sie waren beide ziemlich klein. Vielleicht sind sie im Kofferraum?«

»Wir müssen mit Jennifer sprechen und herausfinden, ob sie Anthony Harvey kennt.«

»Ich habe gerade versucht, sie anzurufen, sie nimmt nicht ab. Lass es uns in der Buchhandlung versuchen. Du fährst, ich versuche es auf dem Weg dorthin weiter.«

* * *

Zwanzig Minuten später schaute Sheridan durch das Schaufenster der Buchhandlung, wieder mit dem Handy am Ohr. Anna bemühte sich zu hören, ob Jennifers Handy drinnen klingelte. Da sie keine Antwort erhielten, versuchten sie es über das Festnetz, während sie durch eine Gasse um das Gebäude herumgingen.

Die Hintertür war verschlossen.

»Lass uns ein paar Minuten warten. Vielleicht ist sie nur kurz rausgegangen, um etwas zu essen oder so.«

Plötzlich klingelte Annas Handy. »DS Markinson.« Sie steckte sich einen Finger ins Ohr, um den Verkehrslärm auszublenden. Sheridan blickte sich auf der Straße nach Jennifer um.

Anna beendete das Gespräch. »Es wird immer verrückter. Erinnerst du dich daran, dass vor Kurzem eine Frau vom Dach des *180* gesprungen ist?«

»Ja.«

»Das war die Frau von Anthony Harvey. Helen Harvey.«

»Du machst Witze.« Sheridans Augen weiteten sich, während sie in Windeseile versuchte, dieses Puzzlestück irgendwo einzupassen.

»Die Kollegen waren am Samstagmorgen bei Harvey zu Hause. Sie hatten versucht, ihn zu kontaktieren, nachdem Helen Harvey identifiziert worden war, und haben ihn schließlich zu Hause angetroffen. Er sagte, dass Helen seit Langem an Depressionen litt und schon oft von Selbstmord gesprochen habe. Er wollte wissen, wohin ihr Auto gebracht worden sei und ob sie einen Abschiedsbrief hinterlassen habe. Die Kollegen haben ihm mitgeteilt, dass kein Abschiedsbrief gefunden wurde und dass das Auto mitsamt allem, was darin war, beschlagnahmt worden sei.«

»Die Obduktion ergab schwerste innere und äußere Verletzungen. Es wurde ein niedriger Blutalkoholwert nachgewiesen, aber keine Drogen. Sie war in einem so schrecklichen Zustand, dass sie ihn nur ein paar ihrer Sachen identifizieren ließen und ihn dann nach Hause brachten. Seitdem versuchen sie ihn von der Wache in der Potters Road zu erreichen, aber er ist verschwunden. Er ist nicht zu Hause, sein Auto ist weg, und er geht weder ans Handy noch ans Festnetztelefon. Sein Wagen wurde gekennzeichnet, und sie versuchen, sein Handy zu orten, aber ohne Resultat. Die Polizisten, die bei ihm waren, sind gerade nicht im Dienst. Aber Rob schickt mir ihre Handynummern.«

Sheridan nickte und sah über Annas Schulter hinweg. Jennifer Parks kam auf sie zu. »Ah, da sind Sie ja.«

»Hi.« Jennifer versuchte es mit einem Lächeln, das allerdings kläglich ausfiel. »Tut mir leid, ich musste mal raus. Ich habe einen Spaziergang gemacht.« Sie schloss die Ladentür auf und ging hinein. Sheridan und Anna folgten ihr.

»Wie geht es Ihnen?«, fragte Sheridan und merkte im selben Moment, wie lächerlich die Frage war.

Jennifer schlug die Hände vors Gesicht. Ihre kräftigen Schultern sanken, und ihre Brust hob und senkte sich. »Ich kann das alles nicht begreifen«, schluchzte sie lauthals. Anna legte den Arm um sie und führte sie nach hinten, als ein Kunde durch die verschlossene Tür spähte.

Sheridan rückte Stühle für sie zurecht, und sie setzten sich in die kleine Küche. Sheridan und Anna warteten geduldig, bis Jennifer sich einigermaßen beruhigte.

»Es tut mir so leid«, entschuldigte sie sich. Sie riss ein Blatt von der Küchenrolle ab, um sich das Gesicht abzuwischen und die Nase zu putzen.

»Sie brauchen sich nicht zu entschuldigen.« Sheridans Stimme war leise und ruhig. Es lag echtes Mitgefühl darin.

»Ich denke immer daran, was meine Eltern durchgemacht haben müssen.« Jennifer senkte den Kopf und versuchte, langsam zu atmen und das Schluchzen hinunterzuschlucken.

Während sie warteten, piepte Annas Handy. Auf ihrem Display wurden die Namen und Handynummern der beiden Beamten angezeigt, die bei Anthony Harvey gewesen waren. Sie stand schnell auf. »Tut mir leid, ich muss zwei Anrufe erledigen.«

Jennifer ließ sie aus dem Laden und ging zurück in die Küche, wo Sheridan gerade den Wasserkocher auffüllte.

»Kann ich Ihnen einen Kaffee oder Tee machen?«, fragte Sheridan. Ihr Blick fiel auf den »Daniel«-Becher in der Spüle. Eine unerwartete Traurigkeit überkam sie. Daniel war umgebracht worden. Sie hatte ihn nie kennengelernt, und sie würde ihn auch nie kennenlernen. Beim Anblick dieses schlichten persönlichen Gegenstandes empfand sie noch mehr Mitgefühl mit Jennifer.

»Nein danke. Aber bedienen Sie sich.« Jennifer setzte sich seufzend. »Entschuldigen Sie, Sie sind wahrscheinlich hergekommen, um mit mir über den Fall zu sprechen.«

Sheridan schaltete den Wasserkocher aus und setzte sich ihr gegenüber. »Wir wollten uns vergewissern, dass hier alles in Ordnung ist. Aber ja, ich habe eine Frage, wenn Sie so weit sind.«

»Ja, natürlich.«

»Sagt Ihnen der Name Anthony Harvey etwas?«

Jennifer schaute einen Moment lang zu Boden. Es sah kurz so aus, als wollte sie den Kopf schütteln, doch plötzlich weiteten sich ihre Augen und sie nickte. »Ich war kurz verwirrt. Ja, ich kenne ihn. Ich bin nur nicht daran gewöhnt, dass er Anthony genannt wird. Für uns war er immer Tony.« Sie sah Sheridan an. »Warum?«

»Woher kennen Sie ihn?«

»Er ist ein Freund meiner Eltern. Wir kennen ihn und seine Frau schon Ewigkeiten.«

»Sagen Sie mir, was Sie über ihn wissen.«

Jennifer erklärte, dass ihre Eltern mit Tony und Helen Harvey befreundet waren, seit sie sich erinnern konnte. Tony war Versicherungsberater im Ruhestand, und seine Frau Helen hatte, soweit sie wusste, nie gearbeitet. Sie hatten keine eigenen Kinder, hatten sich aber immer liebevoll um Daniel und sie gekümmert. Die Harveys waren öfter zum Essen und Trinken vorbeigekommen und manchmal über das Wochenende geblieben. »Warum wollen Sie das wissen?«, fragte Jennifer.

»Sein Auto stand letzten Freitag vor dem Haus Ihrer Eltern. Wussten Sie, dass er sie besuchen wollte?«

»Nein.« Jennifer runzelte die Stirn. »Glauben Sie, dass Tony der Letzte war, der meine Eltern lebend gesehen hat?«

»Möglicherweise. Wissen Sie, ob Tony irgendwann mal Streit mit Ihren Eltern hatte?«

»Nicht, dass ich wüsste.« Sie blickte wieder zu Boden. »Sie glauben doch nicht, dass Tony etwas mit alldem zu tun hat, oder?«

»Das wissen wir nicht. Gibt es eine Verbindung zwischen Crosby Beach, Tony Harvey und Ihren Eltern?«

»Wir waren alle zusammen ein paarmal dort, als Daniel und ich Kinder waren.«

»Wann hatten Sie das letzte Mal Kontakt mit Tony und Helen?«

»Als der Prozess gegen meinen Vater lief, waren sie sehr hilfsbereit. Sie haben meine Mutter ständig angerufen und sich erkundigt, wie es ihr ging. Sie haben auch nie geglaubt, dass mein Vater etwas mit dem Mord an Daniel zu tun hatte.«

Sheridan beugte sich vor. »Jennifer, es tut mir leid, aber ich muss Ihnen mitteilen, dass Helen sich letzten Freitag das Leben genommen hat.«

Jennifers Augen weiteten sich. Einen Moment sagte sie nichts und saß völlig regungslos da. Sie sah Sheridan lange an. Ihr Mund war plötzlich so trocken, dass sie aufstand und sich ein Glas Wasser einschenkte. »Das kann nicht sein!« Sie schaute an die Decke und schüttelte langsam den Kopf. »Verdammt! Was ist bloß los? Alle, die ich kenne, sterben. Einer nach dem anderen.«

Sheridan wusste nicht, was sie dazu sagen sollte. Sie sah aber, wie Jennifer sich körperlich veränderte. Sie zerbrach langsam, aber sicher vor Sheridans Augen. Für den Bruchteil einer Sekunde hatte Sheridan die Gesichter ihrer eigenen Eltern vor Augen, und sie selbst war wieder vierzehn Jahre alt und musste mitansehen, wie ihre Eltern nach dem Mord an ihrem Bruder unter einer Glocke von Trauer verschwanden.

Sie presste die Kiefer aufeinander und versuchte, diese Bilder zu verdrängen. Sie hatte nie zugelassen, dass das, was mit Matthew geschehen war, ihre Arbeit beeinflusste. Und sie würde es auch jetzt nicht zulassen. Es verstärkte nur ihre Entschlossenheit, den Mörder zu finden.

»Wie hat sie es gemacht?«, fragte Jennifer.

»Sie ist von einem Hochhaus gesprungen«, antwortete Sheridan. Es gab keine schonendere Art, es Jennifer mitzuteilen.

Sie saßen einen Moment lang schweigend da. »Hat sie einen Abschiedsbrief hinterlassen oder etwas in der Art?«, fragte Jennifer dann.

»Ich weiß noch keine Einzelheiten, tut mir leid. Ich habe es eben gerade erst selbst erfahren.«

Es klopfte am Schaufenster, und Sheridan blickte um die Ecke der Küchentür. Draußen stand Anna. Sheridan entschuldigte sich und ging hinaus, um ihr ungestört zuhören zu können.

»Ich habe mit den Beamten gesprochen, die am Samstag bei Anthony Harvey gewesen sind«, sagte Anna. »Er wollte sie erst nicht reinlassen. Als er es dann doch getan hat, fiel ihnen auf, dass die Teppiche voller Sand und Schmutz waren.«

»Willst du mich auf den Arm nehmen?«

»Zu der Zeit wussten die Kollegen aber noch nichts von den Morden in Crosby, und, um fair zu sein, da hätte auch noch niemand eine Verbindung zwischen Anthony Harvey und den Morden hergestellt.«

Sheridan erzählte Anna von dem Gespräch mit Jennifer, dann gingen sie hinein. Sie versuchten Jennifer zu überreden, zu einer Freundin zu gehen, damit sie mit alldem nicht allein war, aber Jennifer beteuerte wieder, dass sie sich in der Buchhandlung sicher fühlte. Sie versprach, die Polizei anzurufen, wenn sie Hilfe brauchte.

KAPITEL 21

Sam lächelte, als Sheridans Auto in die Einfahrt bog. Sie nahm Maud auf den Arm und öffnete die Haustür.

»Hallo, du«, begrüßte sie sie, als Sheridan ins Haus kam und erst sie und dann Maud küsste, die neugierig an Sheridans Nase schnupperte.

»Gibt es für mich zufällig ein großes Glas Wein?« Sheridan zog ihren Mantel aus und ging in die Küche. Auf dem Tisch, der fürs Abendessen gedeckt war, stand eine brennende Kerze.

»Setz dich und komm erst mal runter. Ich habe was zu essen bestellt.« Sam reichte ihr ein Glas Wein und stellte ihren Stuhl hinter Sheridans. »Erzähl mir alles von deinem Tag.« Sie massierte sanft Sheridans Kopf und Nacken und hörte zu, über den ständig komplizierter werdenden Fall und über Hill Knowles, die die nervigste Frau war, mit der Sheridan je zusammengearbeitet hatte.

»Und jetzt erzähl mir von deinem Tag.« Sheridan trank ihr Glas aus und schenkte ihnen nach.

»Ein Mädchen hat sich einen Klumpen Knete ganz tief in die Nase gedrückt.« Sam nahm das Weinglas und lehnte sich auf ihrem Stuhl zurück. »Und du denkst, dein Job ist stressig.« Sie grinste.

Nach dem Abendessen ließen sie sich auf das Sofa fallen. Maud legte sich quer über Sheridans Beine. Sie schnurrte entspannt, während Sheridan ihren Kopf streichelte.

»Ich finde, du solltest mit deiner Chefin was trinken gehen«, sagte Sam plötzlich.

»Was? Warum?«

»Um klare Verhältnisse zwischen euch zu schaffen. Du musst mit dieser Frau zusammenarbeiten, und wenn du es nicht offen angehst, geratet ihr immer wieder aneinander. Lade sie zu einem Drink ein und bring es in Ordnung.« Sam machte eine entschiedene Kopfbewegung, als wäre dies ihr letztes Wort in der Sache.

»Was für eine bekloppte Idee!«

»Was für eine brillante Idee! Es sei denn, sie ist umwerfend und hat einen Körper zum Niederknien.«

»Sie sieht aus wie ein mageres Eichhörnchen auf Speed.« Sheridan brachte sich mit dem Vergleich selbst zum Kichern.

»Wenn das so ist, solltest du sie zu einem Drink einladen.«

KAPITEL 22

Donnerstag, 8. November

Hill Knowles betrat den Besprechungsraum, sah sich um, konnte Sheridan aber nirgends entdecken. Sie drehte sich abrupt zum Gehen um und stieß prompt mit ihr zusammen.

»Da sind Sie ja!«, schnauzte sie Sheridan an. »Ich habe nach Ihnen gesucht. Wo waren Sie?« Der schroffe Ton ließ mehrere Leute aufblicken. So ließ Sheridan nicht mit sich reden.

»Auf dem Klo, um mich von dem Curry zu verabschieden, das ich gestern Abend gegessen habe, Ma'am.«

Alle Köpfe senkten sich. Hill Knowles atmete flach ein. »Kommen Sie mit in mein Büro.«

Sheridan folgte ihr den Korridor hinunter. Sie fühlte sich wie ein Teenager, dem die Schulleiterin gleich den Hintern versohlen würde. Hill hielt ihr die Tür auf und schlug sie zu, kaum dass Sheridan über die Schwelle getreten war.

»Damit eins klar ist, Sheridan: Es ist mir scheißegal, ob Sie mich mögen oder nicht! Es ist mir genauso scheißegal, ob der Rest des Teams mich mag. Aber ich verlange Respekt. Ich bin Ihr Detective Chief Inspector, und so sprechen Sie auch mit mir.«

»Und ich bin Detective Inspector, Ma'am, und will auch so behandelt werden.«

Sie sahen sich in die Augen und maßen sich schweigend. Es war eine Pattsituation, die durch ein Türklopfen aufgelöst wurde.

»Nicht jetzt!«, brüllte Hill und fixierte Sheridan weiter.

Sheridan holte tief Luft und stemmte die Hände in die Hüften. »Was machen Sie nach der Arbeit?«

»Was?«, blaffte Hill.

»Lassen Sie uns was trinken gehen.«

Hills Überraschung belustigte Sheridan, aber sie verzog keine Miene.

»Was? Warum sollten wir?«

»Weil meine Freundin es für eine gute Idee hält. Ich persönlich finde, dass es eine richtig schlechte Idee ist, und hoffe, dass Sie Nein sagen.«

Hills Gesichtsausdruck veränderte sich. Ihre gerunzelte Stirn glättete sich, und ihre Mundwinkel zogen sich fast widerwillig nach oben. Sie musste gegen den Drang zu lächeln ankämpfen und schaute schnell zu Boden.

»*Black Cat* um halb sieben«, antwortete sie und marschierte aus dem Büro.

Im Besprechungsraum wurde es still, als sie eintraten. Sheridan zwinkerte Anna zu, bevor sie sich auf den Weg zum Whiteboard machte. Hill ließ sich nichts anmerken, stellte sich aber mit verschränkten Armen neben Sheridan.

Sheridan begann. »Guten Morgen allerseits. Ich fasse kurz zusammen, wo wir stehen und was wir tun müssen.« Sie schraubte den Deckel ihrer Wasserflasche auf und trank einen Schluck.

Sie informierte ihr Team darüber, dass Harveys Frau Helen als die Frau identifiziert worden war, die vom Dach des *180* gesprungen war. Und dass Harveys Teppiche bei dem Besuch der Beamten am Morgen darauf voller Schmutz und Sand gewesen waren.

»Wie ihr wisst«, fuhr sie fort, »gehört Harvey der Pkw, der am Freitagabend aufs Grundstück und vom Grundstück der Parks gefahren ist. Das war am Abend vor dem Auffinden der Leichen am Strand von Crosby. Laut Jennifer Parks waren Tony und Helen Harvey seit vielen Jahren mit ihren Eltern befreundet. Sie weiß nichts von irgendwelchen Streitigkeiten oder Problemen zwischen den Paaren. Nachdem die beiden Kollegen am Samstag bei Harvey gewesen sind, ist er vom Radar verschwunden. Wir haben sein Auto markiert und hoffen, dass es von irgendeiner Kamera mit Kennzeichenerkennung erfasst wird. Wir versuchen auch, sein Telefon zu orten. Vielleicht ist Tony nach dem Selbstmord seiner Frau so verzweifelt, dass er sich zurückgezogen hat. Wie auch immer, nach allem, was wir bisher wissen, müssen wir ihn dringend finden.«

DCI Hill Knowles sah sich im Raum um. »Ich war im Gericht und habe einen Durchsuchungsbefehl für Tony Harveys Haus besorgt. Die Durchsuchung geht sofort los. Wir haben die Schlüssel seiner Frau, es besteht also keine Notwendigkeit, die Tür einzutreten.« Sie zeigte auf DC Dipesh Mois. »Was haben Sie bisher über Tonys Handy herausgefunden?«

»Am Freitag wurde es von einem Mast in der Nähe seines Hauses aus geortet, dann noch einmal auf halber Höhe in Richtung zum Haus der Parks'. Am selben Abend wurde es eine halbe Meile vom Crosby Beach entfernt lokalisiert. Danach haben wir noch eine Ortung im Stadtzentrum von Liverpool, aber das war's.«

Rob Wills hob die Hand. »Ich habe mir gerade die Überwachungskameras von Jennifers Fitnessstudio angesehen. Sie ist an den von ihr genannten Tagen und Zeiten eindeutig zu identifizieren. Ebenso auf den Überwachungskameras in der Nähe des Buchladens. Auch da stimmen die Zeiten genau.«

»Okay. Gute Arbeit, Rob.« Hill streckte den Daumen nach oben. »Also, weiter geht's. Das Wichtigste ist, dass Sie Tony Harvey finden.«

KAPITEL 23

Sheridan betrat den Pub und entdeckte Hill mit dem Handy am Ohr. Sie saß an einem Tisch in der Ecke, wo man zum Fenster hinausblicken konnte. Hill sah auf und legte die Handfläche auf ihr Glas; sie wollte keinen weiteren Drink.

Sheridan holte sich ein Tonic Water und setzte sich ihr gegenüber.

»Danke, Charlie, ich gebe Sheridan Bescheid.« Hill beendete das Gespräch und legte das Handy auf den Tisch. »Die Spurensicherung ist durch mit dem Grundstück der Parks'. Jennifer kann also zurück, wenn sie will.«

»Okay, ich spreche morgen mit ihr darüber. Ich will erst ein paar Sicherheitsmaßnahmen treffen.« Sheridan nippte an ihrem Tonic Water.

»Selbstverständlich.« Hill streckte den Daumen hoch. »Lassen Sie sie auch wissen, dass wir ihr dringend davon abraten, im Cottage zu wohnen.«

»Mache ich.«

Es herrschte eine peinliche Stille, bevor Hill wieder etwas sagte. Ihre Stimme war jetzt etwas weicher. »Also, erzählen Sie mir … haben Sie diese Arbeit gewählt, weil Ihr Bruder ermordet worden ist?«

Sheridan antwortete nicht sofort. Sie hatte nicht geahnt, dass Hill etwas über den Tod ihres Bruders wusste. Und sie hatte bestimmt nicht erwartet, dass sie gleich als Erstes darüber sprechen würden.

Sie nahm noch einen Schluck, stellte das Glas ab und starrte auf die hochsteigenden Bläschen. »Ja«, sagte sie. »Ich wollte schon immer Ermittlerin werden, um den Mord an ihm aufzuklären.«

Hill nickte. »Erzählen Sie mir, was passiert ist.«

Sheridan berichtete, dass Matthew Holler im Alter von zwölf Jahren an einem kalten Märztag im Jahr 1977 mit zwei Freunden zum Fußballspielen in den Birkenhead Park gegangen und nie wieder nach Hause zurückgekommen war.

Einer der beiden Jungen, Chris Hoe, ging früher nach Hause. Matthew spielte nur mit seinem besten Freund, dem vierzehnjährigen Andrew Longford, weiter. Andrew sagte nachher aus, dass sie eine halbe Stunde darauf einen Mann gesehen hätten, der sie aus der Nähe beobachtet habe. Der Mann war hellhäutig, mittelgroß, trug einen Bart, eine blaue Jeans und einen braunen Mantel. Andrew erzählte, dass Matthew und er dann nach Hause gegangen seien. Sie nahmen den Weg, der über eine kleine Brücke führte, und trennten sich dort. Matthew wurde später am selben Abend von Sheridans Eltern als vermisst gemeldet und am nächsten Tag tot in der Nähe der Brücke gefunden, wo Andrew Longford ihn zuletzt gesehen hatte.

Todesursache war eine Schädelfraktur durch einen Schlag gegen die Stirn. Obwohl er nackt war und seine Kleidung nie gefunden wurde, gab es keine Hinweise darauf, dass er sexuell missbraucht worden war.

Andrew Longford und Chris Hoe sagten damals beide aus. Chris Hoe erzählte der Polizei, er habe niemanden bemerkt, der sich in dem Park aufgehalten habe. Elf Jahre später kam er bei einem Arbeitsunfall ums Leben; er stürzte von einem Baugerüst an einem Wohnblock in Bootle.

Sheridan erzählte Hill, dass der Fall einige Jahre zuvor wieder aufgerollt worden war, doch die Polizei hatte den Mord wieder nicht aufklären können. Im Jahr 2005 hatte Sheridan Andrew Longford dann selbst kontaktiert. Sie beschrieb Hill, wie sie in seinem vollgestopften Wohnzimmer gesessen und eine gerahmte Fotocollage an der Wand bemerkt habe. Auf einem der Fotos entdeckte sie einen Mann im Hintergrund, der Andrew nie aufgefallen war, wie er sagte. Andrew habe nach ihrem Gespräch Kisten mit anderen alten Fotos durchgesehen, die sein Vater im Birkenhead Park aufgenommen hatte, und denselben Mann wieder im Hintergrund einiger Aufnahmen entdeckt. Auf zwei Fotos war er glatt rasiert, auf dem dritten hatte er einen Bart und trug einen braunen Mantel. Sheridan übergab die Fotos an das Cold-Case-Team, das den Mann zu identifizieren versuchte.

»Andrew Longford hatte diesen Mann noch nie gesehen?«, fragte Hill.

»Nein. Und er war nach all den Jahren auch nicht mehr sicher, dass es der Mann war, den er an dem Tag gesehen hatte, als Matthew getötet wurde. Alles, woran er sich erinnerte, war die Kleidung des Mannes. Sein Gesicht hat er nie richtig gesehen, er wusste nur, dass er einen Bart hatte.« Sheridan trank etwas. »Andrew wird von Schuldgefühlen verfolgt, und das schon seit diesem Tag, als er und Matthew sich das letzte Mal gesehen haben. Er hat eine harte Zeit hinter sich, Krebs und andere gesundheitliche Probleme. Er ist geschieden. Sein Vater ist vor dreizehn Jahren an Krebs gestorben.«

»Wie haben Ihre Eltern den Mord an Ihrem Bruder verkraftet?«

Sheridan fühlte sich in Hills Gegenwart in dieser Situation etwas wohler als bei der Arbeit. Sie wirkte ein kleines bisschen weicher, als sie Sheridan nach ihrem Bruder fragte.

»Sie leben damit, so wie ich. Aber sie wollen die Wahrheit erfahren. Und ich werde alles tun, um herauszufinden, was geschehen ist.« Sheridan blickte lächelnd auf. »Wie auch immer, genug von mir.«

Hill lehnte sich zurück. »Erzählen Sie mir von dieser Freundin, die meinte, es wäre eine gute Idee, wenn wir was trinken gingen.«

Sheridan entspannte sich etwas und erzählte Hill, wie Sam und sie sich kennengelernt hatten. Sie musste unwillkürlich dabei lächeln.

»Und was macht Sam beruflich?«

»Sie ist Lehrerin.« Sheridan schlug die Beine übereinander und verschränkte die Arme. Sie hatte sich Hill geöffnet, jetzt wollte sie *ihre* Geschichte hören. »So viel zu mir. Sie sind dran.«

Hill schürzte die Lippen. »Ich bin nicht verheiratet, habe keine Kinder, keine Titten, ich liebe meinen Job und hasse Katzen.«

Sheridan glaubte, sich verhört zu haben. »Entschuldigung, haben Sie gerade ›keine Titten‹ gesagt?«

»Ja. In meiner Familie gibt es ein riskantes Krebsgen, deshalb habe ich vorsorglich eine doppelte Mastektomie machen lassen.« Hill legte den Kopf zur Seite. »So, und jetzt sind wir beste Freundinnen?« Ihre Bemerkung triefte vor Sarkasmus.

Sheridan konnte sich ein Grinsen nicht verkneifen. »Klar.«

»Was haben Sie zu Sam gesagt, als sie dieses nette kleine Gespräch vorgeschlagen hat?«

Sheridan, die den Eindruck hatte, dass das Gespräch zu brutaler Ehrlichkeit tendierte, hielt sich nicht zurück. »Ich habe ihr gesagt, wie nervig Sie sind und wie Sie die Leute brüskieren.

Und dass ich Ihnen den Daumen am liebsten abreißen würde, wenn Sie ihn noch einmal nach oben strecken.«

»Interessant.« Hill nickte. »Gut. Ich halte Sie für die beste DI, mit der ich je zusammengearbeitet habe. Sie sind gründlich und motivieren Ihr Team unglaublich gut.«

»Danke.« Sheridan verzog das Gesicht. Halb lächelte sie, halb runzelte sie die Stirn.

Hills stoische Miene änderte sich nicht.

Sheridan zögerte kurz, bevor sie fragte: »Warum sind Sie immer so sauer?«

»Ich bin nicht sauer. Ich habe nur so ein Gesicht.« Plötzlich stand sie auf. »Wollen Sie noch einen Drink? Oder sind wir hier fertig?«

Sheridan war überrascht von Hills plötzlicher Schroffheit. »Ich denke, wir sind fertig«, antwortete sie vorsichtig.

»Es war einfach magisch. Wir sehen uns morgen.« Hill zog den Reißverschluss ihres Mantels hoch, nahm ihr Handy und ging. Als sie draußen am Fenster des Pubs vorbeiging, blieb sie stehen, sah Sheridan an und hob den Daumen.

KAPITEL 24

Sheridan und Jennifer hielten vorm Cottage. Jennifer zitterte, als sie aus dem Auto stieg. Sie warf einen Blick auf das Haus ihrer Eltern und fragte sich, was sie wohl erwartete, wenn sie durch die Tür dieses Hauses gehen würde. Im Moment hatte sie keinen Grund, hineinzugehen. Ihre Eltern waren tot, und sie war vor sieben Jahren mit Daniel ins Cottage gezogen.

Das Cottage hatte seit den 1940er-Jahren leer gestanden. Nachdem Ronald das Grundstück in den 70er-Jahren gekauft hatte, wurde es zunächst als Lagerraum genutzt. Es war solide gebaut und hatte dicke Steinmauern. Daniel hatte von seinem Vater die Grundlagen des Bauhandwerks erlernt und die meisten Renovierungsarbeiten am Cottage selbst ausgeführt. Wenn es nach Ronald gegangen wäre, wäre Daniel sein Nachfolger im Bauunternehmen geworden. An Sonnabenden nahm er ihn oft mit auf seine Baustellen, aber auch wenn Daniel schnell lernte, war es nicht das, was er sich vorstellte.

Daniel und Jennifer lasen leidenschaftlich gerne. Sie verbrachten lange Stunden mit ihren druckfrischen Büchern im

Cottage und lasen fast alles, was sie in die Finger bekamen. Jennifer liebte das Cottage mit all seinen Besonderheiten – den ungewöhnlich geschnittenen Zimmern und den winzigen Fenstern.

Sie trat durch die Eingangstür und ließ sich vom Geruch des Cottage einhüllen. Sie war zu Hause.

Sheridan blieb noch einen Moment vor der Tür stehen und sah zu, wie Jennifer sich langsam wieder mit ihrer Umgebung vertraut machte. Sie hatte Sheridan versichert, dass sie sich hier alleine wohlfühlen würde, das Angebot eines Alarmknopfs aber angenommen. Sheridan hatte dafür gesorgt, dass Polizeistreifen regelmäßig vorbeifuhren und an die Tür klopften, wenn es nicht zu spät war, um sich zu vergewissern, dass alles in Ordnung war. Sie hatte auch veranlasst, dass ein Streifenwagen ein paar Tage in der Einfahrt parkte, um den Eindruck zu erwecken, dass die Polizei vor Ort war. Für den Fall, dass jemand das Haus beobachtete.

Sheridan betrat das Wohnzimmer und sah sich um. In einem schweren Bücherregal aus Eichenholz standen gebundene Romane, Enzyklopädien und ein Karton mit der Aufschrift »Daniels Akte«. Sie war versucht, den Karton herauszuziehen und zu öffnen. Jennifer hatte ihr erzählt, dass sie sich während der Ermittlungen Notizen gemacht hatte: ein Protokoll der Telefonate mit den zuständigen Beamten, welche Fragen ihr die Ermittler gestellt hatten, detaillierte Karten der Gebiete, die die Polizei und ihre Freiwilligentruppe nach Daniel abgesucht hatten. Jennifer hatte für Sheridan eine Kopie dieser Karten gemacht, die sie höflich entgegengenommen hatte.

»Das sind die Unterlagen, die ich nach und nach zusammengestellt habe, als Daniel verschwunden ist«, sagte Jennifer, als sie aus der Küche zurückkam.

»Darf ich?« Sheridan deutete auf den Karton.

»Ja, natürlich.« Jennifer nahm ihn aus dem Regal und stellte ihn auf den Couchtisch.

Sheridan setzte sich in den Lehnsessel und nahm den Deckel ab. Zuoberst auf den Papieren und Notizblöcken lag ein Porträtfoto von einem blendend aussehenden, lächelnden Daniel. Er sah anders aus als auf den Fotos in der Polizeiakte; er wirkte auf seltsame Weise real. Die dunkelbraunen Haare fielen ihm in die Stirn, und unter langen, eher femininen Wimpern strahlten seine haselnussbraunen Augen. Seine hohen Wangenknochen wurden durch einen kurzen und makellos gepflegten Bart betont. Er sah aus wie ein Model.

»Daniel sah wirklich gut aus. Wie kommt es, dass er keine Freundin hatte?«, fragte Sheridan und legte das Foto auf den Tisch, bevor sie einen Notizblock aus dem Karton nahm.

»Er war ziemlich schüchtern. Die Mädchen standen auf ihn, aber er war nicht selbstbewusst genug, um eines anzusprechen.« Jennifer saß auf der Kante des Couchtisches und betrachtete das Bild nachdenklich.

»Ich frage aufs Geratewohl und hoffe, es macht Ihnen nichts aus. Ist es möglich, dass Daniel schwul war?«

»Nein. Definitiv nicht.« Plötzlich schlug Jennifer die Hände vors Gesicht und brach in Tränen aus. »Ich vermisse ihn so sehr.«

Sheridan saß still da und wartete darauf, dass Jennifer die Fassung wiedererlangte.

»Es tut mir leid«, sagte Jennifer nach einer ganzen Weile. »Ich will nur wissen, wo er ist. Ich möchte ihm Blumen bringen, mich zu ihm setzen und wieder mit ihm reden können.« Sie sah Sheridan aus ihren verweinten Augen direkt an. »Sie finden heraus, wer meine Familie getötet hat, oder?«

»Ich werde alles tun, was in meiner Macht steht, das verspreche ich Ihnen«, antwortete Sheridan. »Kann ich diese Unterlagen mitnehmen?« Noch die winzigste Information konnte der Schlüssel zur Lösung des Falles sein. Sheridan bemerkte oft Dinge, die anderen entgingen. Selbst wenn die Unterlagen nichts Wichtiges enthielten, gaben sie vielleicht etwas über Jennifer preis.

»Glauben Sie, dass Ihnen das hilft?«, fragte Jennifer.

»Ich weiß es nicht. Ich denke nur, dass Sie vielleicht etwas festgehalten haben, eine Notiz oder einen Gedanken, etwas, das Sie mittlerweile wieder vergessen haben könnten.«

»Bekomme ich die Unterlagen wieder? Ich habe mir auch Notizen über den Tod meiner Eltern gemacht, und ich würde das gerne auf dem neuesten Stand halten.«

»Ich bringe sie Ihnen so schnell wie möglich zurück.« Sheridan stand auf. »Ich muss los. Ich möchte Ihnen außerdem noch einmal sagen, dass Sie sich hier gegen unseren ausdrücklichen Rat aufhalten, Jennifer. Ich kann hier nicht für Ihre Sicherheit garantieren. Gibt es denn keine Möglichkeit, Sie davon zu überzeugen, woanders unterzukommen?«

»Nein, ich komme zurecht. Vielen Dank für alles.«

* * *

Als Sheridan zurück zur Hale Street fuhr, nahm sie einen Anruf über die Freisprechfunktion entgegen. »DI Holler.«

»Ich bin's, Anna, kannst du sprechen?«

»Ja, ich bin jetzt auf dem Rückweg zur Wache.«

»Okay. Ich bringe dich auf den neuesten Stand, wenn du hier bist. Es wird dir gefallen.«

KAPITEL 25

Anna war im Großraumbüro, als Sheridan hereinkam und mit dem Reißverschluss ihrer Jacke kämpfte.

»Wie ist es mit Jennifer gelaufen? Geht es ihr einigermaßen gut?«, fragte Anna.

»Ja, es geht so. Ich habe so ein Bauchgefühl, dass Daniel schwul gewesen sein könnte, ohne sich zu outen … Was für uns relevant sein kann oder auch nicht. Also, was hast du Neues für mich?«

»Wir haben Helen Harveys Telefonverbindungen. Sie hat in der Zeit, in der Ronald vor Gericht stand, ein paarmal mit Rita Parks telefoniert. Soweit wir das einschätzen können, ist nichts Ungewöhnliches dabei. Aber unmittelbar, bevor sie vom Dach des Restaurants sprang, hat sie einen Anruf von Tony bekommen.«

»Okay?«

»Wir wissen natürlich nicht, worüber sie sich unterhalten haben. Aber sechs Stunden später schickt er ihr eine Textnachricht. Ich zitiere: *Ich habe beide erledigt. Wir müssen fliehen, fang an zu packen. Ich bin gleich zu Hause.* Helen hat nicht mehr geantwortet, weil sie schon tot war. Und wir hatten ihr Telefon«, sagte Anna.

»Und was auch immer er zu ihr gesagt hat während des Telefonats, er hat jedenfalls nicht erwartet, dass sie sich umbringt, sonst hätte er ihr diese Nachricht nicht geschickt. Es klingt aber nicht so, als ob er hinter Jennifer her wäre. Gibt es was Neues über sein Auto?«, fragte Sheridan.

»Nein, noch nichts.«

»Ich habe Jennifer gefragt, ob sie Freunde von Tony kennt, bei denen er jetzt sein könnte. Aber sie kennt niemanden.«

»Und Daniel? Warum glaubst du, dass er schwul war?«

Sheridan zeigte Anna das Foto aus Jennifers Unterlagen und erzählte ihr, dass Daniel laut Jennifer nie eine Freundin gehabt hätte. Sheridans neueste Theorie war, dass es bei dem Streit zwischen Ronald und Daniel um seine Sexualität gegangen sein könnte. Sie waren offensichtlich sehr unterschiedlich. Ronald war ein handfester Bauunternehmer, während Daniel ein fast androgyn wirkender Akademiker und Buchliebhaber war.

Hill Knowles betrat das Kripobüro und kam direkt auf sie zu. »Wir haben Tony Harveys Auto auf einem brachliegenden Grundstück an der Dock Road gefunden, es ist ausgebrannt. Die Spurensicherung nimmt es sich vor, aber allem Anschein nach ist nur noch die Karosserie übrig. Bei der Hausdurchsuchung wurde festgestellt, dass er versucht hat, die Teppiche zu reinigen. Das hat er schlecht gemacht. Sie haben sonst nichts gefunden, was wir mit den Morden an den Parks in Verbindung bringen könnten. Sein Computer wurde beschlagnahmt. Die Nachbarn haben nichts Auffälliges gesehen.«

»Hat er noch ein anderes Auto?«, fragte Anna.

»Soweit wir wissen, nicht. Er könnte sich natürlich eines geliehen haben. Oder er ist mit jemand anderem unterwegs«, sagte Hill.

Anna warf Sheridan einen Blick zu und erinnerte sich an deren Bemerkung, als die Leichen von Ronald und Rita gefunden worden waren: *Das war nicht einer alleine.*

»Das könnte sein«, sagte Anna und erklärte Hill, was sie meinte.

»Wenn noch jemand beteiligt ist, dann müssen wir herausfinden, wer das ist«, sagte Hill.

* * *

Später am Nachmittag streckte Anna den Kopf in Sheridans Büro. »Hast du Lust auf einen Quickie im Pub?«

»Hoffentlich fragst du das nicht alle Mädchen.« Sheridan grinste und warf einen Blick auf die Wanduhr, die immer noch nicht funktionierte. »Ich muss endlich Batterien besorgen.«

Sie stand auf, öffnete die Schreibtischtür und nahm den Karton heraus, in dem Jennifer die Unterlagen über den Mord an Daniel gesammelt hatte.

»Was ist das?«, fragte Anna und reckte sich, um den Karton besser sehen zu können.

»Ich nehme noch etwas zur Unterhaltung mit nach Hause«, antwortete Sheridan und hob eine Augenbraue. Es war das Gegenteil davon.

Anna drehte sich um und sah zur Uhr hoch. »Bin gleich wieder da.«

Zwei Minuten später kam sie mit zwei Batterien zurück, rollte Sheridans Drehstuhl unter die Uhr und kletterte hinauf. »Kannst du den Stuhl festhalten?«

Sheridan legte eine Hand stabilisierend auf Annas Rücken und hielt mit der anderen den Stuhl fest. »Wage es nicht zu furzen.«

Anna kicherte und streckte sich. Der Stuhl begann sich zu drehen. »Du musst ihn richtig festhalten, sonst falle ich runter.«

Anna nahm die Uhr von der Wand, kletterte herunter, wechselte die Batterien und stellte die Uhrzeit ein. »So, du bist dran.«

»Lass mal. Mir wird bestimmt schwindelig davon, mach du's.« Sheridan schürzte ihre Lippen. »Bitte?«

Anna kniete wieder auf dem Stuhl, als Sheridan ihn lachend zu drehen begann. »Hör auf, mir wird schlecht davon!«

Sheridan wirbelte den Bürostuhl noch ein paarmal herum und verschluckte sich fast vor Lachen. Dann stoppte sie ihn. »Jetzt steig ab und versuch, einmal durchs Büro zu gehen, ohne umzufallen.«

Anna lockerte ihren Griff von der Lehne, taumelte mit ausgestreckten Armen und versuchte, sich auf einen festen Punkt zu konzentrieren. Hill war in der Tür stehen geblieben.

»Guten Abend, Ma'am.« Sheridan biss sich auf die Innenseiten ihrer Wangen und versuchte krampfhaft, ernst zu wirken.

»Wir sehen uns Montag«, sagte Hill knapp und warf Anna einen ungläubigen Blick zu. Dann ging sie.

KAPITEL 26

Jennifer Parks ahnte nicht, dass er sie durchs Küchenfenster beobachtete.

Das dichte Gebüsch an der Seite des Cottage bot ihm ein ideales Versteck. Dort hatte er auch gestanden, als die Polizei einen Streifenwagen in der Einfahrt vorm Haupthaus abgestellt hatte.

Inzwischen war es dunkel und die Sterne funkelten am klaren Novemberhimmel. Er beobachtete, wie Jennifer sich die Hände an einem Geschirrtuch abtrocknete, ein Glas Wein nahm und sich aufs Sofa setzte.

Er duckte sich schnell, als Scheinwerfer die Einfahrt erleuchteten, und regte sich nicht, als ein Streifenwagen vor der Tür hielt und zwei uniformierte Beamte ausstiegen. Sein Herz klopfte laut in seiner Brust, als er beobachtete, wie Jennifer die Haustür öffnete und auf die Schwelle trat.

»Hallo, Jennifer. Ich bin PC Morley, und das ist mein Kollege PC Hunt. Wir wollen nur überprüfen, ob alles in Ordnung ist.«

»Mir geht's gut, alles in Ordnung, danke.«

»Wir haben diese Woche Nachtdienst und kommen abends vorbei. Unsere Kollegen werden tagsüber nach Ihnen sehen.«

»Ich danke Ihnen vielmals. Möchten Sie vielleicht auf einen Kaffee reinkommen?«

»Das geht leider nicht. Freitags haben wir immer viel zu tun. Vielleicht beim nächsten Mal.«

»Alles klar.«

»Also, einen schönen Abend noch. Rufen Sie uns an, wenn Sie uns brauchen.«

»Mache ich. Und noch mal vielen Dank«, sagte sie mit einem erzwungenen Lächeln. Sie sah dem Streifenwagen hinterher, der sich langsam entfernte, und ließ sich Zeit, um die frische, kalte Luft einzuatmen. Sie beobachtete, wie sich der Streifenwagen entfernte ... und er beobachtete sie.

Sie war direkt vor ihm! Wenn er schnell genug war, konnte er sie packen, bevor sie wieder hineinging. Es würde nur eine Sekunde dauern, dachte er, während sich seine Hand um den Gurtriemen in seiner Tasche schloss.

KAPITEL 27

Sheridan betrat mit Anna den Pub und spürte sofort die Wärme des knisternden Feuers, das am anderen Ende des Tresens in einem hohen Kamin loderte. Sie hatte das Handy am Ohr, während Anna die Getränke besorgte, und suchte einen Platz in einer ruhigen Ecke aus.

»Immer noch keine Antwort von Jennifer.« Sheridan legte das Handy auf den Tisch, während Anna zwei Tonic Water vor sie hinstellte.

»Hast du ihr eine Nachricht hinterlassen?«

»Yep.« Sheridan biss sich auf die Unterlippe und starrte ihr Telefon an.

»Ich bin sicher, dass es ihr gut geht. Vielleicht braucht sie einfach etwas Ruhe.«

»Kann sein, aber ich habe sie gebeten, immer ranzugehen, wenn ich anrufe.« Sheridan tippte erneut auf Jennifers Nummer. Keine Antwort. Sie sah Anna an. »Ich rufe die Wache an.«

Sie sprach mit der Einsatzleitung und ließ sich bestätigen, dass zwei Kollegen vor einer knappen halben Stunde am Cottage gewesen waren und dass es Jennifer gut gegangen war.

»Dann kann ich mich ja abregen«, sagte Sheridan und ließ sich mit einem tiefen Seufzer in die Polster sinken. »Ich wollte dich schon länger was fragen … Wie sieht es eigentlich mit deiner Prüfung zur Kommissarin aus? Willst du die noch machen?«

»Im Moment nicht. Ich weiß, dass ich es immer wieder aufschiebe, aber ich muss mich besser vorbereiten.«

»Schieb's nicht zu lange auf, du wirst auch nicht jünger.« Sheridan prostete Anna zu.

»Hey, werd nicht frech!«

»Sag mal, was für ein Bauchgefühl hast du bei unserem Fall?«

Anna legte die Unterarme auf die Tischplatte und spreizte die Finger, als wollte sie Klavier spielen. »Ich glaube, Ronald *hat* Daniel getötet. Tony hat Ronald und Rita getötet. Tony hat Helen angerufen, um ihr zu sagen, dass er es tun würde. Deshalb ist sie gesprungen. Ansonsten bin ich mir nicht sicher. Wir brauchen die Auswertungen der Telefonverbindungen und alles andere. Es erfordert einiges an Planung, Ronald und Rita lebend nach Crosby zu bringen, und es war viel Kraft und Zeit notwendig, um das tiefe Loch im Sand zu graben. Das war nichts Spontanes. Und wie du ja auch schon gesagt hast: Die Art und Weise, wie die Leichen platziert wurden, war dem Mörder wichtig. Das Ganze war symbolisch.«

Sheridan nickte nachdenklich und nahm einen Schluck Tonic Water. »Ich weiß, dass es ein altes Klischee ist, aber ich glaube, wir übersehen etwas ganz Offensichtliches.«

KAPITEL 28

Jennifer spürte das kalte Metall des Eisernen Manns am Rücken, als das eisige Wasser ihre Füße erreichte. Die Muskeln ihrer Arme begannen zu schmerzen; langsam drehte sie die Handgelenke, bis sie das raue Metall an den Handflächen spürte.

Sie schaute auf das Anbranden der Flut und wandte den Kopf wieder zum Strand. Es musste ungefähr zwei Uhr morgens sein. Um diese Zeit war niemand unterwegs. Niemand würde sie sehen. Und wenn sie schrie, würde sie jemand hören?

Sie fühlte sich wie der letzte Mensch auf der Welt. Zitternd versuchte sie, sich irgendwie von dem bitterkalten Wind abzulenken, der ihr durch die Kleider bis ins Mark drang.

Sie dachte an die paar Male, bei denen sie als Kind in Crosby gewesen war. Ihre Eltern hatten im Sand gesessen und Daniel und ihr beim Spielen zugesehen. Sie erinnerte sich daran, wie ihr Vater ihre Mutter an der Hand genommen und zum Wasser gezerrt hatte. Ihre Mutter hatte gezittert und angefangen zu weinen, als die Brandung über ihre nackten Füße spülte.

Rita Parks hatte immer schreckliche Angst vor dem Meer und anderen freien Gewässern gehabt.

An dem Tag waren Tony und Helen Harvey mitgekommen. Jennifer erinnerte sich, dass Tony sie an die Hand nahm, um Eis für alle zu kaufen. Auf dem Rückweg hatte sie ein Eis fallen lassen und Tony hatte ihr eingeschärft, sie solle bleiben, wo sie war, während er zum Eiswagen zurückging.

Das war das erste Mal, dass sie allein gelassen worden war, und es war auch nur für ein paar Minuten gewesen. Sie erinnerte sich immer noch an das Gesicht des Mannes, der auf sie zugekommen war und sie gefragt hatte, ob alles in Ordnung sei, ob sie sich verlaufen habe, wo ihre Eltern seien. Ob sie Hilfe brauche. Sie erinnerte sich, wie sie ihn angestarrt hatte. Er hatte ein freundliches Gesicht gehabt, wie jemand, dem man vertrauen konnte. Aber ihre Eltern hatten Daniel und ihr eingeschärft, nicht mit Fremden zu sprechen. Sie hatten es fast jeden Tag gesagt: *Traue niemals einem Fremden.* Jennifer hatte sich immer gefragt, ob der Mann wieder da sein würde, wenn sie noch mal an den Strand ginge.

Ihr Körper zitterte heftig und holte sie in die Gegenwart zurück. Das Wasser hatte ihre Knie erreicht. Der eisige Wind biss ihr ins Gesicht, und sie hatte Mühe zu atmen. Sie schloss die Augen und hatte nur einen Gedanken im Kopf: Was war das Letzte, woran ihre Mutter gedacht hatte, bevor sich das Wasser über ihr schloss?

KAPITEL 29

Sam saß auf dem Toilettensitz und sah Sheridan beim Duschen zu. Maud sprang auf Sams Schoß.

Sie hatten den Vormittag auf dem Dachboden verbracht, im Weihnachtsschmuck gekramt und diskutiert, ob sie dieses Jahr die Fee aus Sheridans Familie oder Hylda, das Hippo, das Sam seit ihrer Kindheit liebte, auf die Spitze des Baumes setzen sollten.

Sie hatten sich schließlich darauf geeinigt, Maud entscheiden zu lassen, und beide Figuren vor sie auf den Boden gelegt. Diejenige, die sie zuerst abtastete, beschnupperte oder angriff, würde gewinnen. Nachdem Maud die Fee angefaucht und zerfetzt hatte, einigten sie sich darauf, dass dieses Jahr Hylda, das Hippo, den stolzen Platz auf der Spitze des Baumes einnehmen würde. Und Sam würde Sheridan eine neue Fee kaufen. Außerdem dürfte Maud nie wieder Entscheidungen von solcher Tragweite treffen.

Als Sheridan aus der Dusche kam, reichte Sam ihr ein angewärmtes Handtuch vom Heizkörper und lachte, als Sheridan es sich um den Kopf wickelte und nackt ins Schlafzimmer tanzte. Sam setzte Maud ab, packte Sheridan am Arm und zog sie aufs Bett.

»Komm her, lass uns was Unanständiges machen.« Sam grinste, doch dann sprang Maud hoch, stapfte über die Bettdecke und schnurrte Sheridan laut ins Gesicht.

»Oder auch nicht.« Sheridan lachte, hielt aber plötzlich inne, als sie ihr Telefon unten klingeln hörte. »Mist, das ist mein Arbeitshandy, kannst du es vielleicht holen?«

Sam rannte die Treppe hinunter, schnappte sich das Telefon, rannte nach oben und gab es Sheridan, die sich inzwischen in das Handtuch gewickelt hatte. »DI Holler.«

Sie hörte zu, als DC Rob Wills erklärte, dass die Streifenpolizisten vergeblich bei Jennifer geklingelt hatten. Sie kam nicht an die Tür. Sie hatten ihren Festnetzanschluss und ihr Mobiltelefon angerufen, die beide aus dem Haus zu hören waren. Jennifers Auto war vor dem Haus geparkt, die Haustür abgeschlossen. Als die Beamten sich Zutritt verschafften, fanden sie nichts Ungewöhnliches vor. Daraufhin fuhren sie in die Buchhandlung, die geschlossen war. Von außen war niemand zu sehen. Auch hier verschafften sie sich Zutritt. Aber Jennifer war nicht da.

»Ich komme rein.« Sheridan beendete den Anruf kopfschüttelnd. »Scheiße.«

Zwanzig Minuten später, als Sheridan gerade Kleingeld in die Mautstelle am Kingsway-Tunnel warf, klingelte ihr Handy. Sie ging ran und gab Gas. »DI Holler.«

»Ich bin's, Rob.« Die Stimme begann zu knistern, als Sheridan in den Tunnel fuhr.

»Ja, Rob?«, rief Sheridan.

»Kannst du mich hören?«

»Ja, aber ich fahre gerade in den Kingsway-Tunnel. Die Verbindung bricht ab.«

»Wir haben Jennifer Parks gefunden.«

KAPITEL 30

Sheridan starrte auf die Turnschuhe und die Trainingshose, die Jennifer getragen hatte, als sie gefunden wurde. Sie waren klatschnass. Dann schaute sie Jennifer an, die auf einem Krankenbett in einem Nebenraum der Notaufnahme lag. Es herrschte reges Treiben: Pfleger eilten durch die Flure, Ärztinnen kamen mit Klemmbrettern hinter Vorhängen hervor, Telefone läuteten unaufhörlich, und alle paar Minuten ertönte ein Summer, wenn Sanitäter wieder einen neuen Patienten hereinrollten.

Sheridan ging in den Raum hinein und schloss die Tür hinter sich, um das Chaos auszusperren. Als sie den blauen Schimmer um Jennifers Lippen bemerkte, zog sie ihr instinktiv die Decke höher. Dann drehte sie sich zu Rob um, der mit verschränkten Armen an der Wand lehnte.

»Was ist passiert?«, flüsterte sie.

»Sie wurde am Strand von Crosby gefunden, unter einer Statue. Sie muss schon ein paar Stunden dort gelegen haben.«

In diesem Moment öffnete sich die Tür, und eine große, blonde Ärztin kam herein. »Es tut mir leid, heute Morgen ist hier der Teufel los.« Sie ging zu Jennifer hinüber und strich ihr sanft über die Wange, um sie zu wecken. »Wie fühlen Sie sich?«

Jennifer hob langsam die Hand, um sich über den Mund zu wischen. »Gut«, antwortete sie. Als sie Sheridan hinter der Ärztin bemerkte, sagte sie: »Sheridan, es tut mir so leid.«

Dann brach sie in Tränen aus. Die Ärztin legte ihr tröstend die Hand auf die Schulter und maß ihre Temperatur. Als sie fertig war, trug sie die Werte ein und verließ leise das Zimmer.

»Wie sind Sie an den Strand von Crosby gekommen?« Sheridan zog einen Stuhl heran und setzte sich ans Bett.

Es herrschte ein langes Schweigen, bevor Jennifer antwortete. »Ich musste es wissen«, sagte sie. »Es tut mir leid, falls Sie sich meinetwegen Sorgen gemacht haben.«

»Ist schon okay.«

»Ich kann nicht aufhören, über meine Eltern nachzudenken. Mir schwirren so viele Fragen durch den Kopf. Wer hat sie umgebracht? Und warum? Aber vor allem, was haben sie gefühlt, bevor sie starben? Ich musste an den Strand, zu dieser Statue, an die meine Mutter in der Kälte und Dunkelheit gefesselt worden ist. Vielleicht hat sie versucht, sich umzudrehen, um meinen Vater zu sehen, vielleicht haben sie versucht, sich etwas zuzurufen.« Sie sah Sheridan an. »Ja, ich weiß, dass ihre Münder zugeklebt waren, das haben Sie mir ja gesagt, aber vielleicht haben sie es trotzdem versucht. Ich wollte wissen, wie sich meine Mutter gefühlt haben muss, als das Wasser gestiegen ist.« Sie starrte an die Decke. »Sie muss entsetzliche Angst gehabt haben.«

Sheridan und Rob sagten nichts.

»Entschuldigung«, sagte Jennifer. »Ich versuche wirklich, stark zu sein. Ich fühle mich nur so schuldig, weil ich hier bin und … und … sie sind weg.« Sie zog die Decke bis ans Kinn.

»Sie *sind* stark, Jennifer«, sagte Sheridan. »Was Sie durchgemacht haben, würde die meisten Menschen umhauen. Was Sie jetzt fühlen, nennt man Überlebensschuld, das kommt in einer Situation wie Ihrer nicht selten vor. Sie müssen sich weder bei

mir noch bei sonst irgendwem für Ihre Gefühle entschuldigen.«
Sheridan wollte nicht so weit gehen, Jennifer von ihren per-
sönlichen Erfahrungen zu erzählen. Sie sollte aber wissen, dass
Sheridan sie verstand.

»Das Seltsame ist, dass in der Dunkelheit im Wasser eine
Art Frieden über mich gekommen ist. Es war, als ob ich wieder
bei meiner Mutter wäre. Als wäre sie da gewesen. Finden Sie es
seltsam, dass ich jetzt das Gefühl habe, mich von meinen Eltern
verabschiedet zu haben?«

»Nein. Gar nicht. Waren Sie deshalb dort?«

»Ehrlich gesagt hatte ich das nicht geplant. Nachdem die
Polizisten gestern Abend wieder abgefahren sind, wollte ich
was Normales tun, und da habe ich an Joggen gedacht. Klar,
Sie haben veranlasst, dass dieser Streifenwagen da zu meinem
Schutz in der Einfahrt steht, aber ich will den nicht dauernd
sehen. Er erinnert mich daran, dass nichts normal ist. Ich wollte
einfach nur meine Laufklamotten anziehen und raus an die
frische Luft, so wie früher. Genau das habe ich gemacht. Und
dann bin ich einfach immer weitergelaufen.« Sie erlaubte sich
ein Lächeln. »Wie Forrest Gump.«

Sheridan grinste. Ihr fiel auf, dass Jennifers Wangen langsam wieder Farbe annahmen.

»Ich fühlte mich beim Laufen so lebendig. Und dann traf es
mich plötzlich wie ein Schlag. Meine Eltern lebten nicht mehr.
Was für eine Ungerechtigkeit, dass ich noch da war und sie
nicht! Und als Nächstes war ich auch schon am Crosby Beach.«
Sie rutschte etwas höher und stützte sich auf einen Ellenbogen.
»Es ist mir egal, wie sich das anhört, aber ich habe mich ein
wenig damit abgefunden. Ich habe meine Eltern vergöttert, und
ich habe Daniel vergöttert, und ich werde sie vermissen, solange
ich lebe … Aber ich muss da jetzt durch, sonst macht es mich
kaputt.«

»Ich weiß, dass Sie versuchen, stark zu sein. Aber ich möchte die Sicherheitsmaßnahmen noch etwas länger aufrechterhalten.«

»Verstehe. Den Alarmknopf finde ich gut, aber muss der Streifenwagen dort stehen bleiben?«

Sheridan beugte sich vor. »Jennifer, wir haben Tony Harvey noch nicht gefunden. Es gibt Hinweise darauf, dass er etwas mit dem Tod Ihrer Eltern zu tun haben könnte. Ich muss für Ihre Sicherheit sorgen.«

Jennifer entgegnete schnell: »Ich kann nicht glauben, dass Tony jemandem etwas antun würde, schon gar nicht mir. Ich kenne ihn seit meiner Kindheit. Er war der beste Freund meiner Eltern und gehörte zur Familie.«

»Warum glauben Sie, dass er Ihnen nichts tun würde?«

Jennifer zögerte. »Tony war wie ein Vater für mich. Ich hatte quasi zwei Väter. Er hat mich vergöttert, und ich habe ihn geliebt.«

»Manchmal glaubt man, jemanden zu kennen, aber dann stellt sich heraus, dass er ganz anders ist. Ich möchte den Streifenwagen wirklich noch ein bisschen länger dort stehen lassen.«

»Okay«, antwortete Jennifer. »Aber ich glaube wirklich, dass Sie sich in Tony täuschen.«

* * *

Als sie vom Parkplatz des Krankenhauses fuhr, hörte Sheridan eine Sprachnachricht von Anna ab. Vor der nächsten roten Ampel rief sie sie zurück.

»Hi, Sheridan.«

»Hi, Anna, du hast mich angerufen?«

»Ja. Wie geht's Jennifer?«

»Sie kommt irgendwie klar. Ich erzähle dir alles, wenn ich wieder auf der Wache bin.«

»Das ist gut. Ich habe was für dich.«

»Schieß los.«

»Tony Harvey wurde von einer Überwachungskamera in einem Baumarkt gefilmt. Und zwar eine halbe Stunde, bevor er zu den Parks' gefahren ist. An dem Abend, an dem sie entführt worden sind.«

»Hat er was gekauft?«

»Ja, Kabelbinder. Genau die Sorte, die bei Ronald und Rita verwendet wurde.«

KAPITEL 31

Sonntag, 11. November

Sam und Sheridan saßen auf dem Sofa. Während Sam Schulaufgaben korrigierte, blätterte Sheridan in Jennifers Unterlagen über die Morde an Daniel und ihren Eltern. Maud fand, dass sie nicht genug Aufmerksamkeit bekam, und versuchte, ein paar Papierstapel vom Couchtisch zu schieben.

Sheridan studierte Jennifers Markierungen auf den Karten und notierte die Daten, an denen Jennifer mit den Freiwilligen die einzelnen Gebiete abgesucht hatte. Dann nahm sie den ersten der drei dicken Notizblöcke und vertiefte sich darin.

Jennifer hatte jedes Gespräch mit jedem Beamten mit Datum und Uhrzeit und einer Zusammenfassung des Gesprächsinhalts dokumentiert. Sie hatte ihre Gedanken und Erinnerungen festgehalten, zum Beispiel an den Tag, an dem sie nach Hause gekommen war und Daniel vermisst meldete, an das Gespräch mit ihren Eltern und den Anruf bei der Polizei. Sie hatte Einzelheiten aus dem Prozess aufgeschrieben, Kommentare zur Anklage und zu den polizeilichen Beweisen bis hin zu den Reaktionen einzelner Geschworener auf bestimmte

Indizien. Und dann fanden sich seitenweise Notizen, von denen sich einige wie Protokolle, andere aber wie ein Tagebuch lasen. Wie ein sehr persönliches Tagebuch.

»Ich sitze allein im Cottage. Du bist nicht mehr da, und das bricht mir das Herz. Mir fällt kein einziger Mensch ein, der dir jemals etwas hätte antun wollen. Du warst so schön, so sanft und so freundlich. Warum hat jemand unsere liebevolle Familie zerstört? Wer hat dich von uns genommen? Unser perfektes Leben ist zerstört. Ich vermisse dich so sehr. Es fällt mir schwer zu lächeln, es fällt mir schwer, mir ein Leben ohne meinen großen Bruder vorzustellen.

Gute Nacht, Daniel. xxx«

Als Sheridan in den Aufzeichnungen blätterte, wurde ihr bewusst, dass sie Jennifers Schmerz Wort für Wort nachempfinden konnte.

Sie holte den letzten Notizblock hervor und las einige neuere Einträge.

Montag, 5. November – Zwei Polizistinnen, DI Holler und DS Markinson, waren in der Buchhandlung. Sie rollen Daniels Fall wieder auf. Morgen früh soll ich meine alte Aussage mit ihnen durchgehen.

Ich hoffe so sehr, dass sie herausfinden, wer ihn wirklich getötet hat. Vielleicht bekommen wir drei dann endlich etwas Frieden und können irgendwie versuchen weiterzuleben.

Sheridan sah einen Moment auf. Selbst mit ihrer langjährigen Erfahrung fühlte es sich an, als würde sie eine Grenze übertreten, als dürfe sie Jennifers Aufzeichnungen ihrer privaten Gedanken und Gefühle nicht lesen.

In keiner ihrer vielen Morduntersuchungen über die Jahre hatte es je jemanden gegeben, der die Ermittlungen so detailliert aufgezeichnet hatte. Jennifers Unterlagen weckten Erinnerungen an ihr eigenes Tagebuch, das sie im Alter von vierzehn Jahren nach dem Mord an Matthew geführt hatte.

Sie las weiter, bis ihr Kopf zu schmerzen begann, dann legte sie den Notizblock auf den Schoß und schloss die Augen.

»Alles okay?«, fragte Sam und sah von ihren Korrekturen auf.

»Na ja. Was Jennifer über ihren Bruder schreibt, bricht mir das Herz.«

»Es erinnert dich an Matthew, stimmt's?« Sam strich Sheridan übers Bein.

»Ja, irgendwie schon. Ich kann nachempfinden, wie Jennifer davon aufgefressen wird. Wenn wir nicht herausfinden, wer ihre Familie umgebracht hat, weiß ich nicht, wie sie jemals darüber hinwegkommen kann.«

KAPITEL 32

Montag, 12. November

Hill marschierte den Korridor hinunter, ignorierte das »Guten Morgen, Ma'am« der entgegenkommenden Beamten und stürmte in Sheridans Büro. Sheridan blickte überrascht auf und hob die Hand, bevor sie das Gespräch beendete. »Das ist super! Ich bin gleich da.«

Noch bevor sie das Telefon aus der Hand gelegt hatte, schoss Hill los. »Kennen Sie einen Sergeant Halbfick oder Hallfick oder so ähnlich?«

»Sergeant Hallbick, ja, den kenne ich.« Sheridan musste sich ein Grinsen verkneifen.

»Er will den Streifenwagen zurückhaben, der vor Jennifer Parks' Cottage steht.«

»Da wird sich Jennifer aber freuen. Der erinnert sie nämlich dauernd daran, dass ihr Leben nicht mehr normal ist. Ich nehme an, Sie haben ihn *sehr* nett gefragt, ob wir ihn nicht doch noch ein bisschen länger dort stehen lassen können?«

»Klar. Ich war genauso höflich wie immer. Aber es ist so, dass zwei andere Fahrzeuge auch nicht einsatzbereit sind.

Deswegen brauchen sie ihn. Ich bemühe mich, einen anderen zu organisieren.«

»Danke. Ich bin auf dem Weg ins Kripobüro. Die Downloads der Nachrichten von Ronald Parks' Handy sind da.«

»Ich komme mit.«

* * *

»Bingo. Seht euch das an!« Anna winkte Sheridan und Hill zu sich und reichte Sheridan einen Ausdruck. »Da sind ein paar Nachrichten in den letzten Monaten. Nichts von Interesse. Aber dann, an dem Tag, an dem die Parks nach Crosby Beach gebracht wurden, haben sich Ronald Parks und Tony Harvey mehrfach angerufen und geschrieben. Um 15.27 Uhr ruft Ronald Tony an, der Anruf dauert eine Minute. Um 16.29 Uhr fangen sie an, sich zu schreiben.«

Sheridan und Hill lasen den Ausdruck durch.

16.29 Uhr: Ronald Parks an Tony Harvey: *Du bekommst keinen Penny mehr, bis du mir sagst, wo Daniels Leiche ist.*

Tony an Ronald: *Du hast gesagt, du willst nicht wissen, was ich mit ihm gemacht habe.*

Ronald an Tony: *Die Polizei hätte ihn längst finden sollen. Die Sache muss ein Ende haben, wo ist er?*

Tony an Ronald: *Das meiste von ihm ist an einem Ort und etwas an einem anderen Ort.*

Ronald an Tony: *Hast du ihn zerstückelt?*

Tony an Ronald: *Ich habe es versucht. Ich erzähle es dir, aber erst will ich die anderen zwanzig. Geh jetzt zur Bank.*

»Tony und Ronald steckten also unter einer Decke«, sagte Hill.

Sheridan las die Texte noch einmal, dann fragte sie Anna: »Kannst du überprüfen, ob es eine Zahlung von Ronald an Tony gab, bevor Daniel ermordet wurde?«

»Ja, mache ich.«

»Okay. Wir haben jetzt einen belastbaren Hinweis darauf, dass Tony Harvey den Mord an Daniel begangen haben könnte. Bringen wir das Team auf den neuesten Stand.«

Sie machten sich auf den Weg in den Besprechungsraum, und als alle versammelt waren, legte Sheridan los.

»Okay. Es geht um Ronald Parks' Mobiltelefon … Wir haben die gelöschten Textnachrichten wiederhergestellt, die sich Ronald und Tony an dem Tag, an dem Ronald und Rita entführt wurden, geschrieben haben.«

Sheridan las die Nachrichten laut vor. Alle hörten aufmerksam zu. Als sie fertig war, ging sie zurück in ihr Büro, um Jennifer anzurufen, ohne sich um Hill zu kümmern, die sich bestimmt fragte, wen sie anschreien sollte, weil sie Tony Harvey immer noch nicht gefunden hatten.

KAPITEL 33

Sheridan sprach mit Jennifer, die mittlerweile aus dem Krankenhaus entlassen worden war und sich besser fühlte. Sie teilte ihr mit, dass der Streifenwagen gebraucht wurde, sie aber versuchten, ihn so schnell wie möglich zu ersetzen. Über die Nachrichten zwischen Ronald und Tony verlor sie kein Wort.

Jennifer sagte, sie wolle in die Buchhandlung gehen, da sie dort einiges zu erledigen habe.

Anna wartete geduldig in der Tür, bis Sheridan das Gespräch beendete. Dann wedelte sie mit einem Blatt Papier in der Luft herum. »Zwei Wochen vor Daniels Verschwinden hat Ronald dreißig Riesen auf Tonys Konto überwiesen.«

»Wurde er nach dem Grund gefragt?«

»Ja. Ronald Parks hat gesagt, dass er ein altes Darlehen zurückgezahlt habe, und Tony bestätigte diese Aussage.«

»Es war also alles geplant? Ronald hat Daniel getötet und Tony dafür bezahlt, dass er die Leiche beseitigt. Er hat ihm dreißig Riesen im Voraus gegeben, zwanzig wollte er später zahlen.« Sheridan beugte sich vor und schloss die Augen, als wolle sie alles Störende ausblenden, um ihren Gedanken folgen zu können. Anna sagte nichts, sondern setzte sich leise. Schließlich öffnete Sheridan die Augen.

»Aber was keinen Sinn ergibt, sind die Spuren in Ronalds Pick-up. Es gibt nichts, was Tony forensisch damit in Verbindung bringt.«

»Wir wissen, dass sie zusammengearbeitet haben. Vielleicht hat Ronald Daniel im Cottage getötet, ihn in das weiße Handtuch eingewickelt, hat sich irgendwo mit Tony getroffen, und der hat die Leiche fortgeschafft.«

»Möglich wäre es«, stimmte Sheridan zu. »Aber warum hätten sie Daniels Bettdecke auf das Feld werfen und die Leiche woanders beseitigen sollen? Das ergibt doch keinen Sinn.«

Sie saßen einen Moment lang da und gingen die mögliche logistische Organisation des Verbrechens im Kopf durch.

»Vielleicht hat Ronald vergessen, Tony die Bettdecke zu geben«, sagte Sheridan. »Und musste sie dann auf dem Rückweg loswerden?« Sie rieb sich das Gesicht.

»Aber Ronald hätte die Bettdecke doch sicherlich weiter vom Haus entfernt weggeworfen?«, sagte Anna. »Er hätte …«

Sheridan schnippte mit den Fingern. »Ich glaube, ich weiß, was passiert ist.« Sie lächelte. »Ronald hat vergessen, Tony die Bettdecke zu geben, und war schon fast zu Hause, als er es bemerkte. Sein Tank war fast leer, also konnte er nicht umkehren, sonst wäre ihm der Sprit ausgegangen.«

»Anhalten, um die Decke zu vergraben, war auch zu riskant, weil er nicht wissen konnte, wie leer der Tank war. Vielleicht wäre der Pick-up nicht mehr angesprungen. Er musste so schnell wie möglich nach Hause zurück«, sagte Anna. Die beiden schlugen die Handflächen gegeneinander.

»Mann, dass wir das gelöst haben!« Sheridan blies die Backen auf. »Aber die Frage ist immer noch: *Warum* wollten sie ihn umbringen?«

KAPITEL 34

Das Briefing war kurz. Sheridan gab sich Mühe, nicht in den hinteren Teil des Raumes zu schauen, wo Hill mit ihrer üblichen Donnermiene saß.

»Es ist neun Tage her, dass die Leichen von Ronald und Rita Parks gefunden wurden«, begann sie. »Wir machen zwar Fortschritte, aber wir müssen jetzt unbedingt Tony Harvey finden. Da Jennifer sich weigert, woanders als im Cottage unterzukommen, ist sie praktisch schutzlos. Konzentriert euch auf die Suche nach Harvey. Ihr wisst alle, was ihr zu tun habt. Die Ermittlungen laufen auf Hochtouren, und wir bekommen dauernd neue Informationen rein, aber wir sitzen auf einer Zeitbombe, Leute.« Ihr war klar, dass ihr Team alles gab, und sie fügte mit etwas weicherem Tonfall hinzu: »Ich weiß, dass ihr alle erschöpft seid. Ihr macht einen tollen Job. Trotzdem müssen wir dranbleiben. Und Tony Harvey finden.« Sheridan beendete die Besprechung. Sie wünschte allen, die seit dem frühen Morgen im Dienst waren, einen schönen Feierabend, bevor Hill die Gelegenheit fand, sich mit irgendwelchen negativen Äußerungen einzumischen. Oder wieder loszubrüllen.

Auf der Fahrt aus Liverpool heraus dachte Sheridan über den Fall nach. Doch zu Hause angekommen, entschied sie sich bewusst dafür, abzuschalten und sich eine Pause zu gönnen. Aus dem Wohnzimmer drang Weihnachtsmusik, und in der Küche fand sie Sam vor, deren Hände in einer dicken, klebrigen Substanz steckten.

Sam schmollte. »Ich hatte so eine geniale Idee. Ich dachte, ich mache ein Probe-Weihnachtsessen, damit ich es nicht versaue, wenn ich das *eigentliche Essen* koche. Also habe ich Hühnchen, Rosenkohl und so eine Mischung für die Füllung gekauft.«

»Der Ofen ist nicht an.« Sheridan zog belustigt die Augenbrauen hoch.

»Na ja, es gab keine frischen Hähnchen mehr, also habe ich ein gefrorenes gekauft, und dann hat Joni angerufen, und wir haben uns unterhalten, und sie hat mir gesagt, dass man kein gefrorenes Hähnchen in den Backofen schieben kann. Es taut gerade noch auf. Aber ich dachte, ich mache schon mal die Füllung, quasi als Vorspeise.« Sam holte tief Luft und versuchte, die klebrige Substanz von ihren Fingern zu ziehen.

»Was *ist* das?«

»Die Füllung. Ich muss zu viel Mehl genommen haben, es ist total zäh geworden. Jedenfalls kriege ich das Zeug nicht mehr ab.« Sam zog eine Schnute, als Sheridan in Gelächter ausbrach.

»Nicht mal Maud will es fressen. Ich habe versucht, ihr ein bisschen auf die Pfote zu tun, damit sie es abschleckt. Aber sie ist total ausgeflippt und die Treppe hochgeschossen.«

Sheridan lachte so sehr, dass sie sich auf die Stuhllehne stützen musste. Als der Lachanfall vorbei war, küsste sie Sam auf die Nase und nahm eine Flasche Weißwein aus dem Kühlschrank.

»Das ist saukomisch. Genau das habe ich gebraucht.«

»Scheißtag?«, fragte Sam und kratzte die klebrige Mischung mit einem Spatel von den Fingern.

»Dieser verfluchte Fall macht mir Kopfschmerzen.«

»Komm und erzähl mir alles darüber.«

* * *

Als sie auf dem Sofa saßen und sich unterhielten, legte Sheridan den Kopf in Sams Schoß. Maud streckte sich auf dem Couchtisch aus und ignorierte die getrocknete Füllung, die wie ein kleiner Zementblock auf ihrer Pfote festsaß. Sam hörte wie immer aufmerksam zu, als Sheridan ihr den Stand der Ermittlungen schilderte.

»Also, ihr schnappt euch diesen Tony. Und glaubst du, er plaudert dann aus, wo er Daniels Leiche versteckt hat?«, fragte Sam, während sie Sheridan über die Stirn strich.

»Unwahrscheinlich.«

»Könnt ihr ihn nicht einfach so lange verprügeln, bis er es euch sagt?« Sam grinste.

»Wenn es nur so einfach wäre.«

»Habt ihr irgendeinen Anhaltspunkt, wo Daniels Leiche sein könnte?«

»Nein. In Tonys Text stand nur, dass das meiste an einem Ort und etwas an einem anderen Ort ist.«

Sam hörte einen Moment lang auf, Sheridans Stirn zu streicheln. »Das hat er gesagt?«

»Ja.«

»Genau das?«

»Ja, ich glaube schon. Warum?«

»An einem anderen Ort? Das ist *Another Place*. Dort, wo ihr die Leichen der beiden Parks' gefunden habt.«

Sheridan verrenkte sich fast den Hals, um Sam anzuschauen. »Wie meinst du das?«

»So heißt die Installation von Antony Gormley am Strand von Crosby. Er hat die Eisernen Männer nach seinem eigenen Körper modelliert und *Another Place* genannt.«

Sheridan setzte sich auf und schaute Sam groß an. »Bist du sicher?«

»Ja, absolut. Als die Statuen dort vor ein paar Jahren aufgestellt wurden, haben wir ein Schulprojekt dazu gemacht.« Sam stand vom Sofa auf und ging in die Küche, um ihren Laptop einzuschalten. Sheridan stand hinter ihr, während sie die »Eisernen Männer« googelte. Und da waren sie. Auf dem Bildschirm erschienen lauter Bilder der Statuen mit Links zu »Antony Gormley, Another Place, Crosby«.

Sheridan schlang die Arme um Sam und drückte ihr einen Kuss auf die Lippen.

»Du wunderbares Wesen!«

KAPITEL 35

Jennifer schloss die Buchhandlung ab und wickelte sich den Schal um den Hals. Es war ein bitterkalter Tag. Viele Leute waren noch beim Einkaufen, und sie überlegte, ob sie in das kleine Café an der Ecke gehen sollte, wo sie oft saß und die Menschen an sich vorbeiziehen ließ. Aber heute Abend wollte sie einfach nur nach Hause. Sie zog den Kopf ein, stemmte sich gegen den eisigen Wind und beschleunigte ihre Schritte.

Er überquerte die Straße und folgte ihr, wobei er genug Abstand hielt, um nicht bemerkt zu werden. Die Hände hatte er tief in den Taschen vergraben.

An der Ecke bog Jennifer links ab und ging die schmale, gepflasterte Seitenstraße hinunter, die sie schon tausendmal genommen hatte, eine praktische Abkürzung zum Parkplatz. Plötzlich verspürte sie den Drang, sich umzuschauen, und blieb ganz kurz lauschend stehen, bevor sie herumwirbelte. Eine mit Einkaufstüten beladene Frau kam auf sie zu. Jennifer ließ sie vorbeigehen und setzte ihren Weg fort. Als sie das Ende der Gasse erreichte, blickte sie sich erneut um.

Ihr Herz klopfte schnell, und als sie ihren eigenen Atem in der Luft sah, lehnte sie sich kurz an die Wand. Sie hielt nach beiden Seiten Ausschau, aber sie sah nur ein paar Leute auf den Parkplatz zueilen. Jetzt schaute sie sich nicht mehr um.

Doch er war noch da. Langsam ging er hinter ihr her.

KAPITEL 36

Tony Harvey zog sich die Mütze tief in die Stirn, stieg die Stufen zum Hauptbahnhof Liverpool Lime Street hinauf und ging zu den Anzeigetafeln hinüber.

Ein Polizist stand in der Mitte der Bahnhofshalle und behielt einen Obdachlosen im Auge, der mit ausgestreckter Hand auf die Leute zuging. Viele Pendler reagierten überhaupt nicht auf ihn, als wäre er unsichtbar, andere verzogen unwillig das Gesicht, schüttelten den Kopf und murmelten irgendwas. Als er in seiner schmutzigen Jeans, die ihm um die mageren Beine schlackerte, auf eine Frau zuhumpelte, die einen teuren Koffer hinter sich herzog, blieb diese stehen und förderte ein paar Münzen zutage. Er nahm sie und bedankte sich. Der Polizeibeamte zeigte auf ihn, dann auf den Ausgang. Der Obdachlose nickte und schlurfte aus dem Bahnhof.

Tony sah dem Polizisten hinterher, der dem Obdachlosen folgte und dafür sorgte, dass er den Bahnhof verließ, ohne weitere Reisende zu belästigen. Mitten unter all diesen geschäftigen Leuten, die alle irgendwohin wollten, starrte Tony auf die angezeigten Städte. Er musste auch irgendwohin. Egal wohin. Nur weg von hier.

Er hatte Zeit gehabt, über das nachzudenken, was er getan hatte. Mittlerweile musste die Polizei die Spuren gefunden haben und fahndete nach ihm. Wohin er auch blickte, die Gesichter von Ronald und Rita Parks gingen ihm nicht aus dem Kopf. Er starrte auf die Anzeigetafeln. Die Ziele waren da.

Er musste sich nur für eins entscheiden.

KAPITEL 37

Anna verschränkte die Hände hinter dem Kopf und lehnte sich zurück, als sie Sheridan breit grinsend hereinkommen sah.

»Was ist? Entweder hast du gestern Nacht dein Fett wegge-kriegt, oder du willst mir sagen, dass du den Fall gelöst hast und wir in die Kneipe gehen und uns besaufen können.«

»Nein und nein.« Sheridan beugte sich flüsternd vor: »Aber ich weiß, wo ein Teil von Daniel Parks' Leiche ist.«

»Ernsthaft? Wo?«

Sheridan erzählte ihr von dem Gespräch mit Sam. Auf dem Weg zum Besprechungsraum einigten sie sich darauf, dass Sheridan die Interpretation der Textnachricht für sich bean-spruchen sollte. Und dass sie kein Sterbenswort darüber ver-lieren würden, dass Sheridan den Fall mit Sam diskutiert hatte.

Als die Kripoleute in den Raum strömten, kam Hill herein, die diesmal nach vorne ging. Sheridan erwiderte ihr knappes Nicken, bevor sie sich an das Team wandte und zu sprechen begann: »Guten Morgen allerseits. Ein kurzes Update. Ich habe mir die Textnachrichten zwischen Ronald und Tony durch den

Kopf gehen lassen. Gestern Abend ist mir ein Licht aufgegangen.« Sheridan vermied es, Anna anzusehen. Sie ahnte, dass sie wahrscheinlich losprusten müsste, wenn sich ihre Blicke träfen.

»In den Nachrichten schreibt Tony, dass er einen Teil von Daniels Leiche an einen Ort und einen anderen Teil an einen anderen Ort gebracht hat. Und gestern Abend wurde mir plötzlich klar, dass die Leichen von Ronald und Rita an einem Ort namens *Another Place* gefunden wurden. So heißt die Installation der Eisernen Männer von Antony Gormley am Crosby Beach. Mit anderen Worten: Ich bin der Ansicht, dass sich in Tonys Nachricht ein Hinweis versteckt.«

»Wow. Ein echter Geistesblitz!« Anna nickte übertrieben und versuchte absichtlich, Sheridan aus der Fassung zu bringen. »Wie bist du bloß darauf gekommen?«

»Keine Ahnung. Ich hatte es wohl irgendwie im Hinterkopf. Jedenfalls ist es mir gestern Abend eingefallen.« *Du Arschloch*, dachte sie.

»Du bist ein Genie.« Anna grinste breit.

»Na gut, dann versuche ich, einen Durchsuchungsbefehl für den Strand zu bekommen«, schaltete Hill sich ein. »Hoffentlich haben Sie recht, Sheridan.«

Hill war dabei, die Besprechung zu beenden, als Dipeshs Handy klingelte. Kurz darauf hob er die Hand, um Sheridan und Hill auf sich aufmerksam zu machen.

»Ja, Dipesh? Was gibt es?«, fuhr Hill ihn an, als er den Anruf beendet hatte.

»Das Handy von Tony Harvey hat sich gerade an einem Mast in Birmingham eingeloggt.«

»Dann ist er entweder mit einem Leihwagen unterwegs oder mit der Kutsche. Oder er trampt oder sitzt in einem Zug. Wie auch immer, finden Sie ihn. *Sofort.*« Hill drehte sich um und verließ den Raum. »Und halten Sie mich auf dem Laufenden«, bellte sie Dipesh im Hinausgehen an.

Im Raum herrschte Stille, bis Hills Schritte verklungen waren.

»Ihr habt gehört, was die Chefin gesagt hat. Wir überprüfen die Autovermietungen vor Ort, die Busunternehmen und die Bahnhöfe«, sagte Sheridan. »Wir fangen am Hauptbahnhof an, vielleicht haben wir ja Glück. Irgendwelche Fragen?«

»Ja. Warum ist die Chefin so ein Arschloch?«, meldete sich Rob Wills zu Wort.

Im Raum war Kichern und unterdrücktes Lachen zu hören. Sheridan hob die Hand. »Ich will so was nicht hören. Hill hat genug am Hals, auch ohne dass ihr über sie lästert.«

Im Raum wurde es still.

»Aber wer sie das erste Mal zum Lächeln bringt, dem gebe ich ein Bier aus.«

KAPITEL 38

Sheridan kehrte in ihr Büro zurück und war nach dem langen Tag dabei, ihre Sachen zu packen und nach Hause zu fahren, als Anna anrief. »Ja, was gibt's?«

»Tony Harvey ist in Southampton. Die Polizei von Hampshire ist unterwegs zum Hafen.«

»Er will auf ein Schiff. Wir treffen uns im Kripobüro.« Sheridan sprang auf und lief den Korridor hinunter.

»Sheridan.« Hill tauchte hinter ihr auf. »Haben Sie's gehört?«

»Ja. Wahrscheinlich hofft er, so aus dem Land zu kommen.«

»Die Hafenbehörden sind alarmiert. Er kommt nicht raus.«

* * *

Im Großraumbüro war es gespenstisch still, als sie auf Informationen von der Polizei in Hampshire warteten. Manche starrten auf die Computerbildschirme und arbeiteten, andere gaben telefonisch Bescheid, dass sie später nach Hause kämen. Sie stellten ihren müden Kollegen Kaffee auf den Tisch und warfen eine Münze, wer mit dem Besorgen von Sandwichs dran war.

Sheridan schrieb Sam: *Hey, Süße, tut mir leid, aber ich komme wieder spät nach Hause. Iss schon mal was, ich schreibe, wenn ich losfahre. Vermisse dich. Gib Maud einen Knuff. xxx*

Sei vorsichtig da draußen, schrieb Sam. *Wir sind hier, wenn du nach Hause kommst. Maud sitzt im Badezimmer und starrt die Wasserhähne an. xxx*

Sheridan grinste und steckte das Handy weg.

»Hey«, rief Rob Wills quer durchs Büro und winkte Sheridan und Hill herbei. »Ich glaube, der hier, das ist Tony.«

Sheridan und Hill eilten zu Robs Arbeitsplatz und schauten ihm über die Schulter. Er spulte die Aufnahme zurück und drückte auf Start. »Das war gestern Abend am Bahnhof Liverpool Lime Street.«

Sie beobachteten, wie Tony durch den Haupteingang kam und zu den Anzeigetafeln lief. Dann ging er auf die Toilette zu und verschwand aus dem überwachten Bereich. Sie warteten darauf, dass Harvey wieder ins Bild kam.

»Das ist er. Ich bin mir fast hundert Pro sicher. Er muss einen Zug nach Southampton genommen haben.« Hill schob die Brille auf die Stirn. »Bleiben Sie dran. Finden Sie raus, in welchen Zug er gestiegen ist und ob er umsteigen musste. Ich will wissen, ob er sich mit jemandem getroffen hat.«

KAPITEL 39

Sergeant Phil Sturman briefte sein Kommando vor dem Aufbruch zum Hafen von Southampton. Er hatte eine Hundestaffel angefordert, aber es war keine verfügbar. Immerhin hatte er sechs Einheiten bekommen. Aus den Funkgeräten knisterten Anweisungen, als sie den Lastwagen-Parkplatz erreichten, an dem sich Tonys Telefon zuletzt eingeloggt hatte. Auf dem von den Scheinwerfern der Polizeifahrzeuge und den Stablampen der Polizisten hell erleuchteten Parkplatz standen vier Pkw und zwei Lkw. Keine Spur von Tony Harvey. Phil Sturman wies die Leitstelle an, dessen Mobiltelefon anzurufen.

Ein leises Klingeln erklang unter einem Lastwagen. Sturman gab Anweisung, ihn zu umstellen. Als alle in Position waren, rief er: »Hier spricht die Polizei. Tony Harvey, wir wissen, dass Sie unter dem Lastwagen sind. Sie sind umzingelt. Kommen Sie langsam heraus. Halten Sie die Hände gut sichtbar vor sich.«

Nichts. Kein Geräusch. Keine Bewegung.

Sturman wiederholte die Anweisung. Wieder nichts.

Er ging vorsichtig in die Hocke, die entsicherte Waffe in der einen und einen Spiegel in der anderen Hand. Dann spähte er unter den Lastwagen. Das Erste, was ihm auffiel, war ein Streifen Klebeband, dessen Ende in der Abendbrise flatterte. Er winkelte den Spiegel an, um erkennen zu können, was sich direkt am Unterboden des Lkw befand. »Oh, Scheiße.«

KAPITEL 40

Jennifer schlug ihr Buch zu und stand vom Sofa auf, um ihren steifen Rücken zu dehnen. Sie war schon eine Weile nicht mehr im Fitnessstudio gewesen. Ihr Körper war verspannt, nicht so geschmeidig und kräftig wie sonst. Sie stützte sich mit den Händen auf der Küchenarbeitsplatte ab und machte eine Art Liegestütze, zählte dabei bis fünfzig und streckte dann die Beine, bis sie das Ziehen in ihren Wadenmuskeln spürte. Plötzlich leuchteten hinten im Garten Scheinwerfer auf. Ein Streifenwagen fuhr vor, gefolgt von einem zweiten, nicht gekennzeichneten Fahrzeug. Sie entriegelte die Haustür und ging hinaus.

Sheridan und Anna stiegen aus dem hinteren Wagen.

»Was ist passiert?« Jennifer ging über den geschotterten Weg auf sie zu.

»Kein Grund zur Sorge. Dürfen wir reinkommen?«, fragte Sheridan und nickte den Kollegen zu.

»Natürlich.« Jennifer kehrte um.

Sie setzten sich ins Wohnzimmer.

»Ist etwas passiert?«, fragte Jennifer.

»Wir haben Tony Harveys Handy in Southampton sichergestellt ...«

»Sie haben ihn verhaftet?«

»Nein.« Sheridan hielt inne. »Sein Telefon klebte unter einem Lastwagen. Er hat uns in die Irre geführt. Wir sollten glauben, dass *er* dort ist.«

»Verstehe.«

»Die beiden Kollegen sehen sich gerade draußen um. Wir wollen sichergehen, dass er hier nicht irgendwo ist.«

»Sie glauben immer noch, dass er hinter mir her ist?«

»Das wissen wir nicht, aber wir wollen lieber kein Risiko eingehen.«

»Ich glaube es nicht. Weil ich weiß, dass Tony mir nichts tun würde.«

»Sie wissen nicht, was in seinem Kopf vorgeht. Sind Sie immer noch sicher, dass Sie nicht lieber woanders unterkommen wollen, bis wir ihn gefunden haben? Sie müssen doch verstehen, dass wir hier nicht für Ihre Sicherheit garantieren können!«

»Aber mir geht's hier gut! Ehrlich!«

Sheridan und Anna warteten, bis die Beamten mit der Überprüfung des Grundstücks fertig waren. Dann fuhren sie zurück zum Revier.

Jennifer blieb noch eine Weile auf der Türschwelle stehen und sah ihnen nach. Dann blickte sie hoch in den Himmel und ließ sich Sheridans Worte durch den Kopf gehen, bis sie ein kalter Wind ins Cottage zurücktrieb.

KAPITEL 41

Von der Hinterbank aus beobachteten Sheridan und Anna aufmerksam die Handvoll Menschen, die sich zur Beerdigung von Ronald und Rita Parks in der Kirche eingefunden hatte. Jennifer saß während des kurzen Gottesdienstes einsam und allein mit gesenktem Kopf in der ersten Reihe.

Der Pastor sprach über Ronald und Rita und dass sie siebenundzwanzig Jahre verheiratet gewesen waren, bevor ihr Leben auf so tragische Weise endete. Ronald hatte mit fünfzehn Jahren die Schule verlassen, um bei Wind und Wetter auf Baustellen zu arbeiten und das Handwerk von der Pike auf zu erlernen, bevor er sein eigenes erfolgreiches Unternehmen gründete. Ein vorbildlicher Vater, der für seine Familie sorgte und dem seine beiden Kinder über alles gingen.

In ihrer Trauerrede beschrieb Jennifer ihre Mutter Rita als ruhige, immer fröhliche Frau. Eine wunderbare Mutter, die ganz darin aufging, ihre kleine Familie um sich zu haben, liebevoll bis zu ihrem letzten Atemzug.

Der Tod dieser beiden bescheidenen Menschen, die sich selbst genügten, hatte die Gemeinde erschüttert. In Gedanken und Gebeten waren alle bei ihrer Tochter Jennifer.

Eltern, die nun im Himmel mit ihrem wunderbaren Sohn wiedervereint waren.

Als die kleine Gemeinde anschließend still die Kirche verließ, stand Jennifer an der Tür, um sich persönlich bei allen einzeln für ihr Kommen zu bedanken. Einige nahmen ihre Hand und bekräftigten, wie wunderbar ihre Eltern gewesen seien. Andere umarmten sie tröstend und lobten den schönen Gottesdienst. Als sich alle verabschiedet hatten, ging Jennifer zu Sheridan und Anna hinüber.

»Wirklich vielen Dank, dass Sie gekommen sind«, sagte sie und nahm Sheridans Hand. »Ich weiß nicht, wie ich die letzten Wochen ohne Sie überstanden hätte.«

Sheridan und Anna schlenderten über den Friedhof und hörten aufmerksam zu, als Jennifer Geschichten von sich als Mädchen und dem Aufwachsen mit Daniel erzählte. Wie ihre Eltern sie beide immer beschützt und umsorgt hätten und sie dazu ermutigten, ins Cottage zu ziehen, als sie in ihren späten Teenagerjahren waren. Wie ihre Mutter sich vor dem Gedanken gefürchtet hätte, dass ihre beiden Kinder irgendwann erwachsen und flügge wären, und dass sie sie immer in ihrer Nähe wissen wollte. Jennifers Stimme brach, als sie die glücklichen gemeinsamen Tage beschrieb. Damals wäre ihr Leben perfekt gewesen.

Schließlich erreichten sie den Parkplatz.

»Es tut mir leid, dass ich nicht ins Restaurant eingeladen habe. Ich konnte den Gedanken nicht ertragen. Finden Sie das schlimm?«

»Nein, überhaupt nicht. Kommen Sie zurecht?«

»Muss ich ja. Es gibt keine Alternative.«

»Rufen Sie uns an, wenn Sie etwas brauchen. Wir halten Sie über unsere Fortschritte auf dem Laufenden.«

»Danke«, sagte Jennifer und zwang sich zu einem Lächeln.

* * *

Anna schaltete die Heizung im Auto hoch und wärmte ihre Hände über der Lüftung. »Glaubst du, dass Jennifer im Cottage bleibt?«

»Keine Ahnung, vielleicht«, antwortete Sheridan.

»Was schätzt du, wie viel ist das Grundstück wert? Das Haus, das Cottage und das ganze Land? Bestimmt mehr als eine Million, oder?«

»Wahrscheinlich. Und dazu kommen noch die Einkünfte aus der Buchhandlung.«

Sheridan ließ das einen Moment auf sich wirken. Es war ihr mehr als einmal in den Sinn gekommen, dass Jennifer nach dem Tod der restlichen Familie sehr wohlhabend war. Sheridan hatte sogar mit dem Gedanken gespielt, dass Jennifer mit jemandem zusammenarbeiten könnte. Vielleicht hielt sie alle Fäden in der Hand, verschaffte sich die Alibis und blieb unverdächtig. Aber wäre sie wirklich fähig, so ein Verbrechen zu begehen? Ihre Liebe zu Daniel und ihren Eltern war offensichtlich, sie war fast greifbar, wenn sie über sie sprach.

Anna unterbrach Sheridans Gedanken. »Ja, aber es heißt ja nicht umsonst, dass man Glück nicht kaufen kann. Ich bin mir sicher, dass Jennifer keine Sekunde bräuchte, um sich zwischen ihrer Familie und dem Geld zu entscheiden.«

»Und wenn sie doch irgendwie darin verwickelt ist? Für Geld tun Menschen die seltsamsten Dinge.«

»Verdächtigst du sie?«

»Ich verdächtige alle. Klar, es gibt keine Indizien, die auf sie als Täterin hindeuten, aber ausschließen können wir sie nicht.«

»Aber wenn sie was damit zu tun hat, dann war sie definitiv nicht allein.«

»Definitiv nicht. Dann stellt sich die Frage, mit wem sie sich zusammengetan haben könnte. In ihrem Leben scheint es sonst niemanden zu geben. Jedenfalls niemanden, von dem wir wüssten.«

* * *

Hill kam ihnen in der Hale Street auf der Treppe entgegen.

»Wie war die Beerdigung?«

»Unauffällig, es waren nur wenig Leute da.«

»Aha. Die gute Nachricht ist, dass wir einen Durchsuchungsbefehl für Crosby Beach haben, um nach Daniels Leiche zu suchen. Allerdings nur an den Fundorten der Leichen von Ronald und Rita. Es ist ein logistischer Albtraum wegen der Gezeiten, aber ich organisiere das und wir sehen dann, wie wir vorankommen.«

»Danke. Ich gebe Jennifer Bescheid.«

KAPITEL 42

Nachdem sie eine Ein-Pfund-Münze in den Automaten geworfen hatte, legte Sheridan beide Handflächen an das Glas, ruckelte den Kasten hin und her und brachte so den Schokoriegel, der in den letzten zwei Minuten nur kokettiert hatte, herunterzufallen, zum Abstürzen.

Sie riss die Verpackung mit den Zähnen auf und machte sich auf den Weg in ihr Büro. Als sie ihr Telefon klingeln hörte, joggte sie los. Prompt fiel ihr der Schokoriegel runter. »Verdammt«, murmelte sie, bückte sich, um ihn aufzuheben und in den Mülleimer unter ihrem Schreibtisch zu werfen. Sie hatte kein Vertrauen in die Drei-Sekunden-Regel auf dem stark frequentierten Flur der Polizeistation. »DI Holler.«

»Sheridan, hier ist Ruth Manning vom Cold-Case-Team.«

»Hallo, Ruth.« Sie spürte eine Enge in der Brust. Ein mittlerweile vertrautes Gefühl, das sie jedes Mal überkam, wenn jemand aus dem Team anrief, das den Mord an ihrem Bruder untersuchte.

»Sind Sie heute Nachmittag in der Hale Street? Ich muss sowieso auf die Wache und würde dann auch bei Ihnen vorbeikommen. Sieht so aus, als hätten wir eine Spur im Fall Ihres Bruders.«

Sheridan saß grübelnd am Schreibtisch, als Ruth Manning eine Stunde später an ihre offene Bürotür klopfte.

»Kommen Sie rein«, sagte Sheridan. »Also, was haben Sie?«

Ruth nahm Platz. »Sagt Ihnen der Name Stubby etwas?«

Sheridan lehnte sich zurück und dachte nach. »Nein, ich glaube nicht. Warum?«

»Wir haben eine Frau ausfindig gemacht, die auf einem der Fotos zu sehen war, die Sie uns gegeben haben. Diese Frau erinnert sich an einen Mann, der immer zu den Fußballspielen gekommen ist, bei denen ihr eigener Sohn und Ihr Bruder Matthew mitgespielt haben.« Ruth schaute auf ihre Notizen. »Sie hat ihn nur ein paarmal gesehen, glaubt aber, dass er Stubby genannt wurde, wahrscheinlich ein Spitzname. Jedenfalls haben wir unter dem Namen ›Stubby‹ nichts in der Datenbank gefunden. Wir sind aber noch dabei, ein paar Leute ausfindig zu machen, die wir befragen wollen.«

»Hat sie gesagt, ob er allein gekommen ist? Vielleicht war er doch nur ein Vater, der seinem Sohn beim Spielen zugesehen hat?«

»Sie konnte sich nicht erinnern. Auch bei dem Namen war sie sich nicht hundertprozentig sicher. Aber wir hoffen, dass wir andere Leute von dem Foto finden, die ihn kennen.«

»Haben Sie mit Andrew Longford gesprochen?«

»Ja, ich habe ihn heute Morgen angerufen. Er konnte nichts mit dem Namen anfangen. Aber er hat versprochen, darüber nachzudenken und sich bei mir zu melden.«

»Ich frage meine Eltern, ob ihnen der Name bekannt vorkommt.« Sheridan nahm sich vor, selbst mit Andrew Longford zu sprechen. »Haben Sie Nachnamen wie Stubb oder Stubbs eingegeben?«

Ruth lächelte. »Ja, klar. Bisher alles ohne Ergebnis, aber wir bleiben dran.«

»Danke, Ruth.«

Sheridan stand auf und öffnete ihr die Tür. Als sie ihr nachblickte, wurde sie so unruhig, dass ihre Hände zu kribbeln begannen. Jeder Hinweis konnte einen Schritt in Richtung von Matthews Mörder bedeuten oder wieder einen Schritt in Richtung Sackgasse. Sheridan wusste, dass sie ihren Eltern jede neue Entwicklung mitteilen musste, und für sie war das immer mit der potenziellen Sorge verbunden, dass auch diese Spur im Sande verlaufen würde. Aber sie musste positiv bleiben. Vielleicht war »Stubby« wirklich der Mann, nach dem sie all die Jahre gesucht hatten.

KAPITEL 43

Sonntag, 25. November

Rosie und Brian Holler warteten schon an der Haustür, als Sheridan und Sam vorfuhren. Als sie aus dem Auto stiegen, strömte ihnen der vertraute Geruch von selbst gebackenem Kuchen aus dem Haus entgegen. Sie umarmten sich, bevor sie sich an den Küchentisch setzten und große Mengen von Rosies köstlichem, selbst gebackenem Shortbread genossen, zu dem sie noch größere Mengen Tee tranken.

»Ich hatte am Freitag Besuch von einer Ruth Manning aus dem Cold-Case-Team.« Sheridan hatte einen guten Moment abgepasst, um das Thema anzusprechen. Sie wollte ihren Eltern keine vergeblichen Hoffnungen machen, nur weil jemandem ein Name eingefallen war.

Rosie rückte näher an den Tisch und legte ihre Hand auf Brians.

Sheridan holte tief Luft. »Sie haben die Frau gefunden, die auf einem der Fotos zu sehen war, die Andrew Longford mir gegeben hat. Sie meint sich zu erinnern, dass der Mann auf dem Foto Stubby heißt.« Sheridan suchte in den Gesichtern ihrer Eltern nach einem Anzeichen dafür, dass ihnen der Name bekannt vorkam. Ihre Eltern hatten den Unbekannten auf dem Foto, der allein dastand und Matthew und seinen Freunden beim Fußballspielen zusah, nicht identifizieren können.

»Stubby?« Rosie Holler runzelte die Stirn und sah Brian an, der den Kopf schüttelte.

»Und was ist mit Stubb oder Stubbs?«, fragte Sheridan.

»Ich erinnere mich an niemanden, der so hieß oder so ähnlich.« Brian rieb sich das Kinn und trank einen Schluck Tee.

»Denkt drüber nach und gebt mir Bescheid, wenn euch etwas einfällt.«

»Haben deine Kollegen Andrew Longford gefragt?« Rosie stand auf, um noch eine Kanne Tee zu kochen.

»Ja. Er kann sich an niemanden mit so einem Namen erinnern. Aber das würde ich am liebsten selbst von ihm hören.« Sie sah Sam an. »Bleibst du noch ein bisschen hier? Es wird nicht lange dauern.«

»Es gibt ja Shortbread. Nimm dir alle Zeit der Welt.« Einen Moment später stand Sam an der Tür und warf Sheridan einen Luftkuss zu, als sie in Richtung Andrew Longfords Haus davonfuhr.

Rosie saß allein am Küchentisch, als Sam wieder hineinging.

»Wo ist Brian denn hin?«, fragte Sam, setzte sich und zog sich den Teller mit dem Shortbread heran.

»Er hat sich in den Garten verzogen.«

»Wie geht es ihm?«

Rosie fuhr mit dem Finger über den Rand ihrer Teetasse. »Er hat Angst.«

»Wovor?«

»Davor, dass wir den Tag nicht mehr erleben werden, an dem Matthews Mörder gefunden wird.«

Sam legte ihre Hand auf die von Rosie und drückte sie sanft. »Sheridan *wird* ihn finden.«

»Ja, schon, wenn sie an seinem Fall arbeiten dürfte. Aber so, wie es jetzt ist, kann sie nicht viel tun.« Sie zog ein Taschentuch hervor und tupfte sich damit die Augen. »Nachdem Matthew gefunden wurde, war Sheridan oft im Birkenhead Park und hat die Leute beobachtet. Sie hatte ein Notizbuch, in dem sie unter dem Datum und der Uhrzeit die Beschreibung aller Leute festhielt, die nahe an der Stelle vorbeikamen, an der man Matthew gefunden hatte. Sie war erst vierzehn, aber sie benahm sich wie eine Erwachsene. Wie eine Polizistin.«

»Sie ist wegen Matthew zur Polizei gegangen, stimmt's?«

»Ja. Ein paar Wochen nach Matthews Tod, als die Polizei noch keine Spur hatte, sagte sie uns, dass sie Ermittlerin werden wolle. Um seinen Mörder zu finden.«

Sam lächelte. »Es hört sich so an, als wäre sie schon damals resolut gewesen.«

»Ihretwegen haben wir damals weitergemacht. Es hat ihr das Herz gebrochen, aber sie war so stark. Wenn sie nicht gewesen wäre, wäre ich jetzt wahrscheinlich nicht mehr hier. Ein Kind durch einen Mord zu verlieren, reißt deine Welt auseinander, es zieht dir den Boden unter den Füßen weg. Es macht dich kaputt. Ohne Sheridan wären Brian und ich kaum in der Lage gewesen, weiterzumachen. Es wäre einfacher gewesen, aufzugeben. Wenn er in den Garten geht, weint er, aber er will nicht, dass ich es sehe.«

Sam sah die Traurigkeit in Rosies Augen. Sie rückte nah an sie heran. »Männer zeigen eben nicht gerne ihre Gefühle.«

»Er kommt rein, wenn er fertig ist, und dann tut er so, als sei alles in Ordnung. Er wäscht sich die Hände an der Spüle und macht irgendeinen Witz oder irgendeine dumme Bemerkung. Jedes Mal.«

Sam wurde schlagartig klar, dass Sheridan das genauso machte. Aber sie wollte das jetzt nicht ansprechen, sondern tätschelte Rosie nur die Hand und sagte: »Er ist ein wunderbarer Mensch. Du hast dir wirklich einen guten Mann ausgesucht.«

Rosie lächelte und strich Sam über die Wange. »Du bist ein liebes Mädchen, Sam. Ich bin so froh, dass Sheridan dich gefunden hat. Ich kann sehen, wie gut ihr euch tut.«

»Ich werde immer auf sie aufpassen, Rosie.«

»Ja, das weiß ich. Und sie wird immer auf dich aufpassen.«

In diesem Moment kam Brian aus dem Garten und ging zur Spüle, um sich die Hände zu waschen. »Ein Eichhörnchen hat Nüsse in deinem Rosentopf vergraben, Rosie.«

»Hast du sie drin gelassen?« Rosie steckte das Taschentuch weg und zwinkerte Sam zu.

»Natürlich. Die Nüsse eines anderen Mannes sind tabu!«

»Brian.« Rosie schüttelte den Kopf.

»Tut mir leid, ich konnte nicht anders.« Er lächelte und küsste sie auf den Kopf. »Sam, hast du mir noch etwas Shortbread übrig gelassen? Wenn ja, nehme ich noch ein Stück. Noch etwas Tee, die Damen?«, fragte er munter und trocknete sich die Hände ab, bevor er den Wasserkocher anstellte.

* * *

Sheridan saß in Andrew Longfords eiskaltem Wohnzimmer und umfasste einen Becher Kaffee mit beiden Händen.

»Tut mir leid, dass es hier so kalt ist. Der Heizkessel ist kaputt. Ich warte auf den Monteur von der Genossenschaft.«

Andrew sah schrecklich aus. Seine Haut war so blass, dass sie fast durchsichtig wirkte. Sein Gesicht war gesprenkelt mit winzigen entzündeten Wunden. Er war auf dem Weg der Besserung, aber es war augenscheinlich, dass der Krebs und dessen Behandlung seinen Körper verwüstet hatten.

»Ich weiß, dass ich entsetzlich aussehe.« Er grinste. »Aber ich fühle mich eigentlich ganz gut.«

Sie unterhielten sich eine Weile über dies und das, bevor sie auf Matthew und den Mann auf dem Foto zu sprechen kamen. Andrew hatte sich das Gehirn zermartert, aber es blieb dabei, der Name Stubby sagte ihm nichts.

Er erkundigte sich nach Sheridans Eltern, und dann sprachen sie noch kurz über Weihnachten. Andrew war allein über Weihnachten, und das war ihm nur recht. Für ihn sei es ein Tag wie jeder andere, sagte er.

Als Sheridan aufstand, um zu gehen, fuhr der Monteur vor. Sie versprach Andrew, ihn über alle Entwicklungen auf dem Laufenden zu halten. Er schüttelte ihr die Hand, als sie die Haustür erreichte.

»Bitte sag deinen Eltern, dass ich an sie denke«, bat er sie mit einem offenen Blick aus seinen sanften blauen Augen.

»Ja, ich verspreche es dir.«

Als sie ins Auto stieg, schaltete sie sofort die Heizung ein, um ihre Hände aufzutauen.

KAPITEL 44

Jennifer spürte, wie sich alles in ihr zusammenzog, als sie die Tür ihres Elternhauses öffnete. Sie hatte es seit deren Ermordung nicht mehr betreten, und allein der Gedanke daran erfüllte sie mit Grauen. Als sie in den Flur trat, fiel ihr auf, wie anders es jetzt roch. Sie ließ ihren Blick umherschweifen und stützte sich mit einer Hand an der Wand ab, um sich zu stabilisieren. Bilder von dem, was hier geschehen war, schossen ihr durch den Kopf. Was für eine Angst mussten ihre Eltern empfunden haben. Was für einen Schmerz.

Sie ging von Zimmer zu Zimmer, und die Stille war fast überwältigend. Es kam ihr alles so fremd vor. Alles war gleich, und doch war alles anders.

Sie stieß die Tür zu ihrem ehemaligen Zimmer auf, das noch genauso leer war wie am Ende des Tages, als sie mit Daniel ins Cottage gezogen war. Der rosafarbene Teppich war längst verblasst. Sie ging zum Fenster und starrte hinaus in den Garten. Vor ihrem inneren Auge sah sie sich selbst als Mädchen, wie sie von Daniel in den riesigen Wald gejagt wurde. Sie erinnerte sich daran, wie sie sich mucksmäuschenstill mit angehaltenem Atem im Unterholz versteckt hatte. Wie er lachend umherlief, einen Stock vor sich herschwingend, und laut nach ihr rief. Und dann brach die Realität mit aller Macht über sie herein. Sie legte die Hand auf die Brust und spürte, wie heftig ihr Herz pochte.

Sie schickte Sheridan eine Nachricht: *Hi, ich fahre für eine Weile zu Izzy nach Cornwall. Wir sind schon lange befreundet. Ich nehme heute Abend einen Zug. Sie können mich übers Handy anrufen. Ich schreibe Ihnen, wenn ich wieder zurück bin.*

Einen Moment später klingelte ihr Telefon und der Name Sheridan erschien auf dem Display. »Hallo, Sheridan.«

»Hallo, Jennifer. Ich habe Ihre Nachricht bekommen und wollte mich nur vergewissern, dass es Ihnen gut geht.«

»Ja, alles in Ordnung, ich brauche nur eine kleine Auszeit.«

»Verständlich. Wie lange werden Sie weg sein?«, fragte Sheridan. Bevor Jennifer antworten konnte, ertönte ein durchdringendes Piepen in der Leitung.

»Ich bin nicht sicher. Wahrscheinlich ein paar Tage.«

»Tut mir leid. Der Feueralarm ist gerade losgegangen. Wie ist die Adresse Ihrer Freundin?« Sheridan machte sich auf den Weg nach draußen, wobei sie die Adresse auf einen Zettel kritzelte. Sie konnte Jennifer über das Heulen des Feueralarms hinweg kaum hören.

»Okay, ich hab's. Ich spreche mit der Polizei vor Ort. Nur damit die Bescheid wissen, dass Sie gefährdet sind.«

»Ich komme klar. Tony kennt Izzy nicht.«

»Okay. Sagen Sie mir Bescheid, wenn Sie wieder da sind. Bis dahin halte ich Sie auf dem Laufenden.«

»Mache ich. Danke, Sheridan.«

* * *

Zehn Minuten später schloss Jennifer die Haustür ihres Elternhauses ab und ging zurück ins Cottage. Feine Schneeflocken fielen auf sie herab. Sie streckte die Hand aus und sah zu, wie eine Schneeflocke herabschwebte und auf ihrer Handfläche landete, nur um sofort zu schmelzen. In einem Moment war sie da und im nächsten Moment war sie weg, ohne dass irgendetwas darauf hindeutete, dass sie jemals existiert hätte.

Sie trat über die Schwelle, spürte die Wärme des Kaminfeuers und ging in die Küche.

Und da war er. Er stand direkt vor ihr.

Sie blieb wie erstarrt stehen. Ein Adrenalinstoß fuhr durch ihren Körper. Sie öffnete den Mund, um zu sprechen, aber es kam nichts heraus.

Dann brach er das Schweigen. »Hallo, Jen.«

KAPITEL 45

Als die Feueralarmübung vorbei war, machte sich Sheridan auf den Weg zu Annas Zimmer. Da es leer war, ging sie ins Kripobüro.

»Sheridan.« Anna winkte sie zu sich. »Wir haben die Ergebnisse aus der IT-Abteilung. Sie haben weder auf Tonys Computer noch auf denen von Ronald und Rita etwas Verdächtiges gefunden.«

»Okay.«

Hill Knowles marschierte auf sie zu und knallte ein Blatt Papier mit der flachen Handfläche auf den Tisch. »Soweit bekannt ist, hatte Helen Harvey keine psychischen Probleme. Ihrem Hausarzt gegenüber hat sie nie angedeutet, dass sie Selbstmordabsichten gehabt hätte.«

»Dann hat Tony entweder gelogen oder Helen hat ihrem Arzt ihre Probleme verheimlicht. Ich würde wirklich gerne wissen, was Tony zu ihr gesagt hat, bevor sie gesprungen ist«, sinnierte Anna.

»Ich auch. Es muss jedenfalls etwas Schreckliches gewesen sein. Informieren wir das Team.« Hill nahm den Arztbericht an sich und schaute auf die Uhr.

Das Briefing war kurz. Hill fasste den Stand der Ermittlungen zusammen, und als sie damit fertig war, sagte sie: »Mein Chef macht richtig Druck. Wir müssen Tony Arschloch Harvey finden! Okay, und nun ab mit Ihnen nach Hause.« Sie hob den Daumen und rauschte hinaus.

Sheridan blies die Backen auf und betrachtete die erschöpften Gesichter ihrer Leute, die ihre Computer ausschalteten, Mäntel und Taschen zusammensuchten und müde den Heimweg antraten.

Auf dem Weg in ihr Büro piepte ihr Handy mit einer Nachricht von Jennifer:

Tony hier Waffe

KAPITEL 46

»Setz dich, Jen.« Tony Harveys Beine zitterten. Schweißperlen glitzerten auf seiner Stirn.

»Bist du hergekommen, um mich umzubringen?« Jennifer saß auf der Armlehne des Sessels und spürte Stiche wie von winzigen Glassplittern am ganzen Körper.

»Wird das hier aufgezeichnet?« Sein Atem ging schwer, während er sich suchend umsah.

»Natürlich nicht. Wie kommst du darauf?« Jennifers Mund war trocken. Sie leckte sich über die Lippen und versuchte zu schlucken.

Tony zog einen Zettel aus seiner Hosentasche und hielt ihn ihr mit zitternden Händen unter die Nase. Sie musste sich vorbeugen, um die hingekritzelten Worte lesen zu können. Als sie fertig war, knüllte er den Zettel zusammen und warf ihn ins Feuer.

»Ich weiß nicht, wovon du redest.« Sie streckte die Hände vor sich aus, die Handflächen nach oben.

Tony ballte die Fäuste. »Ich hätte dich schon so oft töten können. Ich habe dich beobachtet, Jen. Ich war hier, als sie das Polizeiauto draußen abgestellt haben. Sehr schlau. In der Nacht, in der die beiden Polizisten nach dir gesehen haben, habe ich mich im Gebüsch versteckt. Ich war so nah, dass ich dich riechen konnte. Ich war bereit, dich zu packen und wie deine Eltern zu fesseln und in irgendeinen Graben zu werfen.«

»Warum hast du es nicht getan?«

»Weil ich die DVD brauche. Wenn ich dich töte, finde ich nie raus, wo sie ist.« Tränen liefen ihm übers Gesicht. »Ich will nur die DVD.« Er stieß die Worte durch seine zusammengebissenen Zähne aus. »Bitte gib sie mir einfach.«

»Was für eine DVD? Wovon redest du?«

»Lüg mich bloß nicht an, Jen. Du weißt genau, von welcher DVD ich rede. Von der, die beweist, was hier passiert ist.«

»Ich schwöre, ich habe keine Ahnung.« Jennifer wartete auf den Moment, in dem er sie aus den Augen ließ, damit sie den Alarm auslösen konnte.

Sie musste irgendwie an den Knopf kommen. Was, wenn Sheridan ihre Nachricht nicht erhalten hatte?

»Ich habe wirklich keine Lust, das breitzutreten, aber irgendwer hat hier ein Videogerät aufgestellt. Und was hier passiert ist, ist auf dieser DVD gespeichert.« Er atmete schwer. »Du wirst sicher verstehen, dass ich nicht will, dass die Polizei etwas in die Hände bekommt, was mich mit alldem in Verbindung bringt.« Er legte eine Hand auf den Kopf und begann zu schluchzen. »Was ich getan habe, war entsetzlich. Aber ich kann es nicht ungeschehen machen.«

Es herrschte Stille, bevor er wieder sprach. »Ich weiß, du hasst mich. Ich hätte selbst nicht gedacht, dass ich zu so etwas fähig bin.« Seine Stimme wurde leiser. »Helen ist tot.«

»Ich weiß.«

»Sie hat sich umgebracht. Deswegen.«

KAPITEL 47

Sheridan und Anna rannten die Treppe hinunter, sprangen ins Auto, ließen das bewaffnete Kommando an sich vorbei und rasten hinterher.

»Verdammt, ich wusste, dass er versuchen würde, sie zu kriegen.« Sheridan zerrte am Sicherheitsgurt. »Auch wenn sie noch so oft gesagt hat, er würde ihr nie etwas antun.«

Anna drehte an der Lautstärke ihres Funkgeräts und sprach hinein. »Charlie Delta eins-vier, ich bin bei Charlie Delta sechs-sechs, auf dem Weg zu CAD 878, wir sind direkt hinter den bewaffneten Einsatzkräften.«

Der Leitstellendisponent bestätigte, dass sie sich dem Cottage so geräuschlos wie möglich nähern sollten.

»Warum zum Teufel kommen diese Leute so leicht an Waffen? Das ist ein pensionierter Versicherungsberater, verdammt noch mal.« Sheridan ging vom Gas, als die Einsatzfahrzeuge vor ihnen vorsichtig über eine rote Ampel fuhren.

Zehn Minuten später hielten sie auf der Straße vor dem Grundstück der Parks' und beobachteten, wie die bewaffneten Einheiten in Stellung gingen.

»Alles okay so weit?«, fragte Anna.

»Jaja, geht schon.« Sheridan klopfte nervös aufs Lenkrad. »Aber es wird mir besser gehen, wenn er sie nicht umbringt.«

KAPITEL 48

Jennifers Blicke folgten ihm, während er auf und ab ging.

»Wenn jetzt die Polizei käme, was würdest du sagen? Würdest du ihnen alles erzählen? Über Daniel? Über meine Eltern?«

»Ich weiß es nicht. Ich habe nur gedacht, wenn ich die DVD hätte, könnte ich einen Ausweg aus diesem verdammten Schlamassel finden.«

»Es gibt keinen Ausweg, Tony. Die Polizei weiß alles.« Sie wandte den Kopf zum Fenster. »Und sie ist da draußen.«

Tony blickte hinaus. Streifenwagen fuhren in die Einfahrt, bewaffnete Polizisten stiegen aus. Er kniff die Augen so fest zusammen, dass ihm Tränen über das Gesicht liefen. Dann wischte er sie weg und kam mit langsamen, bedächtigen Schritten auf sie zu. In ihrem Körper spannte sich jeder Muskel an. Er ging an ihr vorbei und blieb kurz vor der Tür stehen. Als er seine Finger um den Türknauf legte, flüsterte er: »Es tut mir so leid, Jen.«

Sie sah, wie er den Türknauf drehte, und flüsterte: »Die Polizei glaubt, dass du eine Waffe hast.«

Er blieb stehen, senkte den Kopf und öffnete die Haustür. Dann hob er die Hände über den Kopf.

Jennifer sah, wie zwei bewaffnete Beamte langsam auf ihn zugingen und ihm klare Anweisungen gaben. Ihr Kopf pochte heftig und sie schrie: »Tony, ich flehe dich an, bitte tu's nicht!«

Er wandte den Kopf zurück, um sie anzusehen, und einen Moment lang blickten sie sich in die Augen. Dann nickte er, griff in seine Jackentasche, drehte sich zu den Polizisten um und brüllte: »Kommt her, ihr Feiglinge! Ich kriege euch alle!«

Jennifer zuckte zusammen, als sie den Schuss hörte und sah, wie Tony Harveys Körper auf den Boden schlug.

KAPITEL 49

Tony war noch am Leben, als der Krankenwagen vom Grundstück der Parks' fuhr. Anna stand draußen vor dem Cottage und hörte dem Funk zu.

Sheridan war im Cottage und wartete darauf, dass die Sanitäterin Jennifers Untersuchung abschloss. Als sie fertig war, nahm Jennifer ihre Hand. »Wird er sterben?«

»Das kann ich Ihnen wirklich nicht sagen.«

»Er darf nicht sterben. Er ist der Einzige, der weiß, wo die Leiche meines Bruders ist.«

»Meine Kollegen werden tun, was sie können.«

Als die Sanitäter gegangen waren, erzählte Jennifer Sheridan, was passiert war.

Tony hatte in der Küche gestanden, und weil er in seine Jackentasche griff, nahm sie an, er habe eine Waffe dabei. Er war zum Fenster gegangen, um hinauszusehen, und in diesem Moment hatte Jennifer Sheridan die Nachricht schicken können. Den Alarm hatte sie nicht auslösen können, weil er direkt danebenstand. Tony fragte sie immer wieder nach einer Aufnahme. Er schien zu glauben, dass das, was mit Daniel im Cottage geschehen war, aufgezeichnet worden war, und er wollte die DVD haben, weil sie ihn irgendwie belastete. Er hatte

161

ihr einen handgeschriebenen Zettel vorgehalten, auf dem stand: *Ich sage dir, wo ich Daniel vergraben habe, wenn du mir die DVD gibst.* Den Zettel hatte er ins Feuer geworfen.

»Wie kommt er auf die Idee mit dem Aufnahmegerät?«, fragte Sheridan jetzt. Das Cottage war gründlich durchsucht worden, ohne dass etwas gefunden worden war.

»Ich habe keine Ahnung, und das habe ich ihm auch immer wieder gesagt. Irgendwann hat er geweint und gesagt, dass es ihm schrecklich leidtut, was er getan hat.« Sie schaute zu Boden. »Ich habe ihn gefragt, ob er der Polizei alles erzählen würde, ob er die Wahrheit sagen würde, und er hat geantwortet, dass er es nicht weiß, und dann hat er wieder mit dieser DVD angefangen.« Sie sah Sheridan an. »Da hatte die Polizei das Cottage schon umstellt, und dann ist er rausgegangen.«

»Wissen Sie etwas über diese DVD?«

»Nein. Ich habe keine Ahnung, wovon er gesprochen hat.«

»Hat er irgendetwas über den Mord an Daniel oder Ihren Eltern gesagt?«

»Nicht wirklich. Ich wollte zwar, dass er darüber redet, aber ehrlich gesagt konnte ich nicht klar denken, weil ich zu viel Angst hatte.«

»Das kann ich gut verstehen. Ich will nur herausfinden, was sein Ziel gewesen sein könnte.«

Jennifer reagierte nicht.

»Die Kollegen sagen, Sie hätten Tony zugerufen: ›Tony, ich flehe dich an, bitte tu's nicht!‹«

»Auf dem Weg zur Tür hat er gesagt, es täte ihm leid. Ich dachte, dass er vorhat zu schießen. Woher hatte er bloß die Waffe?«

»Er hatte keine Waffe.«

»Warum hat er dann gedroht, dass er schießt?«

»Wir wissen es nicht. Vielleicht war das sein Ausweg, vielleicht wusste er, dass sie ihn erschießen würden, wenn er damit droht.«

»Wird er sterben?«

»Ich weiß es nicht. Ich brauche aber eine Aussage von Ihnen. Sind Sie dazu in der Lage?«

»Ja, natürlich.«

»Haben Sie noch vor, nach Cornwall zu fahren?«

»Nein. Erst mal nicht.«

Sheridan hoffte, dass Tony Harvey überleben würde. Er kannte die Antworten. Er konnte die Morde an Jennifers Familie erklären und ihr dadurch ermöglichen, zur Ruhe zu kommen. Sheridan war erleichtert, denn selbst wenn Tony Harvey überlebte, würde er noch für eine sehr lange Zeit keine Gefahr mehr für Jennifer darstellen.

Es sei denn, dachte Sheridan, ihre Schlussfolgerung stimmte ... und Tony hatte nicht allein gehandelt.

KAPITEL 50

Sheridan saß an ihrem Schreibtisch, als Anna hereinkam.

»Willst du die schlechte Nachricht hören?« Anna setzte sich.

»Leg los.« Sheridan seufzte.

»Harvey ist vor einer halben Stunde gestorben.«

»Mist.« Sheridan seufzte. »Verdammter Mist!«

Sie lehnte sich mit verschränkten Armen zurück. »Was hat Hill gesagt?«

»Im Moment telefoniert sie mit dem Chef. Und ich kann mir nicht vorstellen, dass sie den Daumen hebt.«

»Hauptsache, sie kommt nicht auf die Idee, die Ermittlungen einzustellen. Es gibt noch viel zu viele unbeantwortete Fragen. Warum hat Tony Ronald und Rita Parks umgebracht? Warum hat Ronald Tony dafür bezahlt, dass er Daniels Leiche verschwinden ließ? Warum hat sich Helen Harvey umgebracht? Wo hat Tony Daniel begraben? Warum hat Tony Ronald und Rita auf diese Weise zurückgelassen? Warum hat er sie nicht ebenso verschwinden lassen wie Daniel, statt Aufmerksamkeit auf sie zu lenken? Von was für einer DVD hat er gesprochen?

Ich hätte ein ungutes Gefühl, den Deckel draufzumachen, nur weil alle tot sind.«

»Ich auch.« Hill war wie aus dem Nichts aufgetaucht. Sie lehnte sich gegen den Türrahmen. »Ich muss heute Nachmittag zum Chef. Ich bitte ihn um etwas mehr Zeit. Wir müssen sicher sein, dass wir nichts übersehen haben.«

»Und? Was glauben Sie, was er sagen wird?«

»Ich weiß genau, was er sagen wird. Dass wir den Fall abwickeln sollen. Der Hauptverdächtige ist tot, und wir haben einen Haufen Beweise, dass er unser Mann war.« Sie blickte von Anna zu Sheridan. »Wenn Sie also irgendetwas in der Hinterhand haben, womit ich ihm das Gegenteil beweisen könnte, wäre jetzt ein verdammt guter Zeitpunkt, es mir zu sagen.« Sie breitete erwartungsvoll die Hände aus.

»Können Sie den Termin nicht verschieben? Morgen ist Freitag. Wenn wir den Tag und das Wochenende hätten, könnten wir vielleicht noch etwas finden.«

Hill biss sich auf die Unterlippe. »Was steht noch aus?«

»Das Bewegungsprofil von Tonys Handy und die Überwachungsvideos vom Hauptbahnhof Lime Street. Wir müssen wissen, ob er dort jemanden getroffen hat. Außerdem hat die Durchsuchung am Crosby Beach noch nicht stattgefunden. Und wir müssen nach dieser DVD suchen. Nach allem, was Tony gesagt hat, könnte sogar die Aufnahme von Daniels Mord drauf sein.«

»Das wird wahrscheinlich nicht ausreichen, um mit allen Leuten an der Sache dranbleiben zu dürfen.«

»Ich will das Haus und das Cottage noch einmal durchsuchen lassen, vielleicht ist die DVD dort irgendwo«, sagte Sheridan.

»Okay. Gehen Sie zu Jennifer. Wir müssen ihr sowieso mitteilen, dass Tony tot ist.«

Sheridan nickte. »Glauben Sie, Sie können den Chef hinhalten?«

Hill klopfte an den Türrahmen. »Ich weiß es nicht. Wir brauchen irgendwas, um ihn zu überzeugen. Und zwar *schnellstmöglich*, Sheridan.«

KAPITEL 51

Sheridan fuhr langsam die Straße hinunter, die zum Grundstück der Parks' führte. Dann hielt sie und sah sich das Nachbarhaus mit der Überwachungskamera genauer an.

»Was ist los?«, fragte Anna und beugte sich vor, um zu erkennen, wohin Sheridan schaute.

»Nichts. Ich habe mich nur gefragt, ob Tony wusste, dass es hier eine Kamera gibt.«

»Warum?«

»Na ja, er hätte bei dem Mordprozess leicht herausfinden können, dass Ronalds Wagen von der Überwachungskamera erfasst worden ist. Wenn er das wusste und wenn die Morde an Ronald und Rita so sorgfältig geplant waren, warum ist er dann in seinem eigenen Auto hier – an der Kamera – vorbeigefahren?« Sie lehnte sich zurück.

»Aus den Nachrichten zwischen Tony und Ronald wird ja deutlich, dass sie sich gestritten hatten. Vielleicht war er so wütend, dass er nicht mehr an die Kamera gedacht hat. Außerdem gibt es keine andere Möglichkeit, zum Haus der Parks' zu gelangen. Man muss an dieser Kamera vorbeifahren.«

»Ja, wahrscheinlich schon. Aber es kommt mir so vor, als hätte er einiges bis ins letzte Detail durchdacht und den Rest total vergeigt. Zum Beispiel, dass er unterwegs angehalten hat, um Kabelbinder zu kaufen.«

»Stimmt.«

»Ronald wusste von den Kameras.« Sheridan fiel plötzlich ein kleines Detail aus den alten Akten des Falls ein. »Im Jahr 2005 hat er nämlich den Diebstahl von Baugeräten von seinem Grundstück gemeldet. Der Kollege, der sich damals darum gekümmert hat, hat die Nachbarn befragt und die Aufnahmen von dieser Kamera besorgt.« Sie deutete mit dem Daumen auf das Grundstück. »Die Bilder waren nicht scharf genug, um jemanden identifizieren zu können. Aber spätestens ab dem Zeitpunkt wusste Ronald, dass diese Kamera alles filmte, was sich auf dieser Straße abspielte.«

»Er wusste also, dass sein eigener Wagen in der Nacht, in der er Daniel getötet hat, gesehen werden würde?«, folgerte Anna.

»Genau.«

»Oder er hat das mit der Videoüberwachung vergessen.«

»Möglich, aber sehr unwahrscheinlich.« Sheridan stieg aus dem Auto. »Ich spreche eben mit denen. Die heißen Atherton, oder?«

Anna folgte ihr. »Ja, genau. Und was willst du sagen?«

Sheridan drückte auf die Türklingel und sah zur Überwachungskamera hinauf. »Ich improvisiere einfach.«

Ein winzig kleiner Mann in den Achtzigern öffnete ihnen. Seine Hose saß viel zu hoch und sein Hemdkragen war fadenscheinig.

Sheridan zeigte dem alten Mann ihren Dienstausweis und lächelte die riesige rote Katze an, die zur Haustür geschlendert kam, um zu überprüfen, wer geklingelt hatte.

»Bitte entschuldigen Sie die Störung, Mr Atherton. Können wir kurz mit Ihnen sprechen?«

»Ja, natürlich. Kommen Sie herein, wir sind an Polizisten gewöhnt. Wollen Sie sich die Videoüberwachung noch einmal ansehen?«

Er hielt die Tür auf, und sie traten ein.

»Nein«, sagte Sheridan. »Ich weiß, dass einer von uns vor Kurzem hier war, und entschuldige mich wegen der Störung.«

»Wir haben mitbekommen, dass die Polizisten Jennifers Cottage umstellt hatten. Das macht uns große Sorgen. Wie geht es Jennifer? Wir sind noch nicht bei ihr gewesen. Die ganze Sache ist uns peinlich.«

»Jennifer kommt zurecht. Kannten Sie die Familie gut?« Sheridan blickte auf und sah, wie Mrs Atherton mit wackeligem Gang zwei Tassen Tee hereintrug.

»Als die Kinder noch klein waren, haben sie oft auf der Straße gespielt, und dann haben wir uns manchmal ein bisschen verquatscht. Mit den Eltern hatten wir nie viel zu tun, die blieben meistens für sich. Als Daniel und Jennifer etwas älter wurden, kamen sie manchmal auf eine Tasse Tee vorbei. Wollen Sie vielleicht auch welchen?«, fragte er.

Sheridan warf Anna einen fragenden Blick zu, die ihre Hand hob. »Nein, vielen Dank.«

Mrs Atherton setzte sich neben ihren Mann und fummelte an ihrem Hörgerät herum.

»Meine Frau hört schlecht«, erklärte er. »Könnten Sie vielleicht etwas lauter sprechen?«

»Ich kann Sie gut verstehen«, sagte Mrs Atherton und zwinkerte Sheridan zu. »Ich bin ja nicht taub.«

»Selektives Hören.« Mr Atherton grinste und tätschelte das Knie seiner Frau.

Mrs Atherton zog ein Taschentuch aus dem Ärmel ihrer Strickjacke und putzte sich die Nase. »Wie schrecklich! Der arme Junge, er war so hübsch. Ich erinnere mich, wie er vor ein paar Jahren genau auf dem Platz gesessen hat, auf dem Sie jetzt sitzen. Er ist immer so gerne zu Dave gekommen.«

»Zu Dave?«

»Das ist unser Kater. Daniel hat ihn geliebt, und Jennifer auch.« Sie verstummte und nahm einen Schluck Tee.

»Möchten Sie vielleicht eine Tasse Tee?«, fragte Mr Atherton erneut. »Oder habe ich Ihnen schon eine angeboten?«

»Ja. Vielen Dank, im Moment möchten wir nichts trinken.« Sheridan lächelte.

»Dann wollen Sie sich wieder Bänder ansehen?« Mrs Atherton stellte die Teetasse ab, stand auf und schlurfte in ihren zu großen Hausschuhen in den Flur.

»Nein. Wir sind nicht deswegen hier«, sagte Sheridan. Dann merkte sie, dass Mrs Atherton sie nicht gehört hatte, und folgte ihr in den Flur, wo die alte Dame einen kleinen Schrank unter der Treppe öffnete.

»Die Kamera ist dadrin, bedienen Sie sich.«

Sheridan spähte hinein. Das Überwachungssystem blinkte in der Schrankecke. Es war alt, und Sheridan fiel auf, dass die Ziffern der digitalen Zeitanzeige nicht mehr vollständig beleuchtet wurden.

»Wer hat das System installiert?«

»Unser Sohn. Er wohnte früher hier um die Ecke, hat dann aber ein deutsches Mädchen geheiratet und ist vor zehn Jahren zu ihr gezogen. Er hat gedacht, mit so einer Anlage würden wir uns sicherer fühlen. Ehrlich gesagt haben wir uns hier sowieso immer sicher gefühlt. Hier war nie irgendwas. Er hat auch eine Alarmanlage eingebaut, aber Dave hat sie dauernd ausgelöst, deswegen haben wir sie irgendwann nicht mehr eingeschaltet.«

Sheridan warf einen Blick auf ihre Uhr und spürte, wie Dave sich gegen ihr Bein drückte. Unfähig zu widerstehen, beugte sie sich hinunter und streichelte ihm den Kopf, wobei sie noch einmal auf die digitale Zeitanzeige sah. Sie stutzte und verglich die angezeigte Uhrzeit mit ihrer Armbanduhr.

»Ich muss einmal kurz vor die Tür«, sagte sie, ging hinaus, drehte eine kleine Runde und kehrte zurück. Mrs Atherton war verschwunden.

Sheridan öffnete die Schranktür und spulte gerade die Aufnahme zurück, als Anna hinter ihr auftauchte.

»Was machst du da?« Anna sah Sheridan auf der Aufzeichnung draußen vorbeigehen.

Sheridan drehte sich zu ihr um. »Wir müssen sofort zurück aufs Revier. Wir haben genau das gefunden, was Hill braucht, damit wir dranbleiben können.«

KAPITEL 52

Der Berufsverkehr hatte begonnen. Hill bog in eine Seitenstraße ein und hatte einen mitten auf der Straße geparkten Van mit eingeschaltetem Warnblinklicht vor sich.

Sie legte den Rückwärtsgang ein. Hinter ihr tauchte ein zweiter Van auf. Sie saß in der Falle. Ein Blick auf die Uhr erhöhte ihre Nervosität, denn zu spät zu kommen, war keine Option. Der Chef war schon verärgert gewesen, als sie gefragt hatte, ob sie den Termin nicht auf Montag verschieben könnten. Er hatte ihre Bitte mit einem knappen »Keine Chance, Hill« abgewiesen.

Fünf Minuten später gab sie das Dauerhupen auf und stieg aus. Als sie sah, dass niemand im Fahrzeug saß, schaute sie die Straße hinauf und hinab. Schließlich trat der Fahrer aus einem Hauseingang. Sie informierte ihn darüber, was für ein Arschloch er war und dass sie seinen Van abschleppen lassen würde, wenn er nicht sofort weiterfuhr. Der Typ stieg unbeeindruckt ein, streckte ihr den Mittelfinger entgegen und ließ den Motor ein paarmal aufheulen. Das Klingeln ihres Handys im Auto wurde davon übertönt.

* * *

Sheridan und Anna rannten die Treppe zum Kripobüro hinauf.

»Hill geht nicht ans Handy«, sagte Sheridan atemlos. Sie ging zu einem Schreibtisch am Fenster, fand die Akte und blätterte darin.

»Hier ist es.«

Sheridan las den ausgedruckten Text erneut durch.

16.29 Uhr: Ronald Parks schreibt an Tony Harvey: *Du bekommst keinen Penny mehr, bis du mir sagst, wo Daniels Leiche ist.*

Tony an Ronald: *Du hast gesagt, du willst nicht wissen, was ich mit ihm gemacht habe.*

Ronald an Tony: *Die Polizei hätte ihn längst finden sollen. Die Sache muss ein Ende haben, wo ist er?*

Tony an Ronald: *Das meiste von ihm ist an einem Ort und etwas an einem anderen Ort.*

Ronald an Tony: *Hast du ihn zerstückelt?*

Tony an Ronald: *Ich habe es versucht. Ich erzähle es dir, aber erst will ich die anderen zwanzig. Geh jetzt zur Bank.*

Sie fand den Eintrag mit der Zeit, zu der Harveys Auto bei seiner Ankunft auf dem Grundstück der Parks' von der Überwachungskamera gefilmt worden war.

Tony Harveys Auto wurde um 16.35 Uhr erfasst.

»Das ist es.« Sheridan drückte auf Wahlwiederholung.

* * *

Hill eilte über den Parkplatz und machte den Fehler, zum Fenster des Chefs hinaufzuschauen. Er starrte auf sie herunter und tippte ungeduldig auf seine Uhr.

»Fass dich doch an die eigene Nase!«, murmelte sie und riss die Tür auf. Als sie die Treppe hochkeuchte, klingelte ihr Handy. Sie ging in dem Moment ran, in dem sie die Tür seines Büros erreichte und anklopfte.

Er öffnete sie.

»Sie kommen zu spät.«

»Tut mir leid, Mike«, sagte Hill mit dem Handy am Ohr, während sie die Aktentasche abstellte und ihren Mantel aufknöpfte.

»Danke, Sheridan«, sagte sie dann, setzte sich und schlug ein Bein über das andere.

»Haben Sie etwas, das mich davon überzeugen könnte, die Ermittlungen im Fall Parks weiterzuführen?« Er ging um seinen Schreibtisch und setzte sich in seinen Chefsessel, die Hände hinter dem Kopf verschränkt.

»Ja. Allerdings. Etwas sehr Überzeugendes«, sagte Hill mit einem Lächeln.

KAPITEL 53

Sheridan und Anna hatten schon dreimal an Jennifers Haustür geklopft, aber nichts regte sich.

»Ihr Auto steht da. Sie muss hier doch irgendwo sein. Vielleicht drüben im Elternhaus?«

Sie waren gerade auf dem Weg dahin, als Jennifer um die Ecke kam. Ihr Gesicht war gerötet, und es dauerte einen Moment, bis sie zu Atem kam. »Tut mir leid, ich war wieder joggen.«

»Ich wünschte, ich hätte Ihre Energie«, bemerkte Sheridan, als sie ihr ins Cottage folgten.

Sie setzten sich ins Wohnzimmer. Als Sheridan Jennifer mitteilte, dass Tony Harvey tot war, brach sie in Tränen aus. »Hat er noch etwas gesagt, bevor er starb?« Ihre Stimme brach. Sie versuchte nicht einmal, ihre Tränen wegzuwischen.

»Nein«, sagte Sheridan. »Er ist gar nicht mehr zu Bewusstsein gekommen.«

»Jetzt werden wir Daniel also nie finden.« Jennifer beugte sich vor und starrte zu Boden. »Dieser Scheißkerl!«, schrie sie plötzlich, sprang auf und begann, im Zimmer auf und ab zu tigern. Ihre Wut war fast greifbar. »Haben Sie ihn durchsucht? Hatte er irgendwelche Notizen bei sich? Ich habe Ihnen ja von dem Zettel erzählt, den er mir unter die Nase gehalten hat. Den er dann ins Feuer geworfen hat. Haben Sie sein Haus durchsucht?«

»Ja, wir haben alles durchsucht. Nichts. Auch keine Notizen. Tut mir leid.«

»Das war's also?«, schluchzte sie. »Dann geben Sie jetzt auch die Suche nach Daniel auf, oder?«

»Nein, wir suchen gerade am Crosby Beach ...«

»Sie ermitteln also weiter?«

»Wir warten zurzeit auf die Entscheidung der Staatsanwaltschaft.« Sheridan rutschte hin und her. »Ich habe mich aber gefragt, ob Sie uns erlauben würden, Ihr Cottage und Ihr Elternhaus zu durchsuchen.«

»Wozu?«

»Na ja, Sie haben uns gesagt, dass Tony von einer Aufzeichnung gesprochen hat, auf der etwas zu sehen sein soll, was hier mit Daniel passiert ist. Und dass er von einer DVD gesprochen hat. Auch wenn Sie glauben, dass es hier keine Kamera gibt, müssen wir absolut sicher sein.«

»Sie meinen eine versteckte Kamera oder so etwas?«, fragte Jennifer.

»Ja. Auch wenn wir nicht wissen, wer die installiert haben sollte und aus welchem Grund.«

»Dazu würde mir jetzt auch nichts einfallen.« Jennifer sah sich um. »Ich müsste doch bemerkt haben, wenn hier etwas wäre.« Sie schüttelte den Kopf. »Wann ist dieser Albtraum endlich vorbei?«

»Ich weiß, wie schwer das alles für Sie sein muss, Jennifer. Aber wir müssen sicherstellen, dass wir nichts übersehen haben. Ich könnte einen Durchsuchungsbeschluss besorgen, aber mir wäre es lieber, Sie würden ohne diesen einwilligen.«

Schließlich gab Jennifer ihr Okay und traf Vorbereitungen, um ein paar Tage bei ihrer Freundin Izzy in Cornwall zu verbringen. Die Ermittlungen hatten ihren Tribut gefordert. Sie musste weg von dem Ort, an dem ihr Bruder und ihre Eltern gelebt hatten, um den Kopf freizubekommen.

Sie machte einen Zwischenstopp in der Buchhandlung, bevor sie den Zug in Richtung Süden nahm. Die Strecke verlief durch sanfte Hügel, und Jennifer verspürte einen Moment des Friedens. Sie schloss die Augen und betete im Stillen, dass die Ermittlungen bald vorbei sein würden.

KAPITEL 54

Hill war bereits in der Hale Street eingetroffen und wollte gerade mit dem Teambriefing beginnen, als Sheridan und Anna von Jennifer zurückkamen. »Ah, Sheridan, gutes Timing.«

Sheridan ging zu ihr nach vorne. »Was hat der Chef gesagt?«, fragte sie.

Hill ignorierte die Frage. Statt einer Antwort füllte sie einen Becher aus dem Wasserautomaten. Dann drehte sie sich um und sagte: »Sheridan hat heute eine interessante Entdeckung gemacht, von der sie Ihnen jetzt erzählen wird.«

Sheridan räusperte sich. »Heute Morgen waren Anna und ich bei den Nachbarn der Parks' und haben festgestellt, dass die Zeit auf ihrem Überwachungssystem fünfzehn Minuten vorgeht. Wir sind deswegen bisher davon ausgegangen, dass Tony Harvey um 16.35 Uhr bei den Parks' angekommen ist, aber jetzt wissen wir, dass es da erst 16.20 Uhr war. Wir wissen jetzt, dass er um 16.29 Uhr eine Nachricht an Ronald Parks geschickt hat. Die Frage ist also: Warum sollten sich Tony und Ronald neun Minuten *nach* Tonys Ankunft bei den Parks' schreiben?«

Hill hatte sich mittlerweile hinten hingesetzt. »Und das ist einer der Gründe, warum der Chef damit einverstanden ist, dass wir weitermachen, allerdings mit halber Teamstärke«, schaltete sie sich ein. »Er ist mit uns einer Meinung, dass es zu viele unbeantwortete Fragen gibt. Die Ermittlungen werden ab jetzt wieder ausschließlich von unseren eigenen Leuten geführt. Ich möchte Ihnen allen für Ihre Arbeit danken. Sie haben mit vollem Einsatz dazu beigetragen, diesem Fall auf den Grund zu gehen, und ich bin zuversichtlich, dass wir ihn in nicht allzu ferner Zukunft lösen werden.«

Sie wandte sich an Sheridan. »Detailliertes Teambriefing in Kürze, bei dem wir unser weiteres Vorgehen besprechen. Ich habe um sechs ein Meeting, höchste Zeit, dass ich loskomme. Gute Arbeit.« Ihre Miene ließ ein Lächeln erahnen, als sie den Raum verließ.

Sheridan grinste ihr Team breit an. »Ich habe auch ein Meeting um sechs. Im *Black Cat*. Ich gebe einen aus.«

KAPITEL 55

Anna stieg aus der Dusche, wickelte sich in ein Handtuch und ging ins Ankleidezimmer. Sie stand da und betrachtete ihr eigenes Spiegelbild im Ganzkörperspiegel, während sie mit dem Zeigefinger über ihre Unterlippe strich. Einen Moment lang stellte sie sich vor, dass sie bei der Arbeit war und Sheridan einen Witz erzählte, und sie strahlte. Sie drehte sich zur Seite und fixierte ihr Profil, immer noch lächelnd. Das Lächeln, das alle sahen. Das Lächeln, das alle täuschte.

Steve rief sie vom Fuß der Treppe zurück in die Realität. »Willst du einen Tee?«

»Ja, bitte«, antwortete sie und drehte sich wieder frontal zum Spiegel.

Und dann ließ sie das Handtuch fallen.

Sie musterte die dunkelvioletten Blutergüsse auf den Rippen und dem Bauch. Sie drehte sich und spähte auf die schwarzen Stellen auf ihrem Rücken. Schließlich hob sie die Arme über den Kopf und starrte sich an. Und da wurde ihr bewusst, was aus ihr geworden war. Eine Meisterin der Täuschung mit einem gewinnenden Lächeln. Eine perfekte Scharade. Niemand würde je auf den Gedanken kommen, was hinter verschlossenen Türen in diesem Haus vor sich ging.

Sie zog ihren Morgenmantel an und ging, eine Hand auf dem Geländer, langsam die Treppe hinunter.

KAPITEL 56

Montag, 3. Dezember

Sheridan saß in Hills Büro, und während sie darauf wartete, dass diese ein Telefongespräch beendete, sah sie sich um. Kahle Wände, auf der Fensterbank eine tote Pflanze. Sie nahm sich vor, sie zu stehlen und irgendwie wiederzubeleben. Und dann würde sie sie Hill nett verpackt zu Weihnachten wiedergeben. Tot oder lebendig.

Sheridan war immer noch nicht schlau aus Hill geworden, aber sie begann, die neue Chefin auf eine seltsame Weise zu mögen. Sie war zwar nach wie vor schrecklich nervig, aber sie hatte das Herz am rechten Fleck und war mit Leidenschaft bei der Sache. Mehr noch, es war ihr vollkommen egal, wen sie verärgerte, um ans Ziel zu kommen.

Nach dem letzten Tratsch war sie lesbisch und lebte mit einer zwanzig Jahre jüngeren Partnerin zusammen. Sie hatten mindestens sechs Katzen, die alle nach Charakteren aus *Star Trek* benannt waren. Ihre Partnerin arbeitete nicht, und Hills richtiger Vorname war nicht Hill. Mehrere Kollegen hatten einen Zehner auf ihren richtigen Namen gesetzt. Unter den Vorschlägen waren auch Hillary, Hillman und Hill Billy.

Sobald Sheridan Wind von der Wette bekommen hatte, wies sie die Leute zurecht. Büroklatsch sei grausam und kindisch. Sie seien alle erwachsen und sollten sich auf die Arbeit konzentrieren. Und sie würde einen Zehner auf Hilda setzen.

Hill beendete ihr Telefonat und wandte sich an Sheridan. »Also, was sind Ihre Überlegungen zu den Nachrichten?«

»Wir wissen nur, dass sie neun Minuten *nach* Tonys Ankunft bei den Parks' ausgetauscht wurden. Die einzige Erklärung, die ich dafür habe, ist, dass er an der Überwachungskamera vorbeigefahren ist und dann aus irgendeinem Grund angehalten hat. Aber warum sollte er direkt vorm Haus parken und sich mit Ronald schreiben? Außerdem wurde die erste Nachricht von Ronald verschickt, es kann also nicht so gewesen sein, dass Tony geparkt hat, um ihm zu schreiben. Die Frage ist also, warum man jemandem etwas schreiben sollte, was man ihm direkt sagen kann. Er war ja da, unmittelbar vorm Haus.«

»Und wir sind sicher, was die Zeiten angeht?«

»Hundert Prozent.« Sheridan verschränkte die Arme. »Es sei denn, Ronald hat Tony geschrieben, weil er vorhatte, zur Polizei zu gehen und uns zu sagen, dass Tony Daniel ermordet hat. Er hätte das mit diesen Nachrichten beweisen können. Tonys Nachrichten belasten ihn schwer.«

»Aber sie belasten Ronald auch.«

»Stimmt.«

»Außerdem wissen wir nicht, worüber die beiden rund eine Stunde vorher am Telefon geredet haben. Vielleicht hat Ronald versucht, Tony dazu zu bringen, etwas über Daniels Ermordung zu sagen, und das hat Tony so wütend gemacht, dass er das getan hat, was er getan hat. Vielleicht hat Ronald damit gedroht, zur Polizei zu gehen. Vergessen Sie nicht das Geld, das Tony gefordert hat. Vielleicht hat Ronald gedacht, dass er der Polizei sagen könnte, dass Tony ihn erpresst hat.«

»Möglicherweise. Ich frage mich allerdings … Wenn Tony Ronald und Rita im Haus gefesselt hatte, warum hat er dann nicht Ronalds Handy mitgenommen? Warum hat er sein eigenes Telefon behalten, bis er es unter den Lastwagen geklebt hat? Immerhin war er so vorausschauend, den Chatverlauf zu löschen. Wahrscheinlich hat er gedacht, dass er sich nicht mehr wiederherstellen lässt, wenn er einmal gelöscht ist.«

»Vielleicht hat er Ronalds Handy im Haus vergessen«, sagte Hill. »Wo wurde es noch mal gefunden?«

»Stimmt, es war zwischen die Sofapolster gerutscht.«

Es klopfte. Anna spähte herein. »Ich wollte nur Bescheid geben, dass die Durchsuchung des Cottage abgeschlossen ist. Sie haben nichts gefunden. Es gibt definitiv keine Kameras, weder im Cottage noch im Haupthaus.«

»Was ist mit dieser DVD?«

»Fehlanzeige.«

»Danke. Setzen Sie sich. Wir gehen gerade unsere Theorien durch.«

Anna zog sich einen Stuhl heran.

»Wie ist Jennifer Parks denn so?«, fragte Hill. »Glaubt eine von Ihnen, dass sie etwas damit zu tun haben könnte?«

Sheridan sprach zuerst. »Ich nicht. Und Anna wird Ihnen sagen, dass ich *grundsätzlich immer alle* verdächtige.«

»Stimmt.« Anna nickte.

»Ich würde Jennifer aber auch nicht ganz ausschließen wollen.« Sheridan seufzte. »In der Nacht, in der Daniel ermordet wurde, war sie mit Sicherheit nicht da. Und es gibt überhaupt keine Hinweise darauf, dass sie in irgendetwas verwickelt war. Außerdem ist sie von Anfang an ehrlich und offen zu uns gewesen.«

»Und wie geht es ihr im Großen und Ganzen?«

Anna antwortete: »Wenn man ihre Lage bedenkt, eher gut. Sie ist stark, geistig *und* körperlich.«

»Finanziell steht sie jetzt, wo Daniel und ihre Eltern tot sind, gut da«, gab Hill zu bedenken.

»Stimmt. Aber wenn sie tatsächlich in die Sache verwickelt ist, dann ist sie nicht allein«, stimmte Sheridan ihr zu. »Und dann haben wir etwas übersehen. Oder jemanden.«

KAPITEL 57

Mittwoch, 5. Dezember

Sheridan schaute sich im Kripobüro um, und als sie DC Rob Wills sah, schlenderte sie zu ihm. In den letzten Tagen waren ihr immer mehr Fragen durch den Kopf gegangen, bis sie schließlich an allem zweifelte. Dass der Fall komplex war, störte sie nicht, sie liebte Herausforderungen. Aber die Fragen häuften sich, und die Antworten standen aus.

Rob sah lächelnd zu ihr auf. »Alles in Ordnung, Chefin?« Er kannte diesen Blick: Er bedeutete, dass er etwas überprüfen sollte, ohne dass das ganze Team Bescheid wusste.

Sheridan setzte sich neben ihn und tat, als würde sie sich etwas auf seinem Bildschirm ansehen, dabei suchte sie den Raum ab. Alle waren in ihre Arbeit vertieft. Sie grinste ihn an. »Weißt du eigentlich, wie sehr du mich liebst?«

Rob lehnte sich zurück und hob eine Augenbraue. »Du wirst es mir sagen?«

»Kannst du mir einen winzigen Gefallen tun?«

»Wahrscheinlich schon.«

»Danke.« Sie schob ihm ein Blatt Papier über den Schreibtisch.

Er beugte sich vor und las es durch. Und dann gleich noch mal. Sein verwirrter Blick überraschte sie nicht.

Dann faltete er den Zettel zusammen, steckte ihn ein und nickte. »Ich schaue mal, was ich tun kann.«

Sheridan legte ihre Hand auf seine und drückte sie. »Danke.«

Auf dem Rückweg sah sie gerade noch, wie Hill die Treppe hinunterging, und nutzte die Gelegenheit, um die sterbende Pflanze von der Fensterbank zu holen. Im Korridor vor Hills Büro stieß sie mit Anna zusammen.

»Was hast du da?« Anna versuchte, einen Blick auf das zu werfen, was Sheridan hinter ihrem Rücken versteckt hielt.

»Diebesgut. Hast du Lust, einen Kaffee trinken zu gehen?«

»Klar.«

* * *

Nachdem sie die tote Pflanze im Aktenschrank versteckt hatten, gingen Sheridan und Anna in die Stadt. Ab und zu hielten sie an, um einen Blick in die Schaufenster zu werfen, deren Auslagen zunehmend festlicher wurden. Die Innenstadt von Liverpool wimmelte nur so von Leuten. Sie entkamen dem Gedränge in einem Café, wo sie einen Platz am Fenster fanden.

»Was macht ihr an Weihnachten, Steve und du?«, fragte Sheridan und schöpfte das Schokoladenpulver mit einem Teelöffel von ihrem Cappuccino.

»Nichts weiter, wir machen uns einen ruhigen Abend«, antwortete Anna und packte den kleinen Keks aus, der auf der Untertasse ihres Milchkaffees lag.

»Aber normalerweise bist du doch bei deinen Eltern?«

»Ja, schon. Aber ich arbeite am zweiten Weihnachtsfeiertag, und Steve möchte dieses Jahr nur zu zweit feiern. Und ihr?«

»Meine Eltern sind zu Besuch. Kommt doch an einem Abend zum Essen. Das haben wir ewig nicht mehr gemacht. Ich verspreche auch, dass ich Sam nicht an den Herd lasse.«

Anna lachte. »Das muss ich schriftlich haben.«

Sheridans Handy klingelte. »DI Holler.« Sie stand abrupt auf und nahm ihren Mantel von der Lehne.

»Sind schon auf dem Weg.« Sheridan beendete das Gespräch und vergewisserte sich, dass niemand in Hörweite war. Dann beugte sie sich über den Tisch und flüsterte Anna zu: »Wir fahren nach Crosby Beach.«

»Wozu?«

»Die Kollegen, die nach Daniels Leiche suchen, haben was gefunden.«

KAPITEL 58

Das Licht begann bereits zu schwinden, als Sheridan und Anna am Crosby Beach ankamen. Sie gingen über den Strand auf das Team der Spurensicherung zu.

»Hallo, Charlie«, wandte sich Sheridan an den Einsatzleiter. »Wo habt ihr ihn gefunden?« Sie musste ihre Stimme über den plötzlich aufgekommenen Wind erheben.

»Da drüben. Ganz in der Nähe von Ronald Parks' Leiche. In etwa zwanzig Zentimetern Tiefe.«

Sie folgten ihm zu der Stelle, an der sie ihn gefunden hatten. »Und es ist wirklich nur ein Finger?«, fragte Sheridan.

»Bis jetzt, ja. Ich gebe Ihnen die Untersuchungsergebnisse so schnell wie möglich durch.«

»Können Sie sagen, welcher Finger es war?«

»Er lag ja schon eine ganze Weile da verbuddelt. Wenn ich eine Vermutung anstellen müsste, dann würde ich auf den kleinen Finger tippen.«

»Okay.« Sheridan blies ihren Atem in die hohlen Hände. Sie hatte ihre Handschuhe im Auto vergessen. »Dann lassen wir Sie jetzt in Ruhe. Wirklich gute Arbeit, Charlie.«

»Für meine beiden Lieblingsermittlerinnen tue ich alles.« Er lächelte breit, bevor er sich umdrehte und zurück zum Van der Spurensicherung ging.

Sheridan blieb, wo sie war, und dachte laut nach. »Wenn das Daniel Parks' Finger *ist,* und *wenn* Ronald Daniel getötet hat, und wenn Tony seine Leiche versteckt hat, dann müsste Tony den Finger neun Monate vor dem Mord an Ronald und Rita hier abgelegt haben. Dann hätte er also schon damals gewusst, wo er die beiden hinbringen würde.«

»Es sei denn, er hat den Finger aufgehoben und ihn dann erst neben Ronald begraben.«

Sheridan verzog das Gesicht. »Das wäre ziemlich widerlich.«

»Aber möglich.«

»Wie wird man von einem Versicherungsberater zu einem kaltblütig mordenden Fingerhamster?« In dem Moment, in dem sie das Wort ausgesprochen hatte, merkte sie, wie komisch das klang. Sie grinste Anna an, die laut losprustete.

Sie gingen zurück zum Auto. Sheridan startete den Motor, um sie beide aufzuwärmen.

»Glaubst du, Tony *hat* Daniel zerstückelt?«, fragte Anna.

»Nein. Nach dem Wortlaut der Nachrichten zu urteilen, wollte er es tun, hat es dann aber nicht durchgezogen.«

Sie saßen eine Weile da und schauten auf den Crosby Beach. Die Statuen der Eisernen Männer wurden zu gespenstischen Silhouetten im aufkommenden Küstennebel.

»Ich habe Rob Wills gebeten, die Aufnahmen am Bahnhof zu überprüfen.«

»An welchem?«, fragte Anna.

»Hauptbahnhof Lime Street, Gleis nach Newquay.«

Anna sah sie an. »Du willst überprüfen, ob Jennifer tatsächlich nach Cornwall gefahren ist?«

»Ja.«

»Beginnst du, an ihrer Geschichte zu zweifeln?«

»Ich möchte einfach nicht, dass wir etwas übersehen.«

KAPITEL 59

Als sie ins Haus kam, gab Sheridan Sam die tote Pflanze aus Hills Büro.

»Für mich? Das wäre aber wirklich nicht nötig gewesen.« Sam schaute sich die Pflanze genauer an und rümpfte die Nase.

»Wir sind auf einer Mission.« Sheridan küsste sie und legte ihren Mantel ab.

»Tote Dinge zu sammeln?«

»Nein, tote Dinge wiederzubeleben.«

»O Gott, bitte sag mir, dass du keine Leichen mit nach Hause bringst!«

Sheridan zog ihre Stiefel aus, nahm Sam die Pflanze ab und ging in die Küche. »Sie gehört meiner Chefin. Ich habe sie aus ihrem Büro stibitzt und will versuchen, sie zu retten. Dann schenke ich sie ihr zu Weihnachten.«

»Warum zieht deine Chefin Zwiebeln in ihrem Büro?«

»Ich glaube nicht, dass es eine Zwiebel ist.«

Nach dem Abendessen saßen sie an Sams Laptop, googelten nach Zimmerpflanzen und entfernten ab und zu Mauds klebrige Pfote von der Tastatur. Sie scrollten durch Massen von Bildern, bis sie schließlich entdeckten, dass die Zwiebel wahrscheinlich eine Amaryllis war.

»Schauen wir mal, ob sie wächst. Und dann bringe ich sie ihr zurück.«

»Hat sie denn nicht gemerkt, dass die Pflanze weg ist?« Sam klappte den Laptop zu. Prompt legte sich Maud der Länge nach darauf und genoss die Wärme unter ihrem Bauch.

»Jedenfalls hat sie es noch nicht erwähnt.«

»Und wenn sie herausfindet, dass du die Amaryllis mitgenommen hast? Und wir ihr hier aus Versehen den Rest geben? Was ist, wenn Maud sie auffrisst?«

»Dann muss ich ab Weihnachten wieder Uniform tragen.«

KAPITEL 60

Hill schaute zu Sheridans Fenster hinaus, während sie den Fortgang der Ermittlungen besprachen, als es an der Tür klopfte.

»Herein«, antwortete Sheridan. Die Tür öffnete sich, Rob trat ein.

»Oh, Entschuldigung, ich wusste nicht, dass Sie hier sind, Ma'am«, sagte er zu Hill und wandte sich zum Gehen.

»Was gibt es, Rob?«, raunzte Hill ihn an und verschränkte ihre Arme.

Rob zögerte. Er wusste, dass Sheridan niemandem von ihrem Verdacht erzählt hatte, als sie ihn gebeten hatte, Jennifer Parks über die Bahnhofskameras zu überprüfen.

Sheridan kam die Gelegenheit, ihn zu foppen, gerade recht.

»Ja, Rob, *was gibt es*?«, fragte Sheridan und verschränkte die Arme, um Hill zu imitieren.

Rob erkannte das schelmische Funkeln in ihren Augen. »Ach, nichts. Ich komme später wieder.« Er nickte und wandte sich zum Gehen.

»Ist es das, worum ich dich gebeten habe?« *Und wie kommst du jetzt raus aus der Nummer?*, fragte sich Sheridan und verbarg ihr Grinsen nur mit Mühe.

»Worum geht's?«, fragte Hill ungeduldig.

»Sheridan hat mich gebeten, etwas für sie aus der Apotheke zu holen.« Er sah Sheridan bierernst an. »Aber der Apotheker hat gesagt, dass du für Cremes *dieser Art* ein Rezept brauchst.«

»Danke, Rob.« Sheridan sah ihn aus schmalen Augen an.

Nachdem Hill gegangen war, schickte Sheridan Rob eine Nachricht:

Du Wichser

Du hast angefangen

Ganz schön schlagfertig!

Danke. Ich habe, was du wolltest. Wir treffen uns dort, wo der schwarze Rabe um Mitternacht fliegt. Trage eine Blume im Revers.

Sheridan brach in Gelächter aus. Du kannst richtig witzig sein. Kripobüro, 2 Minuten.

* * *

Sheridan zwinkerte Rob zu und ließ sich neben ihn fallen. »Erzähl mir was, bei dem mir die Haare zu Berge stehen.« Sie legte die Handflächen zusammen.

»Jennifer hat sich im Bahnhof Lime Street mit einem Mann getroffen. Sie haben Kaffee getrunken, bevor sie allein in einen Zug gestiegen ist.« Rob zeigte auf seinen Bildschirm. Sheridan beugte sich vor. Der Mann war etwa einen Meter achtzig groß, hatte dunkles Haar und ein strahlendes Lächeln. Sheridan beobachtete, wie er auf Jennifer zuging, während sie zur Anzeigetafel hochschaute.

Er lächelte, sie lächelte, und dann gingen sie ins Bahnhofscafé. Eine halbe Stunde später kam sie allein heraus, ging zum Bahnsteig und stieg in einen Zug. Fünf Minuten darauf kam der Mann aus dem Café und verschwand.

»Dieser Typ hat keinen Zug genommen?«

»Nein. Ich habe zurückgespult, habe ihn aber nicht gefunden. Keine Ahnung, wann er angekommen ist und wo er herkommt!«

»Und in dem Café gibt es keine Kameras?«

»Leider nicht. Immerhin habe ich die Aufnahme von Jennifers Ankunft am Bahnhof von Newquay. Sie ist in ein Taxi gestiegen. Ich habe die Adresse, die sie angegeben hat, im Wählerverzeichnis überprüft. Dort sind vier Personen gemeldet. Alle mit dem Nachnamen Duncan, aber vielleicht wohnen sie jetzt nicht mehr dort. Du weißt ja, dass das Wählerverzeichnis schnell veraltet ist. Wie lautet Izzys Nachname?«

»Hm, ehrlich gesagt habe ich keine Ahnung. Ich habe nicht danach gefragt.«

»Das sieht dir gar nicht ähnlich.« Rob runzelte die Stirn.

»Gibt es da eine Izzy oder Isabelle Duncan?«

»Nein. Nur Thomas, Michelle, Hayley und Jack Duncan.«

»War Isabelle Duncan nicht der Name einer berühmten Schauspielerin?«, fragte Sheridan.

»Nein, die hieß Isadora Duncan, und sie war Tänzerin.«

»Ah, stimmt. Ist sie nicht bei einem Flugzeugabsturz ums Leben gekommen?«

»Nein, ihr Schal hat sich in den Speichen ihres Autos verfangen.«

Sheridan starrte ihn einen Moment lang an. »Woher weißt du das alles?«

»Ich interessiere mich für tote Menschen. Vor allem für solche, die unter seltsamen und tragischen Umständen gestorben sind.«

»Langweilst du deine Frau eigentlich mit all diesem belanglosen Zeug?« Sheridan grinste.

»Du weißt doch, dass sie mir nie zuhört.« Er grinste ebenfalls. Seine Frau Jo war taub.

Sheridan verdrehte die Augen und schlug ihm leicht auf den Arm.

Rob rieb sich die Stelle, als würde sie schmerzen. »Ich habe mir die Aufzeichnungen von Tony vom Bahnhof Lime Street noch einmal angesehen. Als wir sie beim ersten Mal überprüft haben, konnten wir sehen, wie er in den Bahnhof gekommen ist, auf die Anzeigetafel schaut, sich umsieht und zur Toilette geht. Nachdem er wieder herausgekommen ist, ging er noch einmal zur Anzeigetafel und hat den Bahnhof dann verlassen. Jetzt habe ich ihn noch ein paar Minuten weiterverfolgt, bis er aus dem überwachten Bereich verschwindet. Auch in der Zeit trifft er sich mit niemandem.«

»Okay, super.« Sheridan verschränkte die Hände hinter dem Kopf. »Kannst du mir noch einen Gefallen tun?«

»Klar.«

»Im Cottage wurde eine DNA-Spur sichergestellt, als Daniel ermordet wurde. Eine Spermaprobe, von der Jennifer sagte, sie stamme von einem One-Night-Stand. Sie hatte aber überhaupt keine Erinnerung mehr an den mysteriösen Mann. Kannst du das noch einmal für mich überprüfen?«

»Klar. Aber wie kommst du darauf, dass wir diesmal einen Treffer landen könnten?«

»Weil jeden Tag neue DNA dazukommt. Vielleicht ist der Typ, der zu der Spermaprobe gehört, jetzt im System.«

KAPITEL 61

Samstag, 8. Dezember

Hill zog ihre Haustür zu. Sie wollte gerade ins Auto steigen, als ihr auffiel, dass die Vorhänge der Nachbarin von gegenüber noch zugezogen waren. Sie schaute auf die Uhr, überquerte die Straße und klopfte. Drinnen bellte ein Hund. Sie klopfte erneut und wartete noch etwas, bevor sie sich entschloss, hineinzugehen. Als sie den Schlüssel ins Schloss steckte, hörte sie Barney an der Tür schnüffeln. Er wedelte aufgeregt und sprang an ihr hoch, als sie in den Flur trat.

»Hey, Barney.« Hill streichelte seinen Kopf und ging an ihm vorbei ins Wohnzimmer.

»Gloria?« Barney drehte sich um und rannte die Treppe hinauf.

Hill folgte ihm und rief noch einmal Glorias Namen, als sie den Treppenabsatz erreichte. Die Schlafzimmertür stand einen Spalt offen. Unter der Bettdecke lugte ein Fuß hervor.

»Oh, Mist«, murmelte sie und machte einen zögerlichen Schritt ins Zimmer hinein.

»Gloria?«, flüsterte sie noch einmal, bevor sie zum Kopfende des Bettes ging.

Hill beugte sich über sie. Glorias Augen waren geschlossen und sie lag totenstill da. Erst dann sah Hill die Kabel.

Doch da öffnete Gloria die Augen und schrie entsetzt auf, als sie Hills Gesicht nur wenige Zentimeter über ihrem schweben sah. »Warum zum Teufel schleichst du hier herum?«

Hill machte einen Satz rückwärts. »Mann, deine Vorhänge sind noch zugezogen.«

»Was?« Gloria zog die Kopfhörer aus den Ohren.

»Deine Vorhänge sind zugezogen. Es ist schon nach zehn, deine Vorhänge sind um diese Zeit normalerweise längst auf.«

Gloria grinste. »Du hast gedacht, ich wäre tot, stimmt's?«

»Klar habe ich das gedacht. Du bist einundachtzig und deine Pumpe tut's nicht mehr richtig. Warum liegst du noch im Bett?«

»Nicht, dass es dich etwas angehen würde, aber ich lasse mir gerade ein spannendes Hörbuch vorlesen. Gibt es vielleicht ein Gesetz dagegen?« Gloria klopfte auf ihr Kissen und ließ sich wieder zurückfallen.

»Na, dann lasse ich dich jetzt in Ruhe.«

»Hast du vielleicht Lust auf eine Tasse Tee?«

Hill sah wieder auf die Uhr. »Nein, ich muss los. Kann ich dir noch was bringen, bevor ich gehe?«

»Die Frage nach dem Tee könnte dir einen Hinweis geben.«

»Ich soll dir eine Tasse Tee machen?«

»Das wäre aber lieb von dir. Zwei Stück Zucker. Ich würde ihn ja selber machen, aber das Buch ist so spannend. Soll ich dir die Handlung erzählen? Vielleicht findest du ja raus, wer der Mörder ist. Du bist doch so eine fabelhafte Ermittlerin.«

»Ach, weißt du …« Nachdem Hill Gloria den Tee gebracht hatte, gab sie Barney einen Kuss auf den Kopf und machte sich wieder auf den Weg nach unten.

»Hill?«, rief ihr Gloria aus dem Schlafzimmer hinterher.

»Was?«

»Danke, dass du nach dem Rechten gesehen hast.«

»Gern geschehen.«

»Neugierige alte Kuh.«

Hill grinste breit.

* * *

Eine halbe Stunde später wickelte sie die Blumen aus, bückte sich und stellte sie achtsam in die Vase. Sie trat mit gesenktem Kopf und geschlossenen Augen zurück. Ein paar Sonnenstrahlen brachen durch die Wolken und brachten das regennasse Gras zum Glitzern.

Um diese Jahreszeit war auf dem Friedhof immer viel los. Angehörige pflegten die Gräber ihrer Verstorbenen, legten Kränze vor die Kreuze und entzündeten Grablichter. Eine Weile flackerten die zarten Flammen dann unter den Glaskuppeln, halbwegs geschützt vor dem Wind. Schließlich erloschen sie doch.

Dunkle schwere Wolken zogen langsam über sie hinweg und färbten den Himmel schwarz. Und dann fiel der Regen, hart und unbarmherzig.

Sie küsste ihre Fingerspitzen und fuhr über die auf dem Grabstein eingravierten Buchstaben.

»Ich vermisse euch«, flüsterte sie. Der Wind trug ihre Worte davon. »Ich vermisse euch so sehr.«

KAPITEL 62

Der Geruch von Speck erfüllte das Haus.

Steve drehte sich lächelnd um, als Anna die Küche betrat. »Guten Morgen. Ich dachte, ich mache uns mal ein ordentliches Frühstück.«

»Es riecht göttlich.« Sie schaltete den Wasserkocher ein. »Sheridan hat mich gefragt, ob wir mal zusammen bei ihnen zu Abend essen wollen. Hast du Lust?«

»Na ja.« Er wendete den Speck. »Ich hatte immer den Eindruck, dass Sheridan mich nicht sonderlich mag.«

»Wie kommst du denn darauf?«

»Ich weiß nicht, es ist nur so ein Gefühl. Irgendwie fühle ich mich immer unwohl, wenn sie da ist.« Er beugte sich vor und küsste sie auf die Wange.

Anna antwortete nicht, sondern ging ins Wohnzimmer und setzte sich auf die Armlehne des Sofas. Tränen schossen ihr in die Augen, als sie versehentlich ihre schmerzende Seite berührte. Danach hatte er geschworen, sie nie wieder zu schlagen, hatte geschluchzt wie ein Kind, als sie ihm sagte, dass sie ihn sonst verlassen würde. Sie würde ihm eine letzte Chance geben.

KAPITEL 63

Jennifer lehnte sich zurück, als der Zug nach Liverpool aus dem Bahnhof ratterte. Er war voll, fast alle Plätze waren besetzt. Sie schlug ihr Buch auf und versuchte, sich zu konzentrieren, aber hinter ihr saßen zwei junge Kerle, die so laut waren, dass sie sich gestört fühlte. So wie alle anderen auch.

Eine Bierdose wurde zischend geöffnet, und kurz darauf spürte sie, wie ihr jemand auf den Kopf tippte. Sie schaute gerade noch rechtzeitig hoch, um zu sehen, wie sich die Typen lachend duckten. Als der Zug Fahrt aufnahm, spürte sie noch mal ein Tippen am Kopf. Sie schaute hoch. Es war niemand da.

Sie sah sich im Waggon um. Alle bemühten sich, die beiden Halbstarken zu ignorieren. Die Reisenden saßen mit neutralen Mienen da und taten, als wären sie mit ihren Handys, Zeitungen oder Büchern beschäftigt. Ein paar starrten auf die Landschaft hinaus.

Dann wurde sie wieder angetippt. Diesmal stand sie auf, schob sich an ihrer Sitznachbarin vorbei und stellte sich in den Gang, wobei sie sich am Sitz festhielt.

Die beiden Typen sahen sie grinsend an. »Alles klar, Süße?«

»Wenn du mich noch einmal anfasst, breche ich dir die Hand«, sagte sie ruhig und mit der Andeutung eines Lächelns.

Einer von ihnen stand auf. »Das war doch nur ein kleiner Scherz.« Er musterte sie von oben bis unten und beugte sich mit geschürzten Lippen vor. »Küsschen und gut ist?«

Sein Kumpel prustete los und kippte einen großen Schluck Bier hinunter. Jennifer stieß ihr Gegenüber so hart gegen die Brust, dass er rückwärts auf seinen Kumpel fiel. »Du hältst jetzt die Klappe, du kleiner Wichser«, sagte sie und setzte sich wieder auf ihren Platz.

Im Waggon wurde es ohrenbetäubend still, während sich die anderen Pendler wortlos bei ihr bedankten.

KAPITEL 64

Montag, 10. Dezember

Hill war schon schlecht gelaunt, bevor sie im Revier ankam. Und ihre Laune wurde noch schlimmer, als sie ihr Büro betrat und die leere Fensterbank sah. Sie machte auf dem Absatz kehrt und marschierte den Korridor hinunter zum Großraumbüro. Es war noch niemand da, und sie nutzte die Gelegenheit, um die Schränke unter den Schreibtischen zu durchstöbern.

Als sie die Schublade von Robs Schreibtisch aufzog, entdeckte sie den Umschlag mit der Aufschrift *Und der Name der Chefin lautet …?* Sie sah sich die Liste der Mitarbeiter an, die darauf gewettet hatten, wofür »Hill« stehen mochte, und legte den Umschlag zurück. Dann ging sie wieder in ihr Büro und beobachtete, wie sich der Hinterhof mit Autos zu füllen begann. Als alle da waren, fegte sie den Korridor hinunter und stürmte ins Kripobüro.

Sheridan war gerade dabei, die Informationen auf dem Whiteboard zu aktualisieren. Sie zuckte zusammen, als sie Hills schrille Stimme hinter sich hörte. »Kann mir einer von

Ihnen sagen, dass wir in diesem Fall irgendwelche Fortschritte machen?« Hill sah sich um. »Nein? Niemand?«

Sheridan legte den schwarzen Marker hin. »Hill, der Fall ist komplex und ...«

»Ich weiß, wie komplex der Fall ist, Sheridan. Aber ich muss dem Chef sehr bald irgendein Ergebnis präsentieren. Sonst schließt er die Akte wirklich.«

»Wir warten auf das Untersuchungsergebnis des Fingers, der in Crosby gefunden wurde ...«

»Sie sitzen hier alle rum und warten auf das Ergebnis?« Sie schüttelte den Kopf. »Dann setze ich mich in mein Büro und warte auch darauf«, schrie sie. »Ich sage Ihnen was! Wenn es *nicht* der Finger von Daniel Parks ist, dann *macht der Chef* nächste Woche Schluss mit dem Fall.«

Niemand sagte etwas. Niemand regte sich. Niemand wagte es, das Offensichtliche auszusprechen: Wenn es nicht Daniels Finger war, dann mussten sie herausfinden, zu wem er sonst gehört hatte.

Hill stürmte hinaus und knallte die Tür hinter sich zu.

Robs Telefon klingelte, und er nahm ab. Er starrte auf seine Tastatur, während alle Blicke auf ihn gerichtet waren.

»Okay, danke«, sagte er und legte den Hörer auf. Er holte tief Luft, bevor er sagte: »Die DNA stimmt nicht überein. Es ist nicht Daniels Finger.«

»Du machst Witze.« Sheridan schlug mit der flachen Hand auf den Schreibtisch. Im Raum herrschte fassungsloses Schweigen.

»Ja! War nur ein Scherz! Hundertprozentige Übereinstimmung.«

Ein Seufzer der Erleichterung ging durch den Raum.

»Was haben sie noch rausgefunden?«, fragte Sheridan, bereit, den Scherz zu verzeihen, weil die Nachricht einfach zu gut war.

»Es ist der kleine Finger seiner linken Hand. Sauberer Schnitt durch den Knochen.«

Sheridan hüpfte den Korridor hinunter zu Hills Büro und klopfte dreimal an die offene Tür. Hill stand da, die Hände hinter dem Rücken verschränkt und starrte aus dem Fenster.

»Ich habe gute Neuigkeiten.«

Hill drehte sich nicht um. »Was für welche?«

»Ich habe gerade das Ergebnis bekommen. Der Finger, der in Crosby gefunden wurde, stammt von Daniel.«

»Gute …« Hill musste sich räuspern. »Gute Arbeit.«

»Alles in Ordnung?« Sheridan ging hinein.

»Nicht wirklich. Irgendein Idiot hat meine Pflanze geklaut.«

Sheridans Augen weiteten sich. »Ihre Pflanze?«

»Hier stand eine Amaryllis. Die ist weg.«

»O ja, stimmt, ich erinnere mich. Ich hab nicht gedacht, dass sie noch lebt«, antwortete Sheridan so beiläufig wie möglich.

»War aber so.« Hill blickte auf die Stelle, wo die Pflanze gestanden hatte, und schüttelte den Kopf.

Sheridan war drauf und dran, ein Geständnis abzulegen, als Hill sich plötzlich an ihr vorbeidrängte, den Raum verließ und auf die Toiletten zuging. Sie wollte ihr gerade folgen, als Anna herauskam. Ihre Augen waren rot; Sheridan konnte sehen, dass sie geweint hatte. Wortlos hakte Sheridan sie unter und führte sie in ihr Büro.

»Was ist los?« Sie schob Anna einen Stuhl unter und hockte sich vor sie. Dann zog sie ihre Hände sanft von ihrem Gesicht. »Was auch immer es ist, du kannst es mir sagen.«

»Ich wollte es dir ja schon sagen.« Anna hob den Kopf und wischte sich mit dem Handrücken die Tränen weg. »Aber ich konnte es selbst nicht glauben.«

»Was ist?« Sheridan drückte behutsam ihre Hände.

»Ich brauche deine Unterstützung, sonst nichts.« Sie atmete tief ein. »Den Rest kriege ich dann alleine hin.«

Ein Gedanke schoss Sheridan durch den Kopf. Die blauen Flecken, die sie an Annas Handgelenken gesehen hatte und die Anna als Folge einer Rangelei mit Steve abgetan hatte. Der Scherz, den Anna darüber gemacht hatte, wie ein Opfer häuslicher Gewalt auszusehen. Hatte Sheridan ihr zu schnell geglaubt? Hatte Anna im Stillen gelitten, weil sie zu viel Angst hatte, es ihrer besten Freundin zu sagen? Denn wenn es einmal draußen war, ließ es sich nicht mehr rückgängig machen. Sheridan zögerte nur kurz: »Okay. Sag's mir einfach.«

»Ich bin schwanger.«

In diesem Moment flog die Tür auf, und Hill erschien. Sie sah auf die beiden hinab. »Was ist hier los?«

Anna stand auf. »Nichts, ich hatte nur einen kurzen Schwächeanfall.«

»Wollen Sie nach Hause gehen?«, fragte Hill.

»Nein. Es geht schon wieder.«

»Ich stelle jemanden dafür ab, Sie nach Hause …«

»Nein, das ist nicht nötig. Wirklich nicht.«

»Okay. Dann ab zu Jennifer. Informieren Sie sie, dass wir Daniels Finger gefunden haben.«

Sie machte auf dem Absatz kehrt und verschwand.

»Wir können im Auto reden«, flüsterte Sheridan.

KAPITEL 65

Jennifer sagte nichts. Sie saß nur da, starrte zu Boden, atmete durch die Nase ein und blies die Luft langsam aus dem Mund aus, wie um nicht ohnmächtig zu werden.

Anna stellte ein Glas Wasser vor sie und legte ihr kurz die Hand auf die Schulter, bevor sie sich zu Sheridan auf das Sofa setzte. Es gab keinen guten Weg, jemandem mitzuteilen, dass ein geliebter Mensch gestorben war. Jennifer hatte ja bereits gewusst, dass Daniel tot war. Was sie nicht gewusst hatte, war, dass ihm jemand einen Finger abgeschnitten und diesen am Strand vergraben hatte.

Als sie wieder sprechen konnte, stellte Jennifer genau die Frage, vor der Sheridan sich gefürchtet hatte. Ob sie glaubten, dass er gefoltert worden war? Sheridan war ehrlich zu ihr. Es war möglich.

Im Raum herrschte Stille, während Jennifer versuchte, das zu verarbeiten. Dann schüttelte sie langsam den Kopf, als müsse sie schlimme Bilder loswerden.

Schließlich sah sie auf. »Und was passiert jetzt? Ist der Fall abgeschlossen?«

»Das kommt darauf an. Wenn wir in Crosby sonst nichts mehr finden und wenn es keine Hinweise darauf gibt, dass noch jemand involviert war, dann ... ja, dann besteht die Möglichkeit, dass der Fall zu den Akten gelegt wird.« Sheridan zögerte. »Aber wir müssen noch ein paar Dinge überprüfen.«

Sheridan erklärte ihr, dass es nach allem, was sie bisher herausgefunden hatten, wahrscheinlich war, dass Ronald und Tony bei dem Mord an Daniel paktiert hatten. Und dass Tony ihre Eltern getötet hatte. Nur warum, das wussten sie noch nicht.

»Ich glaube nicht, dass ich hier weiterhin leben kann.« Jennifer schnäuzte sich. »Ich muss hier weg und irgendwo neu anfangen.«

»Das kann ich gut verstehen. Wo wollen Sie hin?«

»Keine Ahnung. Erst mal muss ich versuchen, das Haus zu verkaufen. Falls es verkäuflich ist.« Sie blickte sich um. »Wer sollte ein Anwesen kaufen, in dem so viel Tragisches passiert ist?« Sie sah Anna und Sheridan an, aber die hatten auch keine Antwort parat.

»Wenn in Crosby nicht mehr gefunden wird, werden Sie dann weiter nach Daniel suchen?«

»Wahrscheinlich nicht. Aber das heißt nicht, dass er nicht eines Tages gefunden wird«, antwortete Anna.

Jennifer sah Sheridan an. »Sind Sie fertig mit meinen Unterlagen?«

»Ja, klar. Ich bringe sie Ihnen zurück.«

Als sie gingen, umarmte Jennifer sie. »Ich kann euch nicht genug für alles danken, was ihr getan habt. Ohne euch beide hätte ich das alles nicht durchgestanden.«

Jennifer brachte sie hinaus und winkte ihnen hinterher. Dann ging sie zurück ins Cottage und rollte sich auf dem Sofa zusammen.

»Ist dir irgendetwas seltsam vorgekommen?«, fragte Sheridan.

»Ja. Als du gesagt hast, dass wir noch einiges zu überprüfen haben, hat sie dich nicht gefragt, was.« Anna sah Sheridan an. »Das hast du nur gesagt, um zu sehen, wie sie reagieren würde, oder?«

»So ist es.«

KAPITEL 66

Sam versuchte gerade, Maud aus einem Kabelknäuel zu befreien, als Sheridan ins Haus kam. Im Wohnzimmer standen Kisten mit Weihnachtskugeln, und auf dem Couchtisch lagen verhedderte Lichterketten.

»Hallo, ihr zwei.« Sheridan beugte sich vor, um Sam zu küssen. Dabei fiel ihr auf, dass aus Mauds Maul Lametta hervorschaute.

»Komm bitte mal mit«, sagte Sam, nahm Sheridan bei der Hand und führte sie in die Küche. Sie deutete auf die Amaryllis auf dem Fenstersims. »Du kannst ihr beim Wachsen zusehen. Ein Pflanzenflüsterer ist nichts gegen uns.« Sam strahlte.

»Gott sei Dank! Meine Chefin hat gemerkt, dass sie weg ist, und sich tierisch aufgeregt. Ich muss sie morgen wieder zurückbringen.«

»Weiß sie, dass du sie mitgenommen hast?«

»Noch nicht. Jetzt brauche ich einen Drink, und dann schmücken wir den Baum, ja?« Sheridan schenkte ihnen beiden kühlen Weißwein ein und ließ sich aufs Sofa fallen.

»Du siehst erschöpft aus.« Sam nahm Sheridans Hand.

»Anna ist schwanger.«

»Wie schön!«

»Sie will es nicht behalten.«

Sheridan berichtete, dass Anna nie Kinder gewollt hatte und sich von Steve auch nie hatte umstimmen lassen. Mittlerweile schien er sich damit abgefunden zu haben. Als Anna es Sheridan am Morgen erzählt hatte, musste sie ihr versprechen, das Thema nicht zu diskutieren. Ein Termin für den Abbruch stand schon fest. Wenigstens hatte Anna Sheridans Angebot, sie zu begleiten, nach anfänglichem Zögern angenommen.

»Warum geht Steve nicht mit ihr hin?«, fragte Sam.

Sheridan strich mit dem Finger über den Rand ihres Glases. »Weil er es nicht weiß.«

* * *

Später standen Sheridan und Sam Arm in Arm vor dem Weihnachtsbaum, bereit für das Einschalten der Beleuchtung. Hunderte funkelnder Glühbirnen reckten sich aus den Zweigen, Deko-Objekte in allen Farben, Formen und Größen glitzerten wie Sterne.

Sheridans Eltern schenkten ihr jedes Jahr etwas Neues für den Weihnachtsbaum – eine Tradition in der Familie Holler. Es war immer etwas Besonderes, immer irgendwie magisch. Da war das kleine Rotkehlchen, das sie auf einem Weihnachtsmarkt in Belgien gefunden hatten, das hölzerne Rentier, das ihr Vater handgeschnitzt hatte, der kleine silberne Stern, den sie ihr geschenkt hatten, als sie zur Polizei gegangen war. So viele Erinnerungen zwischen den Zweigen. Es war auch Tradition, dass Sheridan dem Baum den letzten Schliff gab.

Als kleines Mädchen hatte sie ihre Mutter einmal gefragt, warum auf dem Baum kein Schnee lag. Im Jahr darauf hatte Rosie aus der zartesten weißen Wolle, die sie finden konnte, etwas fabriziert, was auf dem Baum wie frisch gefallener Schnee wirkte. Sheridan hatte das Wollgebilde all die Jahre aufbewahrt, und als sie das letzte bisschen davon nun um den untersten Ast wickelte, mussten sie beide lächeln, weil es so schön aussah. Und oben auf der Spitze des Baumes thronte Hylda, das Hippo.

Während Sam noch dabei war, das Wohnzimmer aufzuräumen, setzte sich Sheridan aufs Sofa und blätterte in Jennifers Akte. Sie hatte versprochen, sie ihr zurückzugeben, und wollte überprüfen, ob sie auch wirklich nichts übersehen hatte. Schließlich legte sie die Unterlagen sorgfältig zurück in den Karton und folgte Sam nach oben ins Bett. Maud blieb zurück, um noch ein Weilchen mit den herabhängenden Weihnachtsbaumkugeln zu spielen.

KAPITEL 67

Dienstag, 11. Dezember

Hill stellte ihre Aktentasche auf den Schreibtisch und starrte einen Moment auf die Amaryllis, bevor sie die Klappkarte unter dem Topf hervorzog.

> *Als ich diese Pflanze auf Ihrem Fenstersims gesehen habe, dachte ich wirklich, sie wäre tot. Ich habe sie mit nach Hause genommen, weil ich versuchen wollte, sie aufzupäppeln. Sam hat sie für eine Zwiebel gehalten. Ich wollte sie Ihnen von Anfang an zurückgeben, außer wenn sie bei uns eingegangen wäre, dann hätte ich alles geleugnet.*
>
> *Sie haben kein Recht, mir böse zu sein.*
> *Frohe Weihnachten,*
> *Sheridan*
> *x*

Hill schluckte und biss sich so fest auf die Unterlippe, dass es wehtat. Sie betrachtete den in die Höhe geschossenen Stängel und bemerkte erste Anzeichen einer Knospe. Unten im Hof stand Sheridan neben ihrem Wagen und blickte zu ihr hoch.

Hill hob lächelnd den Daumen.

Sheridan erwiderte das Lächeln, stieg ins Auto und fuhr los. Während sie an der nächsten Ampel wartete, musste sie an Anna denken. Die Abtreibung war für die nächste Woche geplant, und Sheridan hatte sich den Tag freigenommen, damit Anna sich nach dem Eingriff ein paar Stunden bei ihr ausruhen konnte. Wenn es keine Komplikationen gab, würde Anna sich schnell erholen und am nächsten Tag wieder zur Arbeit gehen können.

Sheridan dachte an Steve. *Würde Anna es ihm irgendwann sagen? Hatte er sogar ein Recht darauf, es zu erfahren? Würde Anna ihre Entscheidung jemals bereuen?* Sheridan war die einzige Person, der Anna es erzählt hatte, und die einzige Person, der sie es je erzählen würde. Anna wusste, dass Sheridan es Sam erzählen würde, und das war ihr recht. Sie hatte Sheridan versprochen, dass sie ihr nie wieder etwas verheimlichen würde. Sheridan war ihre beste Freundin. Und beste Freundinnen haben keine Geheimnisse voreinander.

KAPITEL 68

Rob Wills trank einen Schluck Kaffee, öffnete den Umschlag und zog das Blatt Papier heraus. Er las es und stutzte. Einen Moment später stand er auf und ging zu Sheridans Büro. Er sah durch die Tür und bemerkte, dass sie nicht da war.

»Sie ist ausgeflogen.« Anna erschien hinter ihm.

»Weißt du, wann sie zurückkommen wollte?«

Anna sah auf die Uhr. »Bald. Das Briefing ist um eins. Alles in Ordnung?«

»Sie hat mich gebeten, die Spermaprobe noch einmal über-prüfen zu lassen. Die, die nach dem Mord an Daniel im Cottage gefunden wurde.«

»Von der Jennifer behauptet hat, sie stamme von einem One-Night-Stand?«

»Ja.« Rob sah auf das Blatt Papier in seiner Hand.

»Hast du einen Treffer?«

»Ja.« Er drehte den Zettel um, damit Anna den Namen sehen konnte, der darauf stand.

Annas Augen weiteten sich. »Was? Das gibt's doch nicht!«

KAPITEL 69

Jennifer drehte das »Geöffnet«-Schild um, blieb hinter der Tür stehen und ließ die Weihnachtseinkäufer an sich vorbeiziehen. Sie war länger nicht im Laden gewesen, und der vertraute Geruch von Büchern beruhigte sie. Ihr Blick fiel auf das Poster von Daniel. Sie nahm es ab und entfernte vorsichtig die Reste des Klebebands. Dann legte sie es flach auf den Tresen und rollte es auf.

Die Glocke über der Tür läutete, als eine Kundin hereinkam. Jennifer begrüßte sie mit einem fröhlichen »Hallo«.

»Hallo«, antwortete die Frau. »Ich dachte, Sie hätten den Ausverkauf schon beendet. Sie hatten eine ganze Weile nicht mehr auf.«

»Ja, ich bin dabei zu schließen, alles ist zum halben Preis.«

Jennifer war damit beschäftigt, »Räumungsverkauf«-Schilder anzufertigen, während die Frau die Regale durchstöberte. Der Laden füllte sich allmählich. Schnäppchenhungrige Kunden stürzten sich auf Weihnachtsgeschenke. Mehrmals wurde Jennifer gefragt, warum sie den Laden schließe. An den Reaktionen erkannte sie, dass die Kunden nur aus Höflichkeit fragten und sich nicht für den Grund interessierten, während sie die Bücher in ihre Taschen stopften.

KAPITEL 70

Sheridan schaute auf die Uhr, als sie oben an der Treppe ankam und überlegte, ob sie direkt in die Besprechung gehen oder ob sie es auf einen Kampf mit dem Automaten ankommen lassen sollte. Sie kramte nach Kleingeld, weil sie fand, dass sie sich einen Schokoriegel verdient hatte, und betrachtete die Auswahl durch das Glas hindurch.

»Diesmal gewinne ich«, murmelte sie leise, warf die Münzen in den Schlitz und drückte auf den Knopf.

Der Mechanismus begann sich zu drehen. Der Schokoriegel näherte sich dem Regalbrettrand, machte aber keine Anstalten, hinunterzufallen.

»Wollen wir doch mal sehen«, sagte sie laut und presste die Handflächen gegen das Glas, sodass die Maschine zu wippen begann. Tadaa, es fielen gleich zwei Riegel hinunter!

Sie betrat den Besprechungsraum und warf Anna den Gratisriegel zu.

»Hier!«, rief sie und ging nach vorne.

»Sorry, dass ich zu spät komme.« Dann erst bemerkte sie die Stille. »Was ist?«, fragte sie und schaute sich um, bevor sie Anna fixierte.

»Wir haben einen DNA-Treffer für die Spermaprobe, die nach Daniels Ermordung im Cottage gefunden wurde.«

Sheridan lächelte. »Super. Kriegen wir doch noch raus, wer Jennifers One-Night-Stand war. Na los, erzähl schon.«

»Sie ist von Tony Harvey.«

KAPITEL 71

Jennifers Handy klingelte. Sie sah, dass es Sheridan war, aber als sie drangehen wollte, stand plötzlich ein Kunde mit dem Arm voller Bücher an der Kasse.

Zwei Stunden vergingen, bis eine Lücke im Kundenansturm entstand, und sie nutzte die Gelegenheit, Sheridan zurückzurufen. Sheridan teilte ihr mit, dass es eine Entwicklung gab und sie am Abend vorbeikommen wollte. Als Jennifer nach Hause kam, hatten Anna und Sheridan bereits neben dem Cottage geparkt.

Sie setzten sich ins Wohnzimmer, und Sheridan berichtete ihr, dass die fragliche DNA-Spermaprobe von Tony Harvey stammte. Jennifers Brust zog sich zusammen.

»Was glauben Sie, wie ist das Sperma dahin gekommen?«, fragte Sheridan und beobachtete aufmerksam Jennifers Reaktion.

Schweigen.

»Jennifer?«

Schweigen.

»Als wir Ihnen gesagt haben, dass Tony Harvey Ihre Eltern getötet hat, waren Sie fest davon überzeugt, dass er Ihnen niemals etwas antun würde. Warum waren Sie so sicher?«, drängte Sheridan und warf Anna einen Blick zu.

»Ich konnte mir einfach nicht vorstellen, dass er mir etwas antut.« Jennifers Stimme war nur noch ein Flüstern. »Ich brauche einen Schluck Wasser.« Sie stand auf, ging langsam in die Küche und starrte auf den Wasserhahn. Als sie versuchte, das Glas unter das fließende Wasser zu halten, zitterten ihre Hände und sie musste schlucken. Sie ging wieder zurück und trank etwas, dann stellte sie das Glas auf den Couchtisch.

»Ich hätte schon früher etwas sagen sollen.« Sie blickte nicht auf. »Ich bin ziemlich sicher, dass ich weiß, wie das Sperma dort hingekommen ist.«

Sheridan und Anna warteten.

»Meine Mutter und Tony haben viel geflirtet. Wahrscheinlich war mir immer klar, dass zwischen den beiden was läuft, ich wollte es nur nicht wahrhaben. Meine Eltern führten die perfekte Ehe, und der Gedanke, dass meine Mutter das alles für eine Affäre mit einem Freund aufs Spiel setzen könnte, ergab einfach keinen Sinn.« Sie trank noch einen Schluck Wasser. »Eines Tages bin ich früher von der Arbeit nach Hause gekommen und sah Mum und Tony aus dem Cottage kommen. Sie hatten mich noch nicht gesehen, deswegen habe ich schnell zurückgesetzt und bin etwas weiter weggefahren, bis sie im Haupthaus verschwunden waren.«

»Warum hätten sie sich im Cottage und nicht im Haus treffen sollen?«

»Die Wahrscheinlichkeit, dass sie im Haus erwischt werden würden, war natürlich größer. Was, wenn mein Vater nach Hause gekommen wäre?«

»Haben Sie sie je zur Rede gestellt?«

»Nein.«

»Haben Sie es jemandem erzählt?«

»Nur Daniel.« Sie sah auf. »Ich habe mir eingeredet, dass sie nichts gemacht haben, aber jetzt weiß ich, dass es anders war. Es tut mir so leid, dass ich vorher nichts gesagt habe. Ich würde nie absichtlich etwas vor der Polizei verheimlichen.«

KAPITEL 72

Montag, 17. Dezember

Hagelkörner schlugen gegen das Fenster, als Anna wach lag. Steve drehte sich um und legte einen Arm über sie. Sie wartete einen Moment ab, bevor sie aus dem Bett glitt und unter die Dusche trat. Erleichtert spürte sie, wie ihr das warme Wasser übers Gesicht rann und die salzigen Tränen wegspülte, die ihr in den Augen brannten.

Als Steve aufgewacht war und herunterkam, war sie bereits angezogen und hielt Ausschau nach Sheridans Wagen.

Sie hatte ihm erzählt, dass die Parkplätze im Hof der Wache neu markiert wurden und sie deshalb alle Carsharing vereinbart hatten. Er hatte ihr angeboten, sie zur Arbeit zu fahren, aber sie hatte ihn davon überzeugt, dass es einfacher wäre, wenn sie mit Sheridan fuhr, da sie nicht wusste, wann sie mit der Arbeit fertig wäre.

Er küsste sie zum Abschied auf die Wange und winkte Sheridan zu. Sie winkte zurück und reckte sich zur Seite, um die Autotür zu öffnen. In dem Moment setzte der Hagel wieder ein. Dicke Körner schlugen auf die Windschutzscheibe.

»Geht es dir gut?«, fragte Sheridan, als sie losfuhren. »Nein, vergiss es. Dumme Frage.«

Anna seufzte. »Hältst du mich für einen schrecklichen Menschen?«

»Nein. Du bist meine Partnerin und meine Freundin, und ich hab dich lieb.«

»Das habe ich nicht gefragt.«

»Ich glaube nicht, dass du ein schrecklicher Mensch bist, denn wenn du das wärst, wärst du nicht meine Freundin.« Sheridan nahm die Hand vom Lenkrad und drückte Annas Schulter.

Den Rest der Fahrt zum Krankenhaus verbrachten sie schweigend. Sheridan saß im Wartezimmer, während Anna drinnen behandelt wurde. Als es vorbei war, fuhren sie zu Sheridan, wo Anna sich aufs Sofa legte und sofort einschlief.

Sheridan machte sich so geräuschlos wie möglich einen Kaffee. Im Wohnzimmer hatte sich Maud mittlerweile unter Annas Arm geschoben, und jetzt lagen die beiden friedlich aneinandergeschmiegt da. Sheridan war klar, dass Anna in der Nacht kaum geschlafen haben konnte, so erschöpft, wie sie am Morgen ausgesehen hatte, als sie ins Auto gestiegen war. Sheridan ließ Anna schlafen, öffnete Jennifers Karton und las noch einmal den letzten Notizblock durch.

KAPITEL 73

Dienstag, 18. Dezember

Hill legte den Hörer auf und marschierte den Korridor entlang in Sheridans Büro, wo sie Sheridan und Anna vorfand.

»An Daniel Parks' Finger konnte keine fremde DNA nachgewiesen werden. Wir sind keinen Schritt weitergekommen. Die Spurensicherung hat in Crosby nichts mehr gefunden. Der Chef wird wollen, dass wir den Fall abwickeln.«

»Aber was ist mit den Motiven für die Morde?«, fragte Anna.

»Wir müssen uns wohl oder übel damit abfinden, dass wir sie nie herausfinden werden.« Hill ließ sich auf den Stuhl neben Anna fallen.

Sheridan lehnte sich zurück. »Das geht mir total gegen den Strich. Wir haben noch so viele Fragen.«

»Das reicht leider nicht aus, um weiterzumachen. Ich weiß, es ist frustrierend, aber manchmal muss man eben akzeptieren, dass man keine Antworten bekommt.«

»Damit kann ich mich nicht zufriedengeben.«

Hill stand auf. »Ich diskutiere das nicht mit Ihnen. Es ist, wie es ist. Fahren Sie zu Jennifer und teilen Sie ihr mit, dass der Fall abgeschlossen ist.« Damit verließ sie den Raum.

»Mist.« Sheridan sah aus dem Fenster. »Wir müssen irgendetwas übersehen haben. Ich weiß es genau.«

In diesem Moment klopfte Dipesh Mois an die Tür. »Entschuldige bitte die Störung, Sheridan. Hier sind die Kopien der Unterlagen, um die du mich gebeten hast.«

»Danke.«

»Was für Unterlagen?«, fragte Anna.

»Jennifer hat alles über die Morde an Daniel und ihren Eltern gesammelt, und ich habe mir die Unterlagen durchgelesen. Ich muss ihr das Original zurückgeben, deswegen habe ich es kopieren lassen.«

Dipesh legte die Kopien auf Sheridans Schreibtisch und ging.

Anna stand auf. »Ich habe einen Termin bei der Spurensicherung. Fahren wir zusammen zu Jennifer, wenn ich zurück bin?«

»Nein, ich fahre alleine.«

KAPITEL 74

Sheridan war auf dem Weg zum Cottage, Jennifers Karton stand auf dem Beifahrersitz. Es war fast zwei Monate her, dass die Leichen von Ronald und Rita Parks gefunden worden waren, und der Fall war verwickelter als alle anderen, an denen Sheridan je gearbeitet hatte.

Sie erinnerte sich an das Gespräch mit Jennifer, in dem ihre Liebe zu Daniel so deutlich zu spüren war. So wie Sheridans Liebe zu ihrem eigenen Bruder Matthew. Beide waren getötet worden, ohne dass man den Grund dafür kannte und ohne dass der Mörder zur Rechenschaft gezogen worden war. Matthew war vor dreißig Jahren ermordet worden. Würde Jennifer ebenso lange leiden müssen wie Sheridan und ihre Familie? Würde sie jemals erfahren, was geschehen war? Würde Gerechtigkeit auch für sie ein Fremdwort bleiben?

Sheridan musste Jennifer gleich erklären, dass sie wahrscheinlich nie das Motiv für den Mord an Daniel oder die Wahrheit über den Tod ihrer Eltern herausfinden würden. Tony Harvey hatte seine Gründe mit sich genommen.

Jennifer war im Vorgarten, als Sheridan vorfuhr. Sie setzten sich im Wohnzimmer an den offenen Kamin. Sheridan ging die Beweise durch und erklärte Jennifer, dass die Polizei davon überzeugt war, dass ihr Vater ihren Bruder und Tony ihre Eltern getötet hatten. Das Einzige, was noch unbeantwortet blieb, war die Frage nach dem Warum.

Sie sprachen über die Möglichkeit, dass Daniel von der Affäre ihrer Mutter mit Tony gewusst hatte. Vielleicht war das der Grund für den Streit mit seinem Vater gewesen. Oder Tony hatte Ronald und Rita ermordet, weil er Angst davor hatte, die Affäre könnte ans Licht kommen. Vielleicht war Helen auch deswegen gesprungen.

Je länger Sheridan sprach, desto unwohler fühlte sie sich. Ihre Vermutungen waren schlicht und einfach nur das: Vermutungen. In Wirklichkeit wusste niemand, warum das alles passiert war, und das war natürlich nicht genug. Aber die Dienstanweisung war klar: Sie mussten den Fall abschließen. Nur wenn es neue Indizien gab, konnten sie die Ermittlungen wieder aufnehmen.

Sheridan hatte das Gefühl, Jennifer im Stich zu lassen. »Es tut mir leid, dass so viele Fragen offen bleiben.«

»Ich möchte jetzt mal ganz ehrlich zu Ihnen sein. Manchmal hatte ich Zweifel daran, ob mein Vater wirklich unschuldig war.« Jennifer warf einen Blick auf den Karton mit ihren Unterlagen. »Aber ich wollte es nicht wahrhaben. Ich habe beim Prozess zu ihm gehalten, weil er Mum und mir geschworen hat, dass er nichts mit Daniels Tod zu tun hat. Ich musste ihm einfach glauben. Vielleicht hatte er einen Wutanfall und war nicht bei sich. Oder es war einfach nur ein Unfall. Vielleicht hatte er gar nicht vor, ihn zu töten.« Sie sah Sheridan direkt an. »Sie haben neulich zu mir gesagt, dass man manchmal glaubt, jemanden zu kennen, aber dann stellt sich heraus, dass man ihn doch nicht kannte. Tony hat mir bewiesen, wie recht Sie hatten.« Sie seufzte. »Und das war's jetzt?«

»Offiziell ja. Aber ich gebe nicht auf. Ich muss herausfinden, *warum* Daniel und Ihre Eltern ermordet wurden.«

Jennifer sah sie verwirrt an. »Sie bleiben also am Ball?«

»Ja.« Sheridan nickte. »Ich kann Ihnen nichts versprechen, Jennifer, aber ich tue, was ich kann.«

»Danke.«

»Sie brauchen sich nicht bei mir zu bedanken.«

»Haben Sie eine Familie?«, fragte Jennifer.

»Eine Partnerin, Mum und Dad. Keine Kinder.«

»Was ist mit Geschwistern?«

Sheridan zögerte, bevor sie antwortete: »Ich hatte einen Bruder.«

»Sie hatten einen Bruder?«

»Er starb, als er zwölf war.«

»Das tut mir sehr leid.« In Jennifers Stimme lag Mitgefühl. »Woran ist er gestorben, wenn ich fragen darf?«

Sheridan atmete ein. »Er wurde ermordet.«

»O Gott. Das tut mir so leid. Wurde der Täter gefasst?«

»Nein. Noch nicht.«

Es war offensichtlich, dass Jennifer gerne noch weitergefragt hätte, aber stattdessen saßen sie schweigend da. Als Sheridan aufstand, um zu gehen, gab Jennifer ihr die Hand.

»Sie waren eine unglaubliche Hilfe. Vielen Dank. Bitte geben Sie das auch an Anna weiter.«

»Mache ich. Wir bleiben in Kontakt. Ich gebe nicht auf, bis ich weiß, warum das alles passiert ist.«

KAPITEL 75

Weihnachten

Sam stand schweigend da, als Rosie und Brian Holler einen weihnachtlichen Kranz auf Matthews Grab legten. Der Boden war mit Raureif bedeckt, und das Gras knirschte unter ihren Füßen.

»Frohe Weihnachten, Matthew«, sagte Rosie und legte ihre Hand auf den Grabstein.

Sam musste unwillkürlich lächeln. Sie spürte die Liebe zu dem Jungen, den sie nie kennengelernt hatte, als sie Sheridan und ihren Eltern dabei zusah, wie sie sich um das Grab kümmerten. Fast als würden sie Matthew ins Bett bringen.

Sam schaute sich auf dem Friedhof um. Heute waren auch andere Menschen da, die um ihre Söhne und Töchter, Eltern und Großeltern, Männer und Frauen, Freunde und Freundinnen trauerten. In einiger Entfernung stand eine Frau mit gesenktem Kopf, deren Umrisse im Morgennebel verschwammen.

Etwas später ging sie in Richtung Friedhofstor. Sam wollte nicht neugierig sein und wandte sich wieder Sheridan und ihren Eltern zu. Sheridan hockte vor dem Grabstein und ordnete die kleinen Deko-Objekte neu an, die sein Grab schmückten. Als die Frau vorbeiging, sah Sheridan auf, senkte den Kopf aber sofort wieder.

Sie stand auf und flüsterte Sam zu: »Das war meine Chefin.«

Sam runzelte die Stirn. »Du meinst Hill?«

»Ja, genau.«

»Sie stand eben noch an einem Grab da drüben.« Sam nickte in die Richtung, aus der Hill gekommen war.

»An welchem?«, fragte Sheridan, und nachdem sie sich vergewissert hatten, dass Hill den Friedhof verlassen hatte, gingen sie zu dem Grab hinüber, an dem sie gestanden hatte.

Sheridan las die Worte, die auf dem weißen Grabstein eingraviert waren. Dann sah sie Sam an.

»O mein Gott.«

KAPITEL 76

Donnerstag, 1. Mai 2008

In den letzten Monaten hatte Sheridan zahlreiche Fälle zu bearbeiten gehabt. Ihr Team und sie waren völlig überarbeitet. Es gab kaum einen ruhigen Tag, aber sobald Sheridan etwas Luft hatte, kehrte sie zum Fall Parks zurück. Sie kannte jedes Beweisstück bis ins kleinste Detail und konnte jede Aussage praktisch auswendig aufsagen. Der Fall beschäftigte sie, wann immer sie ihm Raum dafür gab. Alle zwei Wochen rief sie Jennifer gewissenhaft an, um ihr zu versichern, dass sie zwar nicht weitergekommen war, aber trotzdem nicht aufgeben würde. Es musste einen Grund für all das geben, und eines Tages würde sie ihn herausfinden. Jedes Mal, wenn sie miteinander sprachen, hörte sie den leisen Zweifel in Jennifers Stimme. Aber das stachelte Sheridan nur noch mehr an.

Jennifer hatte mehrere Immobilienmakler kontaktiert und sich schließlich für einen entschieden, der sich weniger für die Umstände rund um den Tod ihrer Eltern zu interessieren schien als für den Verkauf des Anwesens. Er hieß Martin Pole und kam noch nicht einmal auf die Morde zu sprechen, als er mit Jennifer in der Küche saß und an einer Tasse Tee nippte. Er nahm sich zwei Stunden Zeit, um Haus und Cottage zu besichtigen, und prahlte mit seinem Ruf, der beste Makler in der Gegend zu sein. Er war zuversichtlich, das Anwesen schnell verkaufen zu können. Als er damit fertig war, sich selbst und seine Großartigkeit zu loben, nutzte Jennifer die Gelegenheit, um zu erwähnen, dass ihre gesamte Familie ermordet worden war. Glaubte er, dass dies den Verkauf beeinflussen würde? Statt einer Antwort erzählte Pole ihr, dass er vor vielen Jahren ein Haus verkauft hatte, dessen Eigentümer erhängt auf dem Dachboden gefunden worden war. Und als die Polizei das Grundstück durchsuchte, fand sie die Überreste seiner Frau, im Garten verscharrt.

Jennifer hörte mit halbem Ohr zu, wie er mit seinen zwanzig Jahren Berufserfahrung in diesem Geschäft angab, als sie sich einen Weg durch die Brombeeren bahnten und zur Lichtung hinter dem Cottage kamen, von wo aus er die fünf Hektar Land bewunderte.

»Ich würde es selbst kaufen, wenn ich es mir leisten könnte«, sagte er. »Dass es eine Geschichte hat, würde mich nicht stören.« Er zog vorsichtig einen Dorn aus seiner Hose.

»Ich will nicht hier sein, wenn Sie Leute herumführen«, sagte Jennifer und blickte in die hohen Bäume.

»Kein Problem, das ist mein Job. Ich gehe davon aus, dass die Polizei hier nicht irgendwann nach der Leiche Ihres Bruders buddeln wird?«, fragte er wie nebenher.

»Nein. Das haben sie schon gemacht, als er verschwunden ist«, antwortete sie. Dass er die Frage so direkt stellte, stieß sie vor den Kopf.

»Gut. Dann wollen wir uns mal weiter umsehen, was?« Grinsend latschte er auf den Wald zu. »Hier wäre aber wirklich ein guter Ort, um eine Leiche verschwinden zu lassen.« Er hielt kurz inne, um genießerisch die Waldluft einzuatmen.

Jennifer antwortete nicht. Sie erinnerte sich daran, wie hier alles abgesucht worden war. Polizisten hatten unter umgestürzten Bäumen gesucht und den Wald nach Anzeichen durchforstet, ob irgendwo gegraben worden war.

Pole schaute sie an. »Verzeihung. Ich rede manchmal drauflos, bevor ich nachdenke. Ich bin sicher, dass es hier keine Leichen gibt.« Er grinste sie entschuldigend an.

Jennifer ging zurück zum Cottage, sodass er sich in Ruhe weiter umsehen konnte.

Nachdem er das ganze Grundstück inspiziert hatte, schlenderte er zu dem großen umgestürzten Baum hinter dem Cottage und setzte sich darauf. Er atmete die frische Luft ein und ließ die Schönheit des Ortes auf sich wirken. Ein Stück Rinde löste sich unter seinem Gewicht. Er zog es geistesabwesend ab und schnippte es auf den Boden.

Martin Pole wusste, dass er die Immobilie problemlos verkaufen konnte.

Er wusste nicht, was unter seinen Füßen begraben lag, eingewickelt in ein weißes Handtuch.

Und Jennifer wusste es auch nicht.

KAPITEL 77

Sam klappte schnell ihren Laptop zu, als Sheridan mit einem Handtuch um die nassen Haare in die Küche kam.

»Ist dir klar, wie verdächtig das aussieht?« Kopfschüttelnd stellte Sheridan ihren kalten Kaffee in die Mikrowelle.

»Ich verfolge die Lieferung eines Geburtstagsgeschenks für dich. Falls ein Paket ankommt, darfst du es nicht öffnen.«

Sheridan schlang die Arme um Sams Hals. »Ein Porsche?«

»Du hast es erraten! Das war's also mit der Überraschung.« Sam hob die Hände und verdrehte die Augen.

Sheridan umarmte sie. »Sage ich dir eigentlich oft genug, dass ich dich liebe?«

»Nein.« Sam grinste.

»Ist aber so. Ich liebe dich *wirklich*.«

»Ich liebe dich auch, aber ich schenke dir trotzdem keinen Porsche zum Geburtstag.«

Sheridan ließ die Arme sinken und guckte Sam groß an. »Wirklich nicht? Dann muss ich über die Sache mit der Liebe noch mal nachdenken.«

Im gleichen Moment kam eine Nachricht von Anna: Habt ihr beide Lust auf einen Drink heute Abend nach der Arbeit?

Sie las Sam den Text vor und tippte: Es ist 7 Uhr morgens und du denkst schon an Alkohol, schäm dich! Ja, wir trinken gerne was mit euch.

Ich bin allein, Steve arbeitet auswärts.

Alles klar. Wir sehen uns ja gleich bei der Arbeit. Du kannst mir einen sündhaft teuren Latte auf den Schreibtisch stellen. Nur wenn's passt. Bitte. Danke.

* * *

Um siebzehn Uhr schaltete Sheridan den Computer aus, zog den Reißverschluss ihrer Jacke zu und schlenderte in Annas Zimmer. »Gehen wir? Sam trifft uns dort.«

»Ja, super.«

Im Pub war es noch ruhig. Sheridan suchte einen Tisch am Fenster aus und sah auf ihr Handy, während Anna zur Bar ging, um die Getränke zu holen. Dann drehte sich ihr Gespräch um Hill.

»Wir wissen immer noch nicht, wie sie wirklich heißt?«, fragte Anna.

»Vielleicht *ist* Hill ihr richtiger Name. Manche Leute nennen ihre Kinder River oder Fountain.«

»Eigentlich mag ich solche Namen. Ich wollte immer Storm heißen.«

»Storm Markinson.« Sheridan lachte laut auf und verschluckte sich fast an ihrem Drink. »Was wäre ein guter Name für mich?«

Anna legte den Kopf schief, musterte sie von oben bis unten und antwortete: »Hippy.«

»Hippy Holler?« Sheridan konnte gerade noch ihr Glas abstellen, bevor sie beide so laut lachten, dass sich das junge Paar an der Bar zu ihnen umdrehte.

Anna stand abrupt auf. »Ich muss zur Toilette! Ich habe mir gerade ein bisschen in die Hose gemacht.«

* * *

Als sie kurz darauf aus der Toilette kam, bemerkte sie, dass irgendetwas auf der Straße passiert war. Neugierig ging sie hinaus und sah, wie ein paar Leute auf die Fahrbahn rannten. Ein Auto stand schräg auf der Straße, auf dem Boden lag eine junge Frau. Anna drängte sich durch die Menschenmenge und fragte, ob jemand einen Krankenwagen gerufen hatte, bevor sie sich hinkniete und der Frau vorsichtig eine lange Haarsträhne aus dem Gesicht strich. Ihre Augen weiteten sich. Sie sprang auf. »Nicht anfassen! So liegen lassen!«, rief sie, rannte in den Pub und winkte verzweifelt nach Sheridan.

»Was ist los?«, rief Sheridan.

»Komm schnell! Es ist Sam!«

* * *

Anna joggte so schnell sie konnte zur Wache, um ihr Auto zu holen. Dann manövrierte sie sich mit allen möglichen Abkürzungen durch den dichten Verkehr. Eine Viertelstunde später parkte sie vorm Krankenhaus und rannte in die Notaufnahme, wo sie sich nach Sheridan umsah.

»Anna«, hörte sie Sheridan hinter sich rufen.

»Was ist? Wie geht es ihr?« Anna nahm Sheridan in die Arme und hielt sie fest.

»Ich weiß es nicht, sie haben sie sofort durchgeschoben.«

Sie hatten schon eine Stunde im Wartebereich gesessen, als ein Arzt Sheridans Namen aufrief. »Ich bin Sheridan Holler, wie geht's ihr?«

»Sind Sie eine Angehörige?«

»Ja, ich bin ihre Partnerin. Wie geht's ihr?« Sheridan stiegen Tränen in die Augen.

»Sie hat eine leichte Kopfverletzung vom Aufprall auf den Boden nach Kontakt mit dem Auto und eine Handgelenksfraktur. Außerdem einige Hämatome und leichte Abschürfungen. Aber sie ist in guter Verfassung.«

»Können wir zu ihr?«

Der Arzt sah Anna an. »Sind Sie auch eine Verwandte?«

Sheridan hakte Anna unter. »Ja. Sie ist meine Schwester.«

Der Arzt lächelte freundlich. »Gut, dann kommen Sie mit, sie ist ein bisschen groggy, aber wach.«

Als der Arzt den Vorhang beiseitezog, drehte Sam den Kopf zu ihnen und lächelte müde. »Hey, Süße.«

»Hey, du.« Sheridan beugte sich über sie und küsste sie sanft auf die Lippen.

Sam war heiser und sie konnten ihre Worte schlecht verstehen. Ihre Augen sahen ein wenig glasig aus. »Hallo, Anna, wie geht's dir?«

Anna grinste. »Wie's mir geht? Gut. Ich freue mich, dass du einigermaßen okay bist. Du hast deine Frau ganz schön nervös gemacht.«

»Kannst du Maud füttern?«, fragte Sam.

Sheridan nahm Sams Hand. »Mach dir keine Sorgen um Maud. Ich bitte Joni, nach ihr zu sehen. Ruh dich einfach aus.«

»Was? Wir wollten doch in den Pub.« Sam hob den Kopf und runzelte die Stirn.

»Ja, wenn es dir wieder besser geht.«

»Na gut.« Sam ließ den Kopf aufs Kissen sinken. »Aber du schnappst ihn dir.« Sie schloss die Augen.

»Wen schnappe ich mir, Liebling?«

»Das Arschloch, das mich geschubst hat.«

KAPITEL 78

Es war bereits Mitternacht, als Sheridan nach Hause kam. Als sie in der Einfahrt parkte, öffnete Joni ihr die Haustür mit dem kleinen Kater Newman auf dem Arm.

»Wie geht es ihr?«, fragte Joni besorgt.

»Sie muss noch im Krankenhaus bleiben, aber sie wird wieder. Oh, das ist also Newman? Hat Maud schon versucht, ihn abzumurksen?«, fragte sie und streichelte ihm den Kopf.

Maud saß unter dem Küchentisch zwischen den Überresten eines Jaffa Cakes.

»Noch nicht. Im Gegenteil, sie verstehen sich bestens.« Joni setzte Newman ab und stellte den Wasserkocher an.

»Vielen Dank, dass du dich um Maud gekümmert hast. Musst du nach Hause oder willst du hier übernachten?«

»Ich würde gerne hierbleiben, wenn das in Ordnung ist, und morgen früh mit dir ins Krankenhaus fahren.«

»Guter Plan.« Sheridan setzte sich an den Küchentisch und rieb sich das Gesicht.

»Bist du okay?«

»Nicht wirklich. Es war so schrecklich, Sam auf der Straße liegen zu sehen.«

»Das kann ich mir vorstellen. Wie ist das passiert? Ist sie ausgerutscht?« Joni drückte Sheridan die Schulter.

»Sie hat gesagt, sie sei geschubst worden. Aber als die Kollegen mit ihr gesprochen haben, konnte sie sich nicht erinnern, das gesagt zu haben. Wir sehen uns die Videoaufzeichnungen an und finden hoffentlich raus, was wirklich passiert ist.«

»Und der Typ, der sie angefahren hat, war der betrunken?«

»Nein. Er war nüchtern und völlig von den Socken.«

Sie unterhielten sich noch eine Weile, während Maud und Newman sich kennenlernten und mit hundert Stundenkilometern durchs Haus jagten.

»Oh, für dich ist ein großer Umschlag angekommen«, sagte Joni. »Ich habe ihn in den Schrank unter der Treppe gelegt, weil Maud versucht hat, das Klebeband abzuziehen. Sie dachte wohl, er sei für sie.«

»Wahrscheinlich etwas, was Sam für meinen Geburtstag bestellt hat. Peng, da geht sie hin, die Hoffnung auf einen Porsche.« Sheridan versuchte zu lächeln, aber sie hätte am liebsten geweint. Die Ärzte hatten ihr zwar versichert, dass Sam wieder ganz gesund werden würde, aber sie wurde das Bild nicht los, wie Sam verletzt und hilflos auf der Straße gelegen hatte. Als Joni bemerkte, dass Sheridan gleich die Fassung verlieren würde, nahm sie sie in den Arm.

»Ich weiß nicht, was ich täte, wenn ich sie verlieren würde.«

»Glaub mir, Sam wird ewig leben. Nur, um alle zu ärgern«, sagte Joni und entlockte Sheridan dann doch ein Lächeln.

* * *

Am nächsten Morgen fuhren sie ins Krankenhaus, stiegen aus dem Aufzug und gingen auf die Station. Sam lag im Bett und schlief tief und fest. Joni machte sich auf die Suche nach

Stühlen. Als Sheridan Sam sanft auf die Stirn küsste, öffnete sie langsam die Augen und blinzelte ins grelle Licht.

»Tut mir leid, ich wollte dich nicht wecken.« Sie nahm Sams Hand.

»Ich bin froh, dass du mich geweckt hast. Geht es dir gut?« Sam lächelte. »Sie haben gesagt, dass ich heute nach Hause darf.«

»Großartig. Joni ist hier, sie wollte dich unbedingt sehen.«

»Ich will sie verarschen, machst du mit?« Hinter Sheridan sah sie Joni mit einem Stuhl unter dem Arm auf sie zukommen.

Sam zwinkerte Sheridan zu, setzte sich etwas auf und lächelte Joni freundlich an. »Danke, Schwester.«

Joni stellte den Stuhl stirnrunzelnd ab. »Hey, Sam.«

»Verzeihen Sie bitte. Ich weiß, dass ich nervig bin, aber könnten Sie mir noch etwas Wasser bringen?«

Joni sah von Sheridan zu Sam. »Ich gebe einer Schwester Bescheid.«

»Oh, entschuldigen Sie bitte, ich wusste nicht, dass Sie Ärztin sind. Sie waren doch gestern Abend auch hier, oder etwa nicht?« Sam setzte eine verwirrte Miene auf.

»Süße, das ist Joni.« Sheridan setzte sich auf den Stuhl und versuchte, ernst zu bleiben, als sie sich an Joni wandte: »Sie haben mich gewarnt, dass Sam etwas durcheinander sein könnte. Wegen der Kopfverletzung, aber auch wegen der Schmerzmittel.«

Joni nickte. »Ja, das hat nichts zu bedeuten, das habe ich in meinem Kurs über Kopfverletzungen gelernt. Ich gehe einen zweiten Stuhl suchen.«

Sam und Sheridan grinsten sich an.

»Wie lange willst du das durchziehen?«, flüsterte Sheridan.

»Solange ich kann.«

Joni kam zurück und begann zu erzählen, wie Sam und sie sich als Kinder in der Schule kennengelernt hatten, wie sie gemeinsam in die Ferien gefahren waren und zusammen in Jonis Wohnung in Crosby gewohnt hatten. Von langen Nächten in Liverpool, in denen sie betrunken mit Taxis durch die Gegend gefahren waren. Sam machte ein verwirrtes Gesicht und schüttelte den Kopf. Schließlich hob sie den Zeigefinger.

»Moment mal, jetzt erinnere ich mich an etwas.«

»Wirklich? Das ist gut. Woran denn?«, fragte Joni eifrig.

»Daran, wie leichtgläubig du bist.«

Joni schoss hoch. »Du bist so eine miese kleine Ratte!«

KAPITEL 79

Nachdem Sheridan nach Sam gesehen hatte, die noch schlief, schlich sie die Treppe hinunter. Maud war nicht von Sams Seite gewichen, seit sie vor ein paar Stunden nach Hause gekommen waren, und schnarchte laut am Fußende des Bettes.

Sheridan machte sich einen Kaffee und ließ sich auf den Sessel fallen. Als ihr Handy klingelte, ging sie flüsternd ran.

»Hi, sind Sie das, Sheridan?«

»Ja, wer ist da?«

»Hier ist Andy von der Verkehrsabteilung. Wir haben uns die Aufzeichnung in der Nähe des Unfallortes angesehen. Wie geht es Sam eigentlich?«

»Gut, danke.«

»Das freut mich. Die schlechte Nachricht ist, dass die Kamera ziemlich weit vom Unfall entfernt ist, aber man kann ihn sehen. Obwohl die Straße ziemlich voll ist. Im Moment vor dem Unfall sind ganz schön viele Leute an Sam vorbeigegangen, es kann schon sein, dass jemand sie angerempelt hat. Aber ich habe nichts gesehen, was darauf hindeutet, dass sie auf die Straße gestoßen wurde.«

»Kann man erkennen, ob sie gestolpert ist?«

»Nicht wirklich. Soweit ich das beurteilen kann, gehen die Leute an ihr vorbei. In einer Sekunde ist sie auf dem Bürgersteig, und in der nächsten ist sie auf der Fahrbahn und wird vom Auto erfasst.«

Sheridan schloss die Augen. »Okay, danke. Kann ich Sie um einen großen Gefallen bitten? Können Sie mir eine Kopie des Überwachungsvideos besorgen?«

»Mache ich. Aber das bleibt unter uns, ja?«

»Ja, natürlich. Tausend Dank, Andy.«

Kaum hatte Sheridan das Gespräch beendet, klingelte es an der Tür. Sie war sehr überrascht, als Hill mit einem großen Blumenstrauß vor der Tür stand. Maud kam die Treppe herunter, um die Lage zu prüfen, und reckte sich vor der letzten Stufe.

»Ich will gar nicht reinkommen«, sagte Hill. »Ich weiß nur, dass man bei solchen Anlässen Blumen vorbeibringen soll.« Sie hielt Sheridan den Strauß hin. »Wie geht es ihr?«

Sheridan lächelte und trat einen Schritt zurück. »Gut. Die sind wunderschön, vielen Dank.«

»Okay. Rufen Sie mich an, wenn Sie etwas brauchen.« Sie streckte den Daumen hoch und wandte sich zum Gehen.

»Hill«, rief Sheridan ihr nach. »Das Wasser hat gerade gekocht.«

Hill folgte ihr in die Küche und stand mit verschränkten Armen da, ohne Maud zu beachten, die an ihren Schuhen schnüffelte.

»Ich kann die Katze in den Wintergarten sperren, wenn sie Sie stört. Ich weiß, dass Sie Katzen überhaupt nicht mögen.«

»Nein, ist schon in Ordnung.« Hill zog einen Stuhl unter dem Esstisch hervor und setzte sich. Dann schaute sie sich in der Küche um und entdeckte ein Schwarz-Weiß-Foto an der Wand, auf dem sie Sheridan als Mädchen erkannte, das neben einem kleinen Jungen stand. Hinter ihnen lächelten zwei stolze Eltern.

»Ist das Ihr Bruder?« Hill nahm einen Becher Kaffee entgegen und deutete mit dem Kopf auf das Bild.

»Ja.« Sheridan holte einen Jaffa Cake aus dem Schrank und lockte Maud damit ins Wohnzimmer, bevor sie sich Hill gegenübersetzte.

»Er ist auf dem Friedhof in Birkenhead begraben.« Sheridan spürte, wie ihr das Blut in die Wangen stieg. Sie hatte Hill nicht gesagt, dass sie sie Weihnachten dort gesehen hatte. Aber ein paar Wochen später war sie hingefahren, um die Inschrift auf dem Grabstein noch einmal zu lesen:

»Ralph Knowles
2. März 1956 – 17. August 1983
Geliebter Ehemann und Vater
Alison Knowles
1. Mai 1977 – 17. August 1983
Abigail Knowles
1. Mai 1977 – 19. August 1983
Beide in Papas Armen geborgen«

Hill presste die Kiefer aufeinander und sprang auf. »Gut. Wie auch immer, ich muss los. Rufen Sie mich an, wenn Sie etwas brauchen.«

»Wir waren am ersten Weihnachtstag dort.« Sheridan blieb sitzen, blickte auf ihren Kaffee und erwartete halb, dass Hill ohne ein weiteres Wort gehen würde. Stattdessen setzte sie sich wieder und trommelte mit den Fingern auf den Tisch.

Keine von ihnen sagte etwas; das einzige Geräusch kam vom Ticken der Küchenuhr. Sheridan trank einen Schluck Kaffee und warf einen verstohlenen Blick auf Hill. Sie sahen sich an, und dann sprach Hill.

»Sie sind bei einem Autounfall an meinem sechsundzwanzigsten Geburtstag gestorben. Ralph wollte mit den Mädchen eine Torte abholen. Er ist einer Katze ausgewichen und frontal mit einem anderen Auto zusammengestoßen. Ralph und Alison waren auf der Stelle tot. Abigail ist zwei Tage später gestorben.« Sie schluckte. »Ich spreche nie darüber, und ich würde es begrüßen, wenn *Sie* es auch nicht täten.«

»Natürlich nicht«, erwiderte Sheridan leise. Sie war verblüfft, dass Hill es ihr überhaupt erzählt hatte.

»Und glauben Sie bloß nicht, dass wir jetzt eine besondere Verbindung hätten. Haben wir nicht.« Sie stand auf. Unmittelbar vor der Haustür blieb sie stehen.

»Ich bin wütend, Sheridan. Ich bin auf alles wütend, und ich komme nicht darüber hinweg. Ich hätte mit ihnen im Auto sitzen sollen, dann wären wir alle zusammen gegangen. Wir waren so glücklich. Wenn ich jetzt morgens aufwache, überlege ich meistens, warum ich mein Leben nicht beenden soll. Das Einzige, was mich davon abhält, ist der Job.« Und damit ging sie hinaus.

KAPITEL 80

Sonntag, 11. Mai

Als er Anna ins Gesicht schlug, schrie sie auf vor Schmerz. »Stopp!« Instinktiv stieß sie Steve weg und rannte aus dem Zimmer.

»Anna, es tut mir leid.« Er folgte ihr die Treppe hinauf. Sie blieb auf halber Höhe stehen und drehte sich zu ihm um.

»Es ist vorbei, Steve. Ich will, dass du gehst.« Sie lief ins Schlafzimmer, riss die Schranktür auf und warf seine Kleidung aufs Bett.

»Können wir nicht darüber reden? Ich brauche Hilfe, und du wirfst mich raus?« Er wollte sie an den Armen packen, aber sie schüttelte ihn ab und warf ihm einen Stapel Hemden zu.

»Du hast mich zum letzten Mal geschlagen. Und wenn du nicht sofort gehst, rufe ich die Polizei und zeige dich an. Ich meine es ernst.« Ihre Stimme zitterte vor Wut.

Eine halbe Stunde später sah sie aus dem Fenster, wie er den Kofferraum zuknallte, die Autotür aufriss und viel zu schnell davonfuhr. Sie blieb zitternd am Fenster stehen. Idiotischerweise dachte sie kurz daran, ihn anzurufen, aber dann klingelte ihr Telefon. Es war Sheridan.

»Hi«, antwortete sie und versuchte verzweifelt, fröhlich zu klingen.

»Alles Gute zum Geburtstag, alles Gute zum Geburtstag, alles Gute zum Geburtstag, liebe Sheridan.«

Anna setzte sich aufs Bett. »Alles Gute zum Geburtstag.«

»Sam hat einen Geburtstagskuchen gebacken, und ich brauche Steve und dich. Ihr müsst mir helfen, ihn die Toilette runterzuspülen.«

Anna brachte ein falsches Lachen zustande. »Bin in einer Stunde da.« Sie legte das Handy weg und stützte den Kopf in die Hände.

* * *

Anna stand mit einer Karte und einer Flasche Champagner unter dem Arm vor Sheridans Tür.

»Wo ist Steve?« Sheridan sah an ihr vorbei.

Wenn sie Sheridan jetzt erzählte, dass sie Steve rausgeworfen hatte, würde sich alles um sie drehen, und es war Sheridans Geburtstag. Sie würde den richtigen Moment abpassen.

»Er muss arbeiten. Es tut ihm leid, und er wünscht dir alles Gute zum Geburtstag.« Sie folgte Sheridan in die Küche, umarmte Sam und erblickte einen außerordentlich seltsamen Geburtstagskuchen auf dem Tisch.

Sam bemerkte ihren Gesichtsausdruck und erklärte: »Ja, der sollte wie ein Paar Handschellen aussehen, aber ich habe die Zutaten durcheinandergebracht und er ist zu sehr aufgegangen. Jetzt sieht das Ganze aus wie zwei Titten.« In ihrer Stimme lag eine Mischung aus Enttäuschung und Stolz.

Anna grinste Sheridan an. »Du hast einen Tittenkuchen zum Geburtstag bekommen.«

Kurze Zeit später kamen Joni, Rosie und Brian an. Sie setzten sich ins Wohnzimmer, wo Sheridan ihre Geschenke öffnete. Alle probierten Sams Kuchen, den sie in Stücke geschnitten hatte, um seine eigentümliche Form vor Sheridans Eltern zu verbergen. Maud amüsierte sich prächtig und nahm gnädig die Kuchenbröckchen an, mit denen sie gefüttert wurde, wenn Sam nicht hinsah.

Als Sheridan mit dem Aufräumen begann, kam Sam hinter ihr in die Küche und küsste sie auf den Nacken.

»Tut mir leid wegen des Kuchens. Aber er hat doch gut geschmeckt, oder? Sie haben ihn jedenfalls alle gegessen.«

Sheridan drehte sich um und küsste sie auf die Nase. »Er war köstlich, Liebling.«

»Soll ich jedem ein Stück mit nach Hause geben?«

»Nein.«

Joni kam mit leeren Tellern und Tassen in die Küche. »Und? Was war in dem Umschlag?«, fragte sie und ließ Wasser in die Spülschüssel.

»Was für ein Umschlag?«, fragte Sheridan, hob Maud hoch und zupfte ihr die Kuchenkrümel aus dem Fell.

»Der angekommen ist, als unsere Top-Bäckerin angefahren wurde.«

»Oh, stimmt ja. Das habe ich total vergessen.« Sheridan hob die Augenbrauen und warf Sam einen Blick zu, die völlig verwirrt aussah.

»Ich habe keine Ahnung, wovon ihr sprecht.«

Sheridan setzte Maud ab, öffnete den Schrank unter der Treppe und nahm den Umschlag heraus, den Joni dort hineingelegt hatte. Er war an sie adressiert, nicht an Sam.

»Das habe ich nicht bestellt. Du hast alle deine Geschenke bekommen.« Sam runzelte die Stirn.

Sheridan nahm eine Schere aus der Küchenschublade und schnitt vorsichtig das dicke braune Klebeband durch. Sie zog ein Blatt Papier heraus und las es durch.

Anna kam herein, um zu sehen, was los war. Rosie und Brian waren auf dem Sofa eingenickt.

»Leute, könnt ihr Anna und mich kurz allein lassen?«, fragte Sheridan.

»Was ist denn?«, fragte Sam.

»Nichts. Ich muss nur kurz mit Anna sprechen.«

Joni und Sam gingen ins Wohnzimmer und schlossen die Tür hinter sich.

»Holst du mir ein Paar Gummihandschuhe? Die sind unter dem Waschbecken. Die Plastikbeutel findest du in der Schublade da drüben.«

»Was ist?«, fragte Anna, als sie Sheridan die Handschuhe und den Plastikbeutel gab.

Sheridan ließ den Zettel vorsichtig in den Beutel gleiten, reichte ihn Anna und wartete auf deren Reaktion.

Anna las den Zettel. »Verdammte Scheiße. Wir müssen Hill anrufen und sofort aufs Revier fahren.«

KAPITEL 81

Hill eilte die Treppe hinauf und ging direkt in Sheridans Büro. Sheridan und Anna warteten schweigend, während sie die Notiz las.

Ich verrate Ihnen nicht, wer ich bin, es ist auch nicht wichtig. In dem Umschlag befindet sich eine DVD. Bitte sehen Sie sich diese an. Daniel Parks hat sie mir anvertraut und mich gebeten, sie der Polizei zu übergeben, falls ihm etwas zustoßen sollte. Ich habe jetzt erst erfahren, dass Daniel im Januar letzten Jahres ermordet wurde, und entschuldige mich dafür, dass ich Ihnen den Umschlag erst jetzt zukommen lasse.

Ich wollte ihn nicht an die Polizeiwache schicken, weil ich Angst hatte, dass Sie ihn dann vielleicht nicht erhalten. Deshalb habe ich ihn an Ihre Privatadresse geschickt. Ich habe in der Zeitung gelesen, dass Sie die zuständige Ermittlerin für den Fall Daniel Parks sind.

Ich will Ihnen nichts tun. Machen Sie sich keine Sorgen darüber, dass ich weiß, wo Sie wohnen.

Soweit mir bekannt ist, handelt es sich bei der DVD um das Original. Es gibt keine Kopien.

Ich habe es mir nicht angesehen, weil Daniel mich darum gebeten hat und ich sein Vertrauen niemals missbrauchen könnte.

Mit freundlichen Grüßen

»Das muss in die Forensik.« Hill gab Sheridan den Brief zurück und zog sich Handschuhe über, um die DVD aus dem Umschlag zu nehmen. Dann schob sie die DVD in den Schlitz des Geräts und drückte auf »Play«.

Die drei saßen schweigend nebeneinander. Sie konnten kaum glauben, was sich vor ihren Augen abspielte.

An einer Stelle drückte Sheridan auf die Pausentaste und starrte auf die entsetzliche Szene auf dem Bildschirm. Als es endlich zu Ende war, sackte sie in sich zusammen.

»Verdammte Scheiße.«

Anna blies laut die Luft aus den Backen. »Wisst ihr, was ich glaube? *Das* ist der Grund für den Mord an Daniel.«

KAPITEL 82

Am nächsten Morgen berichtete Sheridan dem Kripoteam, was Hill, Anna und sie auf der DVD gesehen hatten. Im Cottage musste eine Kamera installiert worden sein. Daniel war zur Zeit der Aufnahme im frühen Teenageralter, sie war also vor rund zehn Jahren entstanden.

Sein frisches, unschuldiges Gesicht war schmerzverzerrt, als Tony Harvey ihm die Hände hinter dem Rücken mit Kabelbindern fesselte. Bevor er ihn vergewaltigte.

Auf der linken Seite des Bildschirms war Ronald Parks zu sehen, wie er nackt mit Helen Harvey auf einem abgenutzten Sofa lag. Rita Parks kippte lachend einen Drink hinunter.

Dann stand sie auf und ging an der Kamera vorbei aus dem Bild. In der Ecke des Bildschirms war ihr nacktes Bein zu sehen. Dreißig Sekunden später erschien sie wieder, nippte an einem Glas Wein und wuschelte ihrem Sohn Daniel beim Vorübergehen durch die Haare, bevor sie sich aufs Sofa setzte und von dort aus zusah.

Als Ronald mit Helen fertig war, stand er auf, um sich an Daniel zu vergehen. Die beiden Frauen saßen da und schauten zu.

Tony ging auf die beiden Frauen zu, zerrte Rita am Arm hoch und drehte sie um, bevor er ihre Hände hinter dem Rücken mit einem Kabelbinder festzurrte und sie vornüberbeugte. Helen schaute grinsend zu. Kurz vor dem Ende der Aufnahme sah man Ronald über den Holzboden auf die Kamera zulaufen. Er vergewisserte sich schnell, dass die anderen nicht hinsahen, dann schaltete er die Kamera aus.

Sheridans Team bestand aus erfahrenen Leuten, die an die Grausamkeiten dessen, was Menschen einander antaten, gewöhnt waren. Aber es war offensichtlich, dass ihnen Sheridans Bericht unter die Haut ging.

Hill stand auf. »Es sieht so aus, als hätte Daniel diese Aufnahme gefunden und möglicherweise damit gedroht, sie zu veröffentlichen. Das könnte Ronalds Mordmotiv gewesen sein. Möglicherweise ging es bei dem Streit in der Nacht, in der Daniel getötet wurde, um diese Aufnahme. Das würde erklären, warum Ronald behauptet hat, er könne sich nicht daran erinnern, worüber sie gestritten hätten. Er konnte ja schlecht sagen, dass er seinen eigenen Sohn vergewaltigt hatte. Oder über die anderen Dinge sprechen, die wir auf der Aufnahme gesehen haben.«

Die Anwesenden nickten nachdenklich.

Dipesh hob die Hand. »Sie haben gesagt, dass Ronald sich vergewissert hat, dass niemand bemerkte, wie er die Kamera ausgeschaltet hat. Wahrscheinlich wussten die anderen nicht, dass er das alles aufgezeichnet hat. Vielleicht war das auch das einzige Mal.«

»Ja, vielleicht.« Hill nickte.

»Das ist also die DVD, nach der Tony Jennifer gefragt hat, bevor er erschossen wurde«, sagte Rob und rollte einen Stift zwischen den Fingern.

»Ja, das muss sie sein. Tony kann nicht gewusst haben, dass Daniel die DVD an einen Freund geschickt hatte«, sagte Hill. »Ich frage mich nur, woher Harvey wusste, dass es diese DVD gibt.«

»Vielleicht von Daniel«, sagte Sheridan. »Nehmen wir einmal an, Daniel findet die DVD und konfrontiert Ronald und Tony, bevor er die DVD an diesen Freund schickt. Das bringt Ronald und Tony dazu, den Mord an Daniel zu planen. Als Tony Jennifer nach der DVD gefragt hat, hat sie behauptet, nichts darüber zu wissen.«

»Nehmen wir an«, nahm Hill den Faden auf, »Daniel hat nie mit ihr darüber gesprochen. Was mir allerdings sehr merkwürdig vorkommt. Jennifer und Daniel waren sich so nah. Sie haben alles miteinander geteilt. Warum sollte er die Aufnahme jemand anderem anvertrauen und Jennifer nichts davon sagen?«

»Weil er sie beschützen wollte?«, schlug Rob vor. »Vielleicht wusste Jennifer nichts von dem Missbrauch. Sie ist auf dem Video nicht zu sehen. Und wenn es das Einzige ist, was er ihr verheimlicht hat.«

»Ich frage mich jedoch Folgendes«, sagte Sheridan. »Tony und Ronald steckten beide in der Sache drin. Warum musste Ronald ihm dann fünfzig Riesen für die Beseitigung von Daniels Leiche zahlen?«

»Gute Frage.« Hill drehte den Daumen hoch.

Dipesh hob die Hand. »Wir müssen die Möglichkeit in Betracht ziehen, dass Jennifer ebenfalls missbraucht wurde.«

Hill sah Sheridan an. »Und das ist eine Frage, die Sie ihr stellen sollten.«

KAPITEL 83

Jennifer lief mit einer Kiste über den Hof, als Sheridan und Anna mit dem Auto neben ihr anhielten. Sie stellte die Kiste hin und wischte sich die Hände an ihrem Jogginganzug ab.

Sie lächelte die beiden Ermittlerinnen an, bemerkte aber schnell, dass deren Lächeln aufgesetzt wirkte.

»Wie läuft der Verkauf?«, fragte Sheridan, als sie zum Cottage gingen und Jennifer ins Wohnzimmer folgten.

»Bisher waren zwei mögliche Käufer hier. Der Immobilienmakler sagt, dass beide sehr interessiert waren. Abwarten.«

Sie nahm einen Haufen Kissen vom Sofa, um Platz für sie zu schaffen. Sheridan und Anna lehnten den angebotenen Kaffee ab und plauderten mit Jennifer, während sie sich ihren Kaffee zubereitete.

»Also, haben Sie Neuigkeiten oder waren Sie gerade in der Gegend?« Jennifer blies auf ihren Kaffee, bevor sie einen Schluck nahm.

Sheridan atmete langsam ein und überlegte, wie sie das Gespräch über die DVD beginnen sollte.

»Wir wissen, dass Daniel nicht viele Freunde hatte. Wenn er jemandem vertraut hätte, wer wäre das gewesen?«

Jennifer saß auf dem Sessel, die Beine unter sich verschränkt, und runzelte die Stirn. »Nur mir. Warum?«

»Fällt Ihnen niemand ein, dem er sich sonst anvertraut haben könnte?«

»Nein. Er hatte ein paar alte Schulfreunde, mit denen er in Kontakt geblieben ist, aber er hatte keinen engen Freund. Warum fragen Sie?«

»Ich muss Ihnen eine sehr schwierige Frage stellen.«

»Okay.«

»Waren Ihre Eltern Ihnen gegenüber je gewalttätig?«

»Gewalttätig?« Jennifer verzog das Gesicht. »Sie meinen, ob sie mich angeschrien haben oder so was?«

»Nein, ich meine körperliche Misshandlung.«

»Nein. Nie. So waren meine Eltern nicht.«

»Okay. Und andere Arten von Missbrauch?«

»Was meinen Sie?«

»Sexueller Missbrauch.«

»Machen Sie Witze? Meine Eltern hätten so etwas nie getan. Wo zum Teufel kommt das denn jetzt her?« Sie setzte ihren Kaffeebecher ab.

»Was ist mit Daniel? Hat er je mit Ihnen über Missbrauch gesprochen?«

»Sie müssen mir sagen, woher Sie das haben.« Jennifer biss die Kiefer aufeinander.

»Wir haben Beweise dafür, dass Daniel von Ihren Eltern sexuell missbraucht wurde.«

Jennifer starrte Sheridan an. Auf einmal wurde die Atmosphäre spürbar feindselig. »Wovon reden Sie?«

»Wir haben eine Aufnahme, die hier im Cottage gemacht wurde, wahrscheinlich vor etwa zehn Jahren. Auf dieser Aufnahme ist zu sehen … wie Daniel vergewaltigt wird.«

Jennifer schlug die Hand vor den Mund.

»Es tut mir leid, Jennifer«, sagte Sheridan.

»Vergewaltigt von wem?« Jennifers Stimme klang wütend.

»Von Ihrem Vater und von Tony Harvey.«

Jennifer stützte ihren Kopf in die Hände. »Das muss ein Irrtum sein. Das hätte mir Daniel gesagt. Ganz bestimmt.« Sie verschluckte sich.

»Es tut mir so leid.«

»Sind Sie ganz sicher, dass es Daniel ist?«

»Ja. Und auf der Aufnahme ist zu sehen, dass Ihre Mutter und Helen Harvey ebenfalls anwesend waren.«

»O Gott! Wurden sie auch vergewaltigt?«

»Nein. Sie haben zugesehen.«

Jennifer sprang hoch und tigerte im Zimmer auf und ab. Ihr entsetzter Gesichtsausdruck bestätigte Sheridan, dass sie nichts von Daniels Missbrauch gewusst hatte. Ihre Fassungslosigkeit war glaubwürdig. Sheridan hatte im Laufe der Jahre Tausende von Opfern und Tätern befragt, und sie erkannte eine Lüge zehn Meilen gegen den Wind. Diese Reaktion war echt. Jennifer hatte nicht die geringste Kenntnis von dem, was geschehen war.

»Sie können uns die Wahrheit sagen. Haben sie *Ihnen* jemals so etwas angetan?«

Jennifer schüttelte den Kopf. »Nein. Ich schwöre bei Gott.« Sie setzte sich wieder hin. »Ich kann es einfach nicht glauben. Warum hat mir Daniel nichts gesagt?«

»Vielleicht wollte er Sie schützen.«

»Woher stammt diese Aufnahme?«, fragte Jennifer. Ihre Hände zitterten so stark, dass sie sie faltete.

»Sie wurde mir zugeschickt.«

»Von wem?«

»Das wissen wir nicht. Deshalb habe ich Sie gefragt, ob es jemanden gibt, dem Daniel vertraut hätte. Er hat die Aufnahme an diese unbekannte Person geschickt und sie gebeten, sie der Polizei zu übergeben, falls ihm etwas zustoßen sollte.«

Jennifer schloss die Augen. »Wie entsetzlich!«

»Es tut mir so leid, dass wir es Ihnen sagen mussten ...«

»Ich will nichts mehr hören.« Jennifer schüttelte langsam den Kopf. »Bitte erzählen Sie mir keine Details.«

»Okay.« Sheridan warf einen Blick auf Anna.

»Glauben Sie, dass dies der Grund ist, warum mein Vater Daniel getötet hat?«

»Möglich wäre es.«

»Er hat meiner Mutter und mir geschworen, dass er es nicht war. Jetzt *weiß* ich, *dass* er schuldig war. Und meine Mutter und Helen ...« Sie brach in Tränen aus.

»Jennifer ...«

»Sie waren alle grausam. Wieso habe ich das nicht erkannt?«, schrie sie und ballte die Fäuste.

»Ich glaube, Daniel wollte Sie vor alldem schützen.«

»Ich kannte diese Menschen. Meine Eltern? Tony und Helen? Sie gehörten zur Familie. Ich kann nicht glauben, dass sie das getan haben.« Sie hob den Kopf. »Ich kann auch nicht weiter darüber nachdenken. Können wir bitte nicht mehr darüber reden?«

»Natürlich.«

Als sie gingen, war es schon fast dunkel. Jennifer war vollkommen erschöpft, lehnte eine Betreuung durch den Opferschutz aber erneut ab. Sheridan versicherte ihr, sie könne immer anrufen, wenn sie etwas brauche. Sie liefen auf ihren Wagen zu, als Sheridan fast über die Kiste stolperte, die Jennifer bei ihrer Ankunft getragen hatte.

»Ich bringe sie ihr.« Sheridan bückte sich, um sie anzuheben, und blies die Backen auf. »Verdammt, ist die schwer.«

Anna half ihr, und zusammen trugen sie sie vorsichtig zur Tür. Als sie sie das zweite Mal absetzten, warfen sie einen Blick hinein. Die Kiste war bis oben hin voller gebundener Bücher.

Jennifer war dankbar, nahm sie ihnen mühelos ab und winkte ihnen hinterher, als sie wegfuhren.

»Du warst eben sehr ruhig, Anna. Geht es dir gut?«, fragte Sheridan nach einer Weile.

»Ja, mir geht's gut.« Anna wandte ihr Gesicht ab und sah aus dem Fenster.

»Ich kenne dich. Du hast etwas auf dem Herzen. Keine Geheimnisse, schon vergessen?«

»Ich habe Steve gestern rausgeworfen.«

Sheridan lenkte den Wagen in eine enge Parkbucht und wandte sich ihr zu.

»Warum hast du nichts gesagt? Was ist passiert?«

»Er hat sich in der letzten Zeit wie ein Arschloch benommen. Ich hatte seine Launen satt. Es ist vorbei, und ehrlich gesagt bin ich froh darüber.« Sie sah Sheridan an. »Mir geht's gut, ehrlich. Ich brauche nicht darüber zu reden. Es kam nicht überraschend.«

»Okay. Ich frage dich das jetzt nur einmal.«

Anna sah sie an. »Was?«

»Du bist einmal mit blauen Flecken am Handgelenk zur Arbeit gekommen. Hat er dich geschlagen?«

Anna schüttelte den Kopf. »Glaubst du auch nur eine Sekunde, dass ich so lange bei ihm geblieben wäre, wenn er gewalttätig gewesen wäre?«

»Nein. Aber ich wollte sichergehen.«

»Steve ist ein Arschloch, aber er hätte mich nie geschlagen.«

Sheridan nickte, drückte Annas Hand und fuhr weiter.

KAPITEL 84

Am nächsten Morgen erzählte Sheridan Sam von Annas Trennung und davon, dass sie nicht wirklich überzeugt sei, dass Steve nie gewalttätig gewesen war. Sie war erleichtert, dass Anna ihn vor die Tür gesetzt hatte. Allerdings machte sie sich Sorgen, dass es vielleicht doch nicht das Ende der Beziehung war. Ihrer Erfahrung nach hatte der Täter meistens eine Strategie, um sich wieder irgendwie in das Leben des Opfers einzuschleusen.

Auf dem Weg zur Arbeit dachte Sheridan an Jennifer. Obwohl der Fall offiziell abgeschlossen war, gab es noch so viele offene Fragen. Sie hatte Rob Wills aufgetragen, das Testament von Ronald Parks zu überprüfen, und Rob hatte bestätigt, dass Ronald sein gesamtes Vermögen Jennifer und Daniel hinterlassen hatte. Was darauf schließen ließ, dass er seine Verfügung nach Daniels Ermordung nicht aktualisiert hatte.

Als sie aus dem Kingsway-Tunnel in Richtung Hale Street fuhr, dachte sie darüber nach, dass ihr die DVD nach Hause geschickt worden war. Wer auch immer sie verschickt hatte, wusste, wo sie wohnte. *War ihr jemand von der Arbeit gefolgt? Hatte derjenige herausgefunden, dass Sam ihre Partnerin war, und war ihr von der Schule aus nachgefahren?* Sheridan und Sam hatten darüber gesprochen, dass diese unbekannte Person eine

Gefahr für sie darstellen könnte, aber Sam zeigte sich unbeeindruckt. Sie wollte jedoch vorsichtig sein, wenn sie allein zu Hause war, und versprach Sheridan, wachsam zu bleiben. Sheridan konnte den Gedanken nicht ertragen, dass jemand Sam etwas antun könnte.

Sie war gerade dabei, die Treppe zum Büro hinaufzugehen, als sie der diensthabende Empfangsbeamte zurückrief.

»Heute Morgen ist etwas für Sie angekommen. Sekunde, ich hole es.«

Einen Moment später überreichte ihr der Kollege einen braunen Umschlag. Er sah genauso aus wie der, der ihr nach Hause geschickt worden war.

»Wurde das am Schalter abgegeben?«, fragte Sheridan und nahm das Paket vorsichtig an einer Ecke entgegen.

»Nein, es kam mit der internen Post.«

»Okay, danke.« Sheridan lächelte und ging nach oben. Sie legte die Sendung auf ihren Schreibtisch, bevor sie ins Kripobüro ging, um Handschuhe und eine Beweismitteltüte zu holen. Anna schaute auf, als sie hereinkam.

»Morgen. Alles klar?«

»Ja, alles klar. Hast du kurz Zeit?«, fragte Sheridan und deutete mit dem Kopf zur Tür.

Wenige Augenblicke später standen sie in ihrem Büro und starrten auf den Umschlag.

»Noch eine DVD?«, fragte Anna.

»Keine Ahnung«, antwortete Sheridan und öffnete vorsichtig den Umschlag. Ein Blatt Papier und eine DVD kamen zum Vorschein.

»Noch eine?«, fragte Anna und setzte sich auf die Kante des Schreibtisches.

* * *

262

Eine halbe Stunde später kam Hill herein und musterte die beiden stirnrunzelnd, wie sie dasaßen und auf Sheridans Bildschirm starrten.

»Was ist so interessant?«, fragte sie.

»Nichts weiter. Wir gehen nur noch mal ein paar Sachen durch.« Sheridan stellte den Bildschirm aus. »Was machen Sie zum Mittagessen?«

»Ich wollte mir Trüffel bestellen und von einem Einhorn ins Büro liefern lassen«, antwortete Hill sarkastisch.

»Wie wäre es, wenn Anna und ich Sie zum Essen einladen?«, fragte Sheridan munter.

»Wie wäre es, wenn ihr das lasst?«, erwiderte Hill, machte auf dem Absatz kehrt und verschwand.

»Warum hast du sie zum Mittagessen eingeladen?«, fragte Anna verständnislos.

»Weil ich wusste, dass sie Nein sagen und Reißaus nehmen würde.« Sheridan schaltete den Bildschirm an und ließ die Aufnahme weiterlaufen. Sie prüften das Video gründlich, dann lehnten sie sich zurück.

»Was meinst du?«

»Sie wurde nicht geschubst.« Anna schob ihren Stuhl zurück und stand auf.

Sheridan schaute auf den Bildschirm. Sie hatte wieder das Bild von Sam vor Augen, wie sie auf der Straße lag, nachdem sie von dem Auto angefahren worden war. Ihr Telefon klingelte.

»DI Holler.«

»Hallo, Sheridan. Hier ist Andy vom Verkehr. Ich wollte nur überprüfen, ob Sie die Aufnahme von Sams Unfall bekommen haben. Sie wissen ja, wie das mit der internen Post ist.«

»Ja, sie war heute Morgen da. Ich habe sie gerade angesehen und stimme Ihnen zu. Ich glaube auch nicht, dass sie geschubst wurde.«

»Wie geht's ihr?«

»Gut, danke. Und tausend Dank für die DVD, ich bin Ihnen was schuldig.«

»Ach was. Bis dann.«

Als Sheridan auflegte, fiel ihr auf, wie verlegen Anna wirkte. »Was?«

»Ich hatte mal was mit dem, ist aber schon lange her.« Anna lächelte. »Wir sind ein paarmal zusammen ausgegangen.«

»Mit Andy vom Verkehr?« Sheridan hob die Augenbrauen. »Das hast du mir noch nie erzählt.«

Annas Lächeln wurde breiter. »Er war wirklich total nett. Aber du weißt ja, wie das bei uns ist. Jeder weiß alles über dich, und das wird einem irgendwann ein bisschen zu viel.«

»Vielleicht ist das jetzt unpassend, aber du hast dich gerade von Steve getrennt. Wie wäre es, wenn du dich gleich wieder aufs Pferd setzt? Ruf ihn an. Lade ihn auf einen Drink ein. Hast du seine Nummer noch?«

»Kann sein.«

»Du hast auch schon daran gedacht, stimmt's?«

»Nein. Natürlich nicht, du Witzbold.« Sie stand auf und amüsierte sich über Sheridans Gesichtsausdruck. »Du glaubst mir auch wirklich alles! Ich schwöre, ich habe seine Nummer nicht mehr.« Sie strich sich mit dem Zeigefinger diagonal über die Brust. »Pfadfinder-Ehrenwort.«

Sheridan schüttelte den Kopf. »Das nehme ich dir nicht ab.«

Anna ging lachend hinaus. Über die Schulter rief sie: »Dann überprüfen Sie doch mein Telefon, Detective.«

Sheridan starrte ihr hinterher. Annas Worte klangen nach.

Und dann fiel es ihr ein.

Sie verließ ihr Büro und stieß auf Rob Wills, der aus der Herrentoilette kam. Ohne ein Wort zu sagen, hakte sie ihn unter, führte ihn in ihr Büro und schloss die Tür.

»Bin ich in Schwierigkeiten?« Er hob die Augenbrauen.

»Mir ist gerade etwas eingefallen. Kannst du mir einen Gefallen tun?«

»Was für einen?«

Sheridan kritzelte etwas auf ihren Notizblock, riss das Blatt ab, las es noch mal durch und gab es ihm.

»Ich möchte, dass du Jennifer Parks' Telefonverbindungen aus der Akte heraussuchst. Aber nur die, die genau zwischen diesen Daten liegen. Die Anrufe rund um ihr Handy, ihren Festnetzanschluss und die Buchhandlung.« Sie zögerte. »Und ich möchte, dass du alles über *ihn* herausfindest, was du in Erfahrung bringen kannst.« Sie deutete auf einen Namen auf ihrer Notiz.

»Hill kriegt einen Wutanfall, wenn sie Wind davon bekommt. Der Fall ist abgeschlossen.«

»Ich weiß. Deswegen bleibt das ja auch unter uns.« Sheridan grinste ihn schief an.

Er faltete den Zettel zusammen. »Na gut.«

KAPITEL 85

Anna nippte an ihrem Wasser und schob den Salatteller beiseite. Er war noch halb voll.

»Hast du keinen Hunger?«, fragte Sheridan und biss in einen Tortilla-Chip, der vor Ketchup triefte.

»Ich bin auf Diät«, antwortete Anna und blickte geistesabwesend aus dem Fenster des Cafés.

»Was? Wo willst du denn was abnehmen?« Sheridan wischte sich den Mund ab und trank einen Schluck Kaffee.

»Ich finde mich fett.« Anna seufzte und klopfte sich auf den Bauch.

»Du hast sie ja nicht mehr alle. Du trägst dieselbe Größe wie ich. Und ich bin nicht fett«, antwortete Sheridan und dippte den nächsten Chip in Ketchup.

Anna deutete auf das Fenster. »Guck mal. Da ist Jennifer.«

Jennifers Buchhandlung lag an derselben Straße wie das Café. Sie beobachteten, wie sie einem Obdachlosen, der im Eingang eines geschlossenen Wohltätigkeitsladens saß, einen Becher Kaffee reichte.

»Wir könnten bei ihr vorbeischauen, um zu sehen, wie es ihr geht.«

Sheridan nickte. Dann fluchte sie. Ein dicker Klecks Ketchup war auf ihrem strahlend weißen Hemd gelandet.

Sie verließen das Café und machten sich auf den Weg zur Buchhandlung. In den Schaufenstern hingen Räumungsverkauf-Schilder.

Jennifer schaute überrascht auf, als sie hereinkamen. »Hi. Ist alles in Ordnung?« Sie war abgemagert und sah müde aus.

»Wir waren in der Nähe und wollten mal nachsehen, wie es Ihnen geht«, sagte Sheridan, während Anna schon nach Diätbüchern Ausschau hielt.

»Ich komme zurecht. Aber den Laden zu verkaufen, das ist schon sehr seltsam.« In ihrer Stimme lag Traurigkeit, als sie sich umsah.

Als ein Kunde hereinkam, setzte sie schnell ein Lächeln auf. Er war groß und blieb unbeholfen an der Tür stehen, wobei er zögernd von Jennifer zu Sheridan schaute, die so tat, als hätte sie ihn nicht bemerkt. Sie ging zu Anna, die ein Buch über eine Blitzdiät in der Hand hielt.

Sheridan durchstöberte wahllos die Regale und behielt dabei unauffällig den Mann im Auge, als er Jennifer ins Hinterzimmer folgte. Ihre Stimmen waren so leise, dass Sheridan nicht verstand, was sie sagten. Sie ging etwas näher heran, aber dann tauchte er schon wieder auf. Sein Gesicht war gerötet, als er auf den Ausgang zusteuerte. Er riss die Tür so heftig auf, dass er fast dagegenrannte. Dann verschwand er. Jennifer erschien einen Moment später.

»Alles in Ordnung?«, fragte Sheridan.

»Ja, alles easy«, winkte sie ab.

»Problemkunde?«, fragte Sheridan weiter, wobei sie sich Mühe gab, desinteressiert zu klingen.

»Nein, das nicht, er will nur ständig mit mir ausgehen«, sagte sie.

Anna kam zwischen den Regalen hervor und reichte ein Buch über den Tresen.

»Bitte nehmen Sie es als kleines Dankeschön an.« Jennifer steckte das Buch in eine Tüte und gab es Anna.

»Nein, das geht nicht, ich muss es bezahlen. Wir dürfen keine Geschenke annehmen.«

»Oh. Entschuldigung, das stimmt natürlich.«

Jennifer erzählte ihnen, dass sie einen Käufer für das Anwesen gefunden hatte und hoffte, dass jetzt alles schnell über die Bühne ging.

»Was ist mit der Buchhandlung?«, fragte Sheridan.

»Auch verkauft. Solche Immobilien lassen sich in Liverpool sehr gut vermitteln.«

»Und wo wollen Sie hin?«

»Ich habe mich noch nicht entschieden.«

Es war offensichtlich, wie wenig Energie sie hatte. Das Sprechen schien ihr schwerzufallen und ihre Worte wirkten hohl, als hätte sie den Willen verloren, überhaupt etwas zu sagen.

Auf dem Weg zurück ins Revier berichtete Sheridan Anna von dem Mann im Laden.

»Hast du ihn dir angesehen? Irgendwie kam er mir bekannt vor, aber ich kann ihn nicht einordnen«, sagte Sheridan und hielt Anna die Tür auf.

»Ich habe mitbekommen, dass noch jemand da war. Aber das war auch alles.«

»Es fällt mir bestimmt wieder ein.«

»Da bin ich sicher. Ich muss los. Gleich kommt ein Zeuge in diesem Fall, in dem es um schwere Körperverletzung geht«, sagte Anna.

KAPITEL 86

Rob Wills runzelte die Stirn, als Sheridan hereinkam, und ihr fiel sofort wieder ein, dass sie einen dicken roten Fleck auf dem Hemd hatte.

»Ketchup«, erklärte sie, hob den Blick zur Decke und ließ sich auf den Sitz neben ihm fallen. Dann sah sie sich verstohlen um. »Hast du was für mich?«

»Das hört sich an, als wolltest du mich um Drogen anhauen.« Er öffnete eine Schublade und schob ihr einen dicken Packen Papier mit Jennifer Parks' Telefonverbindungen zu.

Sheridan nahm ihn an sich. »Und was ist mit der anderen Sache?«, fragte sie leise.

»Ich bin Polizist, Sheridan, kein Zauberer«, flüsterte er zurück. »Ich arbeite daran.«

»Tut mir leid, ich weiß, dass du was anderes zu tun hast. Außerdem hatte ich dich ja auch schon um das ...« Sie hielt abrupt inne.

»Was ist los?«, fragte er.

»Wo ist das Überwachungsvideo, auf dem man sieht, wie Jennifer Parks sich mit dem Mann im Bahnhof Lime Street trifft?«

Zehn Minuten später sahen sie sich die Aufnahme an. Sheridan stoppte sie. »Das könnte er sein«, sagte sie und deutete auf den Bildschirm.

Sie erzählte Rob von Jennifers Besucher in der Buchhandlung.

»Da ist ein Typ, der für sie schwärmt«, sagte Rob grinsend. »Und dieser Typ war zufällig am Hauptbahnhof, als sie nach Cornwall gefahren ist. Sie trinken einen Kaffee zusammen. Sie steigt in den Zug. Er geht. Du verdächtigst wirklich jeden, stimmt's?«

»Ja, wahrscheinlich schon.« Sheridan schürzte die Lippen. »Aber du hast vorhin gesagt, dass du ihn auf keiner Aufzeichnung im Bahnhof Lime Street *ankommen siehst.*«

»Vielleicht habe ich ihn nur übersehen. Im Bahnhof ist immer viel los.«

»Dir entgeht aber normalerweise nichts.« Sie stand auf. »Wie auch immer, gib mir Bescheid, was die andere Sache angeht, ja?« Sie zwinkerte ihm zu und ging zurück in ihr Büro, um sich dem Ausdruck mit Jennifers Telefonverbindungen zu widmen.

KAPITEL 87

Als Sheridan nach Hause kam, waren Sam und Joni in der Küche. Maud und Newman umkreisten ihre Beine. Vielleicht fiel ja etwas für sie ab. Sheridan küsste Sam und umarmte Joni.

»Wir machen Pizza«, sagte Joni strahlend.

»Klingt göttlich. Bleibst du hier?«, fragte Sheridan, öffnete den Kühlschrank und nahm eine Flasche Wein heraus.

»Ja, wenn das okay ist?«

»Natürlich.« Sheridan schenkte ihnen drei Gläser ein und stürzte sofort einen großen Schluck hinunter. Der Stress des Tages fiel von ihr ab. Sie schaute Sam dabei zu, wie sie den Käse auf dem Pizzaboden verteilte. Plötzlich stieß sie einen lauten Rülpser aus, der Sam zusammenzucken ließ.

»Ich bitte um Verzeihung«, sagte Sheridan und fand es so witzig, dass sie unkontrolliert loskicherte. Sam und Joni sahen sich kopfschüttelnd an und wandten sich wieder ihrer Pizza zu.

Sheridan ging unter die Dusche. Beim Anziehen dachte sie an Anna und hatte plötzlich ein starkes Bedürfnis, sie anzurufen. Sie wählte ihre Nummer.

»Hallo, Sheridan. Alles in Ordnung?«

»Ja. Wie wär's, wenn du rüberkommst? Wir haben kistenweise Wein da.«

271

»Klingt gut. Ich bin in einer Stunde da.«

Drei Flaschen Wein später – die vier Frauen hatten sich mittlerweile im Wohnzimmer niedergelassen – kam das Gespräch auf Beziehungen. Es war schon gegen Mitternacht und Joni und Anna waren ziemlich betrunken. Sie stimmten überein, dass sie ihre eigentliche Sexualität aufgeben und versuchen wollten, mal lesbisch zu sein.

»Ich wäre eine coole Lesbe«, sagte Joni. »Ich habe die kurzen Haare, das jungenhafte, aber feminine Aussehen ... Und ich habe genug Zeit mit Sam verbracht, um die Grundregeln zu kennen.«

Sie waren sich einig, dass das irgendwie stimmte.

»*Du* hingegen wärst eine miserable Lesbe.« Sheridan zeigte auf Anna.

»Warum? Ich muss mir doch nur so einen Haarschnitt wie Joni zulegen, Stiefel kaufen und ein paar Mädchen küssen.«

»Nicht alle Lesben haben kurze Haare«, wandte Sam ein. Sheridan und sie hatten zum Beispiel lange Haare. Allerdings stimmte sie zu, dass das Lesbisch-Sein ein gewisses Maß an gleichgeschlechtlichen Küssen erforderte.

»Ich habe schon mal ein Mädchen geküsst«, verkündete Joni.

Sie sahen sie erwartungsvoll an.

Joni lehnte sich zurück, die Hände um das Weinglas gelegt. »Sie war wunderschön. Ihre Mutter war Inderin, und sie hatte die unglaublichsten dunkelbraunen Augen und ganz weiche Lippen. Ich weiß nicht, ob es Liebe war, aber ich denke immer noch oft an sie. Ich frage mich, was sie jetzt wohl macht.«

»Wie alt warst du?«, fragte Anna.

»Sechs«, antwortete Joni.

Sam musste so losprusten, dass sie fast keine Luft mehr bekam. Auch Sheridan und Anna lachten, bis ihnen die Tränen herunterliefen. Mehrere Minuten lang brachte keine von ihnen einen Ton heraus. Als sie sich wieder erholt hatten, hörten Sam und Sheridan amüsiert zu, während Anna und Joni ein bedeutungsschweres Gespräch darüber führten, ob sie zueinander passten. Sie kamen aber nach einer ganzen Weile zu dem Schluss, dass sie wahrscheinlich kein gutes Paar abgeben und deswegen einfach Freundinnen bleiben würden.

Kurz darauf stiegen sie etwas wackelig die Treppe hinauf. Anna blieb auf dem Treppenabsatz stehen, und bevor sie ihre Schlafzimmertür öffnete, umarmte sie Sheridan und flüsterte: »Danke für heute Abend. Das habe ich gebraucht.«

Sheridan drückte sie fest an sich und küsste sie auf die Wange. »Ja, das habe ich mir gedacht.«

KAPITEL 88

Montag, 2. Juni

Hill schob drei Akten weg und lehnte sich zurück. Sie hatte den Vormittag damit verbracht, mit Sheridan mehrere Fälle durchzugehen, mit denen die Kripo in den letzten Wochen beschäftigt gewesen war.

Als Sheridan aufstand, klopfte es an der Tür, und Anna sah herein. »Tut mir leid, dass ich störe. Da ist jemand am Eingang, der dich sprechen möchte, Sheridan.«

»Wer denn?« Sheridan nahm die Akten an sich.

»Er sagt, er sei Ronald Parks' Anwalt.«

* * *

Sheridan stellte sich dem Mann vor. Er trug einen erbärmlichen Anzug, auf seiner Oberlippe standen Schweißperlen, und sein Atem stank nach Zigaretten und Kaffee.

»Ich bin Nicholas Shackleton. Ich war Ronald Parks' Anwalt.«

»Wie kann ich Ihnen helfen?«, fragte Sheridan und verschränkte die Arme, um nicht in Kontakt mit seinen nikotinbraunen Fingern zu kommen.

»Ich habe heute Morgen etwas gefunden, das Sie sich ansehen sollten.« Er öffnete seine braune Aktentasche, zog einen großen weißen Umschlag heraus und reichte ihn Sheridan.

»Was ist das?«, fragte sie.

»Das ist Ronald Parks' Letzter Wille.«

»Wir haben bereits eine Kopie seines Testaments.«

»Aber nicht von *diesem*.«

Sheridan öffnete den Umschlag und überflog den Inhalt, bevor sie sich bei Nicholas Shackleton bedankte und ihn hinausbegleitete. Dann drehte sie sich um, nahm zwei Stufen auf einmal, rannte ins Kripobüro, um Rob Wills abzuholen und mit ihm in Annas Büro zu platzen.

»Was ist los?« Anna legte auf, als sie die beiden in ihrer Tür stehen sah.

»Ronald Parks hat zwei Testamente geschrieben. Wir kannten nur *eines*.«

»Und?«

»Es könnte *alles* auf den Kopf stellen.«

* * *

Die drei standen vor Hills Schreibtisch und warteten darauf, dass sie fertig wurde mit dem Durchlesen von Ronald Parks' Testament und den beiden Briefen, die in dem Umschlag gesteckt hatten.

Das erste Schreiben stammte vom 14. November 2006:

Ronald.
   Es hat ein paar Jahre gedauert, aber jetzt schreibe ich dir.

Meine Mutter hat mir alles über dich und eure Beziehung erzählt, und obwohl sie nie wollte, dass ich Kontakt zu dir aufnehme, habe ich mich nun doch dazu entschlossen. Das Leben war hart für uns beide, und ich finde, du hast die Pflicht, das irgendwie wiedergutzumachen. Ich bin dein Sohn, und ich denke, du schuldest mir etwas von dem Leben, das du hattest, und damit meine ich die finanzielle Seite. Ich denke, es ist nicht zu viel verlangt, dass du mir hilfst.

Wenn du bereit bist, dich mit mir zu treffen, ruf mich bitte unter der unten angegebenen Nummer an.

Dein Sohn
Jason

Das zweite Schreiben stammte vom 20. Dezember 2006:

Ronald.

Da du auf meinen ersten Brief nicht geantwortet hast, habe ich beschlossen, noch einen zu schreiben. Ich verlange nicht viel. Ich will dich nicht in meinem Leben haben, ich will nur etwas von dem, was mir zusteht. Ich möchte nur, dass du mir und meiner Mutter hilfst, uns ein besseres Leben aufzubauen. Meine Mutter hat jahrelang gekämpft, um über die Runden zu kommen. Sie hat gehungert, damit ich satt wurde. Ich will nicht viel, nur so viel, dass meine Mutter und ich irgendwo was Schönes zum Leben finden können. Bist du uns das nicht schuldig?

Ich bin dein Sohn.

Bitte ruf mich unter der unten angegebenen Handynummer an, damit wir ein Treffen vereinbaren können. Ich hätte auch einfach bei dir zu Hause vorbeikommen können, aber das werde ich nicht tun. Ruf mich bitte einfach an.
Dein Sohn
Jason

»Warum zum Teufel wussten wir nichts davon?« Hill knallte die Papiere auf den Schreibtisch und blitzte Sheridan wütend an.

Sheridan erklärte ihr, dass selbst Nicholas Shackleton bis zum Morgen nur das ursprüngliche Testament von Ronald Parks aus dem Jahr 1999 gekannt hatte. Shackleton Solicitors war eine kleine Kanzlei in einer schäbigen Seitenstraße in Liverpool. Nicholas arbeitete allein und beschäftigte nur eine Teilzeitsekretärin. Im September 2006 hatte er sich von einem Freund überreden lassen, dessen Sohn Damien einzustellen, der sich in der Ausbildung zum Rechtsanwalt befand. Nicholas hatte seine Entscheidung sofort bereut, weil Damien nur »eine total überflüssige Belastung« gewesen sei.

Am Freitag, den 22. Dezember 2006, war Nicholas auf Geschäftsreise in Kent. An dem Tag kam Ronald Parks ohne Nicholas' Wissen in dessen Kanzlei, wo er von Damien empfangen wurde, und änderte sein Testament. Damien versiegelte den Umschlag und legte ihn falsch ab. Als Nicholas von seiner Reise zurückkehrte, herrschte im Büro so ein Chaos, dass er Damien auf der Stelle entließ. Erst jetzt, wo Nicholas dabei war, seine Kanzlei zu schließen, um sich zur Ruhe zu setzen, hatte er das zweite Testament gefunden. Und die beiden Briefe, die ihm beigefügt waren.

»Das Testament wurde also nicht registriert?«, fragte Hill.

»Nein. Es war ja unbearbeitet an eine falsche Stelle gelegt worden«, antwortete Sheridan.

»Aber Ronald hat doch sicher irgendwann mit seinem Anwalt darüber gesprochen?«

»Wahrscheinlich hatte er keine Gelegenheit dazu. Das zweite Testament hat er nur zwei Wochen vor seiner Verhaftung wegen Mordverdachts verfasst. Vermutlich hatte er danach andere Dinge im Kopf. Die Möglichkeit einer lebenslangen Haftstrafe zum Beispiel. Im September 2007 war er wieder auf freiem Fuß und zwei Monate später war er tot.«

»Dann ist dies auch die einzige Kopie? Wenn er eine Kopie behalten hätte, hätten wir sie bei der Hausdurchsuchung doch finden müssen?«

»Das vermute ich auch.«

»Glauben Sie, dass Jennifer etwas von diesen Briefen weiß?«, fragte Hill.

»Möglicherweise schon.«

Hill kaute auf ihrer Unterlippe. »Wir müssen Jason finden. Wir müssen sicher sein, dass er nichts mit den Morden an Ronald und Rita zu tun hat.« Sie sah Sheridan an.

»Rob kümmert sich bereits darum«, antwortete Sheridan mit einem schiefen Grinsen.

»Seit wann?«, fuhr Hill auf und warf Rob einen strafenden Blick zu. Der sah auf einmal eher wie ein verlegener Schuljunge aus als wie ein Ermittler mit über fünfzehn Jahren Berufserfahrung.

»Seit ich ihn vor ein paar Wochen darum gebeten habe.« Sheridan wartete auf Hills Erwiderung.

»Wovon zum Teufel reden Sie da?«, fragte Hill. »Der Fall war abgeschlossen. Warum haben Sie Rob angewiesen, weitere Nachforschungen anzustellen?« Sie verschränkte die Arme.

»Aus der ursprünglichen Akte über den Mord an Daniel wusste ich, dass Ronald einen Sohn aus einer früheren

Beziehung hatte. Er konnte ebenso wenig ausfindig gemacht werden wie Ronalds Ex-Partnerin. Also habe ich Rob gebeten, ein paar Nachforschungen anzustellen. Ich hatte gehofft, er würde sie finden.«

»Warum? Verdammt noch mal!«

»Weil ich so nicht zufrieden war.«

»Ach, *Sie waren nicht zufrieden*? Der Polizeipräsident schließt den Fall, aber das gilt nicht für Sheridan Holler? Gibt es sonst noch etwas, was ich wissen sollte?«

Sheridan stemmte die Hände in die Hüften. »Nein.«

»Das war's? Sie haben Rob beauftragt, Jason und seine Mutter zu finden, sonst nichts?«

»Na ja, da wäre doch noch eine andere Sache.«

»Und zwar?«

»Ich gehe gerade Jennifers Telefonverbindungen durch, um herauszufinden, ob sie Jason kontaktiert hat. Bis jetzt hatte ich seine Nummer nicht und musste blind arbeiten, aber jetzt, wo ich eine Nummer habe, kann ich sie mit ihren Telefongesprächen abgleichen.«

Hill hob die Hände. »Aha. Na, dann kann ich ja nach Hause gehen. Mich braucht ja wohl keiner bei dieser beschissenen Sheridan-Holler-Show.«

Hill warf sie raus. Rob trollte sich, aber nicht ohne Sheridan die Zunge herauszustrecken. Die zeigte ihm den Mittelfinger, bevor sie Anna zum Automaten zerrte.

»Wie bist du auf die Idee gekommen, Jennifers Telefondaten zu überprüfen?«, fragte sie.

»Weißt du noch, als wir darüber gesprochen haben, ob du die Nummer von Andy vom Verkehr noch hast? Da ist es mir eingefallen. Wir haben immer gedacht, falls Jennifer was mit alldem zu tun hätte, hätte sie es nicht allein tun können. Und da habe ich mich gefragt, ob sie vielleicht mit Jason Kontakt hat.«

»Warum hast du mir nicht gesagt, dass du Rob mit diesen Nachforschungen beauftragt hast?«, fragte Anna und verschränkte ihre Arme, während Sheridan die Schokoladenauswahl studierte.

Sheridan schaute sie an und flüsterte: »Ich wollte dich nicht außen vor lassen, aber du hattest dich gerade von Steve getrennt, eine Abtreibung hinter dir und …«

»Das ist doch Blödsinn. Dass ich mit Steve Schluss gemacht habe, ist nur gut. Wir verheimlichen uns nie etwas, Sheridan.«

»Das stimmt. Aber ich fand wirklich, du hättest genug am Haken. Und wenn ich ehrlich bin, wollte ich auch nicht, dass du dir Sorgen machst, weil ich mich über die Vorschriften hinwegsetze. Hill hat es ja eben auch noch mal gesagt: Der Fall war abgeschlossen, als ich Rob um die Überprüfungen gebeten habe, und du musstest dich auf dein eigenes riesiges Arbeitspensum konzentrieren. Nur weil *ich* mich nicht an die Regeln halte, musst du es nicht genauso machen. Willst du ein KitKat?«

»Nein.« Anna ließ die Arme sinken. »Wehe, wenn du das noch mal machst.«

»Tut mir leid. Wird nicht wieder vorkommen. Willst du ein Twix?«

»Ja.«

KAPITEL 89

Jennifer saß schon über eine Stunde auf der Bank und starrte auf die Grabsteine. Irgendwann fielen ihr die Pflanzen ein, die sie mitgebracht hatte, und sie nahm die kleine Schaufel aus der Plastiktüte zu ihren Füßen und wog sie in der Hand.

Eine Frau mit einem winzigen Hund lächelte ihr im Vorbeigehen zu und zog ihn an der Leine weiter, als er an Jennifers Bein schnuppern wollte. Als sie verschwunden war, nahm Jennifer die Tüte mit den Pflanzen und ging zum Grab ihrer Eltern hinüber.

Sie legte eine Plastiktüte aus, kniete sich darauf, stieß die Schaufel in die Erde und begann zu graben.

Als sie fertig war und sich ihre Arbeit anschaute, fand sie, dass das Grab irgendwie armselig aussah. Sie klopfte sich die Erde von der Jeans. Die Abendsonne ging hinter den Häusern unter, die neben der Friedhofsmauer standen. Eine kühle Brise wehte ihr ins Gesicht. Sie starrte auf die Namen ihrer Eltern, die in den weißen Marmor graviert waren. Dann schloss sie die Augen und sog tief die kalte Luft in ihre Lungen. Sie biss die Zähne aufeinander, zog den Reißverschluss ihrer Jacke zu und setzte sich wieder auf die Bank. Dort blieb sie noch eine Stunde. Sie dachte nach.

KAPITEL 90

Jennifers Auto stand nicht vorm Cottage, als Sheridan von der Straße abbog.

Sie parkte vor dem Haupthaus, ging langsam zur Haustür und dann dachte sie nach. Sie stellte sich eine bestimmte Szene vor, grübelte nach. Dann wiederholte sie das Ganze. Schließlich lief sie auf dem Kiesweg zum Cottage hinüber und zwängte sich an der Eingangstür vorbei durch das dichte Brombeergebüsch.

Hinter dem Gebüsch befand sich ein kleines Stück Rasen, auf dem man bis zum Wald laufen konnte. Sie war schon einmal hier gewesen, aber diesmal nahm sie sich Zeit, um ihre Umgebung in sich aufzunehmen, bevor sie weiterging und sich unter den herabhängenden Ästen der hohen Bäume hindurchschlängelte, die kaum Licht durchließen. Ein Eichhörnchen sprang virtuos von Ast zu Ast und verschwand.

Als sie nach einer kleinen Weile an einer Lichtung herauskam, stellte sie fest, dass sie sich etwas weiter unten auf der Straße zum Grundstück befand. Sie zupfte einen dünnen Zweig aus ihren Haaren, drehte sich um und ging durch den Wald zurück, bis sie wieder bei den Brombeersträuchern neben dem Haus stand. Jeder konnte sich von der kleinen Straße durch das Waldstück schlagen und das Haus beobachten, ohne gesehen zu werden. Jeder hätte in der Dunkelheit hier sitzen und Jennifer beobachten können. Von dort aus, wo sie jetzt hockte, hatte sie alles im Blick: das Cottage, den Garten und das Haupthaus. Als das Licht zu schwinden begann, ging sie zum Auto und fuhr langsam davon, wobei sie einen Blick auf das Nachbarhaus warf, bevor sie den direkten Weg nach Crosby Beach einschlug.

Zwanzig Minuten später umfasste sie einen Eisernen Mann und spürte den Rost und die Kälte des Metalls unter ihren Händen. Der Wind wehte ihr die Haare ins Gesicht, als sie zu der Stelle ging, an der sie Ronald Parks' Leiche gefunden hatten. Sie starrte auf den Sand. Dann nahm sie den Spaten in beide Hände und begann zu graben.

* * *

In dieser Nacht lag Sheridan schlaflos im Bett und hörte zu, wie der Regen an die Fensterscheibe schlug und Sam neben ihr atmete. Irgendwann warf sie einen Blick auf die Uhr und zog vorsichtig die Bettdecke zurück. Maud folgte ihr nach unten, vielleicht gab es ja etwas zu fressen.

Während Sheridan darauf wartete, dass das Wasser kochte, hörte sie Sam die Treppe herunterkommen. Sie nahm einen zweiten Becher aus dem Schrank.

»Alles in Ordnung?«, fragte Sam gähnend und schlang die Arme um Sheridans Taille.

»Ja, aber ich kann nicht schlafen.«

Sie setzten sich an den Küchentisch, und Sheridan erzählte Sam von dem Wald hinter dem Haus und wie sie in der Dunkelheit nach Crosby Beach gefahren war.

»Ich dachte, der Fall wäre abgeschlossen?«, fragte Sam und gähnte wieder.

»Ja, irgendwie schon. Ich wollte alles noch mal durchgehen und mir ein genaueres Bild davon machen, wie Tony Harvey das getan hat, was er getan hat.«

»Hast du so ein tiefes Loch gegraben wie das, in dem Ronald steckte?«

»Nein. Ich habe nach einer halben Stunde aufgegeben, ich war am Ende.«

»Dieser Fall geht dir wirklich nah.« Sam legte ihre Hand auf Sheridans Nacken.

»Ja, irgendwie schon. Außerdem passen die Puzzleteile nicht zusammen, und du weißt, dass ich das nicht ausstehen kann.«

Sie unterhielten sich, bis es draußen hell wurde, dann duschten sie und machten sich für die Arbeit fertig. An der Haustür küssten sie sich zum Abschied, und Sam hielt Sheridans Gesicht einen Moment in ihren Händen.

»Ich liebe dich, und ich mache mir Sorgen, wenn du nicht schläfst.«

»Du hast ja auch nicht geschlafen.«

»Ja, aber ich bin viel jünger als du.« Sam verzog das Gesicht.

»Werd nicht frech!«

* * *

Dienstag, 3. Juni

Als Sheridan im Revier ankam, nahmen ihre Kollegen draußen an einer Brandschutzübung teil. Die Raucher unter ihnen nutzten die Gelegenheit, um sich eine Zigarette anzuzünden.

Schließlich konnten sie zurück an ihre Arbeitsplätze gehen, und Sheridan sah auf, als Rob in ihrer Tür erschien. »Ich habe gerade die Handynummer von Jason ausprobiert«, sagte Sheridan. »Die Nummer auf dem Brief, den er Ronald geschickt hat.«

»Und?«, fragte Rob.

»Außer Betrieb. Kannst du herausfinden, ob das Handy noch registriert ist?«

»Mache ich.«

»Danke. Was gibt's noch?«

»Ich glaube, ich habe Ronald Parks' Ex-Partnerin ausfindig gemacht. Tanya Harris.« Er wedelte triumphierend mit einem Blatt Papier vor ihrer Nase herum. Sie schnappte es sich.

Dann sah sie ihn mit großen Augen an. »Caroline Smith? Bist du sicher, dass sie das ist?«

»Ziemlich sicher. Sie ist schon lange abgetaucht, ist dauernd umgezogen und hat oft ihren Namen geändert.«

»Und sie lebt in Cornwall?«

»Sieht ganz so aus.«

KAPITEL 91

Nur zehn Minuten, nachdem sie Hill schließlich überredet hatte, Anna und ihr die Reise nach Cornwall zu genehmigen, buchte Sheridan das Hotel. Am nächsten Morgen holte sie Anna um sechs Uhr ab. Sie drehten das Radio voll auf und fuhren auf der Schnellstraße nach Süden.

Nachdem sie im Hotel eingecheckt hatten, ließ Anna ihre Reisetasche auf den Boden fallen und genoss den Blick aus ihrem Fenster.

»Reizende Aussicht, oder?«, rief Sheridan aus, ließ sich auf Annas Bett fallen und machte sich dort mit sternförmig ausgebreiteten Armen und Beinen breit.

»Ja, umwerfend.« Anna grinste. Sheridan hüpfte mittlerweile auf dem Bett herum und verschwand dann im Bad.

»Ich gehe schnell duschen, rufe Sam an und dann fahren wir los.«

* * *

Sie atmeten die Seeluft ein, als sie aus dem Auto stiegen und zu dem hohen viktorianischen Haus aufschauten. Dann stiegen sie die Betontreppe hinauf und drückten auf den Klingelknopf mit dem Namen Caroline Smith. Sie kam an die Tür, wich aber sofort zurück, als Sheridan Anna und sich vorstellte.

»Ist Jason etwas zugestoßen?« Caroline Smith schlug sich die Hand vor den Mund.

»Nein. Wir möchten mit Ihnen über Ihren früheren Partner, Ronald Parks, sprechen. Können wir reinkommen?«

Die winzige Wohnung war makellos sauber und roch so frisch wie die Blumen, die auf dem Küchentisch standen. Sie setzten sich.

»Entschuldigen Sie, dass wir hier ohne Vorankündigung auftauchen.« Sheridan zog ihr Notizbuch aus der Tasche.

»Sind Sie gekommen, um mir zu sagen, dass Ronald Parks tot ist? Das weiß ich schon.« Ihre Stimme klang höflich und zurückhaltend.

»Können Sie uns etwas über ihn erzählen?«

»Er war grausam, und ich bin froh, dass er tot ist.« Caroline sah Sheridan direkt in die Augen.

»Warum sagen Sie das so?«, fragte Anna.

»Weil er unser Leben ruiniert hat und ich ihn deswegen gehasst habe.« Ihre Augen füllten sich mit Tränen. Sie stand auf, um ein Taschentuch zu holen.

Caroline erzählte ihnen mehr über ihr gemeinsames Leben mit Ronald Parks. Kurz nachdem sie zusammengezogen waren, fing er an, sie zu schlagen. Er kontrollierte alles, was sie tat; sie durfte nur noch selten das Haus verlassen. Er gab ihr gerade so viel Geld, dass sie etwas zu essen kaufen konnte, während er stunden-, manchmal sogar tagelang mit seinen Freunden in der Kneipe versackte. Als sie mit Jason schwanger wurde, beschuldigte er sie, eine Affäre zu haben, und bestritt, dass es sein Kind war. Er drohte ihr täglich, dass er sie finden und umbringen würde, sollte sie ihn jemals verlassen. Und es verging kein Tag, an dem sie nicht das Gefühl hatte, dass er seine Drohung in die Tat umsetzen würde.

Eines Nachts, als Ronald aus dem Pub nach Hause kam, stand Caroline mit dem schreienden kleinen Jason am Fenster und wiegte ihn im Arm, um ihn zu beruhigen. In dieser Nacht schlich er sich von hinten an sie heran und schlug ihr mit voller Wucht auf den Hinterkopf. Sie fiel vornüber, ohne Jason zu verletzen, und schützte ihn mit ihrem Körper, als Ronald mit seinen schweren Stiefeln auf sie eintrat. Das war die Nacht, in der ihr klar wurde, dass sie fliehen musste.

Sie setzte ihren Plan in die Tat um und fand Zuflucht in einem Frauenhaus in Liverpool, bevor sie in ein anderes nach Manchester umzog, wo sie drei Monate lang blieb. Sie änderte ihr Aussehen und ihren Namen. In den folgenden Jahren zog sie von County zu County, wurde nie sesshaft, blieb nie lange an einem Ort. Sie nahm Gelegenheitsjobs an, ließ sich in bar bezahlen und verdiente meistens gerade genug für die Miete und etwas zum Essen und Anziehen für Jason, während sie selbst oft hungerte.

Ein paar Jahre später nahm sie einen Zug nach Cornwall, verbrachte zwei Nächte in einer Jugendherberge und fand dann eine Einzimmerwohnung. Je älter er wurde, desto öfter fragte Jason nach seinem Vater. Caroline erfand irgendwelche Geschichten über ihn. Dass er nett sei, aber irgendwo im Ausland lebe. Sie wisse nicht, wo.

Eines Tages erklärte ihr Jason, dass er seinen Vater suchen würde, weil er ihn endlich kennenlernen wolle. Daraufhin sagte sie ihm die Wahrheit über seinen Vater. Sie wollte nicht, dass Jason ihn suchte, und befürchtete, Ronald Parks würde sie eines Tages doch finden und seine Drohung wahr machen.

»Als ich erfahren habe, dass er ermordet worden war, wurde mir klar, dass ich endlich in Frieden leben und aus der Versenkung kommen konnte. Bis dahin hatte ich nicht wirklich gelebt.« Sie hielt ihre Kaffeetasse fest umklammert. »Ich war mir sicher, dass er eines Tages jemanden umbringen würde. Aber ich habe gedacht, dass ich dieses Opfer sein würde.«

»Ronald hat Sie beschuldigt, eine Affäre zu haben«, sagte Sheridan. »Verzeihen Sie bitte die Frage, aber besteht die Möglichkeit, dass Jason von einem anderen Mann sein könnte?«

»Nein.« Caroline strich über den Tisch. »Ich war ihm treu. Ronald wollte dauernd, dass ich mit anderen Männern schlafe. Und er wollte sowieso mit allen schlafen.«

»Mit allen?«, fragte Sheridan.

»Ja. Er war immer auf Sex aus, das war wirklich extrem und hat unsere Beziehung dominiert. Er hat gerne andere Paare im Pub aufgegabelt und sie betrunken gemacht. Dann hat er sie angebaggert und wie zum Scherz vorgeschlagen, dass wir alle Sex haben könnten.«

»Und? Haben Sie sich darauf eingelassen?«

»Nein. Ich trinke nicht und ich wollte nichts damit zu tun haben. Aber er hat dauernd darüber geredet und mich prüde genannt. Wenn ich ihn lieben würde, dann würde ich all das tun, was er wollte. Ich wusste, dass er sich rumtrieb und alles andere als wählerisch war. Ronald hat immer bekommen, was er wollte. Ich glaube, die anderen hatten auch Angst vor ihm. Er war direkt und selbstbewusst und sehr jähzornig.« Caroline sah auf. »Als ich geflohen bin, habe ich mir gedacht, dass er eines Tages bestimmt eine Frau finden würde, die sich auf seine Sexspiele einlassen würde.«

Sheridan reagierte nicht.

»War es so?«, fragte Caroline und hob gleich darauf die Hände. »Tut mir leid, Sie dürfen mir das ja nicht sagen.«

»Sie brauchen sich nicht zu entschuldigen. Was ich gerne wissen würde … Hatten Sie jemals Kontakt zu Ronalds anderen Kindern? Zu Jennifer und Daniel?«

»Nein.« Sie rutschte unbehaglich auf ihrem Stuhl herum.

»Haben Sie nicht daran gedacht, sich zu melden, als Ronald wegen des Mordes an Daniel verhaftet wurde?«

»Nein. Ich konnte es einfach nicht. Ich hatte Angst, dass er mich dann doch noch irgendwie kriegen würde. Ich wollte nichts damit zu tun haben, so leid es mir tut.« Sie senkte den Kopf.

»Wussten Sie, dass Jason Ronald geschrieben hat?«

An Carolines verblüffter Reaktion war deutlich zu erkennen, dass sie keine Ahnung davon hatte. »Nein.«

»Wir haben vor Kurzem das letzte Testament von Ronald Parks gefunden. Dem Testament waren zwei Briefe von Jason beigefügt, in denen er ihn um Geld gebeten hat.«

Sheridan wartete einen Moment, damit Caroline das verarbeiten konnte.

»Ronald hat in seinem Testament festgelegt, dass Jason nichts erben sollte. Er hat nicht geglaubt, dass Jason sein Sohn ist.«

Caroline starrte Sheridan an. »Ich hatte keine Ahnung.«

»Wo wohnt Jason jetzt?«

»Das weiß ich nicht. Ich habe ihn schon eine ganze Weile nicht mehr gesehen. Er kommt und geht.«

»Haben Sie ein Foto von ihm?«

»Nur Kinderfotos. Er konnte es nicht ausstehen, wenn man ihn fotografierte.« Caroline kramte ein Album hervor und reichte Sheridan ein Foto.

Sheridan betrachtete es. Die Ähnlichkeit mit den Parks war nicht zu übersehen. Das dunkle Haar und die dunklen Augen, die markanten und zugleich fein geschnittenen Gesichtszüge, die sie von Jennifer kannte und auf den Fotos von Daniel gesehen hatte. Sie beschloss, Caroline nichts davon zu sagen, und gab das Foto an Anna weiter. »Ein gut aussehender Junge«, kommentierte Sheridan. »Hat er sich sehr verändert?«

»Nicht wirklich, er ist eigentlich nur gewachsen.« Sie klappte das Album lächelnd zu. »Er steckt wirklich nicht in Schwierigkeiten?«

»Nein. Wir wollten uns nur vergewissern, dass es ihm gut geht. Wie können wir ihn kontaktieren? Haben Sie seine Telefonnummer oder seine letzte Adresse?«

»Nein, tut mir leid, ich habe sie leider auch nicht.«

»Lebt er in Cornwall?«

»Ich habe nicht die geringste Ahnung, wo er wohnt. Wie ich schon gesagt habe, er kommt und geht, wie es ihm passt.«

»Wann haben Sie ihn das letzte Mal gesehen?«

»Vor Monaten, vielleicht sogar fast vor einem Jahr. Wir haben kaum noch Kontakt. Er taucht einfach auf, und dann ist er wieder weg.«

»Arbeitet er?«

»Ja, hier ein bisschen, da ein bisschen. Gelegenheitsarbeiten eben.«

Sheridan bedrängte sie mit weiteren Fragen. Caroline erzählte ihnen, dass Jason nie lange an einem Ort blieb. Soweit sie wusste, hatte er im Moment auch keine Partnerin. Von der letzten Freundin, die sie kannte, hatte er sich vor Jahren getrennt. Sie konnte sich nicht mal mehr an den Namen des Mädchens oder daran, wo sie wohnte, erinnern. Jason hatte keine Kinder und kaum Freunde, zu denen er – soweit sie wusste – noch Kontakt hatte und an deren Namen sie sich ebenso wenig erinnern konnte. Jason jobbte im ganzen Land. Er rief sie selten an und änderte dauernd seine Handynummer. Sheridan versuchte vergeblich herauszufinden, wo sich Jason zum Zeitpunkt der Ermordung von Ronald und Rita aufgehalten hatte. Carolines Antworten blieben vage.

»Wenn er sich bei Ihnen meldet, können Sie ihm dann sagen, dass wir gerne mit ihm sprechen würden?«

»Ja, natürlich.« Caroline nahm Sheridans Visitenkarte entgegen.

»Hatte er jemals Ärger mit der Polizei?«, fragte Sheridan.

»Nein, das glaube ich nicht. Jason ist ein guter Junge.«

»Und sein Geburtsdatum ist der 11. Juni 1976?«

»Das stimmt.«

»Wie heißt er mit Nachnamen?«

»Smith.«

Zehn Minuten später öffnete Caroline den beiden Ermittlerinnen die Haustür.

»Danke, dass Sie sich Zeit für uns genommen haben, Caroline.« Sheridan lächelte und hatte sich schon halb zum Gehen gewandt. »Ach, Moment. Sagt Ihnen der Name Izzy etwas?«

Caroline schüttelte den Kopf. »Nein. Warum?«

»Der Name ist mir nur gerade eingefallen. Ist nicht weiter wichtig.«

* * *

Nachdem sie gegangen waren, setzte sich Caroline wieder, blätterte in dem Album und strich über die Fotos des kleinen Jason. Ihr war noch nie aufgefallen, wie traurig er aussah. Sein dunkles Haar fiel ihm in die Stirn und verbarg nur schlecht ein fast eingefrorenes Stirnrunzeln. Als sie seine Augen anschaute, kamen ihr die Tränen.

Sie nahm ihr Handy, scrollte durch ihre Kontakte und drückte auf Wählen.

»Ich bin's. Zwei Polizistinnen aus Merseyside waren gerade hier und haben nach dir gesucht.«

»Was wollten sie?«

»Sie haben zwei Briefe von dir an Ronald gefunden, in denen du Geld von ihm gefordert hast. Was zum Teufel hast du dir dabei gedacht?«

»Kann ich dir auch nicht mehr sagen. Tut mir leid. Und warum suchen die nach mir?«

»Angeblich wollten sie nur sichergehen, dass es dir gut geht. Ich habe ihnen gesagt, dass ich seit einer ganzen Weile nichts mehr von dir gehört habe und nicht weiß, wo du bist.«

»Warum hast du das gesagt?«

»Ich werde einfach paranoid, wenn die Leute wissen, wo wir sind.«

»Das weiß ich ja. Und wie geht's dir? Hast du das Geld bekommen, das ich dir geschickt habe? Es war nicht viel, aber ich kann bald Überstunden machen, dann können wir wieder was auf die Seite legen.«

»Danke für das Geld. Du arbeitest aber nicht zu hart, oder?«

»Nein, mir geht's gut.«

»Du müsstest nicht so weit weg arbeiten. Hier gibt es auch Jobs. Ich vermisse dich.«

»Ich vermisse dich auch. Aber ich verdiene hier gutes Geld.«

»Ich kann den Gedanken, dass du in Liverpool bist, einfach schlecht aushalten.«

»Ich bleibe nicht mehr lange, versprochen. Wenn ich *diesen* Job erledigt habe, komme ich nach Hause.«

KAPITEL 92

Anna dirigierte Sheridan zu der Adresse von Jennifers Freundin Izzy, die sie angegeben hatte, als sie während der Hausdurchsuchung irgendwo unterkommen wollte. Soweit sie wussten, war Izzy ihre einzige Freundin.

»Was hältst du von Caroline?«, fragte Anna.

»Die hat nach Strich und Faden gelogen. Sie weiß genau, wo Jason ist.«

Eine Stunde später hielten sie vor der genannten Adresse. »Was glaubst du?«, fragte Anna, als sie sich das Haus anschauten.

»Ich glaube, dass Izzy nicht existiert. Caroline ist Izzy. Als Jennifer mir gesagt hat, dass sie zu einer Freundin nach Cornwall fährt, ist sie bei Caroline untergekommen.«

»Du meinst, die beiden kennen sich?« Anna runzelte die Stirn.

»Es würde mich nicht überraschen. Dieser Fall ist so komplex, dass ich anfange, an allem und jedem zu zweifeln. Wollen wir wetten, dass hier keine Izzy wohnt?«

Bevor sie klingeln konnten, flog die Tür auf. Ein großer, kräftig gebauter Mann mit dichtem, blondem Haar machte einen Satz rückwärts, als sie direkt vor ihm auf der Türschwelle standen.

Sheridan lächelte. »Tut mir leid, dass wir Sie erschreckt haben. Aber vielleicht können Sie uns helfen? Wir suchen jemanden namens Izzy.«

Er lächelte breit. »Ich bin Izzy.«

Mist, dachte Sheridan. »Ach, super«, sagte sie. »Das ist ja wunderbar.«

»Worum geht es?«, fragte er und öffnete den Riemen seines Helms, den er in der Hand trug.

»Wir waren gerade in der Gegend und wollten uns vorstellen. Sind Sie ein Freund von Jennifer Parks?«

»Ja. Alles in Ordnung mit ihr?«

»Ja. Vielleicht hat sie mich mal erwähnt, ich bin DI Holler.«

»Oh, natürlich, Sheridan und Anna?«

»Genau. Also, Sie heißen Izzy?«

»Das ist ein Spitzname. Weil mein zweiter Vorname Isambard ist, nennen mich alle Izzy.« Er lächelte. »Und was führt Sie nach Cornwall?«

»Wir mussten mit einem Zeugen in einem anderen Fall sprechen, der hier in der Gegend wohnt, und haben uns gedacht, wenn wir schon hier sind, können wir genauso gut bei Ihnen vorbeischauen, bevor wir nach Liverpool zurückfahren.«

»Schade, dass Sie nicht früher gekommen sind! Ich bin auf dem Weg zur Arbeit und schon zu spät dran, tut mir leid. Wie geht es Jen?«, fragte er, schulterte seinen Rucksack und setzte den Helm auf.

»Gut. Können Sie mir Ihre Handynummer geben?« Sheridan zog ihr Notizbuch aus der Tasche. »Und nennen Sie mir bitte auch Ihren vollen Namen und Ihr Geburtsdatum?«

»Klar. Darf ich fragen, warum?«

»Nur weil Jennifer Sie manchmal besucht. Wenn ich sie nicht erreichen kann, kann ich es bei *Ihnen* versuchen.«

Sheridan gab Izzy einen Stift, und er schrieb die Angaben zu seiner Person auf.

Rufus Isambard Haughton 15/04/78.

»Jetzt lassen Sie bestimmt überprüfen, ob ich vorbestraft bin.« Er grinste, als er Sheridan den Stift zurückgab. »War nett, Sie kennenzulernen, aber ich muss jetzt wirklich los. Ich habe Spätschicht und darf nicht zu spät kommen. Haha.« Er lachte über seinen eigenen Witz.

»Kein Problem. Kann ich Sie eben noch fragen, wie Sie Jennifer kennengelernt haben?«

»Auf einer Buchmesse in Newquay, vor ein paar Jahren«, antwortete er und stieg auf sein Moped, das fast unter ihm verschwand. »Warum wollen Sie das wissen?«

»Nur so. Waren Sie mal zusammen?«, hakte Sheridan nach, als er den Schlüssel schon umdrehte.

»Mit Jen? Nein.« Er zwinkerte hinter seinem Visier. »Ich stehe nicht auf Mädchen«, sagte er und gab Gas.

* * *

Sie stiegen wieder ins Auto. »Klappe halten«, sagte Sheridan, ohne Anna anzusehen.

»Wir waren gerade in der Gegend, dreihundert Meilen von Liverpool entfernt, und dachten uns, schauen wir doch mal vorbei.« Anna grinste. Sheridan gab ihr einen leichten Klaps auf den Oberschenkel.

»Das habe ich nun wirklich nicht erwartet«, sagte Sheridan kopfschüttelnd.

»Ich auch nicht. Kannst du mir mal sagen, warum die coolen Männer alle schwul sind?«

Sheridan rief Rob Wills an und bat ihn, Rufus Isambard Haughton und Jason Smith in der Datenbank abzufragen.

Zehn Minuten später rief er zurück. Für Jason Smith gab es Hunderte von Einträgen, die die Kollegen aus dem Datenbank-Büro jetzt überprüften. Sie würden sich melden, wenn sie etwas gefunden hätten. Kein Treffer für Rufus Haughton.

* * *

Nach einer ziemlich heftigen Nacht im Pub vor Ort schliefen Sheridan und Anna aus, bevor sie sich auf den Rückweg nach Liverpool machten. Als sie aus der Tankstelle herauskam, warf Sheridan Anna eine Packung Chips zu.

»Sie hatten nur die mit Zwiebelgeschmack.«

»Schon okay.« Anna riss die Packung auf und stopfte sich eine Handvoll Chips in den Mund.

»Und deine Diät?«

»Langweilig.« Sie hielt Sheridan die Chips unter die Nase. »Willst du?«

»Nein danke. Ich bin auf Diät.«

* * *

Kurz vor Mitternacht kamen sie bei Anna an. Sheridan stieg aus, nahm Annas Reisetasche aus dem Kofferraum und umarmte sie. Auf den Stufen zum Haus drehte Anna sich um und winkte.

»Bis morgen.«

»Bis morgen.«

Drinnen stellte Anna den Koffer ab und lehnte sich gegen die Wand, um ihre Schuhe auszuziehen. Sie öffnete die Wohnzimmertür. In der Dunkelheit konnte sie ihn nicht sehen. Erst als sie das Licht anschaltete.

»Mein Gott.« Sie wich zurück und hielt sich am Türrahmen fest, als er auf sie zukam.

»Nein, Steve! Nein!« Im nächsten Moment rammte er sie mit seinem ganzen Gewicht. Sie fiel hintenüber, ihr Kopf schlug gegen den Heizkörper.

»Tut mir leid.« Seine Worte hallten in ihren Ohren wider, als sie die Augen schloss und spürte, wie ihr das Blut über das Gesicht lief.

KAPITEL 93

Freitag, 6. Juni

Sheridan fuhr zur gleichen Zeit wie Hill auf den Hof, die neben ihr parkte.

»Ich brauche einen vollständigen Bericht über Ihre Reise nach Cornwall. In mein Büro, mit Anna, und zwar sofort. Ich muss gleich zu einem Meeting«, sagte Hill scharf, als sie ihr Auto abschloss.

»Ich muss nur schnell noch pinkeln«, antwortete Sheridan. Sie eilte die Treppe hinauf, wo sie schon von Rob Wills erwartet wurde.

»Morgen Chefin, wie war die Reise?«

»Erzähle ich dir gleich. Anna und ich müssen zu Hill, kannst du ihr Bescheid sagen?«

»Anna ist noch nicht da«, rief Rob Sheridan hinterher, als sie in der Toilette verschwand.

Ein paar Minuten später informierte Sheridan Hill über ihre Befragung von Caroline Smith. Ab und zu schaute sie auf die Uhr und fragte sich, wo Anna bloß war.

Hill ließ sich dazu überreden, dass Rob nach Ronalds entfremdetem Sohn, Jason Smith, weitersuchte, solange dies nicht auf Kosten seiner anderen Fälle ging. Sie machte sehr deutlich, dass der Fall Parks keine Priorität hatte, sondern bei ihrer derzeitigen hohen Arbeitsbelastung nebenherlaufen musste.

»Seien wir ehrlich, wir wissen doch, was passiert ist.« Sie hob die Hand. »Und bevor Sie es sagen, Sheridan: Ja, es gibt noch Unstimmigkeiten. Aber ich kann es mir nicht leisten, dass Sie und Ihr Team herumsitzen und sich am Kopf kratzen. Klar ist allerdings, dass wir Jason ausfindig machen müssen, und sei es nur, um ihn als Verdächtigen auszuschließen. Dann können wir den Fall endlich abhaken.«

»In Ordnung«, stimmte Sheridan zu und warf wieder einen Blick auf ihre Uhr.

»Ich nehme an, dass Anna beschlossen hat, dieses Treffen sausen zu lassen?«, schnaubte Hill.

»Tut mir leid, Chefin, ich habe ganz vergessen, ihr zu sagen, dass wir zu Ihnen kommen sollten«, log Sheridan.

»Aha. Ich muss jetzt zu meinem nächsten Meeting.« Hill stand auf, nahm ihre Aktentasche vom Schreibtisch und ging ohne ein weiteres Wort hinaus.

Sheridan steckte ihren Kopf durch Annas Tür, bevor sie weiter ins Kripobüro ging. Anna war immer noch nicht da und sie ging auch nicht ans Handy. Sheridans Anruf wurde direkt auf die Voice-Mail weitergeleitet. Sie hinterließ eine Nachricht, setzte sich an ihren Computer und ging ihre E-Mails durch.

Eine Stunde verging ohne ein Zeichen von Anna. Sheridan versuchte es noch einmal telefonisch, beschloss dann aber, nicht noch eine Nachricht zu hinterlassen, sondern zu ihr zu fahren. Irgendetwas stimmte nicht. Anna kam nie zu spät zur Arbeit.

Als sie ins Auto stieg, sah sie etwas im Fußraum des Beifahrersitzes aufblitzen und beugte sich hinunter, um es aufzuheben. Annas Handy.

Sie hielt vor Annas Haus und wunderte sich, dass das Auto nicht in der Einfahrt stand. *War sie jetzt auf dem Weg zur Arbeit? War sie ihr entgegengekommen?*

Sheridan rief Rob an. Anna war nicht im Büro.

»Kein Wunder, sie war völlig fertig, als wir gestern Abend aus Cornwall zurückgekommen sind. Ich muss sowieso kurz was checken, dann schaue ich unterwegs bei ihr vorbei und kippe ihr einen Eimer Wasser über den Kopf.« Sheridan bemühte sich, ungezwungen zu klingen, aber ihr war mulmig zumute, als sie langsam den Weg zur Haustür hinaufging. Sie stand offen. Jetzt war sie richtig besorgt.

Vorsichtig drückte sie die Tür weiter auf. Das Erste, was ihr auffiel, waren die Blutflecken auf dem Flurteppich. Vorsichtig schritt sie darüber hinweg, wandte sich dem Wohnzimmer zu und blieb in der Tür stehen.

»Anna?«, rief sie und lauschte in die ohrenbetäubende Stille des Hauses. Nichts außer dem Ticken der Wanduhr. Sie sah sich schnell im Zimmer um. Auf der Sofalehne war ein Blutfleck, die Lampe neben dem Haustelefon war umgekippt. Ihr Herz begann zu klopfen, als sie vorsichtig in die Küche ging. Ein blut-getränktes Geschirrtuch lag auf der Arbeitsplatte, die Scherben eines Bechers waren auf dem Boden verstreut. Sie vergewisserte sich, dass sie das Funkgerät dabeihatte, und machte sich auf den Weg nach oben. Annas Bett war gemacht, die anderen Zimmer waren aufgeräumt. Sheridan stand auf dem Treppenabsatz und spürte, wie sehr ihre Hände zitterten und wie trocken ihr Mund war.

Wieder unten angekommen, stieg Panik in ihr auf. Sie atmete bewusst ein und aus, um sich zu beruhigen, dann zog sie ihren Ärmel über die Hand und hob das Haustelefon auf, um die zuletzt gewählte Nummer zu überprüfen. 99. *Sie hat versucht, den Notruf zu wählen, ist aber nicht dazu gekommen, die 999 komplett einzutippen.*

»Scheiße«, sagte sie laut, legte das Telefon zurück in die Halterung und drückte auf die Sprechtaste ihres Funkgeräts.

»Charlie Delta sechs-sechs.«

Aus der Einsatzzentrale kam die Antwort: »Charlie Delta sechs-sechs. Sprechen Sie.«

»Ich bin hier in der …« Sie verstummte, als die Wohnzimmertür aufging.

KAPITEL 94

Rob Wills nahm einen großen, selbst gebackenen Pfannkuchen aus der Plastikdose, die seine Frau gefüllt hatte.

»Was ist das?«, fragte Dipesh, der mit einer dampfenden Schale Suppe ins Büro kam.

»Ein Pfannkuchen. Willst du was davon?« Rob riss ein Stück ab und reichte es ihm.

»Danke. Willst du was von der Suppe?«

Rob war sich nicht bewusst, dass Hill hinter ihm hereingekommen war. »Ja, gerne. Kann ich meinen Pfannkuchen da reintunken?«

»Das ist gesetzlich verboten«, sagte Hill direkt neben Robs Ohr. Er fiel fast vom Stuhl. Als er sich umdrehte, stand sie breit grinsend hinter ihm. Er hatte sie bisher nie auch nur lächeln sehen. Ihr Gesicht war weich geworden.

»Wo sind Sheridan und Anna?« Ihre Miene fand zu ihrer finsteren Grundeinstellung zurück. Der schöne Moment war vorbei.

»Ich weiß nicht, Chefin«, antwortete Rob und tauchte seinen Pfannkuchen in Dipeshs Suppenschale.

»Was ist das?« Hill zeigte auf den Bericht auf Robs Schreibtisch.

»Das sind die forensischen Ergebnisse der DVD im Fall Daniel Parks.«

»Haben die etwas gefunden?«

»Ein Teilabdruck auf dem Tesafilm, nicht genug für eine Übereinstimmung. Sonst nichts, weder auf der DVD noch auf dem Umschlag noch auf dem Zettel.«

»Gibt es etwas Neues in Sachen Handynummer von Jason Smith?«

»Nichts. Es ist ein Prepaid-Telefon.«

»Okay.« Hill streckte den Daumen hoch und ging hinaus.

Rob wandte sich wieder an Dipesh. »Das war seltsam.«

Dipesh zuckte mit den Schultern. »Sagt der Mann, der gerade seinen Pfannkuchen in die Suppe eines anderen Mannes getunkt hat.«

KAPITEL 95

»Was zum Teufel ist hier los? Deine Haustür war offen und überall ist Blut.« Sheridan folgte Anna in die Küche und sah zu, wie sie das blutgetränkte Geschirrtuch aufhob und in den Müll warf, bevor sie etwas Bleichmittel auf die Arbeitsfläche schüttete. Sie öffnete den Schrank unter der Spüle, nahm Kehrschaufel und Handfeger heraus, fegte die Reste des zerbrochenen Bechers auf und warf sie in den Mülleimer.

»Anna«, schnauzte Sheridan sie an. »Was ist passiert?«

Anna brach in Tränen aus. Sheridan nahm sie instinktiv in die Arme, hielt sie fest und spürte, wie ihr Körper vom Schluchzen bebte.

»Steve war hier, als ich gestern Abend nach Hause gekommen bin.«

Sie erzählte Sheridan, wie sie nach Hause gekommen war und ihn auf dem Sofa sitzend vorgefunden hatte. Er war aufgestanden und scheinbar halb bewusstlos auf sie zugetaumelt, den Arm mit einer großen Wunde am Handgelenk vor sich ausgestreckt. Er war gegen sie gefallen, sodass sie rückwärts gegen den Heizkörper gekracht war und sich den Kopf aufgeschlagen hatte. Es war ihr gelungen, ihm aufzuhelfen und seinen

Arm in ein Geschirrtuch zu wickeln. Dann hatte sie einen Krankenwagen rufen wollen.

»Sobald ich angefangen habe zu wählen, ist er wie durch ein Wunder wieder zu sich gekommen und hat mich angefleht, keinen Krankenwagen zu rufen. Aber er hatte nichts dagegen, dass ich ihn ins Krankenhaus fahre. Ich habe versucht, deine Nummer im Büro anzurufen, aber es ist niemand rangegangen. Bevor ich das Krankenhaus verlassen habe, habe ich es noch mal versucht. Ich musste ein Münztelefon suchen, weil ich zu allem Überfluss auch noch mein verdammtes Handy verloren habe.«

»Ich habe dein Handy, es lag unter dem Beifahrersitz. Und, wie geht es ihm?« Sheridan setzte den Wasserkocher auf und lehnte sich an die Arbeitsplatte.

»Gut. Der Schnitt war nicht tief. Er redet heute Morgen mit einem Psychologen.«

»Hat er gesagt, warum er es getan hat?«

»Er kommt mit der Trennung nicht zurecht.«

»Weiß er über die Abtreibung Bescheid?«

»Nein.«

»Dann tu mir einen Gefallen.«

»Was?«

»Sag es ihm bloß *nie*.«

»Habe ich auch nicht vor. Das würde er mir nie verzeihen.«

Sheridan nickte. Sie hätte gerne noch mehr gesagt, behielt ihre Bedenken aber für sich. Sie wusste, dass Steve das nur getan hatte, damit Anna sich schuldig fühlte und ihn wieder bei sich aufnahm. Sie wusste auch, dass es nicht dabei bleiben würde. Er würde die Taktik der vielen kleinen Nadelstiche anwenden, bis sie nachgab. Dies war nur der Anfang. Sheridan schoss wieder der Gedanke durch den Kopf, ob Steve Anna nicht doch geschlagen haben könnte. Anna hatte es jedes Mal geleugnet, wenn sie das Thema angesprochen hatte, aber Sheridans Instinkt sagte ihr, dass Anna nicht die Wahrheit sagte. Doch Sheridan wollte auch nicht zu viel Druck aufbauen. Sonst konnte es passieren, dass Anna komplett dichtmachte und Sheridan nicht mehr an sie herankam.

Anna rieb sich das Gesicht. »Ich muss duschen und zur Arbeit gehen. Hat Hill nach mir gefragt?«

»Mach dir keine Sorgen um Hill, sie musste zu einer Besprechung. Warum nimmst du dir nicht frei?« Sheridan untersuchte die Beule an Annas Hinterkopf.

»Es ist nur eine Beule, der Arzt hat mich durchgecheckt.« Anna wollte sich nicht freinehmen, und nachdem sie die Wohnung aufgeräumt hatten, fuhren sie in Sheridans Auto zur Hale Street. Sie würden Hill sagen, dass Anna eine Autopanne gehabt hatte.

Als sie im Büro ankamen, informierte Rob sie über die forensischen Ergebnisse der DVD und bestätigte, dass das Handy von Jason Smith ein Prepaid-Handy war. Annas Kopf pochte. Sie schluckte zwei Paracetamol mit einer Tasse Wasser hinunter.

Am Nachmittag ging es ihr besser. Dazu trug auch die riesige Sahnetorte bei, die Sheridan aus der Stadt mitgebracht hatte. Gerade als Sheridan sich Marmelade vom Hemd wischte, wurden sie in Hills Büro gerufen.

»Setzen Sie sich«, bellte Hill, ohne aufzublicken, und tippte wütend mit einer Hand auf der Tastatur, während sie mit der anderen einen Anruf entgegennahm.

»Ich bin gleich da, Sir.« Sie knallte das Telefon auf die Halterung und stand auf. »Ich wollte mit Ihnen über die gefährliche Körperverletzung im Zusammenhang mit dem Einbruch sprechen, mit dem Rob gerade zu tun hat. Das müssen wir auf nächste Woche verschieben. Ich wurde gerade zum x-ten Meeting in dieser Woche gerufen. Und danach habe ich ein paar Tage frei. Ich will Sie drei gleich am Mittwochmorgen in meinem Büro sehen.« Sie schnappte sich die Aktentasche und fegte um die Ecke. »Punkt neun Uhr«, rief sie aus dem Korridor.

Anna rollte mit den Augen. »Sie ist unglaublich schroff. Sie hat ein Gesicht wie ein geprügelter Arsch und redet mit den Leuten, als ob sie Scheiße wären. Was glaubst du, warum ist sie so?«

»Sie ist wütend.«

»Auf was?« Anna zog fragend die Schultern hoch.

Sheridan erzählte ihr von dem Autounfall, bei dem Hills Mann und Kinder ums Leben gekommen waren. Anna hörte ihr mit offenem Mund zu.

»O Gott!«, war alles, was sie sagen konnte. Sie drehte sich zur Tür um, als ob Hill noch dort stehen würde.

»Deswegen finde ich, dass wir ruhig nachsichtig mit ihr sein sollten.«

»Wie kommt man jemals über so etwas hinweg?«

»Sie ist *nie* darüber hinweggekommen«, antwortete Sheridan.

* * *

Nach der Arbeit fuhr Sheridan Anna nach Hause. Gemeinsam hörten sie sich die Nachricht auf dem Anrufbeantworter an, die Steve auf dem Haustelefon hinterlassen hatte. Er entschuldigte sich für sein Verhalten und versprach Anna, sie erst wieder zu kontaktieren, wenn sie es wollte. Er hatte eine Überweisung für eine psychologische Behandlung und schwor, so etwas nie wieder zu tun.

»Warum hat er das nicht auf deinem Handy hinterlassen?«, fragte Sheridan, als Anna die Nachricht löschte und in die Küche ging.

»Hat er. Ich habe sie ignoriert.«

Sheridan setzte sich an den Küchentisch und sah Anna dabei zu, wie sie den Wasserkocher anstellte und ihnen beiden eine Tasse Kaffee machte. Sie unterhielten sich über Steve und darüber, dass Anna im Moment nicht die Absicht hatte, die Beziehung mit ihm wiederzubeleben, schon gar nicht, solange er so labil war.

»Ich habe das im Job schon zu oft gesehen. Er verhält sich wie ein kontrollsüchtiger Täter, und obwohl er mich noch nie geschlagen hat, erkenne ich die Anzeichen.« Anna pustete auf ihren Kaffee. »Ich weiß, dass er nicht die Absicht hatte, sich umzubringen. Er hat darauf gewartet, bis ich nach Hause gekommen bin, und in dem Moment hat er sich die Pulsader aufgeschnitten. Weil er gehofft hat, dass ich Mitleid mit ihm habe und ihn zurücknehme. Aber glaub mir, das passiert nicht.«

»Du musst die Schlösser austauschen lassen.«

Anna nickte. »Ja, ich kümmere mich darum.«

KAPITEL 96

Dienstag, 10. Juni

Sam rief Sheridan an, als sie aus dem Schultor trat.

»Hallo, du«, sagte Sheridan.

»Darf ich heute Abend spielen gehen?«

»Hängt davon ab, mit wem du spielen willst.« Sheridan schloss grinsend den Aktenschrank ab.

»Ein paar von uns gehen noch etwas trinken. Alison hat Geburtstag. Das hatte ich total vergessen, ich muss ihr schnell noch ein Geschenk und eine Karte besorgen. Sie mag Dolly Parton, aber wahrscheinlich hat sie schon alle CDs von ihr. Eigentlich wollte ich das in der Mittagspause machen … Aber irgendein Scherzkeks hat auf dem Mädchenklo eine Rolle Klopapier in Brand gesteckt, und die ganze Schule musste evakuiert werden. Ich komme aber nicht so spät nach Hause. Und wie war dein Tag?«

Sheridan lächelte immer breiter, je länger sie Sam zuhörte. »Mein Tag war gut. Geh du mal spielen. Wir sehen uns später.«

»Okay. Ich liebe dich.«

»Ich liebe dich auch.«

Sie beendete gerade das Gespräch, als Anna in ihr Büro kam.

»Machst du Schluss für heute?«, fragte Sheridan und fischte ihre Tasche unter dem Schreibtisch hervor.

»Ja.«

»Hast du Lust, mit zu mir zu kommen, und wir bestellen uns was zu essen? Sam ist heute Abend nicht da.«

»Gerne. Solange wir nicht über den Fall Parks sprechen. Ich bin nämlich gerade mit meinen anderen Fällen so beschäftigt, dass mir eh schon der Kopf raucht.«

»Abgemacht.«

Eine Stunde später saßen sie beim Essen in Sheridans Küche und unterhielten sich angeregt über den Fall Parks.

»Glaubst du, dass Jason irgendwie darin verwickelt ist?«, fragte Anna.

»Möglich wäre es. Aber warum sollte er Ronald und Rita auf diese Art ermorden, nur um Geld zu erben? Und dann sind da ja auch noch Tony und Helen. Ich frage mich, ob Jason und Daniel Kontakt hatten. Vielleicht hat Daniel Jason von dem Missbrauch erzählt, und als Daniel ermordet wurde, hat Jason beschlossen, sich an Ronald und Rita zu rächen. Oder er hat gedacht, er würde durch ihren Tod einen Teil des Vermögens erben.«

»Oder Jennifer und Jason haben die Morde gemeinsam geplant und wollten sich das Erbe teilen?«

»Auch möglich.«

Sie gingen alles noch einmal durch und stellten eine Hypothese nach der anderen auf, bis sie sich im Kreis drehten.

Schließlich ließen sie sich im Wohnzimmer nieder, wo Anna es sich auf dem Sofa mit einem Kissen bequem machte.

»Sag mal, kann es sein, dass du von diesem Fall besessen bist?«, fragte sie und trank einen Schluck Wasser.

»Nicht mehr als von jedem anderen. Warum?«

»Ich glaube, dieser geht dir wirklich nah.« Anna musterte Sheridan. »Das soll keine Kritik sein, nur eine Beobachtung.«

»Ich weiß, worauf du hinauswillst. Du denkst, ich sei davon besessen, weil Jennifers Bruder ermordet wurde und meiner auch.« Sheridan hielt inne. »Du denkst auch, weil wir kein wirkliches Motiv für den Mord an Daniel haben, erinnert mich das an Matthews Ermordung und daran, dass wir nicht wissen, warum er getötet wurde.« Sheridan hob eine Augenbraue.

»Genauso ist es. Ich kann mir vorstellen, dass der Verlust von Matthew für deine Eltern und dich unerträglich gewesen sein muss …« Anna verstummte, als sie bemerkte, dass Sheridan die Augen schloss.

»Matthew ist seit dreißig Jahren nicht mehr da.« Sheridan öffnete blinzelnd die Augen. »Er wäre jetzt zweiundvierzig. Vielleicht wäre er verheiratet und hätte Kinder, vielleicht wäre er zur Uni gegangen und hätte studiert. Vielleicht wäre er wie ich zur Polizei gegangen und jetzt auch Detective.« Sie sah Anna an. »Oder er wäre Wissenschaftler geworden und hätte ein Mittel gegen Krebs gefunden.«

Anna antwortete nicht, sondern hörte nur aufmerksam zu.

Sheridan fuhr fort: »Weißt du, wir können uns nur fragen, was er mit seinem Leben angefangen hätte. Wir können uns nur fragen, was aus ihm hätte werden können. Tatsache ist, dass er nie die Chance bekam, etwas anderes zu sein als mein kleiner Bruder. Wir wissen, wo er gestorben ist, und wir wissen, wie er gestorben ist. Was wir nicht wissen, ist, wer ihn getötet hat und warum. Nach dreißig Jahren bin ich immer noch da, wo Jennifer Parks jetzt ist, und ich will einfach nicht, dass sie nie in ihrem Leben die Wahrheit über den Tod ihres Bruders erfährt. Denn ich weiß, wie sich das anfühlt, und ich kann den Gedanken nicht ertragen, dass jemand anderes das durchmachen muss, was meine Familie durchgemacht hat. Es gibt keinen vergleichbaren Schmerz.«

In diesem Moment wurde Anna klar, dass Sheridan noch nie so mit ihr über Matthew gesprochen hatte. Bisher war es immer sachlich geblieben, um Indizien gegangen ... oder um das Fehlen von Indizien. Nie hatte Sheridan über ihn als kleinen Jungen gesprochen, dessen Leiche in einem Park gefunden worden war. Über ihren Bruder. Den Sohn ihrer Eltern. Matthew war real, nicht nur ein Name in einer dreißig Jahre alten Polizeiakte.

»Entschuldige«, sagte sie schließlich.

»Wofür entschuldigst du dich?« Sheridan stand auf.

»Weil ich gesagt habe, dass du besessen seist.«

»Ich *bin* besessen. Ich setze jetzt Wasser auf, und dann gehen wir noch einmal durch den Fall Ronald Parks.«

Anna sackte in sich zusammen. »Ernsthaft?«

Sheridan küsste sie auf den Scheitel und ging in die Küche. »Nein, das war ein Scherz, du Dummkopf.«

KAPITEL 97

Es war fünf Uhr dreißig. Sheridan lag wach, den Arm über Sam ausgestreckt, und beobachtete, wie sich deren Brustkorb hob und senkte. Auf einmal weckte sich Sam durch ein lautes Schnarchen selbst, und genau in dem Moment klingelte das Telefon. Sie drehte sich um und schielte auf die Uhr, bevor sie die Nummer von Joni auf dem Handy sah.

»Es ist noch nicht mal sechs! Wehe, du bist nicht in Lebensgefahr oder so was in der Art«, krächzte Sam.

»Als ich gestern Abend ins Bett gegangen bin, ist Newman mitgekommen und auf meinem Kopfkissen eingeschlafen«, flüsterte Joni. »Ich bin gerade aufgewacht und er ist immer noch da. Das hat er noch nie getan!«

»Wie schön.« Sam gähnte. Maud hechtete laut miauend aufs Bett und begann, die Bettdecke mit ihren großen Pfoten zu kneten. Dann ließ sie sich dramatisch auf die Seite fallen und fegte dabei mit dem Schwanz über Sams Gesicht.

»Ich konnte nicht warten. Ich musste es dir sofort sagen. Jetzt rufe ich meine Mutter an.«

»Gut.«

»Okay, tschüss. Hab dich lieb.«

»Ich dich auch.« Sam ließ das Telefon auf die Bettdecke fallen und offenbarte Sheridan, welche bahnbrechenden Ereignisse sich bei Joni abgespielt hatten. Sheridan war mittlerweile hellwach und entschied sich, den Tag einfach früh zu starten.

* * *

Als Sheridan zur Arbeit kam, war Anna zu ihrer Überraschung schon da.

»Was treibst du hier um diese Uhrzeit?«, fragte sie und hockte sich auf Annas Schreibtischkante.

»Ich muss drei Akten für die Staatsanwaltschaft vorbereiten und wollte das vor unserem Meeting mit Hill erledigen. Aber typisch, gerade hat sie mir eine Nachricht geschickt, dass sie das Meeting auf heute Nachmittag verlegt hat. Warum bist du schon so früh da?«

Sheridan erzählte Anna von Jonis Anruf.

Anna lachte. »Und das musste sie euch *morgens* um halb sechs mitteilen?«

»Anscheinend schon. Irgendwie ist es ja auch süß«, sagte Sheridan lächelnd und ging hinaus. Sie wollte den frühen Start nutzen, um Jennifer Parks' Telefondaten zu überprüfen. Nachdem sie sich einen Kaffee gemacht hatte, setzte sie sich an ihren Schreibtisch und begann, sie aufmerksam durchzusehen.

* * *

Es war bereits nach achtzehn Uhr, als Hill in Sheridans Büro erschien. Rob und Anna waren schon da.

»Entschuldigen Sie die Verspätung. Schön, dass Sie alle da sind. In fünf Minuten in meinem Büro, bitte.« Sie streckte den Daumen hoch und verschwand.

Rob ging ins Kripobüro, um seine Unterlagen zu holen. Anna und Sheridan machten noch einen Abstecher zu den Toiletten. Anna kam zuerst heraus und verzog das Gesicht, als sie die Geräusche aus Sheridans Kabine hörte.

»Sorry!«, rief Sheridan.

»Du furzt dir was zurecht«, sagte sie grinsend, als Sheridan sich die Hände wusch.

»Danke für gestern Abend. Tut mir leid, dass ich so emotional über Matthew gesprochen habe. Und dass ich immer wieder auf die Morde an den Parks' zurückkomme, aber es hat mir wirklich geholfen, mit dir darüber zu reden.«

»Kein Problem. Du siehst erschöpft aus.«

»Alles okay. Es war einfach nur ein langer Tag.« Sheridan sah auf ihre Uhr. »Auf Jonis Weckruf am frühen Morgen hätte ich allerdings verzichten können.« Sie grinste.

»Ja, aber wenn deine Katze das erste Mal auf deinem Kissen schläft, ist das doch ein großes Ereignis. Das muss man einfach herausposaunen. Also, bis gleich.« Anna eilte ins Büro, um sich Notizblock und Stift zu holen.

Rob kam ihr auf dem Weg zu Hills Büro entgegen. »Sag Hill, wir sind in zwei Minuten da.«

»Wird gemacht.« Rob streckte beide Daumen hoch.

Sheridan überprüfte ihr Aussehen im Spiegel und dann starrte sie ihr eigenes Spiegelbild an.

Und plötzlich traf es sie wie ein Schlag.

Sie rannte in ihr Büro, wo sie mit dem Finger über die ausgedruckten Seiten von Jennifer Parks' Telefonverbindungen fuhr und die Nummern mit den Daten abglich.

»Mist«, sagte sie laut und rief Jennifer an. Keine Antwort. Sie versuchte es bei ihr zu Hause und in der Buchhandlung.

Keine Antwort. Sie schnappte sich ihre Jacke und flitzte den Korridor hinunter, wobei sie Anna fast über den Haufen rannte.

»Was ist los?«, fragte Anna.

»Wir müssen mit Jennifer sprechen. Sie geht nicht an ihr Telefon.«

»Warum? Was ist mit unserem Meeting bei Hill?«

»Müssen wir verschieben.«

»Was ist so wichtig?«

»Erkläre ich dir auf dem Weg.«

KAPITEL 98

Hill saß mit eiserner Miene da und trommelte mit den Fingern auf den Schreibtisch. Rob Wills fühlte sich *sehr* unwohl. Plötzlich stand sie auf und marschierte hinaus. Rob stand seufzend auf, um sich zu strecken. Er warf einen Blick aus dem Fenster und sah, dass Sheridan und Anna aus dem Hinterhof fuhren.

»O Mann, Sheridan, wo wollt ihr hin? Verdammt!« Er stemmte die Hände in die Hüften, und als er das Vibrieren seines Handys in der Gesäßtasche spürte, fummelte er es heraus, ohne aufs Display zu sehen. »DC Wills.«

»Ich bin's, Anna. Du musst sofort etwas für uns tun.«

Hill stürmte ins Kripobüro, sah sich um und lief weiter in die Büros von Anna und Sheridan. Als sie beide leer vorfand, kehrte sie in ihr Zimmer zurück, wo sie Rob Wills am Handy erwischte.

»Okay, bin auf dem Weg.« Er beendete das Gespräch und drehte sich um. Hill stand in der Tür.

»Was zum Teufel ist hier los, Rob? Wo sind Anna und Sheridan?«

* * *

Fünf Minuten später bog Rob Wills auf die Hauptstraße ein und gab Gas, schlängelte sich durch den Verkehr und nahm die Nebenstraßen, die er so gut kannte. Hill saß auf dem Beifahrersitz.

Zwanzig Minuten darauf erreichte er das Grundstück der Parks' und hielt neben dem Umzugswagen. Hill war aus dem Auto gesprungen, bevor Rob sich abgeschnallt hatte.

* * *

Anna spähte durch das Schaufenster der Buchhandlung. Die Regale waren leer. In einer Ecke stapelten sich Kartons, und quer über dem Fenster klebte ein »Verkauft«-Schild. Sheridan versuchte, Jennifer zu erreichen.

Annas Handy klingelte. »Ja, Rob?«

»Sie ist weg.«

»Weg?«

»Ja, die Verträge wurden heute Nachmittag unterzeichnet. Wir müssen sie um eine Stunde verpasst haben. Die neuen Besitzer sagen, sie wollte einen Zug erwischen.«

* * *

Die Straßen rund um den Bahnhof Liverpool Lime Street waren zugeparkt. Sheridan versuchte vergeblich, einen Parkplatz zu finden.

»Mist. Kannst du das machen? Ich muss da jetzt rein.« Sie sprang aus dem Auto, rannte in den Bahnhof und sah sich um. Jennifer saß auf einem der Sitze gegenüber den Abfahrtstafeln. Mit klopfendem Herzen ging Sheridan auf sie zu. Jennifer blickte auf und erschrak sichtlich bei ihrem Anblick.

»Sheridan? Was machen Sie denn hier?«

»Ich musste Sie noch erwischen, bevor Sie abfahren. Ich habe dauernd versucht, Sie zu erreichen. Wohin fahren Sie?« Sie setzte sich neben Jennifer und kam langsam wieder zu Atem.

»Ich nehme eine Auszeit und reise durch Europa.« Sie schlug die Beine übereinander und legte die Hände in den Schoß.

»Das kommt aber plötzlich. Fahren Sie alleine?«

»Ja. Tut mir leid, dass ich mich nicht von Ihnen verabschiedet habe. Ich wollte Sie anrufen, aber es war alles ziemlich hektisch. Ich kann Anna und Ihnen nicht genug danken. Deswegen bin ich froh, dass ich Ihnen das doch noch persönlich sagen kann.«

Sheridan sah sie an. »Wissen Sie, ich habe in meinem Leben schon in Hunderten von Fällen ermittelt, aber dieser hat mir die meisten schlaflosen Nächte bereitet.«

»Das tut mir leid.«

»Das muss es nicht. Ich wollte der Sache nur auf den Grund gehen. Damit Sie zur Ruhe kommen können.« Sheridan zog ein Blatt Papier aus der Tasche und reichte es Jennifer. »Das ist ein Abschnitt aus Ihrem Tagebuch. Ich habe ihn sehr oft gelesen, weil ich nicht vergessen wollte, wie Sie sich gefühlt haben. Und wie wichtig es für Sie ist, dass wir Daniels Fall lösen.«

Jennifer überflog den Eintrag.

»Montag, 5. November – Zwei Polizistinnen, DI Holler und DS Markinson, waren in der Buchhandlung. Sie rollen Daniels Fall wieder auf. Morgen früh soll ich zur Polizei gehen und meine alte Aussage mit ihnen durchgehen.

Ich hoffe so sehr, dass sie herausfinden, wer ihn wirklich getötet hat. Vielleicht bekommen wir drei dann

endlich etwas wie Frieden und können irgendwie
versuchen weiterzuleben.«

»Sie verblüffen mich immer wieder, Sheridan.« Jennifer gab ihr den Zettel zurück, verschränkte die Finger und löste sie wieder, überschlug die Beine und stellte sie gleich darauf nebeneinander.

Und da bemerkte Sheridan die Tätowierung auf Jennifers Knöchel.

Aus dem Augenwinkel sah sie, wie Anna mit Rob und Hill im Schlepptau durch den Haupteingang kam. Alle drei scannten den Bahnhof, und als sie sie entdeckten, streckte Sheridan diskret ihre linke Hand aus, um ihnen zu signalisieren, dass sie nicht näher kommen sollten. Mit der anderen Hand holte sie ihr Handy heraus und schickte Anna eine Nachricht.

Anna zeigte sie Hill und Rob.

»An mir ist nichts Verblüffendes«, sagte Sheridan. »Ich mache meinen Job, so gut ich kann. Das ist alles. Als ich den Eintrag in Ihrem Tagebuch gelesen habe, wurde mir klar, wie wichtig es für Sie ist, dass wir den Fall wieder aufrollen.«

»Ja. Es hat mir unglaublich viel bedeutet. Ich war mir nie sicher, was ich glauben sollte. Hat mein Vater Daniel ermordet oder hat sich die Polizei nicht doch geirrt?« Sie sah Sheridan an.

»Nein, wir haben uns nicht geirrt. Ihr Vater hat Daniel getötet und Tony Harvey hat ihm geholfen, ihn irgendwie loszuwerden.«

»Ja, das glaube ich jetzt auch.«

»Aber an der Ermordung Ihrer Eltern war noch jemand anderes beteiligt. Die Art und Weise, wie sie getötet wurden, ergibt sonst einfach keinen Sinn. Warum sollte Tony Harvey sie so zurücklassen?«

»Ich weiß es nicht.«

»Hatten Sie jemals Kontakt zu Ihrem Halbbruder Jason?«

»Nein«, antwortete Jennifer und runzelte die Stirn.

»Er hat sich nie bei Daniel oder Ihnen gemeldet?«

»Nein. Wir wussten, dass es ihn gab, aber wir haben uns nie kennengelernt. Warum?«

»Ich frage mich, ob er etwas mit dem Tod Ihrer Eltern zu tun hat.«

»Was? Warum?« Jennifer rutschte hin und her.

Sheridan wollte gerade antworten, als ihr Handy vibrierte. Sie wandte sich ab und las Annas Antwort, bevor sie zurückschrieb: *Bist du sicher?*

Anna antwortete: *Absolut.*

Sheridan schloss die Augen und spürte, wie angespannt ihr Kiefer war.

»Ich kann nicht beweisen, dass Jason etwas damit zu tun hat. Aber ich würde wirklich gerne mit ihm sprechen.«

Rob sah die beiden Frauen aufmerksam an und näherte sich ihnen noch etwas. Er drehte sich erstaunt zu Anna und Hill um.

»Sie benutzt Zeichensprache.«

»Was?«, fragten Anna und Hill unisono.

»Jennifer benutzt Zeichensprache«, wiederholte er. Er beobachtete Jennifers Hände. Die langsamen, kaum wahrnehmbaren Bewegungen ihrer Finger wären den meisten Menschen nicht aufgefallen. Aber Rob kommunizierte täglich in Gebärdensprache mit seiner Frau.

»Mit wem?«, fragte Hill und schaute sich unter den vorbeieilenden Menschen um.

»Wir müssen näher ran. Anna, du bleibst hier. Jennifer kennt dich, aber Hill und mich hat sie noch nie gesehen.« Rob nahm Hill bei der Hand und schlenderte auf die Abfahrtstafel zu. Sie taten, als würden sie hinaufschauen, dann drehte Rob sich zu Hill und beobachtete Jennifer über Hills Schulter hinweg.

»Können Sie verstehen, was sie sagt?«, fragte Hill und beobachtete die Menschenmenge aufmerksam.

»Noch nicht.«

Sheridan sah Rob und Hill dort stehen. Irgendetwas stimmte nicht. Sie schaute hinüber zu Anna, die gerade eine Nachricht schrieb. Sheridan sah hinunter, als die Nachricht ankam:

Sie unterhält sich in Zeichensprache.

Sheridan antwortete nicht, sondern sprach weiter mit Jennifer, den Blick nach vorne gerichtet, als wäre ihr nichts aufgefallen.

»Wenn wir Jason finden, könnten wir ihn als Verdächtigen ausschließen.«

* * *

Rob schaute über Hills Schulter und konzentrierte sich auf Jennifers Hände.

»Hau ab«, sagte er.

Hill sah zu ihm auf. »Was?«

»Sie signalisiert ›Hau ab‹.«

»Lassen Sie sie nicht aus den Augen.« Hill rief Anna an.

»Sie signalisiert irgendwem, dass er abhauen soll. Sie decken Ihre Seite ab, ich meine.«

Anna schrieb Sheridan: Sie macht das Zeichen für hau ab.

Jason, schrieb Sheridan.

Hill ging langsam durch die Menschenmenge und hielt nach jemandem Ausschau, der sich auf Sheridan und Jennifer konzentrierte. Hill entdeckte ihn in dem Moment, in dem er aufstand, seinen Rucksack auf den Rücken schwang und auf den Ausgang zuging. Er warf Jennifer noch einen kurzen Blick zu, bevor er hinausging. Hill sah, dass Rob Jennifer weiter beobachtete und dass Anna mit einem Polizisten sprach. Sie wählte

Annas Nummer und erreichte den Ausgang gerade noch rechtzeitig, um ihn die Treppe hinuntergehen zu sehen.

»Ja, Hill?«, sagte Anna.

»Er überquert die Straße und geht in Richtung St. George's Hall. Er trägt Jeans, ein weißes T-Shirt, eine dünne braune Jacke und hat einen dunkelblauen Rucksack dabei.«

Anna gab die Information an den zuständigen Streifenpolizisten im Bahnhof weiter, der über sein Funkgerät Hilfe anforderte und gleichzeitig auf den Ausgang zurannte. Anna joggte zu Rob und zog ihn mit. »Er ist gerade raus aus dem Bahnhof. Hill und ein Kollege sind hinter ihm her. Macht Jennifer noch Zeichen?«

»Nein«, antwortete Rob.

»Du bleibst hier und gibst uns Bescheid, falls sie wieder damit anfängt. Dann wissen wir, dass wir hinter dem falschen Mann her sind.«

Rob nickte und sah, dass Sheridan sie beide unauffällig beobachtete. Sheridans Handy klingelte und sie hörte zu, als Anna ihr erklärte, was gerade passierte. Als Sheridan bemerkte, dass Jennifer hellhörig wurde, beendete sie das Gespräch.

»Tut mir leid. Ein wichtiger Fall. Alle versuchen dauernd, mich zu erreichen«, erklärte sie.

* * *

Als er auf der anderen Straßenseite war, drehte er sich um und sah, dass eine Frau hinter ihm herrannte. Und dann raste er los.

»Mist.« Hill wurde sofort klar, dass er viel schneller war als sie. Ihr Herz raste, als sie ihn erst in eine Seitenstraße einbiegen sah und dann in eine noch kleinere, wo er noch mehr beschleunigte. Sie zog ihre Pumps aus und schleuderte sie weg. Die Gasse mündete auf eine Hauptstraße, die sie gerade noch rechtzeitig erreichte, um ihn ziemlich weit weg eine Straße überqueren zu sehen. In diesem Moment überholte sie der Streifenpolizist, der irgendwas in sein Funkgerät rief. Hill holte alles aus sich heraus und rannte in eine kleinere Straße, um ihm den Weg abzuschneiden. Aber plötzlich schoss ihr ein unerträglicher Schmerz in den Fuß und sie schrie auf. Aus ihrem rechten Fuß strömte Blut. Sie glitt aus, streckte instinktiv die Hand aus, um ihren Sturz abzufangen, und schlug mit dem Kopf aufs Pflaster.

* * *

Anna rannte keuchend in die Richtung, in der sie Jason vermutete. Gerade als sie Hill anrufen wollte, entdeckte sie sie vor sich auf dem Boden. Anna ging vor ihr in die Hocke.

»Mein Gott. Was ist passiert?«, fragte sie, während Hill versuchte aufzustehen.

»Kümmern Sie sich nicht um mich. Ein Kollege hat mich eben schon überholt. Er ist in die Richtung gerannt.« Hill zeigte die Straße hinunter. »Los, hinterher, ich komme hier klar.«

»Ich lasse Sie hier nicht auf der Straße liegen. Sie bluten stark.« Anna sah, dass ein großer Glassplitter aus Hills Fußsohle herausragte.

»Los, weiter mit Ihnen. Ich komme hier klar«, fuhr Hill sie an, während sie sich vor Schmerzen krümmte.

»Sie halten jetzt einfach mal die Klappe.« Anna wählte 999, setzte sich hinter Hill und bettete ihren Kopf auf ihren Schoß.

* * *

Jennifer zog eine Wasserflasche aus ihrer Tasche. »Wenn Sie Jason finden, was machen Sie dann mit ihm? Verhaften Sie ihn?«

»Kann sein.« Sheridan sah, dass Rob telefonierte und den Daumen hochreckte, während er ihr zunickte und langsam auf sie zuging.

Sheridan stand auf und holte tief Luft.

»Gehen Sie?«, fragte Jennifer und sah lächelnd zu ihr auf.

»Ja.«

Jennifer stand auf. »Nochmals vielen Dank für alles.«

Sheridan senkte den Kopf. Dann sah sie Jennifer direkt an.

»Jennifer Parks, ich verhafte Sie wegen des Verdachts auf Verschwörung zum Mord.«

* * *

Anna wartete in der Notaufnahme, bis Hill schließlich, auf Krücken gestützt, heraushumpelte.

»Wie fühlen Sie sich?«, fragte Anna und stand auf.

»Ich bin sauer. Ich habe diese Schuhe geliebt. Wie sieht's aus?«

»Sheridan und Rob haben Jennifer festgenommen und sind mit ihr in der Hale Street. Jason hat einem Kollegen einen Kinnhaken verpasst und wurde in die Potters Road gebracht. Er wurde erst mal nur wegen Widerstands gegen Vollstreckungsbeamte festgenommen. Jetzt gehen wir alle ins Revier, um die Vernehmungen vorzubereiten. Die beiden haben ein Bett für die Nacht. Wir befragen sie morgen früh.«

»Gut.«

»Und was ist mit Ihrem Fuß?«

»Alles in Ordnung. Musste genäht werden.«

»Und Ihr Kopf? Eine Gehirnerschütterung? Gedächtnisverlust?«

»Ich weiß genau, warum Sie das fragen, Anna. Mit meinem Gedächtnis ist alles in Ordnung. Deswegen habe ich auch nicht vergessen, dass Sie mir gesagt haben, ich soll die Klappe halten.«

»Sie stecken mich wieder in Uniform?«, fragte Anna, als sie Hill die Tür aufhielt.

»Genau. Und dann schicke ich Sie los, um meine verdammten Schuhe zu finden«, antwortete Hill, während sie hinaushumpelte.

KAPITEL 99

Der Besprechungsraum war von Stimmengewirr erfüllt, als Hill am nächsten Morgen auf Krücken hereinhumpelte, die sie ungeduldig abstellte.

»Guten Morgen allerseits. Sie waren gestern bis nach Mitternacht hier, und trotzdem sind Sie heute Morgen alle am Platz. Wir sind also startklar. Jennifer Parks wurde wegen Verdachts auf Verschwörung zum Mord festgenommen. Jason Smith hat einen Beamten angegriffen, weswegen wir ihn erst mal dabehalten konnten. Sheridan hat den Untersuchungsrichter in der Potters Road gestern Abend über den Hintergrund der Verhafteten informiert. Rob und Dipesh fahren gleich hin, um Jason zu befragen. Anna und Sheridan nehmen sich Jennifer vor.«

Sie hielt inne. »Gute Teamarbeit gestern. Halten Sie mich engmaschig auf dem Laufenden.« Sie humpelte hinaus.

Sheridan und Anna gingen zu den Haftzellen und stellten dort nach einem Blick in die Akte fest, dass Jennifer auf ihr Recht auf anwaltliche Beratung verzichtet hatte. Sie hatte durchgeschlafen, das Frühstück aber abgelehnt und nur Wasser getrunken.

»Sie wollen sie jetzt befragen?«, erkundigte sich der zuständige Sergeant, während die Justizbeamtin mit den Zellenschlüsseln wartete.

»Ja. Wir sind in Raum 1. Können Sie sie hinbringen?«

Die Beamtin nickte und schaute auf den Bildschirm, der Jennifers Zelle zeigte. Sie saß aufrecht mit den Knien unter dem Kinn auf der Pritsche. Sheridan fiel auf, wie verletzlich sie wirkte.

* * *

Rob und Dipesh waren in der Untersuchungshaft in der Potters Road eingetroffen und hatten sich ebenfalls die Akte von Jason Smith angesehen. Auch er hatte durchgeschlafen, nichts gegessen und rechtlichen Beistand abgelehnt.

»Wie geht es ihm, was würden Sie sagen?«, fragte Rob den zuständigen Sergeant.

»Ganz okay. In den ersten Stunden haben wir allerdings alle fünfzehn Minuten nach ihm gesehen.«

»Ist er selbstmordgefährdet?«, fragte Rob.

»Nein. Jedenfalls nicht seiner Risikoeinschätzung nach, aber wir haben ihn trotzdem lieber im Auge behalten. Er ist zum ersten Mal in Haft, und dann sieht er gleich eine schwerwiegende Anklage auf sich zukommen.«

»Hat er etwas gesagt?«, fragte Dipesh.

»Keinen Mucks, er hat nur genickt oder den Kopf geschüttelt. Als er eingebuchtet wurde, soll er was gesagt haben. Reden kann er also.«

»Dann wird es interessant.« Rob sah Dipesh an, der nur mit den Augen rollte.

»Okay. Wir gehen hin, stellen uns vor und nehmen ihn mit zur Befragung.« Dipesh ließ sich die Zellenschlüssel geben, und Rob folgte ihm in den Korridor. Vor dem Öffnen der Zellentür warfen sie einen Blick durch die Klappe und bemerkten, dass der Gefangene die Decke ganz über Körper und Gesicht gezogen hatte.

Die beiden Beamten waren sofort an seiner Seite. »Jason?« Keine Antwort. Keine Bewegung.

»Jason?«, wiederholte Rob und sah kurz zu Dipesh, bevor der die Decke wegzog. Jason lag flach auf dem Rücken und hatte die Arme auf der Brust verschränkt. Rob wich zurück.

»Ach du Scheiße.«

KAPITEL 100

Sheridan stellte einen Styroporbecher Wasser vor Jennifer und legte das Aufnahmegerät auf den Tisch.

»Sind Sie so weit?«, fragte sie. Jennifer nickte.

Es klopfte an der Tür. Anna, die gerade auf »Aufnahme« drücken wollte, hielt inne. Sheridan ging zur Tür.

»Was soll das? Wir sind im Begriff, mit der Vernehmung zu beginnen«, schnauzte sie den Kollegen an.

»Entschuldigung. Ein Anruf für Sie.«

»Das hat Zeit.«

»Anscheinend nicht.«

Sheridan schüttelte den Kopf, stürmte ins Büro und nahm den Hörer ab.

»DI Holler.«

»Sheridan, ich bin's, Rob.«

»Ja, Rob, ich wollte in dem Moment mit Jennifers Vernehmung beginnen. Wie läuft's mit Jason?«

»Du musst herkommen, Sheridan. Wir haben hier ein Riesenproblem.«

* * *

Drei Stunden später waren Sheridan und Anna zurück in der Hale Street. Was in der Potters Road geschehen war, hatte ihnen zugesetzt. Jennifer wurde wieder in den Verhörraum gebracht und schien gleich zu spüren, dass etwas nicht stimmte. Sheridan bedeutete ihr, sich zu setzen, und schob ihr wieder einen Becher Wasser hin. Jennifer setzte sich, die Hände vor sich auf dem Tisch gefaltet.

Die Aufzeichnung begann. Sheridan führte das Gespräch, Anna saß neben ihr und machte Notizen. Sheridan konnte den Blick nicht von Jennifer abwenden; sie wartete auf den richtigen Moment, um ihr mitzuteilen, warum die Vernehmung verschoben worden war.

Nach der üblichen Vorstellung und Belehrung forderte Sheridan Jennifer auf, ihren Namen zu bestätigen.

»Mein Name ist Jennifer Parks.«

Nachdem sie sich vergewissert hatte, dass Jennifer nach wie vor damit einverstanden war, ohne anwaltlichen Beistand befragt zu werden, begann Sheridan.

»Wie haben Sie sich gefühlt, als wir in die Buchhandlung kamen, um Ihnen mitzuteilen, dass wir den Mordfall Daniel Parks wieder aufrollen?«

»Ich war erleichtert. Das wissen Sie doch. Sie konnten das ja auch in meinem Tagebuch lesen.«

»Ja, stimmt.« Sheridan suchte den Eintrag zwischen ihren Papieren und las ihn vor:

»*Montag, 5. November – Zwei Polizistinnen, DI Holler und DS Markinson, waren in der Buchhandlung. Sie rollen Daniels Fall wieder auf. Morgen früh soll ich zur Polizei gehen und meine alte Aussage mit ihnen durchgehen.*

Ich hoffe so sehr, dass sie herausfinden, wer ihn wirklich getötet hat. Vielleicht bekommen wir drei dann endlich etwas Frieden und können irgendwie versuchen weiterzuleben.«

Sie sah Jennifer an. »Was glauben Sie, wie Ihre Eltern reagiert hätten? Wenn man bedenkt, dass Ihr Vater neun Monate für einen Mord im Gefängnis gesessen hat, den er laut eigener Aussage nicht begangen hat. Glauben Sie nicht, dass sie erleichtert gewesen wären?«

»Doch. Natürlich.«

»Leider konnten Sie Ihren Eltern nicht mehr mitteilen, dass wir den Fall erneut aufrollen. Im Nachhinein wissen wir, dass Ihre Eltern am Freitag, den 2. November, ermordet wurden. Am Dienstag, den 6. November, wurden sie offiziell identifiziert. Als wir also am Montag, den 5. November, in die Buchhandlung kamen, wusste niemand von uns, dass Ihre Eltern bereits tot waren.« Sheridan blickte von ihren Notizen auf.

»Genau.«

»Nur dass Sie es doch wussten, stimmt's, Jennifer?«

»Wie kommen Sie darauf? Wie hätte ich denn wissen können, dass meine Eltern tot sind?«

Sheridan lehnte sich mit verschränkten Armen zurück. »Vor ein paar Tagen hat uns eine Freundin morgens um halb sechs angerufen, um uns mitzuteilen, dass ihre Katze zum ersten Mal die ganze Nacht auf ihrem Kopfkissen geschlafen hat. Sie war *so* glücklich darüber, dass sie das Bedürfnis hatte, uns anzurufen.«

»Was hat das mit mir zu tun?«

»Ich will Ihnen etwas verdeutlichen.« Sheridan lehnte sich vor. »Wir sagen Ihnen, dass der Mordfall Ihres Bruders wieder aufgerollt wird. Und wen rufen *Sie* an?«

»Daran kann ich mich nicht erinnern.«

»Dann sage ich es Ihnen. Wir haben Ihre Verbindungsdaten überprüft. Sie haben *niemanden* angerufen. Keine Menschenseele. Verstehen Sie, worauf ich hinauswill?«

»Nicht wirklich.«

»Sie haben Ihre Eltern nicht angerufen. Nachdem DS Markinson und ich Ihre Buchhandlung an diesem Tag verlassen haben, haben Sie weder Ihre Mutter noch Ihren Vater angerufen. Sie haben überhaupt niemanden angerufen. Warum nicht?«

»Wahrscheinlich war zu viel los. Wahrscheinlich wollte ich es ihnen sagen, wenn ich nach Hause komme.«

»Aber am Abend sind Sie nicht bei Ihren Eltern vorbeigegangen. Stattdessen sind Sie direkt zum Cottage gefahren und dann auch dort geblieben. Warum?«

»Ich weiß es nicht.«

»Sie haben uns erzählt, dass Ihre Eltern und Sie nicht dauernd Zeit miteinander verbracht und sich oft tagelang nicht gesehen haben.«

»Stimmt.«

»Aber wir sagen Ihnen, dass wir den Mordfall Ihres Bruders neu aufrollen, und Sie halten es nicht für wichtig genug, um es Ihren Eltern mitzuteilen?«

»Ja. Und?«

»Ich glaube, dass Sie wussten, dass sie nicht mehr gelebt haben. Sie wussten, dass Ihre Eltern am Freitag verschleppt worden und am Samstagmorgen tot waren, als DS Markinson und ich am Montag in die Buchhandlung kamen. Deshalb haben Sie auch nicht versucht, sie anzurufen. Deshalb sind Sie auch nicht bei ihnen vorbeigegangen. Habe ich recht?«

Jennifer lehnte sich zurück und schüttelte den Kopf. »Nein. Haben Sie nicht. Und es beweist auch nicht, dass ich etwas mit den Morden zu tun habe.«

Sheridan blätterte in ihren Gesprächsnotizen.

»Sie haben einen Halbbruder namens Jason?«

»Ja. Aber ich habe ihn nie kennengelernt.«

»Sie hatten nie Kontakt zu ihm?«

»Nein.«

»Wussten Sie, dass Jason Ihrem Vater zweimal geschrieben und ihn um Geld gebeten hat?«

Jennifers Augen weiteten sich. »Nein. Davon wusste ich nichts.«

»Ihr Vater ignorierte Jasons Briefe, änderte aber sein Testament, um sicherzustellen, dass Jason nichts erbt. Haben Sie das gewusst?«

»Nein.«

»Ich fahre mit der Vernehmung fort. Denken Sie daran, dass Sie dieses Gespräch jederzeit abbrechen können. Wenn Sie eine Pause brauchen, sagen Sie es uns einfach, dann machen wir eine. Ich verstehe, wie schwer das für Sie ist, Jennifer, aber ich muss jetzt über das Video sprechen, das die Vergewaltigung Ihres Bruders Daniel zeigt. Als wir Ihnen das erste Mal von der Aufnahme berichteten, sagten Sie, Sie hätten nicht gewusst, dass Daniel missbraucht worden sei.«

»Das stimmt.«

»Wir haben Sie auch gefragt, ob Ihre Eltern Sie sexuell missbraucht haben. Das haben Sie verneint.«

»Richtig.«

»Hat Tony Harvey Sie jemals sexuell missbraucht?«

»Nein.«

»Hat Helen Harvey Sie jemals sexuell missbraucht?«

»Nein.«

»Wussten Sie, dass Daniel von Tony Harvey und von Ihrem Vater Ronald Parks vergewaltigt worden war, bevor wir Ihnen von der Aufnahme erzählt haben?«

»Nein.«

»Sind Sie sicher?«

»Hundert Prozent.«

»Wenn Sie sexuell missbraucht worden wären, hätten Sie es Daniel erzählt?«

»Ja. Aber ich wurde nicht missbraucht. Meine Eltern haben mich nie angerührt.«

»Ich weiß, dass es sehr schwierig ist, darüber zu sprechen, Jennifer. Das fällt niemandem leicht.«

»Ich wurde nicht vergewaltigt und ich wurde nicht sexuell missbraucht.«

»Seit wann haben Sie das Tattoo auf dem Knöchel?«

»Seit ich etwa dreizehn war.«

»Wer hat es gestochen?«

»Daniel. Wir hatten beide so eins.«

»Was für ein Symbol ist das?«

»Es steht für Stärke und Mut.«

»Auf dem Video von Daniels Vergewaltigung sind fünf Personen zu sehen. Ihre Eltern, Tony und Helen Harvey und Daniel. An einer Stelle steht Ihre Mutter auf und entfernt sich aus dem von der Kamera abgedeckten Bereich. Kurz darauf kehrt sie zurück. Und in dem Moment ist auf der Aufnahme ein Bein zu sehen. Zuerst dachten wir, es sei Ritas Bein, aber da war eine Tätowierung am Knöchel. Wir haben nachgesehen. Ihre Mutter hatte keine Tätowierung. Aber Sie haben eine. Genau dieselbe wie die auf der Aufnahme.«

Sheridan gab Jennifer Zeit, das Gesagte zu verarbeiten. Jennifer schloss die Augen und senkte den Kopf.

»Brauchen Sie eine Pause?«, fragte Sheridan.

»Nein.«

»Das sind Sie auf der Aufnahme, nicht wahr?«

Jennifer blickte auf. »Kann man mein Gesicht sehen?«

»Nein.«

»Woher wissen Sie dann, dass ich es bin?«

Sheridan hielt Jennifers Blick stand, bevor sie fortfuhr.

»Als ich gestern mit Ihnen am Bahnhof Lime Street sprach, waren Sie da allein?«

»Ja.«

»Wollten Sie allein verreisen?«

»Ja.«

»Wo haben Sie gelernt, Gebärdensprache zu benutzen?«

»Ich weiß nicht, wie man Gebärdensprache benutzt.«

»Sie haben aber mit jemandem auf diese Art kommuniziert.«

»Das stimmt nicht.«

»Mein Kollege hat Sie gesehen. Er benutzt täglich Gebärdensprache und hat gesehen, wie Sie jemandem etwas mitgeteilt haben. Wem?«

Jennifer legte den Kopf zurück und starrte an die Decke. »Ich bin müde, Sheridan.«

»Brauchen Sie eine Pause?«

»Nein. Ich bin diese Fragen leid. Ich wurde nicht missbraucht, ich habe nichts mit dem zu tun, was meinen Eltern passiert ist, ich habe keine Ahnung, wie man Gebärdensprache benutzt, und ich glaube nicht, dass Sie auch nur den geringsten Beweis für das Gegenteil haben. Kann ich jetzt bitte gehen?«

»Sie haben jemandem signalisiert, abzuhauen. Wissen Sie, wir sind davon ausgegangen, dass Ihr Halbbruder Jason ein Motiv für den Mord an Ihren Eltern hatte. Wir dachten, dass er Kontakt zu Daniel aufgenommen haben könnte, und dass Daniel Jason von dem Missbrauch erzählt hat. Als Daniel ermordet wurde, hat Jason geplant, Ihre Eltern zu töten, teils aus Rache, teils wegen des Geldes. Irgendwann hatten Sie und Jason dann Kontakt, und von da an haben Sie den Plan gemeinsam weiterverfolgt. Als Sie gestern jemanden gewarnt haben, dachten wir, das müsste Jason sein.«

»Ich habe niemandem bedeutet, abzuhauen.«

»Aber er *ist* abgehauen.«

»Ich weiß nicht, wovon Sie sprechen.«

»Und wir haben ihn erwischt.«

Jennifer ließ die Schultern sinken. Im Raum wurde es ganz still.

Schließlich fragte sie: »Geht es ihm gut?«

Sheridan legte ihre Notizen beiseite und beugte sich vor, um einen Schluck Wasser zu trinken. Sie warf Anna einen kurzen Blick zu, deren Augen auf Jennifer gerichtet waren.

KAPITEL 101

Rob war dabei, seine Notizen zu überprüfen, als Hill klingelte.

»Wie geht es Dipesh und Ihnen?«, fragte sie. Rob hörte echte Sorge heraus.

»Gut, aber wir sind immer noch ein bisschen geschockt, um ehrlich zu sein.«

»Das überrascht mich nicht. Sagen Sie mir Bescheid, wenn Sie dort fertig sind, dann halten wir eine Nachbesprechung ab.«

»Okay, mache ich.« Er beendete das Gespräch, trank seinen kalten Kaffee aus und stand auf.

Dipesh kam von hinten auf ihn zu und legte ihm eine Hand auf die Schulter. »Bist du so weit?«

»Ja, lass uns gehen.« Rob nahm die Papiere an sich und gemeinsam gingen sie den Gang hinunter zum Vernehmungsraum.

Sie traten ein und warteten, bis die Aufnahme lief.

»Nennen Sie uns bitte Ihren Namen«, begann Rob die Vernehmung.

»Mein Name ist Daniel Parks.«

KAPITEL 102

Jennifer sah Sheridan aus ihren dunklen Augen an.

»Es ist vorbei, oder?«

Sheridan nickte. »Ja. Es ist vorbei.«

»Geht es Daniel gut?«

»Ja. Können Sie weitermachen oder brauchen Sie eine Pause?«

»Hat er etwas gesagt?«

»Das weiß ich nicht. Er wird von Kollegen befragt.«

»Er wird so lange schweigen, bis er sicher ist, dass es mir gut geht. Sagen Sie ihm, dass es mir gut geht. Richten Sie ihm aus, er soll nichts als die Wahrheit sagen. Dann wird er Ihren Kollegen alles erzählen.«

Sie unterbrachen die Vernehmung und ließen Jennifer wieder in ihre Zelle bringen. Daniel hatte sich tatsächlich geweigert zu sprechen, bis sie ihm versichert hatten, dass es Jennifer gut ging. Seine Bitte, mit ihr sprechen zu dürfen, wurde abgelehnt. Sheridan war nicht überrascht, als Rob ihr am Telefon berichtete, dass Daniel buchstäblich dasselbe gesagt hatte wie Jennifer.

»Sagen Sie ihr, dass es mir gut geht. Richten Sie ihr aus, sie soll nichts als die Wahrheit sagen.«

* * *

Sheridan und Anna nahmen die Vernehmung wieder auf.

»Also, Jennifer, sind Sie bereit, uns von Anfang an zu erzählen, was wirklich passiert ist?«

»Ja. Ich werde Ihnen alles erzählen.« Sie holte tief Luft und begann.

* * *

Daniel und Jennifer zogen im späten Teenageralter ins Cottage. Als Kinder hatten sie so getan, als wäre das Cottage mit seinen dicken Steinmauern und winzigen Fenstern ihre Burg. Sie spielten dort stundenlang Verstecken. Manchmal zwängte sich Jennifer hinter die Klappe unter der alten Küchenspüle und versuchte, die Luft anzuhalten, wenn sich Daniel vorbeischlich. Und so fanden sie eines Tages den Tunnel.

Sie hatten keine Ahnung, ob noch jemand davon wusste, aber sie beschlossen, ihre Entdeckung geheim zu halten. Seit dem Zweiten Weltkrieg hatte niemand mehr im Cottage gewohnt, und irgendwann hatte ihr Vater es als Lager benutzt. Der Tunnel begann unter einem Küchenschrank hinter einem dicken Brett und war breit genug für einen Erwachsenen. Sie waren Kinder, als sie das erste Mal durch den Tunnel krochen, und wussten nicht, wohin er sie führen würde. Jennifer erinnerte sich noch sehr gut an ihre Aufregung. Der Tunnelausgang lag versteckt unter dem dichten Brombeergebüsch am anderen Ende der Zufahrt zum Cottage.

Damals konnten sie nicht ahnen, was für eine große Rolle der Tunnel in ihrem Leben spielen würde. Es war der Ort, wo sie sich versteckten und geborgen fühlten. Wo niemand sie finden konnte. Wo sich Daniel nach dem vorgetäuschten Mord an ihm verstecken konnte.

»Später fanden wir heraus, dass es auf vielen Grundstücken in der Gegend solche Tunnel gibt. Sie wurden während des Zweiten Weltkriegs benutzt, um Menschen und Dinge in die Gebäude rein- und rauszuschmuggeln.« Jennifer sprach ruhig, fast als hätte sie ihren Frieden mit der Situation gemacht.

»Nachdem Daniel verschwunden war, konnte er also unbemerkt kommen und gehen?«, fragte Sheridan.

»Ja. Aber er musste natürlich immer aufpassen. Am Anfang, als die Polizei dauernd da war, kam er nicht sehr oft.«

»Wie haben Sie kommuniziert?«

»Ich wollte uns andere Handys kaufen, aber Daniel gefiel die Idee nicht. Er glaubte, die Polizei würde das herausfinden.« Sie nahm einen großen Schluck Wasser aus dem Styroporbecher.

»Also ließ er sich einen Bart wachsen, setzte sich eine Mütze auf und lebte auf der Straße. Er schlug sein Lager meistens im Hauseingang gegenüber der Buchhandlung auf, wo ich ihn sehen konnte. Manchmal kaufte ich ihm einen Becher Kaffee und steckte eine in Plastikfolie gewickelte Nachricht hinein. Er musste ja wissen, wie die Ermittlungen liefen, und so hielt ich ihn auf dem Laufenden.«

Anna kritzelte etwas auf einen Zettel und stieß Sheridan leicht gegen das Bein.

Wir haben einmal gesehen, wie sie einem Obdachlosen einen Kaffee gebracht hat, als wir in dem Café waren. Das war Daniel! Verdammt!!!

Sheridan biss sich auf die Lippe und fuhr fort. »Wie haben Sie und Daniel sonst noch kommuniziert?«

»In Gebärdensprache, wenn keine Kunden im Laden waren. Und manchmal kam er ins Cottage, um zu duschen und sich auszuschlafen.«

»So hat er während der Ermittlungen zu dem vorgeblichen Mord an ihm und zu den Morden an Ihren Eltern gelebt?«

»Ja.«

»Was hat Daniel dazu gebracht, den Mord an sich selbst vorzutäuschen?«

Jennifer trank noch einen Schluck Wasser, lehnte sich zurück und erzählte weiter.

* * *

Jennifer erinnerte sich daran, dass ihr Vater zu ihr ins Schlafzimmer kam und sie berührte, als sie noch ein Kind war, etwa sechs oder sieben Jahre alt. Sie wusste, dass das falsch war. Sie sagte es Daniel, der ihr erzählte, ihr Vater habe ihn auch angefasst. Und ihre Mutter ihn ebenfalls.

So fing es an und so ging es die nächsten Jahre weiter. Dann kam die Nacht der ersten Party. Die Party, die ihr Leben für immer verändern sollte.

Tony und Ronald hatten seit dem Nachmittag im Haupthaus getrunken. Rita und Helen unterhielten sich erst draußen und gingen dann hinein zu ihren Männern, als sie die Musik aufdrehten. Sie kippten den Wein nur so in sich hinein. Dann begannen sie zu tanzen und die Partner zu tauschen. Jennifer und Daniel lagen in ihren Betten und hörten das laute Lachen. Im Verlauf des Abends beschlossen sie irgendwann, ins Cottage umzuziehen, um dem Lärm zu entkommen.

Das war die Nacht, in der die vier Erwachsenen hinter ihnen herkamen.

Rita bestand darauf, mit Daniel zu tanzen, zerrte ihn vom Sofa, zog ihn an sich und küsste ihn auf die Wange. Die Stimmung wurde immer aufgekratzter. Tony nahm Jennifer auf den Arm und tanzte mit ihr durch den Raum.

Dann zerrte Helen Daniel die Treppe hinauf, und Rita folgte ihr. Und während die beiden mit Daniel oben waren, waren Ronald und Tony mit Jennifer unten.

Jennifer berichtete in allen Einzelheiten, welche Grausamkeiten Daniel und sie in dieser Nacht ertragen hatten.

»Wie lange dauerte der Missbrauch?«, fragte Sheridan sanft.

»Ein paar Jahre. Jedes Mal, wenn sie feierten, wussten Daniel und ich, was uns erwartete. Als wir älter wurden, hörten sie damit auf.«

»Und Sie haben es nie jemandem erzählt?«

»Nein.«

»Was hat Daniel dazu gebracht, seine eigene Ermordung zu planen, nachdem der Missbrauch aufgehört hatte?«

»Der Auslöser war der Tag, an dem Tony zu mir ins Cottage kam. Bis dahin hatten wir gedacht, alles sei vorbei. Es schien, als würden sie sich nicht mehr für uns interessieren, als wir älter wurden. Mein Vater versuchte manchmal, mich zu berühren, aber ich blieb außerhalb seiner Reichweite, so gut ich konnte. Meine Mutter betrank sich oft. Sie kam dann oft ins Cottage und versuchte, mit Daniel gewisse Dinge anzustellen. Aber meistens gelang es ihm, ihr irgendwie aus dem Weg zu gehen.«

Jennifer schluckte und rieb sich die Stirn.

»Es passierte vor allem dann, wenn Tony und Helen zu Besuch waren. Sie betranken sich und kamen rüber zu uns ins Cottage. Und dann fesselten sie uns die Hände mit Kabelbindern auf dem Rücken.« Jennifer sah auf. »Sie haben die Aufnahme angesehen. Sie wissen also, was sie mit uns gemacht haben.«

Sheridan wurde flau. »Wie haben Sie sich dabei gefühlt?«

»Als ob ich kein Mensch wäre. Aber wir haben uns irgendwie daran gewöhnt. Es wurde etwas, das einfach passierte. Und wenn es vorbei war und sie gegangen waren, saßen Daniel und ich einfach auf dem Boden und hielten uns an den Händen.«

»Das ist eine wirklich schwierige Frage, Jennifer, aber haben die Erwachsenen Daniel und Sie jemals gezwungen, etwas miteinander zu machen?«

»Nein.« Sie schaute zu Boden. »Daniel und ich haben noch nie mit jemandem Sex gehabt. Abgesehen von unseren Eltern, Tony und Helen.«

Sheridan versuchte, sich nichts anmerken zu lassen. Jennifers Aussage hing in der Luft.

»Ich habe keine Gefühle. Ich kann keine Erregung spüren, und er auch nicht. Keiner von uns beiden hatte je einen Partner. Wir können mit niemandem intim sein.«

»Haben Ihr Vater und Tony immer Kondome benutzt?«

»Ja. Ich glaube schon.«

Sheridan warf Anna einen kurzen Blick zu. Am liebsten hätte sie laut geschrien.

»Sie haben gesagt, dass Daniel seinen eigenen Tod geplant hat, nachdem Tony Jahre später zu Ihnen ins Cottage gekommen ist. Erzählen Sie uns, was passiert ist.«

* * *

Jennifer stieg aus der Dusche und wickelte sich ein Handtuch um. Als sie ins Wohnzimmer kam, sah sie Tony Harvey über den Hof aufs Cottage zukommen. Er klopfte an die Küchentür, trat ein und sah sie dort stehen.

»Hallo, Jen, ich suche deinen Vater.«

»Die sind heute beide nicht da.« Jennifer hielt das Handtuch fest, während Tony sie langsam von oben bis unten musterte.

»Du bist eine begehrenswerte junge Frau geworden, Jen. Wir hatten eine schöne Zeit, stimmt's?« Er machte einen Schritt auf sie zu.

»Du solltest gehen.«

»Sei nicht so, Jen. Ich will doch nur ein bisschen Spaß.« Er öffnete seinen Gürtel und ließ die Hose auf den Boden fallen, während er ihr ins Gesicht sah.

»Bitte, Tony, geh einfach.«

»Ich tue dir nichts, Jen«, sagte er lächelnd und fasste sich an. Ihr Blick schien ihn zu erregen. »Du hast schon immer gerne zugeschaut, nicht wahr?« Er machte noch einen Schritt auf sie zu, und in diesem Moment kam er und stöhnte laut dabei.

»Wir werden uns immer nahe sein, du und ich, Jen. Immer.« Er zog die Hose hoch und ging.

* * *

»Die Spermaprobe von Tony, die wir im Cottage gefunden haben, stammt also davon und nicht von dem Mal, als Sie ihn und Ihre Mutter aus dem Cottage kommen sahen?«, fragte Sheridan.

»Das habe ich mir nur ausgedacht. Ich musste ja irgendwie erklären, wie sein Sperma auf den Teppich gekommen ist.« Sie sah auf. »Es tut mir leid, dass ich gelogen habe.«

»Und was passierte dann?«, fragte Anna.

Jennifer fuhr mit ihrer Geschichte fort.

Als Daniel an diesem Abend nach Hause kam, lag Jennifer zusammengerollt mit verheulten Augen und geschwollenem Gesicht auf dem Sofa. Sie erzählte Daniel, was vorgefallen war. Es war so lange nichts mehr passiert, dass sie naiv genug gewesen waren zu glauben, dass es vorbei wäre. Nun wurde ihnen klar, dass das nicht stimmte. Daniel wollte dem allen ein Ende setzen. Ein für alle Mal. Er lief fluchend im Cottage auf und ab, schlug gegen die Wände und fiel irgendwann schluchzend auf die Knie. Er war die ganze Nacht wach, und während sie schlief, entwickelte er einen Plan. Als sie am Morgen aufwachte, sagte er ihr, dass er eine Lösung gefunden hätte.

Sie sollten alle leiden. Zuerst würde er ihrem Vater den Mord an sich unterschieben, und sobald er im Gefängnis säße, würde Daniel ihre Mutter töten. Es sollte so aussehen, als hätten

Tony und Helen sie umgebracht. Und damit das klappte, musste er unsichtbar sein.

Daniel nahm Jennifers Hände. »Ich kümmere mich darum, dass du von jetzt an für alles, was passiert, ein Alibi hast. Ich hänge ihm den Mord an, und wenn er im Gefängnis sitzt, schnappe ich mir die anderen drei.«

Er erzählte ihr, wie er sechs Monate zuvor eines Abends ins Haupthaus gekommen war. Ihr Vater sah sich ein Video an, auf dem Daniel von ihm und Tony vergewaltigt wurde, während Helen und Rita lachend zusahen. Daniel hatte sich unbemerkt aus dem Haus geschlichen und durchs Fenster hineingespäht. Sein Blut hatte gekocht, während er beobachtete, wie sein Vater grinsend die Szenen auf dem Bildschirm verfolgte. Als es vorbei war, stand Ronald auf, nahm die DVD aus dem Gerät und schob sie zwischen die Seiten eines Buches auf dem obersten Brett des Bücherregals. In das dritte Buch von links.

Irgendwann, als seine Eltern nicht zu Hause waren, nahm Daniel die DVD aus dem Buch und sah sie sich im Cottage an. Sein ganzer unterdrückter Hass kochte hoch. Eines Tages, das schwor er sich, würde er sie alle fertigmachen. Für das, was sie ihm angetan hatten. Und für das, was sie seiner geliebten Schwester angetan hatten. Als er sich das Video angesehen hatte, war ihm nicht aufgefallen, dass Jennifers Fußgelenk für einen kurzen Moment im Bild war. Das Fußgelenk mit der Tätowierung. Er machte eine Kopie von der DVD und steckte das Original zurück ins Buch.

»Warum hat Daniel sich das angetan und die Aufnahme angesehen?«, fragte Sheridan.

»Weil er sichergehen wollte, dass alle vier Gesichter zu sehen sind, um zu beweisen, dass sie alle beteiligt waren. Und er wollte sichergehen, dass ich nicht zu sehen bin.« Sie schüttelte den Kopf. »Ich kann mir nicht vorstellen, wie er sich gefühlt haben muss, als er das alles noch einmal mitansehen musste.«

»Haben Sie sich die Aufnahme angesehen?«, fragte Sheridan.

»Nein. Das wollte Daniel nicht.« Jennifers Augen füllten sich wieder mit Tränen. Sie wischte sie schnell weg.

»Wussten Sie, dass Ihr Vater aufgenommen hat, was sie mit Ihnen gemacht haben?«

»Nein.«

»Brauchen Sie eine Pause?«

»Nein.« Jennifer zog ein Taschentuch aus der Schachtel vor sich und putzte sich die Nase. »Danach hat mir Daniel genau gesagt, was ich tun und was ich sagen soll. Er war davon überzeugt, dass unser Vater aufgrund der von Daniel platzierten Beweise verurteilt werden würde. Als ich am ersten Tag der Buchmesse im Hotel war, schrieb er mir eine Nachricht, dass unser Vater schlecht drauf sei. Er hatte mir auch gesagt, was ich antworten sollte.«

»Also war Daniel derjenige, der alles geplant hat?«

»Nein. Wir haben alles gemeinsam geplant.«

»Daniel hätte sie doch einfach alle im Haus Ihrer Eltern umbringen können. Warum hat er das nicht getan?«

»Weil er wollte, dass sie leiden. Und das wollte ich auch.«

»Wollten Sie, dass alle sterben?«

»Ja. Auf die schlimmste Art und Weise.«

»Dann erklären Sie uns jetzt, wie Daniel seine eigene Ermordung inszeniert hat.«

* * *

Daniel las Jennifers Nachricht und atmete tief durch. Sie hatte genauso geantwortet, wie er es ihr gesagt hatte. Endlich war es so weit. Jetzt musste er alles richtig machen. Er hatte jedes Detail minutiös geplant. Es ging los.

Als er über den Hof zum Haus lief, spürte er, wie seine Beine zitterten. Er betrat die Küche und hörte, wie sich seine

Eltern unterhielten. Ihre Worte klangen verwaschen, sie waren offensichtlich betrunken. Umso besser.

»Alles klar bei dir?«, fragte Ronald, als Daniel das Wohnzimmer betrat.

»Seht euch doch bloß mal an!«, sagte Daniel. »Was seid ihr für armselige Säufer.«

Ronald stand auf und kam drohend auf Daniel zu. »Ich muss mich wohl verhört haben! Was hast du da gerade gesagt?«

»Du hast dich nicht verhört. Ihr seid nur noch peinlich, ihr beiden, wie ihr euch hier jeden Abend volllaufen lasst.«

»Das geht dich überhaupt nichts an!« Ronald stieß Daniel gegen die Wand.

»Genau, schubs mich rum, wie du es immer getan hast, du perverser Wicht.«

»Was glaubst du eigentlich, mit wem du redest?« Ronalds Gesicht lief rot an vor Wut.

»Mit dir natürlich, du widerlicher Kinderficker«, brüllte Daniel und stürmte aus dem Haus. *War das genug? Hatte er seinen Vater so wütend gemacht, dass er ihm zum Cottage folgen würde?* Er schloss die Tür, machte kein Licht an und beobachtete, wie Ronald über den Hof und durch die Tür taumelte.

»Wo steckst du? Du bist nichts als ein Stück Scheiße!«, schrie er und schlug mit der Faust gegen die Küchentür.

Daniel kam mit geballten Fäusten aus dem Wohnzimmer direkt auf Ronald zu.

Ronald grinste, als Daniel zum Schlag ausholte. Er packte Daniels Handgelenk und drehte ihm den Arm auf den Rücken. Aber Daniel nutzte seinen Schwung und kratzte Ronald mit den Fingernägeln einmal quer durchs Gesicht. Ronald stieß Daniel von sich und schlug ihm so heftig auf die Nase, dass sofort Blut herausquoll. Daniel fuhr mit dem Handrücken unter der Nase entlang und wischte seine blutige Hand am Hemd seines Vaters ab. Dann sank er auf die Knie.

»Es tut mir so leid! Entschuldigung, Dad«, wimmerte er. »Ich habe das alles nicht so gemeint. Ich weiß ja, was ihr beide für uns getan habt. Es tut mir so leid!«

Ronald griff Daniel in die Haare und zog seinen Kopf in den Nacken, womit er ihn zwang, aufzublicken.

»Wie erbärmlich du bist! Du solltest dich selbst sehen. Du willst ein Mann sein? Eine Schande bist du.« Ronald schlug Daniel mit voller Wucht ins Gesicht und verließ das Cottage.

Daniel blieb einen Moment auf dem Boden sitzen. Es hatte funktioniert. Sein Plan lief an. Er öffnete die Küchenschublade und nahm die Astschere heraus. Dann rollte er ein Geschirrtuch zusammen, schob es sich in den Mund und biss fest darauf. Er konnte es nicht aufschieben, er konnte jetzt keinen Rückzieher machen. Er schob seinen kleinen Finger in die offene Schere und drückte zu. Ein fast unerträglicher Schmerz durchfuhr ihn, als Haut und Knochen durchtrennt wurden. Als er seinen kleinen Finger vor sich auf der Arbeitsplatte liegen sah, musste er sich fast übergeben.

* * *

Sheridan sah von ihren Notizen auf. »Warum hat Daniel das getan?«

»Solange man seine Leiche nicht fand, konnte die Polizei nicht sicher sein, dass er tatsächlich tot war. Also hat er sich gedacht, wenn ihr ein Körperteil findet, würdet ihr davon ausgehen, dass er zerstückelt verscharrt wurde. Daniel wusste viel über das Vorgehen der Polizei.«

»Woher?«

»Wir hatten eine Buchhandlung. Aus Büchern kann man viel lernen«, bemerkte Jennifer trocken, bevor sie fortfuhr. »Daniel ließ das Blut auf seine Bettdecke tropfen und verschmierte es überall im Cottage. Dann stillte er die Blutung mit einem Handtuch und verband die Wunde. Nachdem unsere Eltern zu Bett gegangen waren, nahm er die Stiefel und den Mantel meines Vaters, legte den Spaten und die Bettdecke in den Pick-up und fuhr zum Crosby Beach, wo er seinen Finger vergrub. Dann warf er die Bettdecke auf ein Feld, wo man sie leicht finden würde, um der Polizei Indizien zu liefern. Er schrubbte den Spaten, damit es so aussah, als hätte unser Vater ihn benutzt, um Daniel zu töten oder zu vergraben, und ihn danach gereinigt, um die Spuren zu verwischen.«

»Was für ein Wahnsinn, sich selbst den Finger abzuschneiden!«

»Er glaubte, keine andere Wahl zu haben, wenn er die Polizei davon überzeugen wollte, dass er wirklich tot war.«

»War das das Handtuch, von dem Sie uns erzählt haben, es würde fehlen?«

»Ja. Er wollte, dass Sie annehmen, dass unser Vater es benutzt hätte, um Daniel darin einzuwickeln, nachdem er ihn umgebracht hatte.«

»Was hat er damit gemacht?«

»Er hat es in den Tunnel gebracht.«

»Warum hat er es nicht zusammen mit der Bettdecke weggeworfen?«

»Er war nicht sicher, ob die Polizei an der Art und Weise, wie das Blut geronnen war, erkennen konnte, dass es zum Blutstillen um eine Wunde gewickelt worden war. Und das hätte nicht ins Bild gepasst. Er wollte sicherstellen, dass es nie gefunden wurde.«

»Was hat er mit den Stiefeln und dem Mantel gemacht?«

»Die sind auch im Tunnel.«

»Warum hat er seinen Finger am Crosby Beach vergraben?«

»Weil unsere Mutter dort sterben sollte. Der ursprüngliche Plan war, dass unser Vater für den Mord an Daniel eingesperrt werden sollte. Er wollte nur unsere Mutter in Crosby töten und ging davon aus, dass die Polizei die Gegend nach weiteren Beweisen absuchen würde, nachdem sie die Leiche unserer Mutter gefunden hatte. Und dann sollte sein Finger gefunden werden, wie es schließlich ja auch geschehen ist. Natürlich war ihm klar, dass die Polizei feststellen würde, wie lange der Finger dort gelegen hatte. Das Ergebnis wäre gewesen, dass er um die Zeit von Daniels Verschwinden dort vergraben worden sein musste.«

»Ja, aber warum Crosby?«

»Weil wir als Kinder manchmal dort waren. Einmal auch mit Tony und Helen. Ich erinnere mich, wie Tony mich an die Hand nahm, um mit mir Eis kaufen zu gehen. Auf dem Rückweg ließ ich eines fallen. Tony sagte mir, ich solle bleiben, wo ich sei, während er zum Eiswagen zurückging. Da kam ein Mann auf mich zu und fragte mich, ob es mir gut ginge oder ob ich mich verlaufen hätte. An sein Gesicht erinnere ich mich bis heute. Er hatte freundliche Augen, und aus irgendeinem Grund hatte ich das Gefühl, dass ich ihm vertrauen konnte. An dem Tag versuchte mein Vater, meine Mutter dazu zu bringen, ins Meer zu gehen oder wenigstens die Zehen nass zu machen. Aber meine Mutter fürchtete sich und hat sich schrecklich aufgeregt.«

»Warum?«

»Sie hatte panische Angst vor dem Meer.«

* * *

Es war ein guter Zeitpunkt für eine Pause. Jennifer wurde von einer Vollzugsbeamtin zurück in die Zelle gebracht.

»Kann ich Ihnen etwas zu trinken bringen?«, fragte die Beamtin.

»Eine Tasse Tee wäre schön. Wie ist Ihr Name?«, fragte Jennifer, als die Beamtin die Zellentür schließen wollte.

»Eve.«

»Macht Ihnen Ihre Arbeit Spaß, Eve?«, fragte Jennifer.

»Ja, mehr oder weniger schon.«

»Und die Bezahlung ist gut?«

Eve lächelte. »Es reicht, um die Rechnungen zu bezahlen, aber für nicht viel mehr.«

»Ziemlich paradox, finden Sie nicht?«

»Was meinen Sie?«

»Sie sind draußen, frei wie ein Vogel, und kommen gerade so über die Runden. Und ich sitze hier drinnen mit einer Menge Geld auf der Bank.«

Eve zögerte in der Tür. »Worauf wollen Sie hinaus?«

»Ich will Ihnen nur was zu denken geben.« Jennifer zuckte lächelnd mit den Schultern.

»Ich hoffe, Sie glauben nicht, dass Sie mich bestechen können, damit ich Sie laufen lasse?«

»Natürlich nicht.«

»Ich mache diesen Job schon sehr lange. Glauben Sie mir, ich habe im Laufe der Jahre alle möglichen Angebote bekommen. Aber kein Geld der Welt würde mich in Versuchung bringen, einem Gefangenen zur Flucht zu verhelfen.«

»Sie wären überrascht. Leute tun die seltsamsten Sachen für Geld.«

»Wollen Sie Zucker in Ihren Tee?«

»Ja, bitte.«

Eve schloss die schwere Zellentür, warf durch das Gitter einen kurzen Blick auf Jennifer und schlug die Klappe zu.

* * *

Eine halbe Stunde später saßen sie wieder im Verhörraum. Sheridan machte Jennifer erneut auf ihre rechtliche Situation aufmerksam, bevor sie fortfuhr.

»Wusste Daniel, dass Ihre Nachbarn Videoüberwachung haben?«

»Ja. Wir kennen Mr und Mrs Atherton schon seit Ewigkeiten und haben mitbekommen, als die Kamera vor ein paar Jahren installiert wurde. Vor einiger Zeit wurde unserem Vater Baumaterial vom Hof gestohlen, und Daniel war dabei, als die Polizei die Anzeige aufgenommen hat. Auf der Videoaufzeichnung war damals eine Person zu erkennen, die auf dem Hof herumschlich, aber es war nicht hell genug, um sie erkennen zu können. Als Daniel in der fraglichen Nacht den Pick-up unseres Vaters fuhr, wusste er, dass die Polizei sich die Aufzeichnungen ansehen und ihn für unseren Vater halten würde.«

»Als Daniel Tony den Mord an Ihren Eltern in die Schuhe schob, konnte er aber nicht wissen, dass die Überwachungskamera fünfzehn Minuten vorging«, sagte Sheridan.

»Doch. Er hat die Uhr sogar selbst vorgestellt, damit es so aussah, als hätten sich mein Vater und Tony geschrieben, *bevor* Tony dort angekommen ist.«

»Wie ist Daniel ins Haus der Athertons gekommen?«

»Sie waren zu Besuch bei ihrem Sohn in Deutschland, und wir kannten das Versteck für den Schlüssel im Garten.«

Sheridan versuchte, nicht zu reagieren, wusste aber, dass Anna wahrscheinlich dasselbe dachte. *Sehr clever.*

»Warum haben Sie sich vor Gericht hinter Ihren Vater gestellt?«, fragte Anna.

»Weil ich meine Eltern davon überzeugen musste, dass ich auf ihrer Seite bin. Ich musste ja im Cottage wohnen bleiben, weil Daniel einen Ort brauchte, zu dem er ungesehen kommen konnte. Wenn ich meine Eltern nicht unterstützt hätte, hätte mein Vater mich vielleicht aus dem Haus geworfen, und dann hätte Daniels Plan nicht funktioniert.«

»In der Zeit, in der Ihr Vater vor Gericht stand, lebte Daniel auf der Straße?«

»Ja, aber er kam ins Cottage, wann immer es ging, und dann blieb er über Nacht. Wir haben uns viel über den Prozess unterhalten. Daniel war zuversichtlich, dass die Geschworenen unseren Vater für schuldig befinden würden. Und dann sprachen wir über den nächsten Schritt, der darin bestand, unsere Mutter zu töten und Tony und Helen die Schuld dafür in die Schuhe zu schieben.«

»Wie wollten Sie das angehen?«

»Daniel wollte auf Tonys und Helens nächsten Besuch warten und unsere Mutter vor deren Ankunft fesseln. Dann würde er die beiden auch fesseln und sie zwingen, sich die Aufzeichnung von dem anzusehen, was sie ihm angetan hatten. Tony und Helen wollte er gefesselt im Haus zurückzulassen, unsere Mutter im Kofferraum von Tonys Auto nach Crosby Beach bringen und sie an den Eisernen Mann binden. Bei seiner Rückkehr wollte er Tony und Helen damit drohen, die DVD an die Polizei zu übergeben, sollten sie ihr erzählen, was er mit seiner Mutter angestellt hatte. Dann wollte er die beiden wegschicken. Es sollte so aussehen, als hätten sie unsere Mutter umgebracht. Daniel wusste ja, dass Tonys Wagen in beiden Richtungen fahrend auf der Videoüberwachung zu sehen sein würde und dass die Polizei den Sand in Tonys Auto später mit dem in Crosby abgleichen würde.

»Warum wollte er Tony und Helen nicht gleich töten?«

»Dann hätte die Polizei keinen Verdächtigen gehabt. Auf diese Weise waren Tony und Helen verdächtig. Sie sollten ihr ganzes Leben auf der Flucht verbringen, immer in der Angst leben, die Polizei würde sie irgendwann schnappen und für den Mord an unserer Mutter verantwortlich machen. Sie würden nicht ungestraft davonkommen. Und sie hätten der Polizei auch dann nicht sagen können, dass Daniel noch lebt, denn dann hätte die Polizei die DVD bekommen, und die beiden wären geliefert gewesen.«

»Als Ihr Vater für nicht schuldig befunden wurde, musste Daniel seinen Plan ändern.«

»Ja. Aber grundsätzlich wollte er bei dem Plan bleiben. Er musste sich nur überlegen, wie er alle vier zusammenbringen und sie dann einzeln überwältigen konnte. Irgendwann erzählten mir meine Eltern, dass Tony und Helen ein paar Tage später zu Besuch kommen wollten. Das war die perfekte Gelegenheit für Daniel. An dem Tag, an dem er es tat, verließ unser Vater kurz das Haus, und da fesselte er unsere Mutter. Als unser Vater zurückkam, war er dran. Dann zwang er ihn, Tony anzurufen. Er sollte ihm sagen, dass sie am Abend eines ihrer besonderen Treffen abhalten wollten und Tony unterwegs noch Kabelbinder besorgen sollte. Als Tony allein auftauchte, musste Daniel seinen Plan natürlich noch einmal überdenken. Er überwältigte Tony und band ihn fest, dann verschickte er Nachrichten mit den Handys der beiden Männer, in denen es um das Geld ging, das mein Vater Tony gezahlt hatte, und um die Frage, wo Daniels Leiche war. Er gab der Polizei sogar einen Hinweis, wo sie Teile seiner angeblichen Leiche finden konnten.«

»Another place – an einem anderen Ort.« Sheridan nickte. Sie merkte sich für später, dass sie Sam noch mal sagen wollte, was für ein Genie sie war.

»Ja. Er war sicher, dass es bei der Polizei jemanden gab, der das herausfand, und dass Sie dann wahrscheinlich da suchen würden, wo Sie die Leichen meiner Eltern gefunden hätten. Man würde davon ausgehen, dass Daniels Körper in Stücke zerteilt und über den Strand von Crosby verteilt worden war. Wegen der Gezeiten würde es der Polizei fast unmöglich sein, den ganzen Strand abzusuchen, aber mit dem Finger hatte man ja einen Körperteil von ihm.«

Sheridan lehnte sich zurück und überdachte das alles.

»Und warum hat Ihr Vater Tony dreißigtausend Pfund gezahlt?«

»Die schuldete er ihm schon seit ein paar Jahren, es war ein Darlehen. Daniel wusste davon. Als er die Nachrichten zwischen den Handys verschickte, formulierte er sie so, dass man denken konnte, er habe Tony dafür bezahlt, die Leiche loszuwerden.«

»Wie hat Daniel es geschafft, dass alle seine Anweisungen befolgten?«

»Er hat sie mit einem Messer bedroht.«

»Erzählen Sie uns ganz genau, was passiert ist.«

* * *

Daniel betrat die Küche und betrachtete schweigend seine Mutter, die mit dem Rücken zu ihm an der Spüle stand. Sie drehte sich um und zuckte zusammen, als sie ihn dort stehen sah, stumm und regungslos.

»Daniel?« Sie schlug sich erschrocken die Hand vor den Mund und machte einen Schritt auf ihn zu.

»Hallo, Mutter.«

»Was zum Teufel … Wir dachten, du bist tot.« Sie bemerkte die Kabelbinder erst, als er sich auf sie stürzte und ihr einen über den Kopf streifte, ihn herunterzog und damit ihre Arme fest an die Seiten zurrte.

»Was machst du da?«, schrie sie und sah verwirrt an sich hinunter, während er sie ins Wohnzimmer zerrte, wo er ihre Beine mit einem zweiten Kabelbinder fixierte. Die ganze Zeit über schrie sie seinen Namen.

Als er Klebeband aus seiner Tasche zog und einen Streifen abriss, schüttelte sie heftig den Kopf.

»Bitte, Daniel … bitte nicht«, flehte sie ihn an.

»Halt still! Ich schwöre, ich schlitze dir sonst die Kehle auf.« Er kniete sich auf ihre Beine und nutzte das Gewicht seines Körpers, um ihren Widerstand zu brechen, ihren Mund zuzukleben und ihren letzten Schrei zu unterdrücken.

»Und jetzt warten wir auf Vater.« Einen Augenblick später fuhr Ronald vor. Sobald er das Wohnzimmer betrat, sprang Daniel ihn von hinten an, rang kurz mit ihm, bevor er seine Arme fesseln und ihn aufs Sofa stoßen konnte. Ronald wehrte sich mit Händen und Füßen. Aber er hörte sofort damit auf, als Daniel ihm ein Messer vors Gesicht hielt.

»Daniel? Was ist los?«, krächzte er mit dünner Stimme.

»Halt still, dann bleibst du am Leben.« Daniel packte Ronalds Beine und zog den zweiten Riemen fest, wobei er die jämmerlichen Schreie seines Vaters ignorierte.

Dann genoss er den Anblick, der sich ihm bot. Es war das erste Mal, dass er Angst in den Augen seines Vaters sah. »Sieh einer an. So schön festgebunden. Was für ein Spaß!« Er lächelte, das Messer fest in der Hand.

Er ging auf Rita zu und ließ das Messer über ihre Wange gleiten. Sie sah ihn aus geweiteten Augen an und versuchte verängstigt, sich ins Sofa zu drücken.

»Reg dich ab, Mutter«, sagte Daniel und fuhr ihr durch die Haare. Dann wandte er sich an seinen Vater. »Wann wollten Tony und Helen zum Abendessen kommen?«

»Ungefähr in einer Stunde. Was ist los? Bitte, wir können das bestimmt irgendwie klären«, flehte Ronald.

Daniel beugte sich zu seinem Vater hinab, bis ihre Gesichter nur noch Zentimeter voneinander entfernt waren. »Ja, keine Angst, wir klären das. Aber erst mal rufst du Tony und Helen an. Und wenn du nicht genau das sagst, was ich dir vorgebe, bringe ich erst Mutter vor deinen Augen um und dann *dich*.«

Daniel erklärte Ronald, was er zu Tony oder Helen sagen sollte, und zwang ihn, die Worte so lange zu wiederholen, bis er sie auswendig kannte.

Dann nahm Daniel das Handy seines Vaters, rief Tony an und stellte das Gespräch auf Lautsprecher.

»Ron, wie geht's?«, antwortete Tony fröhlich.

»Hallo, Tony, alles gut, danke. Ich freue mich auf heute Abend. Ich will nur wissen, ob ihr auch wirklich kommt.«

»Ja, natürlich. Wir machen uns gerade fertig und sind ungefähr in einer Stunde bei euch.«

»Perfekt. Rita und ich haben uns gefragt, ob ihr Lust auf ein bisschen Spaß habt. Wie in den alten Zeiten. Nur wir vier.«

Tony lachte. »Hey, *das* habe ich jetzt nicht erwartet. Ja, hört sich gut an. Er steht mir schon.«

»Mir auch. Kannst du unterwegs noch ein paar von diesen Kabelbindern besorgen, die wir immer benutzen?«, fragte Ronald. Er spürte die Messerspitze am Hals.

»Klar, mache ich. Ich hab so richtig Bock drauf.«

»Wir auch. Bis später.«

Daniel beendete das Gespräch und zog etwas vom Klebeband ab.

»Daniel, bitte nicht.« Ronald begann zu wimmern. »Du kannst haben, was du willst, aber tu uns nicht weh.«

»Ihr habt nichts, was ich haben will. Ihr habt Jennifer und mir alles genommen, und jetzt mache ich das wieder gut. Hör auf zu heulen, du mieses Stück Scheiße. Ich bringe dich nicht um. Ich will nur ein bisschen Spaß.« Daniel pappte das Klebeband auf Ronalds Mund.

Dann schob er die DVD ins Gerät. Er brauchte nur noch auf »Play« zu drücken.

Sie saßen in dumpfem Schweigen da und warteten auf Tony und Helen. Aber als Tony schließlich vorfuhr, saß er allein im Auto.

»Scheiße«, sagte Daniel leise. *Wo zum Teufel ist Helen?*

Er sah, wie Tony mit einer Plastiktüte aus dem Auto stieg. *Er hat die Kabelbinder dabei. Gut.*

Als Tony das Wohnzimmer betrat, packte Daniel ihn und hielt ihm das Messer an die Kehle.

»Hallo, Tony.«

»Was zum Teufel …?« Tony ließ die Tüte fallen und erstarrte, als er registrierte, dass Ronald und Rita gefesselt und geknebelt waren.

»Dreh dich um, das Gesicht zur Wand, oder ich töte dich auf der Stelle«, sagte Daniel ruhig.

Tony gehorchte sofort. Er drehte sich um und wehrte sich nicht, als Daniel ihm den Kabelbinder überstreifte und um den Oberkörper festzurrte. Tonys Arme waren an den Seiten fixiert. Dann kamen die Beine dran. Daniel zog Tonys Handy aus dessen Gesäßtasche, schubste ihn zum Sofa und legte das Handy ruhig auf den Couchtisch neben Ronalds.

»Wo ist Helen?«, fragte er dann unvermittelt.

»Sie ist in die Stadt gefahren. Was ist hier los, verdammt? Alle dachten, du wärst tot, Daniel. Ich kann nicht glauben …«

»Wird Helen noch kommen?«, unterbrach Daniel ihn.

»Nein. Sie hat es sich anders überlegt.«

»Warum nicht?«

»Sie hatte keine Lust dazu.«

Daniel brach in Lachen aus. »Sie hatte keine Lust auf eines eurer besonderen Treffen. Meinst du das?«

Keine Antwort.

Daniel überprüfte die Uhrzeit, nahm die Handys der beiden Männer und begann mit dem Hin- und Herschicken von Nachrichten:

Ronald: *Du bekommst keinen Penny mehr, bis du mir sagst, wo Daniels Leiche ist.*

Tony: *Du hast gesagt, du willst nicht wissen, was ich mit ihm gemacht habe.*

Ronald: *Die Polizei hätte ihn längst finden sollen. Die Sache muss ein Ende haben, wo ist er?*

Tony: *Das meiste von ihm ist an einem Ort und etwas an einem anderen Ort.*

Ronald: *Hast du ihn zerstückelt?*

Tony: *Ich habe es versucht. Ich erzähle es dir, aber erst will ich die anderen zwanzig. Geh jetzt zur Bank.*

Daniel legte die Handys auf den Couchtisch. »Na gut, dann schauen wir uns jetzt einen kleinen Film an. Mein Vater hat ihn vor ein paar Jahren gemacht.«

Als Ronald die Augen schloss, ging Daniel zu ihm. »Du *wirst zuschauen.* Und wenn ich dir die Augenlider abschneiden muss. Ich weiß, dass es dir Spaß macht, noch mal zu erleben, was ihr getan habt. Ich weiß, dass du dir das ansiehst, wenn Mutter ins Bett gegangen ist. Und jetzt sehen wir es uns alle zusammen an.«

Ronald öffnete gehorsam die Augen.

»Ihr sollt sehen, was ihr getan habt. Ihr sollt immer daran denken, dass ihr Jennifer und mich kaputtgemacht habt. Erst wollte ich euch alle umbringen, aber damit würdet ihr zu leicht davonkommen. Ich lasse euch am Leben! Aber ihr werdet nie wissen, wann ich wieder auftauche. Ihr werdet mit der gleichen Angst leben, mit der Jennifer und ich jeden Tag gelebt haben.«

Der Raum war still. Nur Ritas Schluchzen drang durch das Klebeband. Sie sahen alle drei vollkommen verängstigt aus. Jetzt kam es darauf an, dass er es richtig machte. Er musste sie in dem Glauben lassen, dass er sie nicht töten würde. Er musste Tony dazu bringen, Ronald und Rita nach Crosby zu fahren. Aber wenn Tony glaubte, dass er sterben müsste, würde er das nicht tun.

Daniel drückte auf »Play«.

Ihre Gesichter verzerrten sich vor Angst, als die Aufnahme abgespielt wurde. Ihre grauenvollen Taten waren auf dem Bildschirm zu sehen. Als das Video zu Ende war, nahm Daniel die DVD heraus und wandte sich an seinen Vater.

»Wie oft hast du Filmchen gemacht? Mehr als einmal? Gibt es noch andere DVDs?«

Sein Vater schüttelte den Kopf. Daniel beugte sich über ihn. »Das glaube ich dir nicht.«

Ronald schüttelte erneut den Kopf. Ihm quollen Tränen aus den Augen.

Daniel wandte sich an Tony. »Du rufst Helen an und sagst ihr genau das, was ich dir jetzt sage.«

Wie vorher bei Ronald ging Daniel das Gespräch durch, das Tony mit seiner Frau führen sollte. Wort für Wort. Satz für Satz. Bis es saß.

Als sie so weit waren, stellte Daniel den Anruf auf Lautsprecher und hielt Tony das Handy vor die Nase.

Helen ging gleich ran: »Hallo. Wie geht's? Hast du Spaß?«

»Wo bist du?«

»Ich gönne mir ein richtig gutes Essen im *180*. Oh, und ich flirte mit einem ziemlich gut aussehenden, verheirateten Mann.« Sie lachte.

»Du verpasst den ganzen Spaß. Komm her.«

»Ich will nicht, ich bin wirklich nicht in der Stimmung.«

»Bitte komm vorbei, wir haben eine tolle Überraschung für dich.«

»Was für eine Überraschung?«

»Wirst du schon sehen, wenn du hier bist.«

»Tony, ich will wirklich nicht. Ich habe gerade etwas zu essen bestellt. Aber bleib du bei den Parks' und hab Spaß.«

»Bitte, Helen.«

»Nein, Tony. Ende der Diskussion.«

Sie schwiegen. Daniel deutete auf das Blatt Papier. Er hatte aufgeschrieben, was Tony vorlesen sollte, falls Helen sich nicht herlocken ließ.

»Bist du noch da? Du klingst so komisch, was ist los?«, fragte Helen.

»Hör zu. Wir stecken alle in der Scheiße. Es gibt ein Video von dem, was wir mit Jennifer und Daniel gemacht haben. Die Polizei ist auf dem Weg. Du musst jetzt sofort zu Ronald und Rita kommen.«

»Wovon redest du? Was für ein Video?«

»Ronald hat uns gefilmt. Das Video zeigt, wie wir Daniel und Jennifer vergewaltigt haben. Wir sind alle am Arsch. Komm her.«

»Verdammt, was sollen wir jetzt machen? Verhaften die uns?« Ihre Stimme klang gedämpft, als sie in den Hörer flüsterte.

»Ja, ich denke schon. Hau ab, Helen. Entweder du haust ab oder du kommst her.«

Sie konnten Helen atmen hören, kurze, heftige Atemzüge. Dann antwortete sie.

»Nein. Ich komme nicht zu euch, Tony.« Und dann beendete sie das Gespräch.

* * *

Daniel betrachtete einen nach dem anderen. *Glaubten sie wirklich, dass er sie verschonen würde? Hatte er sie in die Irre geführt? Er musste den Plan durchziehen, aber was war mit Helen? Sie würde jedenfalls nicht zur Polizei gehen und sich stellen, das stand fest. Sie würde fliehen, und das war sowieso Teil des Plans.* Jetzt musste er dafür sorgen, dass alle ruhig blieben. Denn je ruhiger sie waren, desto leichter würde es sein, sie in den Wagen zu bekommen.

»Ich töte euch nicht. Wir machen nur einen kleinen Ausflug.«

Daniel legte den Spaten auf die Hinterbank von Tonys Auto und ging wieder ins Haus. Dann schleifte er seine Eltern über den Hof und warf einen Blick auf ihre Gesichter, bevor er den Kofferraumdeckel über ihnen zuknallte. Er setzte Tony auf den Fahrersitz, durchtrennte die Kabelbinder, hockte sich in den Fußraum vor dem Beifahrersitz und drückte Tony das Messer in die Leiste.

Als sie in Crosby ankamen, bot die Dunkelheit die perfekte Tarnung. Er warf Tony den Spaten zu.

»Los, fang an zu graben.«

Als das Loch tief genug war, drückte er Tony das Messer in den Rücken, marschierte mit ihm zum Auto und befahl ihm, seinen Vater aus dem Kofferraum zu ziehen. Tony hob Ronald heraus und zerrte ihn zum Loch. Ronald wehrte sich, so gut er konnte, und stieß dumpfe Schreie aus. Er versuchte verzweifelt, seine Füße in den Sand zu stemmen, und wand und drehte sich in alle Richtungen, um dem Unvermeidlichen zu entgehen. Schließlich gelang es Tony, seinen Freund an den Rand des Lochs zu zerren, ihn auf die Seite zu rollen und seine Beine in das Loch zu drücken. Nach einem leichten Schubs erledigte die Schwerkraft den Rest. Ronald rutschte in sein sandiges Grab.

Daniel befahl Tony, sich mit dem Gesicht nach unten in den Sand zu legen, bevor er ihn wieder mit Kabelbindern fesselte. »Bleib da. So ist's brav«, flüsterte Daniel ihm ins Ohr. »Wenn du auch nur einen Mucks von dir gibst, bringe ich dich um.«

Daniel begann, das Loch aufzufüllen. Er packte den Sand fest um seinen Vater, der verzweifelt versuchte, sich zu befreien, aber je mehr Sand Daniel in das Loch schob, desto weniger konnte Ronald sich wehren. Er würde nirgends mehr hingehen. Außer in die Hölle.

Dann war Rita an der Reihe.

Daniel öffnete den Kofferraum. Ohne auf die gedämpften Schreie seiner Mutter zu achten, zog er ihren kleinen Körper heraus und zerrte ihn an den Füßen über den Strand. Als er die perfekte Stelle erreicht hatte, blickte er zurück, um sich zu vergewissern, dass sein Vater ihn sehen konnte, so wie er es geplant hatte.

Und dann zurrte er seine Mutter mit Gurtbändern an der Statue des Eisernen Mannes fest.

»Du hattest immer Angst vor dem Meer. Jetzt gebe ich dir einen guten Grund dafür. Du wirst hier ertrinken. Du wirst zusehen, wie das Wasser langsam steigt, bis es dich verschlingt. Und Vater wird auch zusehen. Er sieht ja gerne zu. Nur dass er dir dieses Mal beim Sterben zusehen wird. Na gut, ich würde gerne noch etwas plaudern, aber ich muss Vater das hier ans Gesicht kleben. Wiedersehen, Mutter.«

Daniel eilte zurück über den Strand, und nachdem er sich vergewissert hatte, dass Tonys Kabelbinder noch fest genug saßen, klebte er das Fernglas grob auf das Gesicht seines Vaters.

»Jetzt kannst du zugucken, wie sie leidet. So wie du das bei Jennifer und mir gemacht hast. Ich weiß, dass du Jennifer im Cottage mit diesem Fernglas beobachtet hast, wenn sie sich angezogen hat. Und jetzt verrate ich dir noch ein kleines Geheimnis. Zum Abschied sozusagen. Ich habe immer gewusst, dass ich euch beide irgendwann umbringen würde.«

Er stand einen Moment versunken da und starrte auf das Meer und die Silhouette der Statue. »Die Flut kommt bald. Ich hoffe, du musst daran denken, was du deinen eigenen Kindern angetan hast, wenn du deinen letzten Atemzug tust.«

Der Plan war fast vollständig in die Tat umgesetzt. Daniel wandte Tony seine Aufmerksamkeit zu. Er schnitt den Kabelbinder um seine Beine durch, zog Tony hoch und schubste ihn vor sich her zum Auto.

»Du hast gesagt, du bringst sie nicht um«, jammerte Tony. Er konnte sich nur mühsam fortbewegen, teils aus Angst, teils, weil seine Beine taub waren.

»Dann habe ich eben gelogen.«

»Und jetzt? Bringst du mich jetzt um?«

»Nein. Heute ist dein Glückstag. Du steigst wieder in dein Auto, fährst nach Hause, schnappst dir deine Schlampe und verschwindest. Hoffen wir für dich, dass sie sich nicht gestellt hat. Und denk daran, ich habe die DVD, auf der genau zu sehen ist, was ihr getan habt. Wenn ihr zur Polizei geht, gebe ich ihnen die DVD. Dann könnt ihr euch auf eine sehr lange Zeit im Knast gefasst machen. Und du weißt bestimmt, was sie mit Kinderschändern im Gefängnis machen.«

»Die Polizei wird Spuren finden und annehmen, dass ich Ronald und Rita getötet habe.«

»Ja. Genau, wie ich es geplant habe. Schöne Scheiße, hm? Am besten, du siehst zu, dass du Land gewinnst.«

»Ich könnte der Polizei sagen, dass du mich gezwungen hast. Dass du mir ein Messer an die Eier gedrückt hast. Dass du deine eigenen Eltern getötet hast.«

»Klar. Aber dann gebe ich ihnen die DVD. Mir ist es völlig egal, ob sie mich erwischen oder nicht. Ich will nur, dass ihr leidet, Helen und du. Und ihr werdet leiden. So oder so.«

»Du kleiner Wichser.« Tony spuckte die Worte aus und machte einen Schritt auf Daniel zu, blieb aber abrupt stehen, als er das Messer sah.

Daniel schnitt den zweiten Kabelbinder durch und lächelte Tony an. »Los, mach dich aus dem Staub. Ich bleibe hier, genieße den Sonnenaufgang und sehe meinen Eltern beim Ertrinken zu.«

Tony streckte resignierend die Hand aus. »Kann ich mein Handy zurückhaben?«

»Nein.« Daniel schüttelte den Kopf. Tony drehte sich um, ging zu seinem Auto und fuhr in der Dunkelheit davon. Daniel zog Tonys Handy aus der Tasche und schickte Helen eine Nachricht: *Ich habe sie fertiggemacht. Wir müssen fliehen, fang an zu packen. Ich bin gleich zu Hause.*

* * *

Jennifer trank einen Schluck Wasser. »Als Daniel die Nachricht abschickte, wusste er natürlich nicht, dass Helen sich schon umgebracht hatte. Als Sie es mir erzählt haben, bin ich kurz in Panik geraten und habe Sie gefragt, ob Helen einen Abschiedsbrief hinterlassen hat, aber das wussten Sie nicht. Ich habe mir Sorgen gemacht, dass sie die DVD erwähnt haben könnte.«

»Hat Daniel auch Tonys Handy unter den Lkw in Southampton geklebt?«, fragte Sheridan.

»Ja. Ihm war ja klar, dass Tony nur eine Möglichkeit hatte: Er musste die DVD finden und sie aus dem Verkehr ziehen. Nur dann hätte Tony der Polizei sagen können, dass Daniel noch lebt und ihm den Mord an unseren Eltern anhängen wollte. Vielleicht hätte er mir auch gedroht, mich umzubringen.«

»Sie haben mir immer wieder versichert, dass Tony Ihnen nie etwas antun würde.«

»Mir haben die ganzen Sicherheitsmaßnahmen im Cottage nicht gepasst. Ich wollte ja, dass Tony kommt, und solange er glaubte, dass die Polizei das Cottage überwacht, würde er sich hüten.«

»Sie *wollten,* dass er auftaucht?«

»Ja. Ich wollte ihn töten. Es sollte wie Notwehr aussehen. Auch wenn es unwahrscheinlich war, hätte Tony der Polizei die Wahrheit erzählen können. Sobald er zum Hauptverdächtigen geworden war, musste er sterben. Denn nach seinem Tod würden die Ermittlungen wahrscheinlich eingestellt werden.«

»Wie kommen Sie darauf, dass Sie es geschafft hätten, ihn zu töten?«

»Ich halte mich fit. Ich sehe vielleicht nicht so aus, aber ich bin wirklich sehr stark.« Jennifer lächelte.

»Und Sie glauben, Sie hätten ihn überwältigen können?«

»Auf jeden Fall. Ich war darauf vorbereitet, dass er im Cottage auftaucht. Dann hätte ich ihn mit einem Messer erstechen können. Mit Leichtigkeit.«

»Warum haben Sie es dann nicht getan, als er bei Ihnen aufgetaucht ist?«

»Ich war im Haus meiner Eltern und schaute aus einem Fenster im Obergeschoss, als ich sah, wie er durch das Gebüsch kroch und ins Cottage ging. Da wurde mir klar, dass er bewaffnet sein und mich doch töten könnte, bevor ich die Möglichkeit hätte, mich zu wehren. Deswegen habe ich Ihnen geschrieben. Ich musste nur noch hoffen, dass er erschossen wird. Und das hat ja dann auch perfekt geklappt«, sagte Jennifer achselzuckend.

»Laut Ihrer Aussage hat Tony Sie auf einem Zettel zur Herausgabe der DVD aufgefordert, den er dann ins Feuer geworfen hat. Stimmte das?«

»Ja, das stimmte. Ich musste die Wahrheit sagen, weil ich nicht wusste, ob Tony nicht vielleicht alles mit seinem Handy aufnahm. Dann hätten Sie eine Unwahrheit herausgefunden. Ich musste wirklich vorsichtig sein. Auf dem Zettel stand: *Ich weiß, dass Daniel noch lebt und dass die Polizei denkt, ich hätte deine Eltern umgebracht. Ich weiß, dass es eine DVD gibt, auf der das, was wir euch angetan haben, aufgezeichnet wurde. Gib mir die DVD und alle Kopien. Dann sage ich der Polizei nichts.*«

»Als er aus dem Cottage gegangen ist, riefen Sie ihm hinterher: ›Bitte nicht, Tony!‹ Was haben Sie damit gemeint?«

»Bevor er hinausging, sagte ich ihm, dass die Polizei dachte, dass er eine Pistole hätte. Er wusste, dass es vorbei war. In diesem Moment muss er die Entscheidung getroffen haben, sich erschießen zu lassen. Als ich rief: ›Bitte nicht, Tony!‹, meinte ich, dass er der Polizei nicht sagen sollte, dass Daniel noch lebt. Tonys Ausweg aus dem ganzen Dilemma war, sich erschießen zu lassen, und deshalb hat er so getan, als würde er eine Waffe ziehen.«

»Nach Tonys Tod konnten Sie die Täuschung beenden. Sie mussten nur noch das Grundstück und die Buchhandlung verkaufen und konnten wegziehen.«

»Na ja. Sie hatten mir gesagt, dass Sie niemals aufgeben würden, weil Sie wissen wollten, *warum* das alles passiert ist. Wir mussten Ihnen ein Motiv liefern und dachten, wenn wir Ihnen die DVD schicken, dann *hätten* Sie Ihr Motiv. Sie würden wahrscheinlich folgern, dass unser Vater Daniel getötet hat, weil Daniel die DVD gefunden und gedroht hatte, sie zur Polizei zu bringen.«

»Wie haben Sie herausgefunden, wo ich wohne?«

»Ich habe ein Moped gemietet, und Daniel ist Ihnen einmal von der Arbeit nach Hause gefolgt.«

»Warum haben Sie ein Tagebuch über die Ereignisse rund um den … Mord an Daniel geführt?«

»Ich musste mir so viel merken und den Überblick behalten, was bei der Verhandlung gesagt wurde. Ich musste Daniel auf dem Laufenden halten. Außerdem wirkte das authentisch. Ich habe alles sorgfältig notiert, weil ich davon ausging, dass die Polizei es sich irgendwann ansehen würde. Wie Sie es dann ja auch getan haben.«

»Warum haben Sie die Polizei unter Druck gesetzt, nach Daniels Leiche zu suchen?«

»Ich musste den Schein wahren. Ehrlich gesagt habe ich mich schrecklich gefühlt, als die Freiwilligen auftauchten, um mir bei der Suche zu helfen. Aber ich hatte keine Wahl.«

»Woher wussten Sie von Ihrem Halbbruder und seiner Mutter?«

»Wir haben unsere Eltern immer wieder mal über Jason und Tanya reden hören. Mein Vater war unglaublich wütend auf sie und behauptete immer, sie seien einfach verschwunden, obwohl er ihnen nichts getan habe. Wir dachten uns, dass Jason und Tanya wahrscheinlich das Gleiche durchgemacht hatten wie wir. Unser Vater war ein böser Mensch. Sein Leben lang.«

»Kannten Sie Jason und seine Mutter wirklich nicht?«

»Nein.«

»Wann haben Sie die Gebärdensprache gelernt?«

»Wir hatten eine gehörlose Stammkundin. Daniel und ich brachten uns die Grundlagen bei, damit wir mit ihr kommunizieren konnten und sie sich bei uns wohlfühlte. Und wenn Daniel im Hauseingang gegenüber campierte, kommunizierten wir manchmal auf diese Art.«

»Haben Sie ihm so auch mitgeteilt, wann er zum Tunnel kommen konnte?«

»Ja, aber wir haben uns auch getroffen. Es gibt einen Durchgang, der zum Parkplatz hinter dem Geschäft führt, da haben wir uns manchmal unterhalten. Es geht eigentlich nie jemand da lang, und es gibt dort auch keine Überwachungskameras.«

»Wusste Izzy von alldem?«

»Nein, Izzy wusste nichts. Das Ganze war allein Daniels und mein Plan. Izzy ist einfach ein Freund, den ich mal auf einer Buchmesse getroffen habe; für mich war er ungefährlich, weil er schwul ist.«

»Und der Typ, der neulich in der Buchhandlung war?«

»Das ist Edward. Ein Kunde, der was übrighat für mich.«

»Sie haben sich mit ihm am Bahnhof Lime Street getroffen, bevor Sie nach Cornwall gefahren sind.«

Jennifer runzelte die Stirn. Dann wurde ihr klar, dass sie beobachtet worden war, und sie lächelte.

»Er arbeitet dort als Fahrkartenkontrolleur und hat mich dort sitzen sehen. Nach seinem Dienstschluss haben wir einen Kaffee getrunken. Aber das wissen Sie sicher schon.«

Sheridan nickte. »Was ist mit der zweiten DVD passiert?«

»Ich habe sie vernichtet, nachdem wir sicher waren, dass Sie das Original erhalten hatten.«

»Eine letzte Frage. Warum sind Daniel und Sie nicht zur Polizei gegangen und haben den Missbrauch angezeigt? Sie hatten ja die DVD; die hätte als Beweismittel für eine Anklage ausgereicht.«

»Irgendwann wären sie wieder rausgekommen und hätten eine zweite Chance gehabt. Vielleicht wären sie weggezogen und hätten irgendwo neu angefangen. Vielleicht hätten sie dort anderen Kindern etwas angetan. Das konnten wir nicht zulassen. Wir wollten, dass sie leiden, und wir haben sie leiden lassen. Jetzt sind sie alle tot. Daniel und ich können ruhig schlafen.«

»Möchten Sie uns noch etwas sagen, bevor wir die Vernehmung beenden?«

Jennifer schwieg einen Moment, bevor sie antwortete: »Wenn Sie an meiner Stelle gewesen wären und Ihnen so etwas angetan worden wäre. Was hätten Sie getan?«

Sheridan zögerte kurz. »Ich hätte es der Polizei gemeldet.«

Jennifer nickte.

»16.43 Uhr. Ende der Vernehmung.« Anna schaltete das Aufnahmegerät aus und ging in den Nebenraum, von dem aus Hill das Gespräch verfolgt hatte.

»Gute Arbeit.« Hill lehnte sich zurück.

»Ja, es ist gut gelaufen.«

»Wir müssen den Tunnel durchsuchen.«

Anna nickte zustimmend. »Ich wette, die neuen Besitzer werden sich riesig darüber freuen.«

* * *

Sheridan war sitzen geblieben. Sie faltete die Hände und sah zu Boden. Die Vernehmung hatte sie berührt. Der Missbrauch, den Jennifer und Daniel erlitten hatten, und die Art und Weise, wie sie alles so minutiös geplant hatten, weckten bei ihr eine unangenehme Mischung von Gefühlen. Sie hatte endlich die Antworten und sie war erleichtert. Aber ebenso traurig. Zwei unschuldige Kinder, missbraucht von ihren Eltern, deren Pflicht darin bestanden hätte, sie vor allem Bösen zu schützen. Stattdessen hatten sie ihnen Böses angetan.

»Kommen Sie mit alldem zurecht?«, fragte Jennifer.

Sheridan runzelte die Stirn; die Frage erstaunte sie. »Ob *ich* damit zurechtkomme?«

»Ich will nicht, dass Sie mich hassen.«

»Ich hasse Sie nicht, Jennifer. Ich wünschte mir nur so sehr, Daniel und Ihnen wäre das nicht angetan worden.«

»Wir können es nicht ändern. Es ist, wie es ist. Aber jetzt ist es vorbei, und wir können in Frieden weiterleben.«

»Kommen *Sie* zurecht?«, fragte Sheridan.

»Ja. Daniel und ich müssen für lange Zeit ins Gefängnis. Vielleicht kommen wir nie wieder frei, aber damit haben wir uns schon vor langer Zeit abgefunden. Wir waren uns immer einig, dass wir die Konsequenzen tragen werden, wenn man uns erwischt.« Sie zuckte mit den Schultern. »Daniel und ich lesen unheimlich gern. Wir sind uns selbst genug. Wir brauchen nichts. Für uns wird das Gefängnis jetzt der Ort sein, an dem wir unsere Bücher lesen.«

»Aber Sie werden sich nicht sehen können.«

»Das stimmt. Selbst damit haben wir unseren Frieden gemacht. Er weiß, dass es mir gut gehen wird, und ich weiß, dass es ihm gut gehen wird. Das Gefängnis wird nicht schlimmer sein als das, was wir ohnehin kennen. Wir waren seit unserer Kindheit eingesperrt, nur die Mauern sind anders.«

Sheridan stand bedrückt auf. »Ich habe noch nie jemanden wie Sie getroffen, Jennifer Parks.«

»Dann schreiben Sie mir?« Jennifer lächelte und trank einen Schluck Wasser. »War nur ein Scherz.« Sie stellte den Becher ab und stand auf.

»Das Gleiche«, flüsterte Sheridan.

»Was?«

»Sie haben mich gefragt, was ich getan hätte, wenn *ich* an Ihrer Stelle gewesen wäre.« Sie sah Jennifer in die Augen.

»Ich hätte das Gleiche getan.«

* * *

Nachdem Rob und Dipesh Daniels Vernehmung beendet hatten, kamen sie alle in Hills Büro zusammen. Daniel hatte alle Fragen beantwortet. Seine Geschichte stimmte haarscharf mit Jennifers überein. Er hatte nicht gezögert, er hatte einfach alles zugegeben.

Hill saß mit verschränkten Armen da. »Ich hätte zu gerne Ihre Gesichter gesehen, als Sie erkannt haben, dass Sie es mit Daniel Parks und nicht mit Jason Smith zu tun haben.« Sie schüttelte den Kopf. »Übrigens gebe ich niemandem die Schuld daran.«

Rob berichtete ihnen von der Verhaftung. Als PC Jenkins, der Streifenpolizist im Bahnhof, Daniel schließlich eingeholt hatte, habe der sich umgedreht und ihm einen Kinnhaken verpasst. Da PC Jenkins Daniel Parks nicht kannte, nahm er an, er habe Jason Smith vor sich. Als er ihm die Handschellen anlegte, hatte er den fehlenden Finger zwar bemerkt, das der Kripo aber nicht gemeldet. Nach seinem Namen gefragt, habe Daniel einfach »Jason« geantwortet.

»Als ich mit Jennifer sprach, hat sie mit Daniel in Zeichensprache kommuniziert. Sie hat ihm übermittelt, dass wir dachten, Jason könne etwas mit der Sache zu tun haben«, erklärte Sheridan. »Deswegen hat er einen letzten Versuch unternommen, seine Identität zu verbergen, und sich für Jason ausgegeben.«

»Er hat nur seinen Vornamen genannt, weil er nicht wusste, wie Jason mit Nachnamen heißt«, fügte Anna hinzu.

»Sie wussten also erst, dass Sie es mit Daniel Parks zu tun hatten, als Sie in der Zelle seinen fehlenden Finger entdeckten?« Hill sah Rob und Dipesh an. Die beiden nickten.

»Na gut.« Hill stand auf. »Mal sehen, was die Staatsanwaltschaft zu alldem zu sagen hat.«

* * *

Sheridan bereitete den Fall für die Staatsanwaltschaft vor. Für Jennifer lautete die Anklage auf Verabredung zum Mord und Justizbehinderung, für Daniel auf mehrfachen Mord, Verabredung zum Mord, Justizbehinderung, Entführung sowie tätlichen Angriff auf einen Vollstreckungsbeamten.

Am nächsten Tag erschienen die Geschwister gemeinsam vor dem Liverpooler Amtsgericht. Der Haftrichter legte einen Termin für den Prozess vor dem Crown Court fest. Sie sprachen nur, um ihre Identität zu bestätigen, zeigten während der kurzen Anhörung aber keinerlei Emotionen.

Als Sheridan und Anna zurück zur Wache fuhren, fragte Anna: »Hast du irgendwann während der Ermittlungen den Verdacht gehabt, dass Daniel noch am Leben sein könnte?«

»Um ehrlich zu sein, nein. Du?«

»Keine Sekunde.« Anna schaute aus dem Fenster. »Sie waren sehr clever, findest du nicht?«

»Ja. Es war ein fast perfekter Plan.«

KAPITEL 103

Anna schleuderte ihre Schuhe in den Flur und schenkte sich ein großes Glas Wein ein. Ihr Körper schmerzte, als sie sich neben den CD-Player kniete und ihre Sammlung durchging. Es klingelte an der Tür. Sie stand auf und reckte sich vor, um durch die Jalousien zu spähen. Steve stand vor der Tür.

»Du kannst hier nicht einfach so auftauchen, Steve. Was willst du?«, fragte sie, als sie die Tür geöffnet hatte. Sie stemmte die Hände in die Hüften.

Er hob die Hand. »Ich habe einen Job in Glasgow angenommen. Ich ziehe morgen früh um.«

»Oh. Das ist gut. Du siehst happy aus.«

»Bin ich auch. Umarmst du mich zum Abschied?«

Anna trat zur Seite. Steve wischte sich die Füße ab und folgte ihr in die Küche.

Er erzählte ihr, dass er bei der psychologischen Beratung gewesen war und jetzt das Gefühl hatte, im Leben einen Schritt weitergehen zu wollen. Ihre Beziehung sei nun mal vorbei, und was er ihr angetan habe, täte ihm schrecklich leid. Er schäme sich dafür und wünsche sich, die Uhr ließe sich bis zu dem Zeitpunkt zurückdrehen, an dem sie sich kennengelernt hätten. Anna hörte ihm geduldig zu und suchte in seinem Gesicht nach

Anzeichen von Reue. Das Gesicht des Mannes, den sie so sehr geliebt hatte und mit dem sie den Rest ihres Lebens hatte verbringen wollen. Sie sah ihn an, den Mann, bei dem sie sich einst sicher und geliebt gefühlt hatte, der sie zum Lachen gebracht hatte, der sie mit Vorfreude auf die Zukunft erfüllt hatte. Dann sah sie das Gesicht des Mannes, der sie geschlagen hatte, den sie angefleht hatte, damit aufzuhören. Und das war der Mann, dem sie an diesem Abend zum Abschied zuwinkte, der den Arm aus dem Autofenster streckte und im Wegfahren zurückwinkte.

Sie drehte sich um und ging hinein. Sie sah nicht, wie Steve am Ende der Straße anhielt, wendete und langsam an ihrem Haus vorbeifuhr.

KAPITEL 104

Donnerstag, 16. Oktober – Liverpool Crown Court

Sheridan und Anna saßen hinten im Gerichtssaal, als der Richter das Urteil im Fall Jennifer und Daniel Parks verkündete.

Beide hatten sich in allen Anklagepunkten für schuldig bekannt, und der Richter berücksichtigte dies ebenso wie die mildernden Umstände, die zu den Morden geführt hatten. Schließlich seien die Opfer, Ronald und Rita Parks, keine Fremden gewesen, sondern Eltern, die ihre eigenen unschuldigen Kinder vergewaltigt hatten. Es sei unwahrscheinlich, dass die Angeklagten eine Gefahr für die Allgemeinheit darstellten, da sie nur die beiden Menschen hatten töten wollen, die ihnen das angetan hatten. Die Morde waren aber vorsätzlich begangen, die Taten genauestens geplant worden. Die Angeklagten hatten dafür gesorgt, dass ihre Opfer leiden mussten, von dem Moment an, in dem sie in ihrem Haus gefesselt wurden, bis zu dem Moment, in dem sie ihren letzten Atemzug taten. Selbst wenn man die Schuldeingeständnisse mildernd einrechnete, musste berücksichtigt werden, dass die Angeklagten berechnend vorgegangen waren.

Jennifer und Daniel standen vor der Anklagebank, zwischen sich zwei Justizvollzugsbeamte. Getrennt voneinander und unfähig, miteinander zu sprechen. Außer durch einen Trick. Sorgfältig eingesetzte Zeichen, langsam geformte Worte.

Eine Nachricht.

Eine Nachricht, die niemand sah.

Daniel: Ist das Geld an Ort und Stelle?

Jennifer: Ja. Vierzig Riesen in zwei Paketen. Jeweils zwanzig.

Daniel: Sie weiß, wann sie dort sein muss?

Jennifer: Ja. Er auch?

Daniel: Ja. Bist du sicher, dass sie es tun wird?

Jennifer: Ja. Und er?

Daniel: Ja.

Jennifer: Vertraust du ihm?

Daniel: Ja. Vertraust du ihr?

Jennifer: Ja.

Daniel: Dann sehen wir uns morgen.

Daniel wandte den Kopf und lächelte Jennifer an. Sie lächelte zurück. Alles war, wie es sein sollte. Dann sahen die Geschwister wieder den Richter an.

Daniel zeigte keine Gefühlsregung, als er zu einer lebenslangen Haftstrafe verurteilt wurde. Er sollte nicht vor dem Ablauf von fünfundzwanzig Jahren entlassen werden.

Jennifer wurde ebenfalls zu lebenslanger Haft verurteilt. Hier lautete die Vorgabe mindestens dreiundzwanzig Jahre Freiheitsentzug.

Als sie abgeführt wurden, drehte sich Jennifer zu Sheridan um und machte ihr ein Zeichen, bevor sie die Treppe hinunter Richtung Zellenblock verschwand.

KAPITEL 105

Sheridan und Anna wurden mit lautem Beifall im Kripobüro empfangen.

»Danke, Leute.« Sheridan hob lächelnd die Hand und gab vor, die Freude ihres Teams über den Ausgang des Prozesses zu teilen. »Der Richter dankt euch allen für die viele Arbeit, die ihr in den Fall Parks gesteckt habt. In all den Jahren, in denen ich bei der Kripo bin, hat mir noch nie ein Fall so viel Kopfzerbrechen gemacht wie dieser. Eine harte Nuss. Danke für euer Engagement und eure Unterstützung!«

In diesem Moment erschien Hill in der Tür – tatsächlich lächelnd.

Sheridan fuhr fort: »Ich fühle mich geehrt, mit einem so großartigen Team zusammenarbeiten zu können, und ich hoffe, ihr wisst, dass ich jeden Einzelnen von euch schätze.«

»Jaja, und so weiter … Wo ist die Sahnetorte?«, rief Rob und löste damit noch mehr Applaus aus.

Hill ging nach vorne zu Sheridan.

»Auch ich möchte mich bei Ihnen allen bedanken. Verdammt gute Arbeit.« Hill streckte den Daumen hoch und wandte sich an Sheridan. »Ein großartiges Ergebnis, Sheridan.«

»Danke.«

»Eine letzte Sache noch. Bei der Durchsuchung des Tunnels wurden Ronalds Stiefel und Mantel sowie das Handtuch gefunden. Das war's also. Keine offenen Fragen mehr.« Sie lächelte.

Als alle zu ihren Arbeitsplätzen zurückgekehrt waren, nahm Sheridan Rob am Arm.

»Jennifer hat mir ein Zeichen gegeben, als sie die Anklagebank verlassen hat. Was bedeutet das?« Sie machte das Zeichen vor.

»Entschuldigung«, antwortete Rob.

»Ah. Na gut.« Sie wandte sich zum Gehen.

»Alles in Ordnung?«, fragte Rob.

»Ich habe gemischte Gefühle, wenn ich ehrlich bin. Ich bin zwar froh, dass es vorbei ist, aber die Urteile …«

»Kommen einem irgendwie nicht richtig vor, wenn man weiß, was sie durchgemacht haben.«

»Ja, nicht wirklich. Sie haben es nur getan, weil ihnen diese Wichser das angetan haben.« Sheridan biss sich auf die Unterlippe.

»Wie haben sie vor Gericht auf dich gewirkt?«, fragte Rob.

»Relativ emotionslos, sie haben sich sogar einmal angelächelt.«

»Ich glaube nicht, dass die Urteile sie überrascht haben. Daniel war immer einen Schritt voraus. Er war darauf vorbereitet, lebenslänglich zu bekommen, und ich bin sicher, dass er auch Jennifer darauf vorbereitet hat. Wahrscheinlich haben sie sogar darüber gesprochen, als sie die Morde geplant haben.«

»Da kannst du recht haben. Er war immer einen Schritt voraus.«

* * *

Am Ende des Tages war Sheridan erschöpft. Sie war versucht, das Klingeln des Telefons auf ihrem Schreibtisch zu ignorieren, als sie ihre Jacke von der Stuhllehne nahm und den Computer ausschaltete. Aber so müde sie auch sein mochte, das ging dann doch nicht.

»DI Holler.«

»Hallo, Sheridan, hier ist Ruth Manning vom Cold-Case-Team. Wir haben noch einen Zeugen auf den Fotos ausfindig gemacht, und er hat uns einen Namen genannt. Der Name lautet Stephen Tubby.«

»S. Tubby, Stubby.« Sheridan trommelte mit den Fingern auf die Schreibtischplatte.

»Ja. Der Zeuge sagte, er habe ihn nur bei ein paar Fußballspielen gesehen, kenne ihn aber auch aus der dortigen Kneipe. Obwohl er ihn seit Jahren nicht mehr gesehen habe.«

»Was haben Sie gegen ihn in der Hand?«

»Es gibt einen Stephen Tubby in der Datenbank. Das Alter müsste passen, geboren in Liverpool. Letzte bekannte Adresse war 28 Gladstone Road, Sefton.«

»Was ist das für ein Eintrag?«

Ruth zögerte.

»Ruth?«

»Unsittlicher Angriff auf ein zwölfjähriges Mädchen im Jahr 1989. Es ist aber nicht weiter verfolgt worden, der Fall kam nie vor Gericht.«

Sheridan schloss die Augen und rief sich ins Gedächtnis, dass es keine Hinweise darauf gegeben hatte, dass Matthew vor seiner Ermordung sexuell missbraucht worden war. Das hatte ihre Eltern am Leben gehalten. Sie hatten sich damit getröstet, dass Matthew sehr schnell durch einen einzigen Schlag gegen die Stirn gestorben war. In ihrer Vorstellung hatte er nicht gelitten, war nicht missbraucht worden und hatte keine Schmerzen gehabt, als er seinen letzten Atemzug tat. Falls Stephen Tubby ihn getötet hatte, hatte er vielleicht doch versucht, Matthew zu missbrauchen? Hatte Matthew sich gewehrt? In Sheridans Kopf drehte sich alles. Ihr erster Impuls war, zu der angegebenen Adresse von Stephen Tubby zu fahren und ihn zur Rede zu stellen. Aber das war Sache des Cold-Case-Teams, und sie musste ihnen vertrauen.

»Wir gehen morgen vorbei. Ich geben Ihnen Bescheid, was dabei herausgekommen ist.«

»Danke, Ruth.« Sheridan legte den Hörer auf und lehnte sich zurück. War es das? War es das, wofür ihre Familie so viele Jahre gebetet hatte? War der Mann auf dem Foto, der Matthew beim Fußballspielen zugesehen hatte, derselbe Mann, an dessen Tür die Ermittler morgen klopfen würden? Sie war so in ihre Gedanken vertieft, dass sie nicht bemerkte, wie Anna ihr Büro betrat.

»Gehst du nach Hause?«, fragte Anna.

Sheridan erzählte ihr von Stephen Tubby und dass sie darüber nachdachte, auf der Stelle zu ihm zu fahren, um ihn zur Rede zu stellen. Um herauszufinden, ob er der Mann auf dem Foto war.

»Du weißt aber, dass das nicht geht?«, fragte Anna und setzte sich auf die Schreibtischkante.

»Klar weiß ich das. Aber was, wenn er es ist? Wir könnten so nah dran sein, den Mord aufzuklären.«

»Wenn du bei ihm auftauchst, hilft das dem Cold-Case-Team auch nicht weiter, oder?«

Sheridan zog ihre Jacke an.

»Wohin gehst du?« Anna stand auf.

»Nach Hause«.

»Direkt nach Hause?«

»Ja, direkt nach Hause. An Stephen Tubbys Haus vorbei.«

* * *

Anna fuhr langsam die Straße hinunter und parkte auf der anderen Straßenseite der angegebenen Adresse. Es war ein Reihenhaus und genauso heruntergekommen wie die benachbarten Häuser. Der Vorgarten war verwildert, Unkraut überwucherte den Weg zur Haustür. Eine Mülltonne lag neben dem kaputten Gartentor, und im Obergeschoss flatterte eine graue Gardine vor einem offenen Fenster im Wind.

Sie saßen einige Minuten lang da und beobachteten eine Gruppe von Jungen, die die Straße herunterkamen. Einer kickte einen Fußball, ein anderer eine leere Bierdose vor sich her. Sheridan spähte wieder hinüber, ob sich im Inneren des Hauses etwas bewegte. Dann entdeckte sie ein Kinderfahrrad, das neben der Eingangstür an der Wand lehnte.

»Er ist zu alt für eigene Kinder.« Sheridan schüttelte den Kopf. »Ich glaube nicht, dass Stephen Tubby noch hier wohnt. Es fühlt sich nicht so an.«

»Wollen wir fahren?« Anna ließ den Motor an und wollte losfahren, doch die Lenkung war viel zu schwergängig. Sie ging einmal um das Auto herum und ließ sich wieder auf den Fahrersitz fallen.

»Reifenpanne.« Sie verzog das Gesicht.

»Du machst Witze. Kannst du Reifen wechseln?«, fragte Sheridan.

»Klar, ich hole nur schnell meine Schraubenschlüssel aus dem Kofferraum, dann erledige ich das im Handumdrehen«, erwiderte Anna und brachte Sheridan damit zum Grinsen.

Als der Servicewagen eintraf, wurde es bereits dunkel. Die beiden Frauen stiegen aus, während der Mechaniker das Rad wechselte. Und dabei fiel Sheridan ein alter Mann auf, der auf der anderen Straßenseite auf sie zulief. Sie stupste Anna an, und als er näher kam, konnte Sheridan sein Gesicht sehen.

»Ich glaube, das könnte er sein«, flüsterte sie. Der alte Mann blickte zu ihnen herüber und nahm seine Schlüssel aus der Jackentasche, dann ging er durch das Gartentor auf das Haus zu, in dem vermutlich Stephen Tubby wohnte. Nach dem Betreten des Hauses drehte er sich noch einmal nach ihnen um, dann schloss er die Haustür.

»Das könnte er *wirklich* sein«, sagte Sheridan mit dem Blick auf das Haus. Das Licht im Wohnzimmer ging an, und sie sahen, wie er die Vorhänge schloss.

»Was hat das Kinderfahrrad in seinem Garten zu suchen?«

KAPITEL 106

Freitag, 17. Oktober

Am nächsten Morgen saß Hill im Büro der Kripo und zupfte Kresse aus ihrem Sandwich, als Anna hereinkam.

»Warum tun sie einem diesen Mist ins Essen? Isst das überhaupt irgendwer?«, regte sie sich auf.

»Ist das Ihr Frühstück?«, fragte Anna und ging zum Wasserautomaten hinüber.

»Nein. Das ist mein Mittagessen. Ich hatte Chips zum Frühstück.«

Anna grinste und ließ Wasser in einen Pappbecher laufen, als Sheridan mit einer riesigen Schachtel voller Kuchenstücke hereinkam.

»Haut rein, Leute.« Hill spähte hinein, warf ihr Sandwich in den Mülleimer und schnappte sich ein Schokoladen-Eclair, bevor Rob zugreifen konnte.

»Da müssen Sie aber schneller werden, DC Wills.« Hill biss so gierig in ihr Eclair, dass die Schlagsahne hervorquoll und auf ihrem Pullover landete. »Mist!« Sie legte das Eclair auf den Tisch und verschwand Richtung Damentoilette.

Sie waren alle zu sehr mit der Auswahl der Gebäckstückchen beschäftigt, um auf das Telefonklingeln zu achten. Als Anna den Anruf schließlich entgegennahm, warf sie Sheridan den Hörer vor Eile fast an den Kopf und verkündete: »Für dich. Das Gefängnis wegen Daniel Parks.« Dann stürzte sie sich wieder in die Kuchenschlacht.

Niemandem fiel Sheridans Gesichtsausdruck auf, bis sie aufsprang und ins Telefon brüllte: »Soll das ein Scherz sein?«

Jetzt horchten alle auf.

»Wann war das?« Sie schüttelte den Kopf. »Mein Gott, wie hat er *das* geschafft?«

Niemand atmete, und erst als Sheridan den Hörer aufknallte, fragte Anna: »Was ist los?«

»Daniel Parks ist tot.«

»O nein.« Anna setzte sich. »Was ist passiert?«

»Er hat sich letzte Nacht in seiner Zelle erhängt. Sein Zellengenosse ist erst heute Morgen aufgewacht.«

Im Raum wurde es still. Niemand rührte sich. Sie kamen sich mit ihren halb gegessenen Sahnetorten ziemlich bescheuert vor. Sheridan schlug die Hände über dem Kopf zusammen, als das Telefon erneut klingelte.

Rob nahm ab und antwortete schnell und mit leiser Stimme. Alle unterhielten sich gedämpft über Daniel Parks' Tod.

Anna wandte sich an Sheridan. »Wir müssen sofort rausfinden, in welchem Gefängnis Jennifer ist. Wenn sie erfährt, dass Daniel tot ist, wird sie sich auch umbringen.«

Sheridan schüttelte langsam den Kopf. »Jennifer ist schon tot.«

»Woher weißt du das?«

»Sie haben es so geplant. Glaub mir.«

Rob beendete das Gespräch und sah Sheridan an.

»Und?«, fragte sie. Alle Augen waren auf ihn gerichtet.

»Jennifer Parks wurde heute Morgen tot in ihrer Zelle aufgefunden.«

Sheridan blickte zu Boden. »Und sie hat sich erhängt?«

»Ja.«

Hill kam wieder herein. »Wehe, mein Eclair ist nicht mehr da!«, bellte sie, bevor sie die betretenen Mienen bemerkte.

»Was? Ist jemand gestorben?«, fragte sie und blickte sich im Raum um.

KAPITEL 107

Als sie durch den Kingsway-Tunnel fuhr, versuchte Sheridan die Tränen zu ignorieren, die ihr in den Augen brannten. Der Fall Parks war im wahrsten Sinne des Wortes beendet. Alle Beteiligten waren tot. Und Sheridan hatte alle Antworten. Sie wusste, was wirklich passiert war.

Nachdem Jennifer und Daniel angeklagt und verurteilt worden waren, hatte der Polizeipräsident ihr und dem Team für ihr Engagement und ihre gute Arbeit gedankt. Sheridan hatte gelächelt, als er ihr die Hand schüttelte und sie über die bevorstehende Belobigung informierte. Unter normalen Umständen wäre sie stolz auf diesen Erfolg gewesen. In ihren Jahren als leitende Kommissarin hatte sie an zahlreichen Verurteilungen von Mördern, Vergewaltigern, Gewalttätern und Verbrechern aller Art mitgewirkt, und jedes Mal war sie davon überzeugt gewesen, dass die Straßen nun ein wenig sicherer geworden waren. Aber der Fall Parks war anders. Es war das erste Mal, dass sie daran zweifelte, ob der Gerechtigkeit wirklich Genüge getan worden war. Als Jennifer und Daniel abgeführt worden waren, hatte Sheridan ein ungutes Gefühl gehabt. Während der gesamten Ermittlungen war es Jennifer gelungen, Sheridan davon zu überzeugen, dass sie am Boden zerstört war, eine Tochter, die um ihre Eltern trauerte, eine Schwester, die sich danach sehnte, die sterblichen Überreste ihres Bruders zu finden, ein Opfer im wahrsten Sinne des Wortes. Dabei hatte sie die ganze Zeit über ein so unglaublich cleveres Spiel gespielt. Und sie hatte es fast gewonnen. Sie hatte es fast geschafft, und seltsamerweise bewunderte Sheridan sie dafür.

Nachdem sie Jennifer verhört hatte, hatte es Zeiten gegeben, in denen sie sie am liebsten für immer weggesperrt gesehen hätte. Und es hatte Zeiten gegeben, in denen sie die Zellentüren der Geschwister öffnen wollte. Damit sie verschwinden und versuchen konnten, sich aus der Asche ihrer Vergangenheit ein neues Leben aufzubauen.

Als sie die Haustür öffnete, kam Maud auf sie zugerannt, um sie zu begrüßen. Sheridan nahm sie auf den Arm und vergrub ihr Gesicht in ihrem warmen Fell. Sie hörte Sam am Telefon lachen, als sie mit Maud auf dem Arm in die Küche kam. Sam lächelte und küsste sie auf die Lippen.

»Ich rufe dich später zurück.« Sam legte auf. »Was ist los?«, fragte sie.

»Woher weißt du immer sofort, wenn etwas nicht stimmt?« Sheridan gab Maud noch einen Kuss auf den Kopf, bevor sie sie sanft auf dem Boden absetzte.

»Weil du geweint hast.« Sam fasste Sheridan an den Händen.

»Ich hatte einen wirklich beschissenen Tag.«

»Erzähl mir alles.« Sam griff in den Kühlschrank und holte eine Flasche Wein heraus.

»Jennifer und Daniel haben sich letzte Nacht umgebracht.«

Sam wirbelte herum. »Was? Nein!«

»Ich bin so wütend auf mich. Ich hätte es kommen sehen müssen.«

»Aber du hättest nichts tun können, um es zu verhindern, und nach allem, was du mir erzählt hast, war es der einzige Weg, wie es hätte enden *können*. Sie hätten ohne einander nicht überlebt und haben sich entschieden, auf die einzige Art und Weise, die ihnen blieb, zusammen zu sein.« Sam schenkte Sheridan ein Glas Wein ein.

»Du bist wirklich entzückend. Weißt du das?«

»Ja, klar weiß ich das. Ich bin schon so zur Welt gekommen.«

KAPITEL 108

Hill zog ihre Haustür hinter sich zu und überquerte die Straße. Sie ließ sich selbst hinein und rief: »Ich bin's nur, Gloria.«

»Hallo, Hill.« Gloria blickte auf. Barney sprang von ihrem Schoß, streckte sich und kam schnurstracks auf Hill zu, die ihm den Kopf kraulte, die Tragetasche aber außer Reichweite hielt.

»Alles Gute zum Geburtstag. Ich habe deinen Lieblingskuchen besorgt; soll ich Wasser aufsetzen?«

Gloria schaltete den Fernseher aus, stemmte sich aus dem Sessel und folgte Hill mithilfe ihres Gehgestells langsam in die Küche.

»Wo ist die Geburtstagskarte?«, fragte sie und stellte zwei Teller hin, während Hill die Schachtel öffnete und einen riesigen Obstkuchen herausholte.

»Hier.« Hill gab ihr die Karte, öffnete die Schublade und nahm ein Messer heraus, mit dem sie ein kleines Stück Kuchen für sich selbst und ein großes Stück für Gloria abschnitt.

Gloria ließ zwei Teebeutel in die Kanne fallen und las die Worte laut vor.

»Für G von Hill.« Sie schüttelte den Kopf. »Du hast so eine magische Art, mit Worten umzugehen, dass du dir nicht einmal die Mühe machen musst, meinen Namen auszuschreiben.« Sie drehte die Karte um. »Und dann hast du auch noch den Preis drangelassen.« Gloria schnippte die Karte in Hills Richtung. Sie flatterte langsam auf den Boden. Barney beschnupperte sie und schob sie hin und her.

»Gern geschehen, du nörgelige alte Schabracke.« Hill zuckte mit den Schultern und holte die Milch aus dem Kühlschrank.

»Kerzen in den Kuchen zu stecken, war dir wohl auch zu viel Arbeit«, schimpfte Gloria, brach ein Stück von ihrem Tortenstück ab und schob es sich in den Mund.

»Du bist zweiundachtzig. Du würdest wahrscheinlich tot umfallen, wenn du versuchen müsstest, so viele Kerzen auszupusten.«

Dann war der Tee fertig, und sie standen sich gegenüber und stießen mit den Tassen an.

»Herzlichen Glückwunsch zum Geburtstag«, sagte Hill lächelnd. Als Gloria ihr Lächeln erwiderte, kamen die Sultaninen, die an ihren falschen Zähnen klebten, zum Vorschein.

Sie setzten sich ins Wohnzimmer, und während sie sich unterhielten, zerriss Barney die Karte in kleine Stücke und spuckte sie auf den Küchenboden. Eine Stunde später stand Hill auf, um zu gehen.

»Wie läuft eigentlich die Wette darum, wie du wirklich heißt?«, fragte Gloria und zupfte noch ein paar Kuchenkrümel von ihrem Pullover, die sie sich in den Mund steckte.

»Es sind schon hundertzwanzig Pfund im Umschlag.«

»Und die haben keine Ahnung, dass du dahintergekommen bist?«

»Nö.« Hill zwinkerte, beugte sich hinunter und küsste Gloria auf die Wange.

»Gibt es eine richtige Antwort?«

»Nö.« Hill wandte sich zum Gehen.

»Danke, dass du vorbeigekommen bist«, rief Gloria.

»Gern geschehen«, rief Hill zurück.

»Geizhals«, rief Gloria ihr hinterher. Hill öffnete grinsend die Tür.

KAPITEL 109

Samstag, 18. Oktober

Stacey Coates wartete schon seit zwanzig Minuten; sie war zu früh dran. Die Anweisung war klar gewesen. Sei um 10 Uhr da und um 10.30 Uhr fertig. Sie schaute noch einmal auf die Uhr, dann stieg sie aus dem Auto und ging, sich nervös umschauend, durchs Friedhofstor. Den ganzen Morgen über war ein leichter Nieselregen gefallen, und das Gras glänzte vor Nässe. Sie zog die Kapuze über den Kopf und ging zielstrebig an einer Reihe von Grabsteinen entlang, dann bog sie rechts ab.

Da war es, das Grab von Ronald und Rita Parks.

Sie nahm eine Gartenschaufel aus ihrer Tüte, kniete sich auf das nasse Gras, grub die Pflanze direkt neben dem Grabstein aus und legte sie zur Seite. Kurz darauf stieß sie mit der Schaufel auf ein in Plastik gewickeltes Päckchen. Sie machte große Augen, als sie es aus der Erde zog und den Schmutz wegwischte. Und dann lächelte sie.

Stacey Coates setzte die Pflanze wieder ein und stand auf. Es war ihr vollkommen egal, dass ihre Jeans an den Knien durchnässt war. Sie wickelte das Päckchen in die Tragetasche und schützte es unter ihrer Jacke, bevor sie eilig zum Auto zurückkehrte und durchstartete.

Eine halbe Stunde später fuhr David Palmer rückwärts in eine Parklücke dem Friedhofstor direkt gegenüber. Er prüfte die Uhrzeit auf seinem Handy: 10.59 Uhr. Er war pünktlich.

Er schnappte sich einen kleinen Leinensack, stieg aus dem Auto und ging durch das Tor hindurch.

Als er das Grab von Ronald und Rita Parks erreichte, schaute er sich kurz um, bevor er auf die Knie ging. Er nahm eine Schaufel aus dem Leinensack heraus, buddelte die Pflanze am unteren Ende des Grabs aus und legte sie beiseite. Dann grub er, bis seine Schaufel auf etwas Hartes traf. Er griff in das Loch hinein und zog ein in Kunststoff gewickeltes Päckchen heraus, das er sofort in seine Leinentasche steckte. Dann setzte er die Pflanze wieder ein und verließ den Friedhof.

Stacey Coates und David Palmer kannten sich nicht. Sie wussten nichts voneinander. Aber sie hatten etwas gemein.

Staceys Mann war im Gefängnis. Und Davids Schwester auch.

Daniel und Jennifers Zellennachbarn.

In jedem Päckchen befanden sich zwanzigtausend Pfund. Es war die Bezahlung für die Nacht, in der Jennifer und Daniel sich erhängt hatten.

Die Bezahlung dafür, dass sie die Augen fest geschlossen hielten und erst am Morgen Alarm schlugen.

KAPITEL 110

Sam trug das Tablett die Treppe hinauf, wobei sie fast über Maud stolperte, die an ihr vorbeischoss und auf das Bett sprang, um Sheridan zu wecken.

»Tut mir leid wegen Maud. Sie hat gerade einen großen Haufen in ihr Katzenklo gemacht und jetzt galoppiert sie triumphierend durchs Haus.« Sam stellte das Tablett auf den Nachttisch und beugte sich vor, um Sheridan zu küssen.

Sheridans Handy klingelte, und während sie telefonierte, schnupperte Maud am Toast und steckte ihre Pfote in die Butter. Sheridan verabredete sich mit ihrer Mutter zu einer Partie Minigolf. Nachdem sie vereinbart hatten, wann und wo sie sich treffen wollten, beendete Sheridan das Telefonat und lehnte sich mit dem Kaffeebecher in der Hand gegen die Wand.

»Dieser Brief ist für dich.« Sam reichte Sheridan einen Umschlag, legte sich bäuchlings aufs Bett und fütterte Maud mit einem Stück von der Toastkruste.

Sheridan erkannte die Handschrift und riss den Umschlag auf.

Liebe Sheridan,

ich hatte nie die Chance, Ihnen zu sagen, dass es mir wirklich leidtut, was wir Ihnen während der Ermittlungen zugemutet haben. Ich möchte Ihnen ein paar Dinge erklären.

Es ging uns nie um Geld. Es ging darum, etwas richtigzustellen. Manche Leute sagen vielleicht, dass wir böse waren, aber stimmt das? Oder haben uns die Umstände zu bösen Menschen werden lassen?

Meine Eltern haben mir beigebracht, wie man zur perfekten Lügnerin wird. Ich habe Sie von Anfang bis Ende der Ermittlungen belogen, und das tut mir sehr leid. Ich hätte mir nie vorstellen können, einen anderen so sehr zu hassen oder zu dem Menschen zu werden, zu dem ich geworden bin. Der Mensch, den Sie kennengelernt haben.

Ich habe Ihnen gesagt, dass ich in der Nacht, in der ich nach Crosby gejoggt bin und vor der Statue des Eisernen Mannes stand, wissen wollte, wie sich meine Mutter in ihren letzten Momenten gefühlt haben muss. Ich hoffe, sie hatte Angst; nein, ich bin mir sicher, dass es so war, und ich hoffe, ihre letzten Gedanken galten dem, was sie und die anderen drei uns angetan haben.

Ich habe keine Angst vor dem Tod. Im Gegenteil. Ich habe Ruhe gefunden, weil ich weiß, dass sie nie wieder jemandem etwas antun werden.

Daniel und ich sind in Sicherheit. Alle Kinder sind in Sicherheit vor ihnen.

Wissen Sie, Daniel und ich sind auf jede erdenkliche Art gebrochen worden. Wenn unser letzter Plan funktioniert hat, dann sind wir jetzt beide tot. Aber in Wirklichkeit waren wir schon lange tot. Jetzt sind wir wieder zusammen, so wie es immer sein sollte.

Wir haben alles sorgfältig geplant, sogar diesen letzten Schritt. Das war der Plan für den Fall, dass wir erwischt werden. Sie haben wahrscheinlich gesehen, wie Daniel und ich uns angelächelt haben, kurz bevor der Richter uns verurteilt hat. Wir haben gelächelt, weil wir wussten, dass wir es nicht mehr lang ohne einander aushalten müssen. Ich habe Ihnen ein Zeichen gegeben, bevor man uns in die Zelle zurückbrachte, und ich hoffe, Sie wissen, dass es ›Entschuldigung‹ bedeutet. Sie waren so gut zu mir und haben mich nicht ein einziges Mal so angesehen, als wäre ich ein Monster.

Vielleicht hätten Sie es getan, wenn ich Ihnen diesen letzten Teil der Geschichte erzählt hätte.

Als ich vierzehn war, wurde ich schwanger und verheimlichte es vor allen, außer vor Daniel. Er war dabei, als ich das Baby eines Morgens im Cottage zur Welt gebracht habe. Es war ein kleiner Junge, der tot zur Welt kam. Ich erinnere mich, wie ich ihn im Arm hielt, bevor Daniel ihn behutsam in ein Handtuch wickelte. Als er mir später sagte, er hätte ihn begraben, habe ich nicht nach dem Ort gefragt. Es war das Einzige, was Daniel mir je verheimlicht hat, und auch das hat er für mich getan. Als ich das letzte Mal mit ihm sprach, fragte ich ihn, wo er mein Baby begraben hatte, und er sagte, unter dem großen umgestürzten Baum hinter dem Cottage. Es tut mir leid, dass ich Ihnen das nie gesagt habe.

Vielleicht bin ich ja doch ein Monster. Wenn es einen Gott gibt, dann wird er mich für das, was ich getan habe, richten.

Ich habe Ihnen noch einen Brief geschrieben, den Sie im Lauf der nächsten zwei Tage erhalten sollten. Es ist das Einzige, worum ich Sie bitte.

Jetzt wissen Sie alles. Sie wissen, wie und warum das alles passiert ist. Aber es ist vorbei, es ist erledigt. Wir haben getan, was wir tun mussten. Ich kann in Frieden ruhen und die letzten Worte mitnehmen, die Daniel zu mir sagte, als wir zurück in unsere Zellen gebracht wurden. Er flüsterte: ›Ich liebe dich, Jen. Das Ganze endet jetzt.‹

Passen Sie auf sich auf, Sheridan.

Ich hoffe, dass der Mensch, der Ihnen Ihren Bruder genommen hat, eines Tages doch noch aufgespürt wird.

Jennifer

Als Sheridan den Brief gelesen hatte, hörte sie, wie Sam sie fragte: »Alles okay?«

»Ja.« Sheridan reichte ihr den Brief und lehnte den Kopf an die Wand.

Sam las ihn, legte den Kopf an Sheridans Brust und fragte: »Dann müsst ihr jetzt nach der Babyleiche suchen?«

»Ich weiß, wo es begraben ist. Ich habe auf dem umgestürzten Baum gesessen, von dem sie spricht.« Sheridan stieß langsam die Luft aus.

Sam hob den Kopf und sah Sheridan an. »Hältst du sie für ein Monster?«

»Nein.«

»Was glaubst du, was ist in dem angekündigten Brief?«

»Ich weiß es nicht, aber wenn er ankommt und ich nicht da bin, öffne ihn nicht.«

»Warum nicht?«

»Weil es *alles Mögliche* sein könnte.«

KAPITEL 111

Als Anna den Wagen parkte, reckte Sheridan den Hals, um in die Wohnung zu spähen. Sie saßen einen Moment lang da.

»Gehst du nächste Woche zur Beerdigung von Jennifer und Daniel?«, fragte Anna dann.

»Ich habe keine Ahnung. Ich bin so hin- und hergerissen, weil ich die beiden in einer Minute als berechnende Mörder vor mir sehe und in der nächsten als Opfer. Was soll ich tun, was meinst du?«

»Als wir Jennifer vernommen haben, hat sie dich gefragt, was du an ihrer Stelle getan hättest. Du hast geantwortet, du hättest es der Polizei gemeldet. Da hast du deine Antwort. Du glaubst, dass das, was sie getan haben, falsch war, weil *du* es nicht getan hättest. Und dann solltest du nicht hingehen.«

Als sie aus dem Auto stiegen, hielt Sheridan den Umschlag in der Hand. Sie klingelte und schaute in den Himmel hinauf, wo die Sonne gerade hinter den Wolken hervorlugte.

Die Tür öffnete sich. Sheridan musste sich räuspern, so verblüfft war sie über die Ähnlichkeit, die er mit Daniel und Jennifer hatte.

»Jason?«

»Ja. Ich bin Jason.« Er trat zurück, um sie hereinzulassen, und sie folgten ihm durch den schmalen Flur. Die Wohnung war einfach eingerichtet und makellos sauber.

»Kommen Sie bitte mit in die Küche. Möchten Sie vielleicht einen Tee oder Kaffee?« Er drehte sich um, als Caroline hereinkam. »Meine Mutter kennen Sie ja bereits.« Er lächelte.

Caroline strich ihm im Vorbeigehen über die Wange und gab Sheridan und Anna die Hand.

»Schön, Sie wiederzusehen.«

Sie setzten sich an den Küchentisch. Sheridan sah Jason an, der darauf wartete, dass das Wasser kochte. Das dunkle Haar fiel ihm genauso wie bei Daniel in die Stirn. Es war offensichtlich, dass Jason ein wenig langsam war, seine Sprache war leicht beeinträchtigt, und er hinkte leicht. Auf Sheridan wirkte er wie ein Schlaganfall-Patient, der sich gerade davon erholte.

»Sie wollten etwas mit uns besprechen?«, fragte Caroline.

Sheridan legte den Umschlag auf den Tisch. Den Umschlag, den sie eine Woche zuvor in ihrem Briefkasten gefunden hatte.

»Ein Brief an Sie beide, von Jennifer.« Sheridan beobachtete Jason, als er sich hinter seine Mutter stellte und ihr die Hände auf die Schultern legte, bevor er einen Stuhl heranzog und sich neben sie setzte. Caroline holte tief Luft. Sie begannen zu lesen.

Liebe Tanya, lieber Jason,

ich kann mir kaum vorstellen, was ihr beide durchgemacht habt, und ich hoffe, dass ihr euch jetzt sicher fühlt. Er ist weg, und ich wünsche euch, dass ihr Frieden findet. Wenn wir die Möglichkeit gehabt hätten, uns zu treffen und miteinander zu sprechen, hätten wir wahrscheinlich gemerkt, dass unsere Geschichten sich sehr ähneln.

Unser Vater hat immer abgestritten, etwas falsch gemacht zu haben. Er hat behauptet, dass Sie ihn verlassen hätten, Caroline, und dass Sie Jason mitgenommen hätten. Er hat sogar abgestritten, dass Jason sein Sohn ist. So wie er viele andere Dinge geleugnet hat.

Sie haben etwas getan, was unserer Mutter nicht einmal in den Sinn gekommen ist: Sie haben Ihr Kind beschützt, und ich kann mir vorstellen, dass Sie dafür Opfer bringen mussten. Genau das sollte eine Mutter tun. Ihre Kinder beschützen.

Möge der Rest eures Lebens friedlich sein. Möget ihr Glück finden, denn das habt ihr wirklich verdient.

Gott segne euch
Jennifer Parks

Sie lasen den Brief zweimal. Als sie fertig waren, legte Jason seine Hand auf Carolines. Mit der anderen fuhr er sich durch die Haare.

Caroline sprach offen darüber, wie sehr sie sich wünschte, Jennifer und Daniel gekannt zu haben. Wie anders hätte dann alles verlaufen können … Ihre Liebe zu Jason spiegelte sich in ihren Worten wider. Sie wäre lieber gestorben, als ihren geliebten Jungen einer Gefahr auszusetzen. Sie hatte gewusst, wie gefährlich es war, vor Ronald Parks zu fliehen, aber sie hatte keine Wahl gehabt. Sie entschuldigte sich dafür, dass sie Sheridan und Anna vorgeflunkert hatte, dass sie nicht wüsste, wo Jason sich aufhielt. Sheridan versicherte ihr, dass sie das verstanden.

Jason entschuldigte sich dafür, dass er sich nicht bei der Polizei gemeldet hatte, als er erfahren hatte, dass nach ihm gesucht wurde. Er sei in Panik geraten, als ihm klar wurde, dass seine Briefe an Ronald ihn belasteten und zum Verdächtigen machten. Sheridan fragte ihn, warum er in Liverpool gelebt habe und nicht bei Caroline in Cornwall. Er sagte, er wolle ein besseres Leben für sie und die Arbeit in Liverpool biete ihm die Möglichkeit, mehr zu verdienen. Er schicke Caroline regelmäßig Geld, das sie für ihre Zukunft spare. Er lebe nicht gerne getrennt von ihr, aber wenn er hart arbeiten und weiterhin Geld schicken würde, hätten sie bald eine Chance. Eine Chance auf einen Neuanfang.

Er erzählte von all den Orten, an denen sie gelebt hatten, als er ein kleiner Junge war. Die Einzimmerwohnung in Manchester, wo sie sich eine Matratze auf dem Boden geteilt hatten. Wie sie vor dem Wind gezittert hatte, der durch die zerbrochenen Fenster pfiff, und ihn mit ihrem Körper gewärmt hatte. Wie sie auf den Sitzschalen in einem Bahnhof geschlafen hatten. Wie sie gehungert hatte, aber immer dafür sorgte, dass er zu essen bekam. Er hatte immer geahnt, dass sie viel mehr durchgemacht hatte, als er sich träumen ließ, aber er war damals noch so jung gewesen und sie zu selbstlos, um es ihn spüren zu lassen. Er erinnerte sich an die Nächte, in denen er wach gelegen hatte. Seine Mutter hatte ihm Geschichten erzählt, bis er einschlief. Geschichten darüber, wie sie eines Tages zufrieden und glücklich in einem kleinen Haus am Meer leben würden.

Jason lächelte bei der Erinnerung und wandte sich an seine Mutter.

»Du warst immer so glücklich, wenn du über das Haus gesprochen hast, und ich weiß noch, wie du mir jedes Zimmer bis ins Detail beschrieben hast. Ich habe von dem Haus geträumt und bin am nächsten Morgen voller Freude aufgewacht. Unser kleines Haus in Cornwall am Meer.«

Sheridan stand lächelnd auf. »Es war schön, Sie endlich kennenzulernen, Jason. Wir müssen wieder los.« Sie schüttelte ihm die Hand.

Bevor Anna und sie hinausgingen, legte sie unauffällig einen zweiten Umschlag auf den Tisch.

»Sie haben ein besseres Leben verdient, findest du nicht?«, fragte Anna und schaute aus dem Fenster.

»Auf alle Fälle.« Sheridan nickte.

»Glaubst du, dass es ihnen gut gehen wird?«

»Auf alle Fälle.« Sheridan lächelte.

Epilog

Sheridan und Anna überbrachten an diesem Tag zwei Umschläge. Der erste enthielt Jennifers Brief an Caroline und Jason. Der zweite enthielt eine Kopie von Jennifers Letztem Willen. Da Haus und Grundstück als aus den Morden erzieltes Vermögen betrachtet wurden, war die Buchhandlung Jennifers einziger rechtmäßiger Besitz gewesen. Und das Geld aus dem Verkauf hatte sie Jason und Caroline vermacht.

Die beiden leben jetzt friedlich in ihrem Haus am Meer in Cornwall.

Die Überreste des tot geborenen Kindes wurden schnell gefunden. Die DNA-Proben ergaben, dass Jennifer Parks die Mutter und Ronald Parks der Vater gewesen waren.

Jennifer und Daniel wurden gemeinsam beigesetzt. Nur eine Handvoll Trauergäste nahm an der Beerdigung teil, darunter Caroline und Jason. Jason verlas die einzeilige Trauerrede, die Jennifer geschrieben hatte:

Richtet uns nicht nach dem, was wir getan haben, sondern nach den Gründen dafür.

Sheridan Holler saß hinten in der Kirche und hörte Jennifers letzte Worte.

Anna nimmt an, dass Steve in Glasgow lebt und arbeitet. In Wirklichkeit beobachtet er ihr Haus.

Das Cold-Case-Team stattete Stephen Tubby einen Besuch ab. Er bestritt nicht, der Mann auf dem Foto zu sein, sagte aber, dass er zur Zeit des Mordes an Matthew in Wales gearbeitet habe. Er wohnt weiterhin mit seiner Tochter und seinem sechsjährigen Enkel in dem Haus in der Gladstone Road.

Die Ermittlungen im Mordfall Matthew Holler dauern an. Stephen Tubby bleibt so lange eine Person von besonderem Interesse, bis sein Alibi bestätigt werden kann.

Sam hatte sich schließlich breitschlagen lassen, an einem Kochkurs teilzunehmen. Sie war die schlechteste Schülerin, die die Lehrerin je hatte. Jetzt hat sie sich für einen Erste-Hilfe-Kurs eingeschrieben.

Als Hill das letzte Mal nachgesehen hat, betrug die Wette auf ihren richtigen Namen einhundertneunzig Pfund. Aber bis jetzt hat noch niemand den richtigen Tipp abgegeben.

Danksagung

Und nun zur Danksagung. Hier habe ich einer ganzen Menge an Leuten zu danken, denn ich mache das alles nicht allein, obwohl ich wahrscheinlich den Ruhm ernte.

Als Erstes seid ihr dran, liebe Leserinnen und Leser. Danke, dass ihr mein Buch gekauft habt! Ich sehe eure Unterstützung nicht als selbstverständlich an und werde mich immer bemühen, euch mit meinen Geschichten und Charakteren zu unterhalten.

Vielen Dank an all diejenigen, die sich die Zeit genommen haben, diese wunderbaren Rezensionen zu verfassen. Glaubt mir, ich habe jede einzelne gelesen.

Okay, wie immer geht mein Dank an Susie. Ich hoffe, du weißt, dass ich das alles nicht ohne dich machen könnte. Dein Vertrauen in mich, deine Begeisterung und deine Geduld sind unerschütterlich, und ich verspreche dir, dass ich dich zum Tanzen ausführe, wenn alles wieder ein bisschen ruhiger läuft. Kleines Geständnis: Du fragst mich, ob ich gerne am Küchentisch arbeite. Ja, schon, denn wenn du nicht hinsiehst, schnappe ich mir eine Handvoll Malteser aus dem Gefrierschrank. Der Geheimvorrat ist in der obersten Schublade hinter dem Eis. Sagte ich schon, dass ich dich bald zum Tanzen ausführen werde? Ich liebe dich. Können wir einen Hund zu uns holen? Und ein paar Katzen? Das mit dem Pinguin war übrigens nur ein Scherz.

Ich mache schnell mal weiter … Und nun zu meinen Gewährsleuten: Breda Byrne, Michael Doherty, Lorraine Burns, Katharine Robinson und Detective Sergeant Jane Edwards (i. R.). Ich glaube, ich habe in der Danksagung zu meinem Debütroman *Schon lange tot* viel Gutes über euch gesagt, hoffentlich erwartet ihr das nicht jedes Mal. Ich war damals reichlich emotional, und ihr habt mich unvorbereitet erwischt. Ihr wisst alle, wie wunderbar ihr seid. Und nur zur Bestätigung, denkt daran, dass ihr tut, was ihr tut, weil ihr mich liebt. Ich liebe euch auch. Und das kann man nicht mit Geld aufwiegen.

Inspektorin Sonia Humphreys, Sie sind immer am anderen Ende der Leitung, wenn ich eine Antwort auf eine seltsame Frage brauche. Wie lange kennen wir uns jetzt schon? Dreiundzwanzig Jahre? Heiliger Strohsack, wie kommt es, dass Sie nicht gealtert sind, während ich mir täglich fieberhaft Haare aus dem Kinn zupfe?

Paul Sturman, mein Waffenexperte. Nochmals vielen Dank für all Ihre wunderbaren Ratschläge. Ich weiß, ich schulde Ihnen noch ein Bier.

Danny Jamson von der HM Coastguard. Danny, als ich dich zum ersten Mal wegen einiger Szenen kontaktiert habe, warst du total begeistert. Ich habe versprochen, dich hier zu erwähnen. Vielen Dank, dass du dir die Zeit genommen hast, mir die technischen Dinge zu erklären. Wir müssen uns wirklich mal treffen, vielleicht in Crosby, da könnten wir die Statuen der Eisernen Männer bewundern.

Joanne Farrelly, leitende Bewährungshelferin. Jo, es war damals schon ein Vergnügen, mit dir zusammenzuarbeiten, und ich bin dir sehr dankbar für deine Hilfe und deinen Rat. Ich verspreche vorbeizukommen, wenn ich das nächste Mal in deiner Gegend bin.

Broo Doherty, mein wunderbarer Agent. Das Boot nimmt Fahrt auf, stimmt's? Ich kann einfach nicht genug Gutes über Sie sagen. Soll ich es dabei belassen? Ich sehe vor mir, wie Sie mit den Augen rollen. Okay, Sie sind wirklich erstaunlich, da, ich habe es gesagt. Und übrigens: Sie sollten mir die Treue halten.

Helen Edwards, die stille Mörderin, die hinter den Kulissen arbeitet. Danke, meine Liebe. Wussten Sie, dass Sie genauso aussehen wie die Frau, die für die DHH Literary Agency die Auslandsgeschäfte macht?

Lizzie Curle, es ist sehr mutig von Ihnen, dass Sie mir einen Auftritt bei *Capital Crime* zugetraut haben. Aber ich will immer noch das Video sehen, in dem ich mit Ihrer Mutter tanze.

Dann an alle bei DHH Literary Agency. Was für ein Team, was für eine Familie! Ich bin stolz, ein Teil davon zu sein.

Victoria Haslam, meine brillante Lektorin. Vic, ich weiß, dass ich bei dir in besten Händen bin. Lachend auf dieser verrückten Reise.

Sammia Hamer, ich danke dir für alles. Du bist ein absoluter Star.

Russel McLean, mein pingeliger Lektor. Nochmals vielen Dank für all Ihre harte Arbeit. So pingelig Sie auch sind.

An alle Korrektoren: Ich hoffe, ich bereite Ihnen nicht zu starke Kopfschmerzen. Ihre Liebe zum Detail ist großartig, vielen Dank für alles, was Sie tun.

Riot Communications Team, Jessica Jackson, Emily Souders, Sofia Saghir und Ruby Fitzgerald. Ich fühle mich geehrt und privilegiert (ja geradezu verwöhnt), ein so wunderbares Team hinter mir zu haben. Ich danke Ihnen.

Newman wird nun für immer zwischen diesen Seiten leben, Belle.

Twitter-Gang, ihr seid eine fantastische Gruppe von Followern (Freunden). Danke, dass ihr es mit mir aushaltet und mich auf meinem Weg unterstützt. Vielleicht treffe ich wirklich bald ein paar von euch. Dann bringe ich Gemüse mit.

Ein letzter Hinweis: Ich ziehe viele Experten zurate, um meine Romane vom Prozedere her so korrekt wie möglich zu gestalten. Aber manchmal kann es sein, dass ich mich entschlossen habe, die Dinge ein wenig zu verändern, denn schließlich handelt es sich um Fiktion. Eventuelle Fehler gehen also auf mich.

Und schließlich (okay, die letzte Bemerkung war nicht die letzte Bemerkung):

Dank an die wunderbaren Eltern Nelly und Micky Doherty. Ich habe euch nie kennengelernt, aber mir wurde gesagt, dass Susie viele wunderbare Eigenschaften von euch hat. Stärke, Mut, Humor und Hingabe an die Familie. Die allerbesten Menschen, die freundlichsten und liebevollsten. Möget ihr für immer gemeinsam durch goldene Felder schreiten. Ihr sollt wissen, dass ich immer auf eure Tochter aufpassen werde. Okay, vielleicht habe ich sie mal aus den Augen verloren, als sie mit hundertfünfzig Stundenkilometern auf einem Plastik-Kinderschlitten einen verschneiten Berg hinuntergeschossen ist. Zu meiner Verteidigung: Wie soll ich Verantwortung übernehmen, wenn sie verrücktspielt?

Dank an meine Mutter Marion. Ich weiß, dass ich dir als Kind gesagt habe, dass ich Paläontologin werden will, und du fandest das in Ordnung. Tut mir leid, dass ich mit acht Jahren diese Hühnerknochen ausgegraben und mit nach Hause gebracht habe, weil ich dachte, sie stammten von einem Dinosaurierbaby. Ich bin zwar keine Paläontologin geworden, dafür aber Autorin, und ich weiß, dass du stolz auf mich sein würdest. Ich vermisse dich jeden Tag, aber das weißt du auch. Ich weiß, dass du dich um alle da oben kümmerst. Ich tue mein Bestes, um das Gleiche hier unten zu erreichen.

Folge der Autorin auf Amazon

Wenn dir dieses Buch gefallen hat, folge T. M. Payne auf Amazon. Dann erhältst du eine Benachrichtigung, wenn die Autorin ihr nächstes Buch veröffentlicht. Um der Autorin zu folgen, gehe bitte folgendermaßen vor:

Desktop:

1) Suche auf Amazon.de oder in der Amazon App nach dem Namen der Autorin.
2) Klicke auf den Namen der Autorin, um auf die Autorenseite zu gelangen.
3) Klicke auf den »Folgen«-Button.

Smartphone und Tablet:

1) Suche auf Amazon.de oder in der Amazon App nach dem Namen der Autorin.
2) Klicke auf einen Titel der Autorin.
3) Klicke auf den Namen der Autorin, um auf die Autorenseite zu gelangen.
4) Klicke auf den »Folgen«-Button.

Kindle eReader und Kindle App:

Wenn du dieses Buch auf einem Kindle eReader oder in der Kindle App liest, wird dir automatisch angeboten, der Autorin zu folgen, nachdem du die letzte Seite des Buches gelesen hast.

Zeitfracht Medien GmbH
Ferdinand-Jühlke-Straße 7
99095 Erfurt, Deutschland
produktsicherheit@kolibri360.de

Druck:
CPI Druckdienstleistungen GmbH
im Auftrag der
Zeitfracht Medien GmbH
Ein Unternehmen der Zeitfracht - Gruppe
Ferdinand-Jühlke-Str. 7
99095 Erfurt